BASTEI
LÜBBE

Taschenbücher von LINDA LAEL MILLER
im BASTEI-LÜBBE-Programm:

18 100 Wer das Paradies nur finden will
18 101 Wer ein Lächeln des Glücks einfängt
18 102 Wer dem Zauber der Liebe verfällt
18 103 Wer dem Weg des Herzens folgt ...
18 104 Wie der Glanz des silbernen Mondes ...
18 105 Wie das helle Feuer der Sterne
18 106 Lily und der Major
18 108 Emma und der Rebell
18 110 Caroline und der Bandit

LINDA LAEL MILLER

CAROLINE UND DER BANDIT

Roman

Ins Deutsche übertragen
von Katharina Braun

BASTEI
LÜBBE

BASTEI-LÜBBE-TASCHENBUCH
Band 18 110

Erste Auflage:
Oktober 1992

Deutsche Lizenzausgabe 1992
Bastei-Verlag Gustav H. Lübbe
GmbH & Co., Bergisch Gladbach
Originaltitel: Caroline and the Raider
Lektorat: Katharina Woicke
Titelillustration: Sebastian Boada,
Norma Agency, Barcelona
Umschlaggestaltung:
Quadro Grafik, Bensberg
Satz: KCS GmbH,
2110 Buchholz/Hamburg
Druck und Verarbeitung:
Brodard & Taupin,
La Flèche, Frankreich
Printed in France

ISBN 3-404-18110-7

Der Preis dieses Bandes
versteht sich einschließlich der
gesetzlichen Mehrwertsteuer.

Prolog

Lincoln, Nebraska
9. Dezember 1865

Der Zug stieß einen schrillen Pfiff aus. Caroline, die spürte, wie ihre sechsjährige Schwester Lily auf dem harten, schmutzigen Sitz neben ihr erschauerte, legte schützend einen Arm um die Schultern des kleinen Mädchens.

Lilys braune Augen waren groß und furchtsam. Emmy, die schon sieben war, saß am Fenster und betrachtete die schneebedeckten Häuser der kleinen Präriestadt, der sie sich näherten. Ihr Haar schimmerte fast kupfern im schwachen Licht der Wintersonne; wie Lilys Haar war es strähnig und zerzaust.

Der Gedanke, daß sie nichts tun konnte, um die Erscheinung ihrer Schwestern und ihre eigene ein wenig zu verbessern, ließ Caroline, die Älteste, fast verzweifeln. Sie besaßen weder eine

Haarbürste noch ein Kleid zum Wechseln – die abgetragenen Schuhe, Mäntel und schlichten Kattunkleidchen waren ihnen von den Nonnen im St. Mary's in Chicago gegeben worden.

Der Zugbegleiter, ein großer, korpulenter Mann ohne die geringste Spur von Güte im Gesicht, kam durch den schmalen Gang. »Das ist Lincoln, Nebraska«, brummte er. »Hier gibt es Farmer und Ladeninhaber und Schmiede.« Vor Caroline, Lily und Emmy blieb er stehen und musterte sie abschätzend. »Ich nehme an, daß hier nur Jungen gebraucht werden«, schloß er.

Caroline zog Lily noch fester an sich und erwiderte furchtlos den Blick des Mannes. Seine Nase war groß und rund wie eine Kartoffel, die Haut von geplatzten roten Äderchen durchzogen. »Mädchen sind genauso gut wie Jungen«, sagte sie mit dem ganzen Mut, den sie mit ihren acht Jahren aufbringen konnte. »Und sie machen viel weniger Arbeit.«

»Steigt aus und stellt euch mit den anderen auf den Bahnsteig«, befahl der große Mann, während die ersten Jungen bereits auf die Tür zustürmten. Sie alle waren unerwünschte Kinder oder Waisen, mit Nummernschildchen an ihren Kleidern und der Hoffnung, von einer der Familien, die am Bahnhof warteten, adoptiert zu werden.

Der Zug kam ratternd zum Halten, eine Wolke dichten Rauchs hüllte die Fenster ein.

»Es wird alles gut«, behauptete Caroline und schaute aufmunternd ihre beiden kleinen Schwestern an, doch sie wußte, daß es eine Lüge war. Aber was hätte sie ihren Schwestern sonst sagen sollen? Sie war die Älteste; es war ihre Aufgabe, sich um ihre Schwestern zu kümmern.

Dicke Schneeflocken fingen sich in Lilys und Emmas zerzausten Haaren, als sie den Zug verließen und auf den Bahnsteig traten.

Caroline, die dicht hinter ihren Schwestern stehenblieb, umfaßte aufmunternd ihre Schultern. Seit Mama sie in Chicago in den Waisenzug nach Westen gesetzt hatte, flehte Caroline ihren Herrgott an, dafür zu sorgen, daß sie alle drei zusammenblieben, aber in ihrem Herzen wußte sie, daß Er ihre Gebete nicht erhören würde.

Was das betraf, konnte Caroline sich nicht entsinnen, daß Gott schon einmal eines ihrer Gebete erhört hatte. Manchmal fragte sie sich, warum sie sich überhaupt noch an ihn wandte.

Ein großer Mann mit schwarzem Bart und einem schmuddeligen Wollmantel betrat den Bahnsteig; seine dunklen Augen verengten sich, als er das Grüppchen Waisenkinder betrachtete.

Caroline seufzte vor Erleichterung, als er zwei Jungen auswählte und ging. Vielleicht blieb ihnen ja doch noch etwas mehr Zeit zusammen, bevor sie getrennt wurden. Sie schloß für einen Moment die Augen und kreuzte ihre kalten Finger, die auf Lilys schmalen Schultern lagen.

Eine dicke Frau in einem abgetragenen Kattunkleid und einem wollenen Umhang stapfte schnaufend die Stufen zur Plattform hinauf. Ihre Wangen waren rund und rot, aber in ihrem Blick lag keine Wärme.

»Ich nehme dich«, sagte sie, auf Caroline zeigend.

Caroline schluckte. *Nein,* flehte sie stumm, *ich kann Lily und Emma nicht verlassen.* Sie versuchte es ein letztes Mal. *Bitte, lieber Gott, sie sind doch noch so klein, und sie brauchen mich so sehr!*

In Erinnerung an die Manieren, die ihre Großmutter sie gelehrt hatte, bevor sie vor einem Jahr gestorben war, knickste sie vor der dicken Frau. »Madam, bitte«, sagte sie flehend, »das sind meine Schwestern Emma und Lily, beide gute und starke Mädchen, groß genug, um zu kochen und zu putzen . . .«

Die Frau schüttelte den Kopf. »Nur du«, sagte sie hart.

Jetzt konnte Caroline die Tränen nicht mehr zurückhalten; sie rollten ungehindert über ihre kalten Wangen. Sie hatte gehofft, als letzte ausgesucht zu werden, wenn sie schon von ihren Schwestern getrennt werden sollte, weil sie die Älteste war und sich bestimmt am besten daran erinnern würde, wo Lily und Emma den Zug verlassen hatten.

Aber Gott schien nicht einmal zu diesem kleinen Zugeständnis bereit.

»Vergeßt nicht, was ich euch gesagt habe«, mahnte sie ihre Schwestern nach einer letzten, tränenreichen Umarmung, hockte sich vor Lily hin und nahm deren kleinen Hände. »Und wenn ihr euch einsam fühlt, dann singt das Lied, das Großmutter uns beigebracht hat. Das wird uns dann zusammenfügen.« Sie küßte Lily zärtlich auf die Wange. »Irgendwann finde ich euch wieder«, fügte sie hinzu. »Ganz bestimmt. Ich verspreche es euch.« Dann richtete sie sich auf und wandte sich an Emma. »Sei stark«, bat sie mit erstickter Stimme. »Und vergiß nichts von allem, was wir besprochen haben – *bitte*, Emma!«

Emma nickte. Tränen rannen über ihre von der eisigen Kälte geröteten Wangen. Ihre Lippen formten die Worte ›Auf Wiedersehen‹, aber kein Ton kam aus ihrer Kehle, und Caroline verstand.

Der Zugbegleiter scheuchte die verbliebenen Kinder in den Waggon zurück, und Caroline folgte ihrer Adoptivmutter mit hängenden Schultern zur Treppe. Sie wagte es nicht, sich noch einmal umzusehen.

»Wenn du mich fragst«, sagte die fremde Frau, »fordern Miss Ethel und Miss Phoebe das Schicksal heraus, indem sie ein fremdes Kind bei sich aufnehmen, nur weil sie Gesellschaft haben wollen . . .«

Caroline achtete nicht auf das Gerede der Frau; ihre Trauer war zu tief, ihr Schmerz zu frisch. Erst als der Zug donnernd aus dem Bahnhof fuhr, drehte sie sich noch einmal um – das eiserne Ungeheuer entführte die beiden Menschen, die sie am meisten liebte auf dieser Welt.

Die Frau packte sie unsanft an der Schulter und zog sie mit. »Ich habe nicht den ganzen Tag Zeit für diese albernen Geschichten«, fuhr sie gereizt fort. »Ich finde wirklich, Miss Phoebe hätte auch selbst kommen können, anstatt mich zu schicken.«

Der Schnee war tief, matschig und mit Pferdemist durchsetzt, und es fiel Caroline schwer, den großen Schritten der Frau zu folgen. Außerdem hatte sie keine Eile, vorwärtszukommen; in Gedanken war sie bei dem Zug, der nach Westen ratterte, und am liebsten wäre sie ihm nachgelaufen.

»Wie heißt du überhaupt?« wollte die Frau wissen, als sie an einem großen Kolonialwarenladen vorbeikamen und auf ein Hotel zugingen.

»Caroline Chalmers«, antwortete Caroline würdevoll, strich ihren schäbigen alten Mantel glatt und dann ihr langes, schwarzes Haar zurück, das naß vom Schnee war. »Und Sie?«

»Mrs. Artemus T. Phillips«, erwiderte die Frau und machte sich zum ersten Mal die Mühe, Caroline genauer anzusehen. »Du liebe Güte, du bist aber dünn!« sagte sie kopfschüttelnd. »Wahrscheinlich überstehst du keine Woche mehr.«

Caroline war fest entschlossen, so lange auszuhalten, bis sie Emma und Lily gefunden hatte. Sie hob trotzig ihr Kinn. »O doch, das werde ich, darauf können Sie sich verlassen!«

»Sei bloß nicht so schnippisch«, warnte Mrs. Artemus T. Phillips und zerrte Caroline an ihrem vor Kälte erstarrten Ohr um eine Häuserecke. »Ich muß schon sagen, ihr armen Leute begreift einfach nicht, wann ihr dankbar zu sein habt . . .«

Caroline zappelte und versuchte, sich Mrs. Phillips Griff zu entziehen, aber die Frau war stark und hielt sie unbarmherzig fest.

Vor einem Haus, das von einem schmiedeeisernen Zaun umgeben war, hielt sie an und stieß das Tor auf. »Hier sind wir schon«, sagte sie in einem Ton, der ihre Erleichterung verriet.

Caroline hob den Kopf, um das Haus anzusehen. Es war ein zweistöckiges Gebäude mit grünen Fensterläden und einem Kamin, aus dem Rauch kräuselte – ein Heim, wie sie es sich immer erträumt hatte.

Durch die ovale Glasscheibe in der Tür glaubte Caroline ein Gesicht zu sehen, und einen Moment später wurde die Tür von einer Frau geöffnet, die braune Haare hatte und ein blaßrosa Musselinkleid trug. Um die Schultern hatte sie ein Umhängetuch gelegt, und an ihrem Halsauschnitt steckte eine hübsche Kameebrosche.

Die Frau lächelte Caroline an, und das Mädchen erwiderte das Lächeln, trotz allem.

»Das ist also unser Mädchen«, sagte die Frau, die weder schön noch häßlich war, weder alt noch jung. »Komm herein, Kind.«

Caroline wurde in ein Haus geführt, in dem es angenehm nach Zimt und Lavendel roch.

Eine andere Frau, die das Spiegelbild der ersten hätte sein können – abgesehen davon, daß ihr Kleid blau war – kam die Treppe herunter. »Ist das das Kind?« fragte sie. Sie mußte husten und hielt sich ein spitzenbesetztes Taschentuch vor den Mund. Dann fügte sie, an Mrs. Phillips gewandt, hinzu: »Du hast eine gute Wahl getroffen, Ophelia. Sie ist entzückend.«

Caroline schluckte, trat zurück und schaute die beiden Schwestern aus großen Augen an.

»Ich muß sagen, daß sie ziemlich eigensinnig ist«, beschwerte Ophelia Phillips sich, während sie den Schnee von ihrem dunklen Umhang schüttelte. Trotz ihres abfälligen Geredes über die Armen machte sie selbst keineswegs einen wohlhabenden Eindruck.

»So sollte es auch sein«, entgegnete die Frau, die ihnen die Tür geöffnet hatte, und beugte sich lächelnd zu Caroline vor. »Ich bin Phoebe Maitland«, stellte sie sich vor und deutete dann auf die Frau in dem blauen Kleid. »Und das ist meine Schwester Ethel.«

Caroline fand die beiden Damen sympathisch, und trotz des Abschiedsschmerzes, der ihr das Herz zerriß, war sie froh, daß sie bei ihnen bleiben sollte statt bei der furchteinflößenden Mrs. Phillips. Sie knickste höflich. »Ich freue mich, Sie kennenzulernen, Miss Phoebe . . . Miss Ethel.«

Die Schwestern lächelten entzückt.

Mrs. Philipps räusperte sich vernehmlich. »Jetzt, wo ich meine Christenpflicht getan habe«, sagte sie, »kann ich ja wohl wieder meinen eigenen Angelegenheiten nachgehen.«

Miss Phoebe dankte Mrs. Phillips herzlich und begleitete sie zur Tür.

»Ich dachte schon, *sie* würde mich adoptieren«, gestand Caroline Miss Ethel flüsternd.

Miss Ethel lachte. »Nein, mein Kind, beruhige dich. Ophelia ist unsere Nachbarin, und Phoebe hat sie zum Zug geschickt, weil ich mich nicht wohlfühlte und sie mich nicht allein lassen wollte.«

Caroline schaute sich in dem großen, elegant möblierten Raum um. Und das war ganz offensichtlich nur die Eingangshalle! »Ich war noch nie in einem so großen Haus«, gestand sie Miss Ethel leise. »Werde ich es saubermachen müssen?«

In diesem Augenblick kam Miss Phoebe zurück, zitternd vom eisigen Wind, der draußen wehte. »Ophelia fand wieder einmal kein Ende«, erklärte sie, als sie die Eingangstür hinter sich schloß.

»Caroline glaubt, sie müsse unser Haus sauberhalten«, berichtete Etel, und auf ihrer Miene malte sich Bestürzung ab.

Miss Phoebe kam zu dem Mädchen und legte ihm sanft eine Hand auf die Schulter. »Du liebe Güte, nein«, versicherte sie mit einem gütigen Lächeln. »Du sollst meiner Schwester und mir Gesellschaft leisten, wenn wir zu unserem großen Abenteuer in den Westen reisen.«

Caroline machte große Augen. Vielleicht bestand ja doch noch Hoffnung, daß sie Lily und Emma wiedertraf. »In den Westen?«

»Ja, wir fahren nach Wyoming«, bestätigte Miss Ethel glücklich. »Wir wollen dort ein ganz neues Leben beginnen.«

Caroline hatte noch nie etwas von Wyoming gehört, aber sie vermutete, daß es irgendwo im Westen liegen mußte, in jenem weiten, geheimnisvollen Land, das Lily und Emma verschluckt hatte. Plötzlich war sie begierig aufzubrechen.

Miss Phoebe durchquerte mit raschelnden Taftröcken die weite Halle. »Komm Kind«, sagte sie entschieden, »du mußt doch Hunger haben, und außerdem siehst du schrecklich aus. Meine Schwester und ich werde zusehen, daß du etwas zu essen bekommst, und dann überlegen wir uns, was wir mit diesen häßlichen Kleidern machen.«

Trotz der traurigen Umstände, in denen sie sich befand, hatte Caroline sich ihren Stolz bewahrt. Ihre Kleider mochten zwar abgetragen sein, aber sie gehörten ihr, und *häßlich* waren sie nicht, höchstens ein bißchen schäbig. »Ich brauche nichts«, entgegnete sie rasch, obwohl sie Miss Phoebe bereitwillig folgte.

Schließlich betraten sie eine Küche, die größer war, als Caroline sich eine Küche je vorgestellt hätte. Miss Ethel bot ihr einen Platz an dem riesigen Eichentisch an, und Caroline setzte sich.

»Natürlich brauchst du neue Kleider«, sagte Miss Ethel sanft, als sie zu Caroline an den Tisch kam. »Wie schön es sein wird, für dich zu nähen!«

»Du bist jetzt unser Kind«, meinte Miss Phoebe resolut und nahm einen Teller von der Wärmeplatte über dem Ofen. »Meine Schwester und ich werden von jetzt an für dich sorgen.«

Obwohl Caroline sich vorgenommen hatte, nichts zu essen, stürzte sie sich voller Heißhunger auf die Mahlzeit, die Miss Phoebe ihr vorsetzte, begierig, den quälenden Schmerz in ihrem Magen zu vertreiben.

»Armes Kind«, meinte Miss Phoebe später mitleidig, als sie duftenden Tee aus einer Porzellankanne einschenkte. »Sag uns doch, wie es dazu kam, daß du so ganz alleine auf diesem Waisenzug gereist bist?«

Caroline betrachtete düster die Reste der Fleischpastete, des cremigen Kartoffelpürees und der gebutterten Maiskolben. Auch Lily und Emma waren hungrig, aber alles, was sie heute bekommen würden, waren ein Stück Brot und ein verschrumpelter Apfel. Caroline schämte sich plötzlich, gegessen zu haben, während ihre Schwestern Hunger litten.

»Caroline?« drängte Miss Ethel sanft.

Das Mädchen atmete tief ein und straffte die Schultern. »Ich war nicht allein«, sagte sie, den Tränen wieder nahe. »Meine Schwestern waren bei mir – Lily und Emma.«

Die Maitlandschwestern wechselten einen betrübten Blick.

»Mein Gott!« flüsterte Miss Ethel. »Wir haben sie von ihren Liebsten getrennt, Phoebe. Sie ist wie ein kleiner Vogel, den man aus dem Nest gerissen hat.«

Miss Phoebe tätschelte Carolines Hand. »Von jetzt an werden wir deine Familie sein, Caroline«, sagte sie tröstend. »Wir reisen nach Westen, wir drei, und richten uns dort ein wunderschönes Zuhause ein.«

Miss Ethel seufzte philosophisch. »Papa nahm uns das Versprechen ab, uns dort um seine Minenanteile zu kümmern«, erzählte sie, hielt inne und lächelte Caroline zärtlich an. »Und da Phoebe gleich nach unserer Ankunft Mr. Gunderson heiraten wird, wäre ich sehr einsam gewesen ohne dich, Caroline.«

Nach dem Tee mußte Caroline sich im Salon auf einen Stuhl

stellen, und es wurde Maß für neue Kleider genommen. Obwohl sie noch sehr um Lily und Emma trauerte, begann Caroline sich doch schon über ihr eigenes Glück zu freuen.

Optimistisch zu sein fiel ihr nicht schwer. Bald würde sie mit den freundlichen Schwestern, die von jetzt an ihre Familie darstellten, nach Westen reisen und dort irgendwann Lily und Emma wiederfinden. Und dann waren sie alle wieder vereint.

1

Bolton, Wyoming
15. April 1878

Er war der anrüchigst aussehende Mann, den Caroline je gesehen hatte, und doch hing jetzt alles von ihm ab.

Blinzelnd nahm sie ein sauber gefaltetes Tuch aus ihrer Manteltasche und wischte ein Stückchen der schmutzigen Fensterscheibe des Salons sauber, um besser sehen zu können. Aber wenn sich dadurch überhaupt etwas geändert hatten, wirkte Mr. Guthrie Hayes jetzt höchstens noch weniger anziehend als zuvor. Und ganz sicher nicht wie der große Held, als der ihn ihr einer ihrer Schüler mit soviel Begeisterung beschrieben hatte.

Der kräftige Mann, nicht viel größer als Caroline selbst, saß an einem Ecktisch und war in eine Partie Poker vertieft. Zu seinen Füßen lag ein ungepflegter gelber Hund. Mr. Hayes trug Hosen aus grob gewirktem Stoff, ein schlichtes Hemd aus ungefärbter Baumwolle, Hosenträger und einen Lederhut, der aussah, als sei er von einem wütenden Tier zuerst zerzaust und dann wieder ausgespuckt worden. Sein Gesicht war mit Bartstoppeln übersät und eines seiner Augen von einer schwarzen Klappe verdeckt, die ihm ein draufgängerisches Aussehen verlieh.

Von seinem Haar konnte Caroline wegen dem Hut nichts sehen, aber sie vermutete stark, daß es viel zu lang war. Seufzend befeuchtete sie ihr Taschentuch und wischte ein größeres Stückchen sauber.

In diesem Augenblick mußte einer der Männer an Mr. Hayes' Tisch sie bemerkt und etwas gesagt haben, denn Guthrie Hayes wandte den Kopf und schaute Caroline direkt in die Augen. Ein unerklärlicher Schock durchfuhr sie; sie spürte plötzlich, daß etwas unendlich Schönes und gleichzeitig tödlich Gefährliches von diesem Mann ausging.

Tatsächlich besaß er die Frechheit, sie anzulächeln, ohne dabei die dünne Zigarre, die in seinem Mundwinkel hing, aus dem Mund zu nehmen. Dabei zeigte er seine strahlendweißen Zähne, und Caroline mußte zugeben, daß sie das einzige Attribut waren, das sein Aussehen ein wenig verschönte.

Mr. Hayes sagte etwas zu den anderen Männern, legte seine Karten hin und schob seinen Stuhl zurück. Der Hund folgte ihm auf dem Fuß, als er durch die Schwingtüren des Saloons auf die Straße trat.

Caroline wich erschrocken zurück; ihre Finger zitterten, als sie das beschmutzte Taschentuch rasch in ihr Retikül stopfte. Doch obwohl sie zutiefst verängstigt war, straffte sie die Schultern und schob das Kinn vor. Mr. Hayes näherte sich ihr gelassen, die Zigarre noch immer zwischen seinen Zähnen. Im hellen Sonnenschein des Aprilnachmittags erkannte Caroline jetzt, daß seine Augen grün waren und sein Haar, wie auch die Stoppeln seines Bartes, war hellbraun.

Er war eine beeindruckende Erscheinung, trotz seines Äußeren.

»Madam«, sagte er und tippte sich an den Rand seines schäbigen Huts. Ein leichter Anflug eines weichen Südstaatenakzents klang in seiner Stimme mit.

Caroline holte tief Luft und atmete langsam wieder aus. Gott war ihr Zeuge, daß sie nichts mit Kerlen wie Guthrie Hayes zu schaffen haben wollte, aber vielleicht war er Seatons letzte Chance. Sie war bereit, fast alles zu tun, um dem Mann zu helfen, den sie zu heiraten hoffte.

So reichte sie Guthrie Hayes die Hand. »Mein Name ist Caroline Chalmers.«

Ein amüsierter Blick flackerte in Hayes' grünem Auge auf, als er Caroline langsam von Kopf bis Fuß betrachtete. Seine Belustigung ärgerte sie, gleichzeitig jedoch spürte sie, wie sich unter seiner Musterung eine süße Schwere in ihren Gliedern ausbreitete.

»Was kann ich für Sie tun, Miss Chalmers?« Hinter ihm winselte der gelbe Hund klagend und ließ sich dann zu Füßen seines Herrn im Straßenstaub nieder.

Caroline befeuchtete ihre plötzlich trockenen Lippen, und obwohl ihr Anliegen sehr dringend war, zögerte sie noch, es vorzutragen. »Ist der Hund krank?« fragte sie.

»Tob?« Hayes lachte, ein tiefes, warmes Lachen, das Carolines Magen traf und dort zerschmolz wie Bienenwachs in der Sonne. »Ach nein. Er ist nur ein bißchen beschwipst – eine schlechte Angewohnheit, die er schon hatte, bevor wir uns begegneten.«

Caroline errötete und trat einen Schritt zurück. Im Saloon klimperte ein Piano, und Kutschen und Wagen rumpelten über die aufgeweichte Straße hinter ihnen. »Tob ist ein seltsamer Name«, sagte sie verwundert. »Warum nennen Sie ihn so?«

Mr. Hayes seufzte schwer. Wahrscheinlich konnte er es nicht erwarten, an den Spieltisch im Hellfire-and-Spit-Saloon zurückzukehren. Er nahm seinen Hut ab, setzte ihn jedoch sogleich wieder auf, und Caroline sah für einen winzigen Moment wirres braunes Haar mit einem goldenen Schimmer.

»Miss Chalmers«, sagte er mit mühsam erzwungener Geduld,

»ich bin nicht herausgekommen, um über meinen Hund zu sprechen. Was wollen Sie von mir?«

Caroline errötete noch heftiger, und aus den Augenwinkeln sah sie, daß Hypathia Furvis sie durch das Fenster des Bekleidungsgeschäfts beobachtete. Nun würde noch vor Sonnenuntergang jeder in Bolton wissen, daß die Lehrerin sich mit einem Mann unterhalten hatte, der fast ein Krimineller war.

»Miss Chalmers?« drängte Mr. Hayes.

»Ist es wahr, daß Sie früher ... daß Sie während des Krieges Männer aus Unionsgefängnissen befreit haben?«

Er nahm ein Streichholz aus der Hemdtasche, rieb es an seiner Stiefelsohle und zündete die erloschene Zigarre an. Wolken blauen Rauchs drangen in Carolines Gesicht. »Wer hat das gesagt?«

Caroline hustete. »Einer meiner Schüler«, gab sie zu.

Ein verschmitztes Lächeln spielte um Mr. Hayes' Lippen. »Ich dachte mir schon, daß Sie wie eine Lehrerin aussehen«, sagte er und musterte ihre schlanke Figur von neuem. »Sie sind ein mageres kleines Ding. Bezahlen sie Ihnen nicht genug, damit Sie anständig essen können?«

Caroline war zutiefst gekränkt. Vielleicht war sie nicht so rundlich und plump, wie es jetzt modern war, aber *mager* war sie auch nicht. Noch einmal holte sie tief Atem, um ihm zu beweisen, daß sie – wenn auch in bescheidenem Umfang – Busen hatte. »Mein Gehalt ist sehr ordentlich, vielen Dank. Es erlaubt mir sogar, Ihnen eine beträchtliche Summe für Ihre Hilfe anzubieten.«

Hayes zog an seiner Zigarette. »Wie beträchtlich?«

»Zweihundertsechsunddreißig Dollar und siebenundvierzig Cent«, erwiderte Caroline stolz. Sie hatte praktisch von Kindheit an gespart, um dieses – für sie – kleine Vermögen zusammenzubekommen. Und sie liebte Seaton Flynn genug, um jeden einzelnen Penny für seine Freiheit zu opfern.

Hayes pfiff leise durch die Zähne und schüttelte den Kopf. »Das ist eine Menge Geld, Miss Chalmers. Was genau müßte ich tun, um es zu verdienen?«

Caroline schaute sich prüfend um, dann senkte sie ihre

Stimme zu einem Flüstern: »Ich möchte, daß Sie meinen ... Freund aus dem Gefängnis befreien.«

Das eine grüne Auge von Mr. Hayes wurde schmal, und er warf den Zigarrenstummel auf die Straße. »*Was* sagten Sie?«

Caroline biß sich auf die Lippen und wiederholte ihre Bitte noch einmal, diesmal so langsam, als hätte sie einen schwerfälligen Schüler vor sich.

»Ich will verdammt sein!« fluchte Mr. Hayes und stützte empört die Hände in die Hüften. »Sie verlangen von mir, das Gesetz zu brechen!«

»Psst!« zischte Caroline, ergriff seinen Arm und zerrte ihn fast in die kleine Gasse zwischen dem Saloon und dem Wells Fargo Büro. Es war nicht auszudenken, was Hypathia daraus machen würde, aber darauf konnte Caroline jetzt keine Rücksicht nehmen. »Sie würden nicht das Gesetz brechen«, beharrte sie, ohne Mr. Hayes' Arm loszulassen, »sondern *Gerechtigkeit* üben! Seaton ... Mr. Flynn ist unschuldig. Er ist ungerechterweise beschuldigt worden.« Bei den letzten Worten traten ihr Tränen in die Augen. »Und sie werden ihn hängen, wenn Sie nichts tun!«

Mr. Hayes wurde spürbar nachgiebiger. Sein Hund, der wieder an seiner Seite stand, stubste ihm die Nase in die Kniekehlen. »Ich habe in der Zeitung von dem Fall gelesen«, erwiderte Hayes stirnrunzelnd und rieb sich nachdenklich das Kinn.

Nur ihre Verzweiflung hinderte Caroline daran, ihrer Verwunderung Ausdruck zu geben, daß Mr. Hayes' des Lesens mächtig war. »Er hat die Postkutsche nicht ausgeraubt«, flüsterte sie eindringlich. »Und ich *weiß*, daß er den Fahrer nicht erschossen hat! Zu einer solch schändlichen Handlungsweise wäre Mr. Flynn gar nicht fähig.«

Mr. Hayes wirkte skeptisch, aber auch mitfühlend, wofür Caroline ihn am liebsten geohrfeigt hätte. Aber sie nahm sich zusammen.

»Warum sind Sie sich dessen so sicher?« wollte er wissen.

Caroline seufzte ungeduldig. »Weil er es mir gesagt hat.«

Hayes spreizte die Hände. »Tatsächlich?« entgegnete er spöttisch. »Na ja, das ändert natürlich alles.«

Caroline weinte jetzt ganz offen, aber das war ihr egal. Praktisch alles, was ihr etwas bedeutete, stand auf dem Spiel. »Wenn Mr. Flynn aus dem Gefängnis fliehen könnte, wäre es ihm möglich, seine Unschuld zu beweisen.«

»Oder für immer zu verschwinden«, entgegnete Hayes kühl. »Flynn wurde des Raubmordes angeklagt, Miss Chalmers, und zum Tod durch Hängen verurteilt. Und daran kann ich nichts ändern.« Er wandte sich zum Gehen, doch Caroline hielt ihn am Ärmel fest.

»Warten Sie«, flehte sie. »Bitte!«

Er drehte sich erneut zu ihr um. »Während des Krieges in ein Yankee-Gefangenenlager einzubrechen, war eine Sache, Miss Chalmers. Aber der Kampf ist jetzt vorbei, und ich habe nicht die Absicht, der Gerechtigkeit in die Quere zu kommen.«

»Gerechtigkeit?« rief Caroline empört. »Sie werden den falschen Mann aufhängen, Mr. Hayes! Nennen Sie das Gerechtigkeit?«

Hayes schob einen Daumen unter seinen Hosenträger und betrachtete Caroline sinnend. »Sie lieben diesen Galgenvogel, was?«

»Ja«, gab Caroline leise zu. Der Hund zu Mr. Hayes Füßen schien ihre Stimme mit seinem leisen Winseln nachzuahmen.

»Teufel!« fluchte Mr. Hayes. »Ich hasse es, wenn Frauen weinen.«

Da ihr Taschentuch zu schmutzig war, trocknete Caroline ihre Tränen mit dem Handrücken. »Werden Sie mir helfen?«

»Nein«, entgegnete Mr. Hayes und ging, seinen mageren Hund dicht auf den Fersen.

Caroline brauchte einen Moment, um ihre Fassung wiederzufinden, aber dann folgte sie ihm. Die neugierige Hypathia stand auf dem Bürgersteig vor dem Laden ihrer Tante und beobachtete Caroline mit verschränkten Armen und einem anzüglichen Lächeln.

»Hallo, Caroline!« rief sie ihr munter zu.

Caroline bedachte sie mit einem gereizten Blick und kehrte zum Fenster des Saloons zurück.

Guthrie Hayes war wieder in sein Kartenspiel vertieft.

Während Caroline zusah, schlenderte ein Barmädchen mit wiegenden Hüften zu ihm hinüber. Sie trug ein tiefausgeschnittenes, sehr kurzes Taftkleid, und in der Hand eine Emailleschüssel.

Am Tisch nahm sie die Whiskeyflasche und goß etwas von der bernsteinfarbenen Flüssigkeit in die Schüssel. Sie setzte sie auf den Fußboden, und ihre Strumpfbänder wurden sichtbar, als sie sich bückte. Der Hund schleckte den Whiskey schamlos auf und ließ sich dann mit einem zufriedenen Seufzen zu Mr. Hayes' Füßen nieder.

Im Moment kümmerte Caroline das seltsame Verhalten des Hundes nicht. Es war das Barmädchen, das sie ärgerte. Während sie sprachlos zuschaute, setzte es sich auf Mr. Hayes' Schoß und schlang ihm einen Arm um den Nacken.

Für einen Augenblick waren Seaton Flynn und seine verzweifelte Lage für Caroline vergessen.

Die Dirne nahm Mr. Hayes' Hut ab und setzte ihn auf ihren Kopf, dann beugte sie sich vor und flüsterte ihm etwas ins Ohr.

Caroline klopfte an das Fenster, aber Mr. Hayes' ungeteilte Aufmerksamkeit galt der Dirne, die lachend auf seinem Schoß hockte.

Ein leises Grinsen breitete sich auf seinen Zügen aus, als er sich anhörte, was immer das Barmädchen zu sagen haben mochte, dann nickte er zustimmend. In diesem Augenblick vergaß Caroline jegliche Sorge um ihren guten Ruf und marschierte entschlossen über den Bürgersteig auf die Schwingtüren zu.

Ohne nachzudenken – hätte sie es getan, wäre ihr Mut sofort verflogen – betrat Caroline das Lokal und ging entschieden auf Mr. Hayes' Tisch zu.

Das Pianogeklimper brach so unvermittelt ab wie das Klirren der Gläser und das Summen der Unterhaltung.

Alle drehten sich zu Caroline um, als sie mit verschränkten Armen neben Mr. Hayes' Tisch stehenblieb.

Tob winselte und legte eine Pfote über seine Schnauze. Mr. Hayes schaute zu Caroline auf und grinste, und das Barmädchen, noch immer seinen Hut auf dem Kopf, sah Caroline aus seinen kohlschwarzen umrandeten Augen mit einer Mischung aus Trotz und Verachtung an.

Der Impuls, der Caroline dazu getrieben hatte, den Saloon zu betreten, war verflogen, der Mut hatte sie verlassen. Was sollte sie auch tun – sie konnte ihr Anliegen schließlich nicht vor all diesen Gästen vorbringen; ihr ganzer Plan beruhte auf äußerster Diskretion.

»Mr. Hayes«, sagte sie verlegen, »ich möchte mit Ihnen sprechen. Unter vier Augen bitte.«

Er zog eine Augenbraue hoch und legte seinen Arm um die Taille des Barmädchens, das entzückt zu kichern begann und ihm seinen Hut wieder aufsetzte. »Oh, tatsächlich? Worum geht es denn?«

Caroline spürte, wie ihr Blut in die Wangen schoß. »Sie wissen sehr gut, worum es geht, Mr. Hayes. Sie machen es mir nur unnötig schwer.«

Viel zu sanft für Carolines Geschmack schob er das Mädchen von seinem Schoß und erhob sich. »Ich glaube, ich habe mich vorhin klar genug ausgedrückt, Miss Chalmers«, sagte er gelassen.

Caroline erschrak. Falls er ihre Bitte jetzt vor all diesen Leuten wiederholte, war alles verloren. Vielleicht kam sie dann sogar selbst ins Gefängnis.

Doch er zeigte nur fast freundlich auf die Tür und forderte sie mit dieser stummen Geste auf zu gehen. Caroline wandte sich auf dem Absatz um, raffte ihre Röcke und stürmte mit hochroten Wangen aus dem Saloon.

Sie blieb nicht eher stehen, als bis sie, drei Straßen weiter, das Schulhaus erreicht hatte. Da sie ihre Schüler heimgeschickt hatte, bevor sie den Saloon aufsuchte, war das Gebäude jetzt verlassen, und sie konnte sich dort ganz in Ruhe ausweinen.

Als sie an einer der schmalen Bänke saß und ihren Tränen freien Lauf ließ, wurde ihr bewußt, daß sie heute zum ersten Mal wieder die gleiche Hoffnungslosigkeit empfand wie damals in Nebraska, as sie gezwungen worden war, ihre Schwestern Lily und Emma im Waisenkinderzug zurückzulassen.

Mit Seaton Flynn, einem gutaussehenden jungen Anwalt, der

vor zwei Jahren mit der Postkutsche in der Stadt erschienen war, hatte sie gehofft, eine Familie zu gründen und Kinder zu haben, sich ein eigenes kleines Heim aufzubauen. Er hatte sie mit seinem Charme und seinen lachenden braunen Augen mühelos für sich eingenommen.

Da er, ganz im Gegensatz zu Mr. Guthrie Hayes, ein gesundes Gefühl für Anstand und sein äußeres Erscheinungsbild hatte, war es ihm schon bald gelungen, sich eine angesehene Praxis aufzubauen. Obwohl Caroline auch schon Spuren eines kalten, aufbrausenden Charakters bei Seaton entdeckt hatte, war sie doch der Meinung, daß seine guten Eigenschaften diese vorübergehenden Temperamentsausbrüche aufwogen.

Und dann war er beschuldigt worden, eine Postkutsche beraubt und einen Menschen erschossen zu haben! Seaton wurde nach Laramie gebracht, wo ihm der Prozeß gemacht und er verurteilt wurde, aber Caroline war überzeugt, daß es sich um einen kolossalen Justizirrtum handelte. Sie liebte Seaton Flynn, und das wäre nicht der Fall gewesen, wenn es sich bei ihm um einen Mörder und Dieb gehandelt hätte. Das hätte sie gespürt.

Als die Tür sich leise krächzend hinter ihr öffnete, glaubte Caroline zunächst, einer ihrer Schüler sei zurückgekehrt, um ein vergessenes Buch zu holen. Rasch wischte sie ihre Tränen ab und setzte ein schwaches Lächeln auf. Aber als sie sich dann umdrehte, sah sie, daß es Guthrie Hayes war, der hinter ihr stand.

Sofort wurde es ihr zu heiß im Raum. Caroline sprang auf und ging zur Wand, um einen langen Zeigestock vom Haken zu nehmen. Ihr Herz klopfte übertrieben schnell, und sie ging von einem Fenster zum anderen, um sie zu öffnen.

Bald gab es nichts mehr zu tun, und sie mußte sich Mr. Hayes stellen. »Was wollen Sie?« fragte sie.

Er lehnte mit dem Rücken am Türrahmen. »Sie haben geweint«, sagte er. »Ist Ihnen noch nie der Gedanke gekommen, daß Flynn Ihrer Tränen nicht wert sein könnte?«

Caroline dachte an die Picknicks und langen Sonntagsnachmittagsspaziergänge mit Seaton, an seine Küsse im Mondschein und ihre Träume von einer Zukunft an seiner Seite. Caroline hatte sich auf den ersten Blick in ihn verliebt, gleich in jenem Augenblick, als sie sich vor der Tür seiner Praxis zum ersten Mal begegnet waren.

»Sie kennen Mr. Flynn nicht«, antwortete sie so ruhig, wie ihr möglich war, und brachte den Zeigestock an seinen Platz zurück. »Und vielleicht darf ich bemerken, daß es sehr brutal von Ihnen ist, hierherzukommen und mich zu quälen.«

Der Stich schien Mr. Hayes nicht zu treffen, und er zuckte nur die Schultern. »Anscheinend kannten die Geschworenen und der Richter ihn auch nicht. Sie haben ihn wegen Mordes verurteilt, unter anderem.«

Caroline war müde, entmutigt und enttäuscht. »Warum sind Sie hergekommen?« fragte sie scharf.

Er nahm seinen Hut ab und kratzte sich nachdenklich am Kopf. »Das weiß ich selbst nicht«, gab er zu, »vor allem, wenn man bedenkt, daß ich etwas Besseres zu tun hätte.«

Sogleich dachte Caroline an die Dirne, die sich auf seinen Schoß gesetzt hatte, und war gekränkt. Sie sammelte ein Reihe von Mathematikheften ein und legte sie krachend auf das Pult. »Das ist keine befriedigende Antwort, Mr. Hayes.«

Er lächelte nachsichtig. »Ich scheine diese Unterhaltung immer wieder zum Scheitern zu bringen, kleine Lehrerin.«

Aus einem Grund, den Caroline sich nicht erklären konnte, spielte er mit ihr. Sie bedachte ihn mit einem herablassenden Blick. »Sie bringen ein Leben zum Scheitern«, entgegnete sie kühl.

Er lachte und preßte eine Hand an seine Brust, als hätte sie ihm dort einen Messerstich versetzt. Dann löste er sich von der Tür und kam auf Caroline zu, bis er ihr ganz nahe stand.

»Sie sollten etwas weniger großzügig mit Ihren Beleidigungen umgehen«, sagte er mit leiser Stimme, einer Stimme, die ein warmes Prickeln tief in ihrem Innersten auslöste. »Nach allem, was Sie mir sagten, scheine ich Ihre einzige Hoffnung zu sein, Ihren Freund vor dem Strick zu bewahren.«

Caroline trat zurück und zupfte verlegen an den dunklen Strähnen, die sich aus ihrem Knoten gelöst hatten.

Mr. Hayes' nicht zugedecktes Auge richtete sich bei dieser Bewegung auf ihre Brust, um gleich darauf zu ihrem Gesicht zurückzukehren. Wieder spielte ein leichtes Grinsen um seine Lippen. Caroline wurde ganz schwindelig, und rasch setzte sie sich auf ihren Stuhl am Pult.

»Werden Sie mir helfen oder nicht?« fragte sie atemlos, als Guthrie Hayes sich über sie beugte und die Hände auf der Tischplatte aufstützte.

»Ich habe mich noch nicht entschieden«, erwiderte er. »Das ist kein Unternehmen, das man leichtfertig eingehen kann, Miss Chalmers. Es gibt eine ganze Reihe von Möglichkeiten zu bedenken.«

Ganz unvermittelt kam Caroline der Gedanke, daß Mr. Hayes eine sehr viel bessere Erziehung genossen haben mußte, als seine Kleidung und allgemeine äußere Erscheinung verrieten. »Aber Sie sagen nicht nein?«

Er schüttelte den Kopf, und Caroline sah an seiner Miene, daß er selbst überrascht darüber war. »Nein. Warum, begreife ich selbst nicht, denn Ihre Idee ist glattweg verrückt. Einer von uns – oder sogar wir beide – könnte im Gefängnis enden, gleich neben ihrem *Beau.*«

Zu ihrer eigenen Überraschung lächelte Caroline, und Guthrie schien ähnlich erstaunt, denn er zog sich zurück und wirkte alarmiert und sehr verwirrt.

»Danke«, sagte sie.

Mr. Hayes fluchte verhalten, riß seinen Hut vom Kopf und stülpte ihn wieder auf. Dann drohte er Caroline mit dem Zeigefinger. »Ich habe noch keine endgültige Entscheidung getroffen, kleine Lehrerin! Vergessen Sie das nicht.«

»Nein«, erwiderte Caroline, aber es gelang ihr nicht, den Triumph in ihrer Stimme zu unterdrücken.

Wieder fluchte Mr. Hayes, drehte sich auf dem Absatz um und stürmte aus dem Raum. Noch als er die Tür schloß, fluchte er leise vor sich hin.

Zum ersten Mal seit Seatons Verhaftung wurde es Caroline etwas leichter ums Herz. Sie schloß die Fenster, wusch die Tafel ab, fegte den Fußboden und ging nach Hause.

Miss Ethel, grauhaarig inzwischen, aber von ungebrochener Energie und Lebensfreude, war im Vorgarten, als Caroline nach Hause kam, und suchte die ersten Knospen in ihrem geliebten Rosensträuchern. Sie lächelte erfreut, als Caroline summend durch das Gartentor kam.

»Du hast diesen verflixten Mr. Flynn also endlich überwunden!« sagte die alte Dame mit einem Seufzer der Erleichterung.

»Im Gegenteil«, erwiderte Caroline und fügte mit einem verschwörerischen Flüstern hinzu: »Bald werde ich der ganzen Welt beweisen, daß Seaton nicht schuldig ist.«

Miss Ethels Gesicht erstarrte. »Aber das ist er doch, Liebes«, entgegnete sie. »Hast du vergessen, daß einer der Passagiere der Postkutsche ihn erkannte und identifizierte?«

Caroline ging weiter, obwohl ihre Schritte nicht mehr so beschwingt waren wie vorher. »Es war ein Irrtum«, widersprach sie. »Der wirkliche Räuber ist jemand, der Seaton ähnlich sieht, das ist alles.« Sie drehte sich nicht um, weil sie wußte, daß sie dann sehen würde, wie Miss Ethel den Kopf schüttelte.

Im Salon saß Miss Phoebe auf dem Sofa, trank Tee und plauderte mit einer Nachbarin. Sie neigte den Kopf und hob grüßend die Hand, als Caroline an der offenen Tür vorbeiging.

Miss Phoebe hatte vorgehabt, nach ihrer Ankunft in Bolton, damals vor dreizehn Jahren, einen Mr. Gunderson zu heiraten, aber ein Schoschonenkrieger hatte den zukünftigen Bräutigam erschossen, bevor Miss Phoebe noch mit dem Auspacken fertig gewesen war. Trotz Horden von eifrigen Bewerbern um ihre Hand – wie fast alle Städte im Westen litt auch Bolton unter drastischem Frauenmangel – hatten weder Miss Phoebe noch Miss Ethel je wieder Interesse gezeigt, eine Ehe einzugehen.

In der geräumigen Küche hängte Caroline ihren schlichten marineblauen Mantel an einen Haken neben der Tür und machte sich ein belegtes Brot zurecht. Beim Duft des Hammelbratens, der im Ofen schmorte, war ihr das Wasser im Munde zusammengelaufen.

Als wenig später Miss Phoebe hereinkam, saß Caroline an

dem großen Tisch und bereitete ihren Unterricht für den nächsten Tag vor.

»Ist Mrs. Cribben fort?« fragte Caroline, die diese Dame als entsetzlich langweilig empfand.

»Ja«, erwiderte Miss Phoebe. Ihr Haar war ergraut, wie das ihrer Schwester, aber sie war noch immer eine attraktive Frau. »Es wäre nett gewesen, wenn du sie wenigstens begrüßt hättest. Schließlich ist sie die treibende Kraft gewesen, die den Bürgermeister überredete, eine neue Saloonsteuer zu erheben, damit wir neue Textbücher für die Schule kaufen konnten.«

Caroline nickte seufzend. Sie war eine verantwortungsbewußte Lehrerin, und die Angelegenheiten der Schule waren ihre eigenen, aber im Augenblick konnte sie nur an Mr. Guthrie Hayes denken. Er ging ihr nicht mehr aus dem Kopf. Was mochte das Barmädchen ihm nur zugeflüstert haben, um ihn zu einem solchen Grinsen zu veranlassen? Ob die beiden später hinaufgegangen waren, um diese ... diese skandalösen Dinge zu tun, von denen sie gehört hatte?

Ganz unbewußt ballte Caroline die Faust.

Was machte Guthrie Hayes überhaupt in Bolton?

»Caroline«, sagte Miss Phoebe vorwurfsvoll.

Caroline zuckte zusammen. »Entschuldige«, meinte sie errötend. »Was sagtest du?«

»Ich sagte, daß Mrs. Cribben mir erzählte, Hypathia Furvis hätte *ihr* berichtet, du wärst in diesen ver ... in diesen schrecklichen Saloon gegangen ...« Sie machte eine Pause und erschauerte. »Am hellichten Tag!«

Caroline schluckte und starrte ihre gütige Adoptivmutter betroffen an. Das Blut stieg ihr bis unter die Haarwurzeln. Sie sah keinen Zorn in dem zarten, gutgeschnittenen Gesicht, aber Miss Phoebe wirkte zutiefst enttäuscht. »Dort saß ein Herr, den ich sprechen mußte«, erklärte sie lahm.

»Warum?« wollte Miss Phoebe wissen.

Nur mit der größten Überwindung gelang es Caroline, die Frau zu belügen, die wie eine Mutter zu ihr war. »E-er ist der Vater einer meiner Schüler«, schwindelte sie und wandte den

Blick ab. »Calvin war nicht zur Schule gekommen, und ich wollte wissen, warum.«

»Hättest du nicht zu ihm nach Hause gehen können?«

Caroline zwang sich, Miss Phoebe anzusehen. Eine Lüge war eine Lüge, aber hier handelte es sich schließlich um ganz außergewöhnliche Umstände. »Calvin sagte mir, seine Mutter sei sehr krank«, schmückte sie ihre Geschichte noch weiter aus. »Ich wollte die arme Frau nicht stören.«

Miss Phoebe seufzte. »Ich brauche dich wohl nicht daran zu erinnern, Caroline, daß eine Lehrerin sich keinen Makel an ihrem guten Ruf erlauben kann. Wenn etwas davon zur Schulverwaltung vordringt – und das wird es sicher – könntest du deine Stellung verlieren.«

Caroline stellte sich vor, Seatons Frau zu sein und im Triumphzug mit ihm nach Bolton zurückzukehren. Von allen Anklagen freigesprochen, würde Mr. Flynn seine Rechtsanwaltspraxis wieder aufnehmen, und Caroline würde damit beschäftigt sein, Gardinen zu nähen und Kinder zu bekommen. Ihre Stellung in der Schule bereitete ihr dann bestimmt kein Kopfzerbrechen mehr.

»Ich werde vorsichtiger sein«, versprach sie.

Miss Phoebe berührte zärtlich ihre Hand. »Tu das bitte, Liebes.« Sie seufzte, als sie aufstand und zum Schrank ging, um das Porzellan herauszunehmen. »Ich hoffe sehr, daß du dir diesen Anwalt aus dem Kopf schlägst. Es gibt doch wirklich genug nette junge Männer in Bolton, die dich mit Begeisterung heiraten würden.«

Caroline verbarg ein Lächeln, als sie vom Tisch aufstand. »Keine Angst, Phoebe«, sagte sie beruhigend, »ich werde verheiratet sein, bevor ihr wißt, wie euch geschieht.«

»Wer heiratet?« fragte Miss Ethel, die gerade hereingekommen war, neugierig.

Caroline lachte. »Ich.«

»Caroline macht nur Spaß«, warf Miss Phoebe ein.

»Ach so«, sagte Miss Ethel, sichtbar enttäuscht. Dann griff sie in ihre Rocktasche. »Es ist ein Brief für dich gekommen, Liebes. Hier ist er.«

Caroline erhielt nur selten Post, und wenn, dann schlug ihr Herz immer schneller. Selbst nach all diesen Jahren hatte sie nie die Hoffnung aufgegeben, einmal etwas von Emmy oder Lily zu hören.

Aber der Umschlag trug einen Absender aus Laramie, und Caroline erkannte sofort Seatons elegante Handschrift. Ihre Finger zitterten ein wenig, als sie den Brief öffnete, und in ihrem Magen breitete sich ein unangenehmes Gefühl aus.

Was überhaupt nicht die Reaktion war, die sie erwartet hatte.

Liebe Caroline, hatte er geschrieben, *es ist sehr einsam hier, und ich vermisse Dich von ganzem Herzen ... Irgendwie müssen wir einen Weg finden, meine Freilassung zu erreichen ... Ich schwöre Dir, bei allem, was mir heilig ist, daß ich diesen Mann nicht getötet habe ... Wir werden gemeinsam fortgehen, irgendwo anders ein neues Leben beginnen ...*

Caroline faltete den Brief und steckte ihn in den Umschlag zurück. In Gedanken stand sie jetzt vor Seaton, schaute in seine ernsten dunklen Augen, berührte sein volles schwarzes Haar und schmiegte sich an seinen großen, schlanken Körper.

Und zum ersten Mal, seit der Alptraum begonnen hatte, verspürte sie eine Spur von Zweifel. War es möglich, daß Seaton log?

»Entschuldigt mich«, sagte sie zu Miss Phoebe und Miss Ethel, die sie mit besorgten Mienen beobachteten, eilte die Hintertreppe hinauf und über den schmalen Korridor zu ihrem Zimmer.

Hinter ihrer verschlossenen Tür preßte sie eine Hand auf ihr Herz und atmete tief ein, bis der schreckliche Verdacht verblaßte. Seaton Flynn war unschuldig, egal, was die Geschworenen, der Richter oder Guthrie Hayes denken mochten. Er war ebenso ein Opfer wie dieser arme Kutscher, der bei dem Überfall ums Leben gekommen war.

Oder nicht?

Resolut ging Caroline zu ihrem Schreibtisch und nahm die Zeichnung in die Hand, die sie aus dem Gedächtnis von Lily und Emma angefertigt hatte. Eins nach dem anderen, berührte sie die Gesichter ihrer Schwestern und fragte sich wehmütig, wo sie sein mochten und ob es ihnen gut ging und ob sie glücklich waren.

»Er war es nicht«, sagte sie ihren fernen Schwestern, und ihre großen Augen betrachteten sie ernst.

2

Guthrie hielt den Wagen an, als er sein Lager am Fluß der Berge erreichte, befestigte die Bremse und ließ die Zügel sinken. Tob sprang von der Ladefläche und lief aufgeregt zwischen Guthries Füßen herum, als er den braunen Wallach abschirrte und gackernde Hühner in alle Richtungen auseinanderstoben.

Beim Gedanken an Caroline Chalmers Besuch im Hellfire-and-Spit-Saloon grinste Guthrie und schob die schwarze Augenklappe auf den Kopf – er trug sie nur für den Fall, daß es jemanden in Bolton gab, von dem er nicht erkannt werden wollte. Dann brachte er das Pferd zu einer Ansammlung von Bäumen, wo ein Bach vorbeifloß, in dem das Tier trinken konnte. Auch genügend Gras war hier vorhanden, so daß das Pferd auch fressen konnte.

Mit einer langen Leine band er den Wallach an einen Pfosten, den er zu diesem Zweck in die Erde getrieben hatte.

Seine Gedanken waren noch immer bei Caroline, als er ins Lager zurückkehrte, wo Tob ihn freudig bellend begrüßte. Stirnrunzelnd bückte er sich, um den alten Hund zu streicheln. Wenn diese magere Lehrerin herausgefunden hatte, wer er war, konnte es nicht lange dauern, bis die ganze Gegend über ihn Bescheid wußte ...

Er nahm einen Armvoll Feuerholz von dem Stapel, den er vor dem Mineneingang aufgeschichtet hatte, und trug ihn zu dem Ring aus Steinen in der Mitte seines Lagers. Falls die Yankees beabsichtigen, mich für meine Aktionen im Krieg ins Gefängnis zu sperren, dachte er, dann hätten sie es längst getan. Es bestand kein Grund zur Flucht.

Guthries Hände arbeiteten aus langer Gewohnheit völlig unabhängig von seinen Gedanken, als er das Feuer anzündete, seine blaue Kaffeekanne nahm und zum Bach hinunterging, um Wasser zu holen.

Nur wenige Meter von seinem Zelt entfernt befand sich ein kleines Kupferdepot, das er abzubauen gedachte. Guthrie grinste, als er sich bückte, um die Kanne mit Wasser zu füllen. Er war es leid, von Ort zu Ort zu ziehen.

Sobald die Mine Gewinn abzuwerfen begann, würde er sich am Außenrand von Bolton ein Haus bauen – das beste in der ganze Stadt. Und dann würde er nach Cheyenne zurückkehren und Adabelle Rogers holen, ein Mädchen, das eine gute Ehefrau abgeben würde. Falls sie dann noch frei war natürlich.

Er lächelte zufrieden, als er das frische Wasser zum Lager zurück trug. Adabelle hatte blaue Augen, blondes Haar und einen Körper wie ein Daunenbett, und Guthrie freute sich schon darauf, jede Nacht in ihrer sanften Wärme zu versinken. Mit etwas Glück würden ihm dann bald schon vier oder fünf Kinder entgegenlaufen, wenn er abends von der Minenarbeit nach Hause kam ...

Am Feuer hockend, gab er gemahlenen Kaffee in die Kanne und setzte sie aufs Feuer. Doch sein frohes Lächeln verblaßte, als ihm Caroline Chalmers in den Sinn kam, Adabelle verdrängte, und ihn flehend aus ihren großen braunen Augen ansah.

Guthrie stand auf, riß seinen Hut ab und schleuderte ihn zu dem staubigen Zelt, das ganz in der Nähe stand. O nein, er würde nicht seine Mine aufs Spiel setzen, Adabelle und all seine Träume, nur weil eine magere Lehrerin seine Hilfe brauchte.

Oder vielleicht doch?

Er strich sich nachdenklich über das Haar und steckte beide Daumen hinter seine Hosenträger. Caroline war so ganz anders als Adabelle, und doch wollten ihr Gesicht, ihre Gestalt und ihre Stimme nicht mehr aus seinen Gedanken weichen. Als sie ihn in der Schule so ganz unerwartet angelächelt hatte, war es ihm für einen Moment so vorgekommen, als schwankte der Boden unter seinen Füßen.

Seufzend legte Guthrie den Kopf in den Nacken und schaute zum Himmel auf. Obwohl die Tage schon länger wurden, blieb nicht mehr viel Licht. Wenn er noch etwas zum Abendessen erledigen wollte, mußte er sich beeilen.

Er zog seinen 45er Colt aus dem Halfter und überprüfte die Kammer. Dann, mit Tob an seiner Seite, machte er sich in die Wälder auf.

Zwanzig Minuten später kehrte er mit zwei Schneehühnern zurück. Am Bachufer rupfte er sie und nahm sie aus, dann steckte er sie auf einen Spieß über dem Lagerfeuer. Kurze Zeit darauf erfüllte ein Duft das Lager, der Guthrie das Wasser im Munde zusammenlaufen ließ.

Während er seinen Kaffee trank, dachte er über Caroline nach. Sie war aufdringlich wie eine Pferdefliege, diese Frau, aber Guthrie hatte den Eindruck, daß sie nicht dumm war, und wenn sie den Anwalt für unschuldig hielt, hatte das für ihn etwas zu bedeuten. Vielleicht *war* Flynn ja unschuldig. Vielleicht war ein Mann im Begriff zu sterben für ein Verbrechen, das er gar nicht begangen hatte.

Es wurde dunkler, und Guthrie zündete eine Petroleumlampe an, die er an einen der Pfähle hing, zwischen die er eine Wäscheleine gespannt hatte. Tob kam zu ihm und legte den Kopf auf seine Knie, und während Guthrie ihn streichelte, wurde er wieder von der Einsamkeit erfaßt, die ihn schon seit Jahren quälte.

Er zwang sich, an Adabelle zu denken, aber wieder war es Caroline, die vor seinem inneren Augen erschien. Ihre schönen Augen blickten ihn flehend an, ihre Unterlippe zitterte.

Guthrie stöhnte. »Verschwinde und laß mich in Ruhe«, murmelte er. Aber sie blieb beim Essen, und sie war noch da, als Guthrie im Bach das Geschirr abwusch. Und sie beherrschte selbst dann noch seine Gedanken, als er in das Zelt kroch und sich bis auf die lange Unterwäsche auszog, um schlafen zu gehen.

Mr. Flynn ist unschuldig, hörte er sie sagen,. *Er ist ungerechterweise beschuldigt worden.* Er sah die Tränen in ihren Augen. *Sie werden ihn hängen!*

»Vermutlich verdient er es«, knurrte Guthrie, während er sich unruhig von einer Seite auf die andere rollte und an die Zeitungsartikel dachte, die er über den Prozeß in Laramie gelesen hatte. Flynn war noch immer dort und erwartete seine Hinrichtung.

Ärgerlich schloß Guthrie die Augen und rechnete damit, noch Stunden wach zu liegen, aber merkwürdigerweise schlief er sofort ein und kehrte nach Nordpennsylvania zurück, hinter den hohen Stacheldrahtzaun von Slaterville, einem provisorischen Gefangenenlager der Yankees . . .

Die Bajonettwunde in seiner Seite brannte und schmerzte. In der stinkenden Dunkelheit, die ihn umgab, konnte er andere Männer hören, einige stöhnten, andere weinten, und einige schrien vor Schmerzen oder gefangen in einem Alptraum.

»Guthrie.« Das heisere Flüstern kam von direkt neben ihm, und unwillkürlich verspannte er sich und versuchte, den Kopf von seinem Strohlager zu erheben. Aber die Anstrengung war zu groß.

Eine Hand berührte seine Schulter und rüttelte ihn sanft. »Guthrie, du bist es doch, nicht wahr?«

Trotz allem, trotz der Schmerzen, seiner Hilflosigkeit und des Fiebers, das in ihm brannte, grinste Guthrie. Die Stimme gehörte Jacob McTavish, der ihm fast so etwas wie ein Bruder war. Er und Jacob waren zusammen auf der McTavish Plantage in Virginia aufgewachsen, wo Guthries Vater als Erntearbeiter beschäftigt gewesen war.

Dank der christlichen Einstellung von Jacobs Mutter war Guthrie gemeinsam mit ihren beiden Söhnen auf der Plantage erzogen worden.

»So, hier versteckst du dich also, du Yankeeliebhaber«, brachte Guthrie mühsam heraus. »Dem letzten Brief von zu Hause nach zu urteilen, halten deine Mama und dein Papa dich für tot.« Jetzt, da seine Augen sich an die Dunkelheit gewöhnt hatten, erkannte er Jacobs große, hagere Gestalt.

»Ich bin so gut wie tot, wenn wir nicht bald von hier verschwinden«, flüsterte Jacob. »Einer der Aufseher, ein Sergeant Pedlow, hat es auf mich abgesehen. Letzte Woche hat er einen Mann aus Tennessee gebrandmarkt.«

Guthrie schloß die Augen vor der Vorstellung und murmelte eine Verwünschung. »Versuch, dem Kerl aus dem Weg zu gehen«, sagte er, als ein Mondstrahl durch eine Ritze in der Wand fiel und seinen Freund in seinen silbernen Schein tauchte. »Vielleicht ist es dir nicht aufgefallen, Jake, aber mein Zustand erlaubt mir leider nicht, über einen Stacheldrahtzaun zu klettern – mit fünfzig Yankeegewehren im Rücken.«

Jacob fuhr sich mit der Hand durch sein rotbraunes Haar. »Ich sah, daß du verwundet warst, als sie dich ins Lager brachten, und habe mir die Baracke gemerkt, in der du untergebracht wurdest. Du hast verdammtes Glück gehabt, daß du nicht in einem ihrer Feldlazarette gelandet bist.«

Ein erstickter Ton kam aus Guthries Kehle, es sollte ein spöttisches Lachen sein, doch es wurde nur ein Schluchzen. Er glaubte noch immer das Blut zu riechen und die Schreie zu vernehmen. »Ich war dort«, antwortete er leise. »Sie behandelten meine Wunde mit Karbolsäure und schickten mich hierher.«

»Du bist bei Gettysburg verwundet worden?«

Guthrie nickte grimmig. »Glaubst du, es stimmt, was die Yankees sagen – daß sie General Lee in die Flucht geschlagen haben und der Krieg fast vorüber ist?«

Jacob zuckte mit den Schultern. »Für dich und für mich ist

er vorbei«, erwiderte er, »es sei denn, es gelänge uns zu fliehen. Wenn Sergeant Pedlow seinen Willen durchsetzt, sehe *ich* mein Zuhause jedenfalls nicht wieder.«

Alles in Guthrie begehrte auf gegen die hilflose Lage, in der er sich befand, aber er besaß nicht einmal die Kraft, sich zu bewegen. »Warum haßt er dich denn so?«

»Was glaubst du? Weil ich ein Rebell bin.«

Guthrie seufzte. »Geh dem Sergeanten aus dem Weg, Jake«, riet er. »Ich werde nachdenken. Vielleicht fällt mir etwas ein.«

»Ich gehe jetzt lieber«, sagte Jacob, und aus seiner Stimme klang die gleiche Mutlosigkeit, die Guthrie selbst empfand. Nachdem er seinem Freund noch einmal kurz die Hand auf die Schulter gelegt hatte, verschwand Jacob in der Dunkelheit.

Guthrie lag still im Stroh und hörte, wie ein Mann sich ganz in der Nähe übergab. Zu dem allgemeinen Geruch nach Schweiß und Leid und verfaulendem Fleisch gesellte sich nun auch noch der durchdringende Gestank von Erbrochenem.

Mrs. McTavish, Jacobs fromme Mutter, hat recht gehabt, dachte Guthrie. Es gab doch so etwas wie eine Hölle, und er befand sich mittendrin.

Am nächsten Morgen hatte sich die Wunde an seiner Seite infiziert, und Guthrie bekam hohes Fieber. Was um ihn herum vorging, nahm er nur verschwommen wahr, aber als er den Schrei draußen hörte, wußte er ganz instinktiv, daß er von Jacob kam.

Wahrscheinlich *weil* er verflucht war, wie sein Vater immer behauptet hatte, überlebte Guthrie und erholte sich nach einiger Zeit von seiner Verletzung. Sobald er wieder gehen konnte, machte er sich auf die Suche nach seinem Freund.

Er fand Jacob an der Kläranlage, wo er mit gebeugten Schultern und leeren Augen Kalk in die stinkende Grube schaufelte. Dicke Fliegen umhüllten ihn wie eine schwarze Wolke. Jacobs Lippen bewegten sich nicht, aber seine Augen sagten: *Du kommst zu spät.* Er schob sein schmutziges Hemd beiseite und zeigte Guthrie ein häßliches Brandmal auf seiner linken Schulter.

Bis zu diesem Augenblick hatte Guthrie nie wirklich Haß auf

die Yankees empfunden. Sie waren für ihn grüne Jungen gewesen wie er selbst, die geglaubt hatten, an einem aufregenden Spiel teilzunehmen, bis sie feststellen mußten, daß es tödlich ernst war. »Welcher von ihnen ist Pedlow?« fragte er und nahm eine Schaufel in die Hand, um keine unnötige Aufmerksamkeit zu erregen.

Auch Jacob arbeitete weiter. »Es ist der, der am Tor steht und sich mit dem Messer die Fingernägel reinigt.«

Guthrie musterte den Mann verstohlen. Er hatte ungefähr seine Körpergröße, war jedoch älter und kräftiger, und zahllose Pockennarben entstellten seine Züge.

Als hätte er Guthries Blick gespürt, hob Pedlow den Kopf und schaute zu ihm herüber. Die beiden Männer starrten sich eine Weile schweigend an, dann wandte Pedlow sich ab, spuckte in den Schmutz und schlenderte davon.

Drei Tage lang beobachtete Guthrie den Sergeanten, prägte sich seine Gewohnheiten und seinen Dienstplan ein. Guthrie war krank und sehr geschwächt, aber durch eine ironische Laune des Schicksals war Pedlow für ihn der Grund geworden, weiterzuleben und weiterzukämpfen. Wann immer Guthrie erschöpft war und den Mut verlor, brauchte er sich nur vorzustellen, wie der Sergeant das glühende Eisen auf Jacobs Haut gepreßt hatte, und schon bezog er neue Kraft daraus.

Endlich wurde Pedlow für den Nachtdienst am Südtor eingeteilt, was Guthrie sehr passend fand, da der Weg in die Freiheit für ihn nur nach Süden führen konnte.

Eine Stunde nach Einbruch der Dunkelheit schlich er sich hinter den Sergeanten und schlug ihn mit einem dicken Stein nieder, den er schon seit Wochen für diese Gelegenheit aufbewahrt hatte. Dann schleppte er Pedlow hinter eine Reihe von Regentonnen und nahm ihm Messer und Uniform ab.

Guthries Hände zitterten, als er blitzschnell seine eigenen blutverschmierten Sachen gegen die blaue Unionsuniform auswechselte und Pedlows Flinte an sich nahm. Als ein halbes Dutzend Soldaten vorbeischlenderte, hielt er sich im Schatten und brummte nur etwas als Antwort auf ihren gleichgültigen Gruß.

Als Pedlow wieder zu sich kam, trat Guthrie mit dem Stiefelabsatz auf seine Kehle und flüsterte warnend: »Es würde mein Gewissen nicht belasten, dir den Hals zu brechen, du gemeiner Hund – also gib mir nicht mehr Grund dazu, als ich ohnehin schon habe.«

Der Yankee gab ein klägliches Geräusch von sich, und Guthrie zerriß sein gelbes Halstuch und knebelte und fesselte Pedlow damit.

Danach marschierte er dreist in die Baracken und weckte Jacob und ein halbes Dutzend anderer Männer, die er für kräftig genug hielt, die Flucht zu überstehen. Als er die Männer aus dem Südtor führte, mußte es für jeden Beobachter so aussehen, als begleitete ein Sergeant der Union einen Trupp Gefangener zur Arbeit außerhalb des Lagers.

Obwohl Guthrie und den anderen die Flucht in Wirklichkeit gelungen war, wurde er an dieser Stelle seines Traums immer ins Lager zurückgeschleppt und auf die gleiche Weise gebrandmarkt wie sein Freund Jacob. Die Erfahrung war so realistisch, daß Guthrie mit einem Schrei erwachte, sich aufrichtete und mit wilden Blicken um sich schaute. Tob, der zusammengerollt an seinen Füßen lag, stieß ein leises, mitleidiges Winseln aus.

Guthrie war schweißgebadet. In der Dunkelheit tastete er nach seinem Revolver und umschloß ihn mit zitternder Hand. Er brauchte fast fünf Minuten, um aus dem Damals in das Jetzt zurückzukehren und wieder in einen unruhigen Schlaf zu sinken.

Eine ohrenbetäubende Explosion erschütterte das Schulhaus. Molly Haggart, ein sechsjähriges Mädchen mit schwarzen Zöpfen und kornblumenblauen Augen, sprang erschrocken auf. »Miss Caroline, war das ein Erdschweben?«

Auch Carolines Herz hatte vor Schreck einen Schlag ausgesetzt. »Nein, Molly«, sagte sie laut, damit sie über dem nervösem Kichern der anderen Kinder gehört wurde. »Das war Dynamit. Und das richtige Wort ist *Erdbeben.*«

»Vielleicht hat jemand die Bank ausgeraubt!« rief Johnny Wilbin aufgeregt.

»Oder die alte Maitland-Mine ist eingestürzt«, warf Pervis Thatcher ein.

Miss Phoebes und Miss Ethels ererbte Kohlenmine war seit fünf Jahren geschlossen, aber zu ihrer Zeit hatte sie genug Ertrag gebracht, um den alten Damen für den Rest ihrer Tage ein bequemes Leben zu ermöglichen.

»Psst, Kinder«, sage Caroline streng. »Wenn es etwas war, was wir wissen müssen, wird jemand kommen und es uns sagen.«

»Es ist nur Mr. Hayes in seiner Kupfermine«, erklärte Martin Bates, der Junge, der Caroline von Guthrie Hayes' Eskapaden während des Krieges erzählt und voller Stolz behauptet hatte, Guthrie sei ein guter Freund seines Vaters. »Man kann keine Mine ausbeuten, ohne Dynamit anzuwenden. Mr. Hayes' Mine liegt unten am Ribbon Creek.«

In Gedanken notierte Caroline sich diese wichtige Information und setzte gelassen ihren Unterricht fort. Danach jedoch, als die Kinder fort waren und sie das Klassenzimmer aufgeräumt und gefegt hatte, eilte sie zum Mietstall und ließ sich ein Pferd und einen kleinen Buggy geben.

Es war halb fünf Uhr nachmittags, als sie Mr. Hayes' Lager fand. Wütende Hühner stoben gackernd auseinander, und Tob kam bellend auf sie zugerannt, als Caroline den Wagen abstellte und sich suchend umsah.

Guthrie Hayes war nicht in seiner Mine, wie sie angenommen hatte, sondern stand im Unterhemd vor seinem Waschzuber, die Arme bis zu den Ellbogen im Seifenschaum. Caroline sah ihn an seiner Augenklappe herzumzupfen, dann kam er langsamen Schrittes auf sie zu.

»Hallo, Miss Chalmers«, sagte er auf seine lässige und doch höfliche Art. Da er keinen Hut trug, schimmerte sein dichtes braunes Haar fast golden in der Sonne.

Caroline beugte sich vor auf ihrem Kutschbock und verengte die Augen gegen das helle Licht. »Ich hätte schwören können, daß Sie die Klappe gestern auf Ihrem rechten Auge trugen!«

Mr. Hayes berührte die schwarze Binde flüchtig, dann ließ er die Hand sinken. »Sie irren sich, Miss Chalmers«, sagte er.

Sie richtete sich auf und band die Zügel um die Wagenbremse. »Das glaube ich nicht«, entgegnete sie. »Ich habe einen guten Blick für Details. Würden Sie mir jetzt bitte vom Wagen helfen?«

Er zögerte nur kurz, dann kam er auf sie zu, doch als Caroline seine starken Hände um ihre Taille fühlte, bereute sie, diese höfliche Geste von ihm erzwungen zu haben. Ein wohliges Kribbeln erfaßte ihre Glieder, floß durch ihren ganzen Körper.

Caroline schnappte ganz unbewußt nach Luft und errötete, als sie merkte, daß ihre skandalöse Reaktion Mr. Hayes nicht entgangen war. Er lächelte wissend und schaute dabei ganz unverwandt auf ihren Mund.

Einen Moment lang hielt sie ihn für dreist genug, sie jetzt zu küssen.

Doch statt dessen – zu ihrer maßlosen Erleichterung und zutiefst empfundenen Enttäuschung – ließ er sie an seinem Körper herabgleiten, bis sie bebend vor ihm stand. Er war ihr so nahe, daß sie die Sonne und den Schweiß an seinen Kleidern riechen konnte und die Wärme spürte, die sein muskulöser Körper abgab.

»Wissen Sie«, sagte er gedehnt, »eigentlich ist es nicht schicklich, daß Sie so ganz allein hierhergekommen sind . . .«

Carolines Herz setzte einen Schlag aus, ihr wurde so heiß unter seinem Blick, daß ein Schweißtropfen zwischen ihren Brüsten hinunterollte. »Ich bin überzeugt, daß Sie ein Gentleman sind«, erwiderte sie, obwohl sie sich dessen überhaupt nicht sicher war.

Sein unbedecktes grünes Auge zwinkerte. »Wenn Sie meinen, Miss Chalmers.«

»Würde es Ihnen etwas ausmachen . . . zurückzutreten? Einen Schritt oder zwei?« bat Caroline atemlos. Obwohl es ein milder Apriltag war und eine frische Brise von den Bergen kam, glaubte sie schon die Augusthitze zu verspüren.

»Natürlich«, erwiderte Mr. Hayes. Aber er rührte sich nicht – abgesehen davon, daß er den Mund auf Carolines Lippen senkte.

Sie erstarrte, als habe sie der Blitz getroffen, und gab ein leises Wimmern von sich, das wie Protest und gleichzeitig wie Zustimmung klang, als er sie ernsthaft küßte.

Es war ganz, ganz anders als die schüchternen, diskreten Küsse, die sich Seaton bei ihren gemeinsamen Spaziergängen gestohlen hatte, oder im Salon, wenn Miss Phoebe und Miss Ethel nicht bei ihnen waren. Guthries Lippen waren warm und sanft, und obwohl er Caroline nur ganz zärtlich und sachte küßte, zähmte er ihre Lippen mit der geschickten Unterstützung seiner Zunge.

Caroline hatte nach dem ersten Schock die Augen geschlossen, riß sie jedoch erschrocken wieder auf, als sie Guthries Zungenspitze an ihren Lippen spürte. Aber zu ihrer abgrundtiefen Beschämung war sie nicht imstande, sich ihm zu entziehen; bereitwillig und auf die gleiche Weise erwiderte sie den Kuß.

Irgendwann löste sich Guthrie von ihr, seine Lippen verzogen sich zu einem schläfrigen Lächeln, seine Hände blieben auf Carolines Hüften ruhen. »Hat dein Freund dich auch so geküßt? Dieser Mann, den du zu lieben glaubst?«

Carolines Wangen brannten; sie entfernte sich von Guthrie und wischte ihre plötzlich feuchten Hände an ihrem karierten Baumwollkleid ab. »Natürlich hat er das getan«, log sie dreist. »Immer.«

Guthries Lächeln war schon fast ein Grinsen. »Tatsächlich?« neckte er Caroline. Und dann wandte er sich einfach ab und kehrte zu seinem Waschzuber zurück. »Das war nur ein Test, kleine Lehrerin, aber es ist schwer zu sagen, ob du ihn bestanden hast. Du magst tatsächlich glauben, Seaton Flynn zu lieben, aber ich bin fast sicher, daß dem nicht so ist.«

Caroline schaute verwundert zu, wie er ein blaues Hemd aus dem Schaum nahm und in einen Eimer mit sauberem Wasser warf.

Als er das Kleidungsstück ausgespült hatte, wrang er es aus, zog es glatt und hängte es über die Wäscheleine, an der schon mehrere Hosen hingen.

Zuerst sein Kuß und jetzt dieses gleichmütige Verhalten! Caroline war so entnervt, daß sie kein Wort über die Lippen brachte.

»Was machst du überhaupt hier, Caroline?« erkundigte er sich schließlich, als er zum Waschzuber zurückging, um ein weiteres Hemd zu waschen.

Ihre Lippen bewegten sich, aber kein Ton kam heraus. Beim zweiten Versuch gelang es schon etwas besser. »I-ich wollte wissen, w-wie Sie sich entschieden haben. W-wegen Mr. Flynn, meine ich.«

»Ich habe mich noch nicht entschlossen«, erwiderte er achselzuckend.

Caroline begann ungeduldig auf und ab zu gehen. Sie hatte noch nie einen Mann Wäsche waschen sehen, und durch die anderen Schocks, die sie vorher erlebt hatte, war der Anblick noch viel verwirrender, als er sonst vielleicht gewesen wäre. Sie wußte, daß sie jetzt besser auf ihren Wagen gestiegen wäre, um nach Hause zu fahren, aber sie konnte sich nicht dazu durchringen. »Ich bin erstaunt, daß Sie keine Frau haben, Mr. Hayes«, sagte sie.

»Nach einem solchen Kuß«, entgegnete er mit einem frechen Augenzwinkern, »solltest du mich Guthrie nennen.«

Caroline wandte sich ab und verschränkte die Arme, weil sie wußte, daß ihr das Blut bis unter die Haarwurzeln gestiegen war. Als sie wieder zu Guthrie hinüberschaute, spülte er das zweite Hemd aus.

»Nun?« meinte er gelassen.

»Soll das eine Bedindung sein? Daß ich Sie Guthrie nennen und mit *du* ansprechen muß?«

Er schien nachzudenken. »Ja«, sagte er dann.

»Und wenn ich es tue, versprechen Sie, Mr. Flynn zu retten?«

»Nein«, erwiderte er und hängte das zweite Hemd auf.

Caroline wurde langsam ärgerlich. »Das ist kein Spiel, Mr. Hayes! Ein Menschenleben ist in Gefahr.«

»Guthrie«, berichtigte er sie nachsichtig. »Und beim Überfall auf die Postkutsche waren auch Menschenleben in Gefahr. Der Kutscher mußte sogar dabei sterben.«

»Na schön!« schrie Caroline entnervt. »Dann eben *Guthrie!*«

Er nickte grinsend. »Du liebst ihn nicht«, bemerkte er zufrieden. Seine Wäsche hatte er offenbar beendet, denn er begann seine Hemdsärmel hinabzurollen.

Caroline gab sich einen Moment lang der verführerischen Vorstellung hin, wie sie Guthrie Hayes den Inhalt seines Waschzubers über den Kopf goß, aber natürlich wagte sie das nicht. »Doch, ich liebe ihn«, beharrte sie gereizt.

»Nein, das stimmt nicht«, erwiderte er entschieden, bevor er mit einer einladenden Geste auf einen glatten Baumstumpf beim Lagerfeuer deutete. »Nimm Platz, Caroline, dann werde ich es dir erklären.«

Mr. Hayes' Arroganz wurde nur noch von seiner schlechten Erziehung übertroffen. »Miss Chalmers für Sie!« sagte sie, faltete ihre Hände und blieb trotzig stehen.

»Nicht, wenn du willst, daß ich deinen *Beau* aus dem Kittchen hole«, gab Guthrie zu bedenken. »Und jetzt setz dich, *Caroline,* bevor ich vergesse, daß ich dazu erzogen wurde, sogar launische Gören wie Damen zu behandeln!«

Wiederstrebend ließ Caroline sich auf dem niedrigen Baumstumpf nieder. »Was ist mit deinem Auge geschehen?« fragte sie, um ihn von der Tatsache abzulenken, daß sie diesen ersten Kampf verloren hatte.

Er bückte sich, schenkte sich Kaffee ein und betrachtete Caroline über den Rand seines Bechers. »Vielleicht habe ich es im Krieg verloren«, erwiderte er ausweichend. »Möchtest du Kaffee?«

Geziert strich sie ihre Röcke glatt. »Ich hätte lieber Tee.«

Guthrie machte eine angedeutete Verbeugung. »Das kann ich mir denken, kleine Lehrerin, aber ich habe nur Kaffee.« Caroline erinnerte sich, wie stark das Gebräu beim Einschenken ausgesehen hatte und verzog unwillkürlich das Gesicht. »Nein, vielen Dank«, antwortete sie kühl. »Wenn wir jetzt zur Sache kommen könnten . . .«

Er zog sich eine umgedrehte Obstkiste heran und setzte sich zu Caroline. »Und das wäre?«

Caroline atmete mehrmals tief ein, um ihren Ärger zu unterdrücken. »Mr. Flynns Rettung natürlich.«

Guthrie rührte in seinem Becher. »Bist du immer so beharrlich?«

»Ja«, erwiderte Caroline aufrichtig. Bisher war ihr stets alles gelungen, was sie sich ernsthaft vorgenommen hatte, außer ihre Schwestern zu finden, aber was das betraf, so hatte sie die Suche noch nicht aufgegeben. Höchstens aufgeschoben, weil Mr. Flynns Rettung vordringlich war. Schließlich ging es bei ihm um Leben und Tod.

Guthrie trank noch einen Schluck, dann kippte er den restlichen Kaffee ins Feuer. »Tja, kleine Schulmeisterin«, meinte er und beugte sich nachdenklich zu ihr vor, »manchmal bleibt einem nichts anderes übrig, als die weiße Flagge zu hissen.«

Für einen Moment nahm sein Gesicht einen düsteren, abwesenden Ausdruck an. »So ist es«, sagte er noch einmal, und diesmal klang seine Stimme brüchig wie rostiges Metall.

»Was meinst du damit?« fragte Caroline aufrichtig interessiert.

»Zum einen die Konföderation«, erwiderte er, und sein Blick verriet, daß er an Träume dachte, die er einst gehegt und dann verloren hatte.

Von tiefem Mitgefühl erfaßt seufzte Caroline. »Aber es muß noch etwas anderes sein«, sagte sie schließlich leise.

Guthrie lächelte ganz unvermittelt, sein Lächeln erstrahlte wie unverhoffter Sonnenschein, und wieder schien irgendein Bild an seinem inneren Auge vorbeizuziehen. »Falls es so ist«, erwiderte er kühl, »geht es dich nichts an.«

Caroline war gekränkt. »Es interessiert mich sowieso nicht«, log sie.

Darauf entstand ein langes, sehr unangenehmes Schweigen.

»Nun«, platzte Caroline schließlich heraus, »*irgend etwas* müssen Sie doch wollen! Jeder Mensch will schließlich etwas.«

Guthrie ließ sich Zeit für seine Antwort. Sein Blick glitt über Carolines schlanke Gestalt und kehrte zu ihrem Gesicht zurück. »Ich will eine Frau, Caroline«, sagte er und zuckte mit den Schultern. »Eine sanfte, warme, gut gepolsterte Frau.«

Obwohl sie keinerlei Neigungen verspürte, diesen Mann zu

heiraten, fühlte sie sich durch seine Bemerkung verletzt. Sie war sanft und warm wie jede andere, aber was das ›gut gepolstert‹ sein betraf, hatte sie nicht viel zu bieten. »Du meinst, du willst eine dicke, fette Frau«, entgegnete sie spitz.

Guthrie lachte. »Tut mir leid, Caroline. Ich wollte deine Gefühle nicht verletzen.«

»Das hast du nicht«, widersprach sie heftig und strich nervös über ihren Rock. »Hast du diese... Frau schon gefunden?«

»In gewisser Weise ja«, antwortete er mit einem lustvollen Seufzer, der Carolines Blut zum Kochen brachte. »Ihr Name ist Adabelle Rogers. Sie lebt in Cheyenne.«

Caroline wandte den Blick ab, um den unerwarteten Schmerz zu verbergen, den diese Bemerkung in ihr auslöste. Ihr war selbst nicht klar, warum es ihr etwas bedeuten sollte, ob Mr. Hayes eine Braut hatte oder nicht, wenn sie selbst im Begriff war, Seaton Flynn zu heiraten. Aber Tatsache war, daß es sie störte. Und ganz empfindlich sogar.

»Sie würde mir mein gesundes Auge auskratzen«, erwiderte er belustigt.

Caroline erschauerte, dann sprang sie auf. »Wie kannst du nur so etwas Widerwärtiges sagen!« rief sie empört.

Guthrie betrachtete sie mit einer Art nachsichtigem Mitleid, das ihren Stolz noch mehr verletzte. Wahrscheinlich dachte er, sie sei so versessen darauf, Seaton aus dem Gefängnis zu befreien, weil außer einem Kriminellen kein Mann eine so magere Frau wie sie heiraten würde!

Plötzlich glaubte sie, Mr. Hayes' Gegenwart nicht mehr ertragen zu können, nicht einmal dann, wenn sie Seaton damit vor dem Galgen bewahrte. Sie war den Tränen nahe, und ihre Selbstachtung verbot es ihr, noch einmal vor diesem Mann zu weinen. »Ich bin sicher, daß ihr hervorragend zusammenpaßt«, sagte sie, drehte sich um und ging auf ihren Buggy zu.

Sie merkte erst, daß Guthrie dicht hinter ihr war, als er sie um die Taille faßte und vom Bock herunterhob.

Überrascht drehte sie sich in seinen Armen um, protestierte

schwach und schlang ihm dann, als sein Mund ihre Lippen suchte und eroberte , zu ihrer eigenen Bestürzung die Arme um den Nacken.

»Ich fahre jetzt«, flüsterte sie danach beschämt.

»Du bleibst zum Abendessen«, entgegnete Guthrie entschieden, nahm Carolines Hand und führte sie zum Lagerfeuer zurück.

3

»Erzähl mir etwas von dir«, bat Guthrie, als er sich vors Feuer hockte, den Deckel vom Topf nahm und dessen Inhalt umrührte. Der würzige Duft des Eintopfs, der die Luft erfüllte, ließ seinen Magen vor Hunger knurren.

Caroline hockte auf dem gleichen Baumstumpf wie zuvor und machte ein Gesicht, als wäre sie am liebsten aufgesprungen und in den nahen Wald geflüchtet. »Ich bin Lehrerin«, begann sie, um die Unterhaltung nicht wieder abbrechen zu lassen, »und – wie du weißt – eine gute Freundin von Mr. Seaton Flynn . . .«

»Hast du keinen Vater?« unterbrach Guthrie sie. Diese Yankees erstaunten ihn immer wieder von neuem. In seiner Heimat im Süden paßten die Männer auf ihre Frauen auf, anstatt sie mutterseelenallein durch die Landschaft ziehen zu lassen. »Oder einen Bruder?« setzte er hinzu.

Caroline starrte ihn an. »Wie bitte?« entgegnete sie verständnislos.

»Du scheinst keine männlichen Verwandten zu haben«, sagte er ernst. »Denn sonst würdest du nicht wie ein verirrtes Huhn durch die Gegend rennen und Männer belästigen, mit denen du nicht einmal sprechen solltest.«

Caroline hielt seinem Blick gelassen stand. »Männer wie du?«

»Richtig, Caroline. Wenn ich eine Tochter hätte und sie wäre frech in einen Saloon gegangen, wie du es gestern getan hast, hätte ich sie übers Knie gelegt. Und was dein Erscheinen hier in meinem Lager betrifft, ganz allein ...« Er brach ab und schüttelte verwundert den Kopf.

Caroline errötete heftig. Sie wollte aufstehen, aber Guthrie ergriff ihre Hand und hielt sie zurück.

»Bist du ganz allein auf der Welt, Caroline? Abgesehen von Flynn meine ich?«

Tränen glitzerten in ihren Augen, aber Guthrie sah, daß sie sie tapfer zurückdrängte. »Nein. Ich habe zwei Adoptivmütter, Miss Phoebe und Miss Ethel Maitland. Sie adoptierten mich als ich acht war, und ich liebe sie sehr.«

Guthrie stützte seine Ellbogen auf die Knie und das Kinn auf seine verschränkten Finger. »Warum mußtest du damals adoptiert werden?« wollte er wissen. Es klang aufrichtig interessiert.

Caroline seufzte. »Ich lebte mit meiner Mutter und meinen beiden Schwestern in Chicago im Haus meiner Großmutter. Doch als ich sieben war, starb Grandma, und wir mußten in eine Wohnung umziehen, weil kein Geld da war. Mama ... trank ein wenig. Sie versuchte es mit Arbeit in einer Schuhfabrik, aber meistens war sie ... konnte sie sich nicht konzentrieren.«

Caroline zögerte und musterte Guthrie prüfend, als überlegte sie, ob es ratsam war, fortzufahren oder nicht. »Später begann Mama, Männer mit nach Hause zu bringen.« Für einen Moment wich Caroline Guthries Blicken aus. »Sie g-gaben ihr Geld, und eine Zeitlang ging es gut. Aber dann kam dieser Soldat ... Mr. Harrington.«

Guthrie ermutigte sie mit einem Nicken fortzufahren.

»Mr. Harrington war Sergeant, glaube ich, und er mochte keine Kinder. Es dauerte nicht lange, bis er Mama überzeugt hatte, daß es für Lily, Emma und mich besser wäre, unser Glück in einem Waisenkinderzug zu versuchen, als in Chicago aufzuwachsen.« Caroline starrte auf ihre verschränkten Hände, deren Fingerknöchel vor Anspannung weiß hervortraten. »Vielleicht hatte er ja recht. In Chicago wären wir sicher in einer Fabrik gelandet. Oder es wäre noch viel schlimmer für uns gekommen . . .«

In einer schützenden Geste schloß Guthrie seine Hände um Carolines. »Warum haben deine Adoptivmütter nicht auch Lily und Emma zu sich genommen?«

Caroline biß sich auf die Lippen, ein Zeichen, daß sie einen alten, tiefsitzenden Schmerz zurückdrängte, und schüttelte den Kopf. »Sie hatten eine Nachbarin zum Zug geschickt, um ihnen ein Mädchen zu holen, weil sie eine Begleiterin für ihre Reise nach Westen suchten. Das Traurige ist, daß Miss Phoebe und Miss Ethel die liebsten und großzügigsten Menschen auf der ganzen Welt sind. Ich bin überzeugt, daß sie auch meine Schwestern genommen hätten, wenn sie damals selbst am Bahnhof gewesen wären und Lily und Emma gesehen hätten.«

Guthrie ließ seinen Daumen streichelnd über Carolines Hand gleiten, obwohl er sie lieber in die Arme genommen hätte, um sie zu trösten. Je mehr er hörte, desto besser verstand er ihr verzweifeltes Bedürfnis, an Seaton Flynn zu glauben. Vermutlich erhoffte sie sich von dem Anwalt, daß er ihr ein Heim gab und die Geborgenheit, die ihr als kleines Mädchen so gefehlt hatte.

»Ist es dir gelungen, Kontakt zu Lily und Emma zu halten?« fragte er leise.

Caroline schüttelte den Kopf. Wieder schimmerten Tränen zwischen ihren langen Wimpern. »Ich habe keine Ahnung, wo sie sind. Ich weiß nicht einmal, ob sie noch leben.«

»Was hast du unternommen, um sie zu finden?«

»Ich habe einen Brief an die Agentur in Chicago geschrieben, die uns nach Westen schickte, aber sie wußten auch nichts. Deswegen habe ich dann ein Buch geschrieben.«

»Ein Buch?« Guthrie hatte Carolines Hand nicht losgelassen, und sie versuchte auch nicht, sie ihm zu entziehen, obschon er vermutete, daß sie wahrscheinlich ganz vergessen hatte, daß er ihre Hand hielt.

Caroline nickte. »Es ist nur ein dünner Band, in dem ich erzähle, was Lily, Emma und mir zugestoßen ist – wie wir im Waisenzug unsere Heimat verlassen mußten und so weiter. Ich hoffe, daß meine Schwestern das Buch irgendwo sehen, wenn es gedruckt ist, oder wenigstens davon hören und sich mit mir in Verbindung setzen.«

»Hast du bereits mit einem Verlag gesprochen?«

Caroline glühte vor Stolz über ihr literarisches Abenteuer, und Guthrie stellte plötzlich fest, daß er das Buch sehr gern gelesen hätte. Andererseits jedoch befürchtete er, es nicht ertragen zu können, die Geschichte über die drei kleinen Mädchen zu lesen, die ganz allein auf sich gestellt in einem solchen Zug gereist waren.

»Sie haben mir einhundert Dollar dafür gezahlt«, sagte sie.

Guthrie lächelte. »Das ist eine hübsche Summe Geld«, erwiderte er und gab ihre Hand frei, um noch einmal den Eintopf umzurühren.

»Und du, Guthrie?« fragte Caroline ganz unvermittelt. »Hast du eine Familie?«

Sein Lächeln verblaßte. »Das könnte man sagen«, gab er zu, »wenn man sehr großzügig sein will. Mein Vater war ein trinkfreudiger Erntepächter, der auf einer Plantage außerhalb von Richmond, Virginia, arbeitete, und meine Mama lief ihm davon, als ich gerade vier war. Ich bin von meiner Schwester Iris aufgezogen worden.«

»Du scheinst aber eine sehr gute Erziehung genossen zu haben«, bemerkte Caroline. »Ich bin erst zur Schule gegangen, nachdem die Maitlandschwestern mich adoptiert hatten, obwohl meine Großmutter mir das Alphabet beigebracht und mich gelehrt hatte, meinen Namen zu schreiben.«

Guthrie war gerührt über Carolines Vertrauen, aber da er sie nicht merken lassen wollte, wie sehr er sie für ihre Kindheit bedauerte, ging er in sein Zelt. Erst als er mit zwei Emailletellern und zwei Löffeln zurückkehrte, antwortete er: »Ich bin im großen Haus der Plantage erzogen worden, zusammen mit den Söhnen des Pflanzers.«

Caroline schaute zu, wie er zwei Teller füllte. »Und deine Schwester?«

»Sie war damals schon nicht mehr da.«

»Nicht mehr da?« Caroline schluckte. Guthrie sah die Angst in ihren Augen; anscheinend befürchtete sie, nur noch Grabsteine zu finden, wenn sie endlich etwas über ihre Schwestern herausgefunden hatte.

»Sie ist nicht tot«, sagte er rasch, während er ihr einen der Teller und einen Löffel reichte. »Iris brannte mit einem Hausierer durch, der Medizin verkaufte. Ich nehme an, sie hielt es bei meinem Vater einfach nicht mehr aus.« Caroline nickte mitleidig. »Hat sie dir je geschrieben?«

»Einmal«, antwortete Guthrie, der sich auf sein Essen konzentrierte. »Irgendwo aus Atlanta. Der Hausierer war zur Armee eingezogen worden, und sie arbeitete für eine Schneiderin.«

Die Sonne begann hinter den Bergen zu versinken, und unwillkürlich schweifte Carolines Blick zur Stadt hinüber. Offensichtlich sollte sie nach Bolton zurückkehren, bevor es ganz dunkel war. Schon jetzt hatte sie mit ihrem Besuch bei ihm ein sehr gewagtes Verhalten für eine Frau gezeigt. Bis nach Sonnenuntergang zu bleiben, konnte einen Skandal auslösen, der die Leute noch jahrelang beschäftigen würde.

»Es schmeckt sehr gut«, sagte sie und betrachtete ein Stückchen Fleisch auf ihrem Löffel. »Ist das Rind?«

»Bär«, erwiderte Guthrie.

Caroline ließ den Löffel sinken. »Ich habe einmal einen dressierten Bären gesehen. Er kam mit einem heruntergekommenen Zirkus in die Stadt und hatte ein schäbiges Fell und traurige Augen. Sie hielten ihn in einem Käfig, und er gab solch mitleiderregende Laute von sich, daß es mir fast das Herz gebrochen hätte.«

Guthrie bedauerte es sehr, daß er schon wieder traurige Erinnerungen in Caroline geweckt hatte. Aber dann beobachtete er fasziniert, wie sie ihre Melancholie abschüttelte, die Schultern straffte und den Teller beiseite stellte. Tob machte sich sofort über die Reste ihrer Mahlzeit her.

»Ich halte die Spannung nicht mehr aus«, sagte sie entschieden. »Ich muß jetzt endlich wissen, ob du dich entschieden hast, Mr. Flynn zu helfen.«

Seufzend stellte auch Guthrie seinen Teller fort. »Ich glaube nicht«, antwortete er widerstrebend. »Ich möchte diese Mine ausbeuten und mir ein Haus bauen. Und die Art von Problemen, die dein Plan aufwerfen würde, kann ich mir – offen gestanden – jetzt wirklich nicht erlauben.«

Er sah, daß seine Worte Caroline nicht nur enttäuschten, sondern auch verwundeten. Das hatte er nicht beabsichtigt.

Sie schlug beide Hände vors Gesicht, ihre Schultern zuckten, und er hörte ihr leises Schluchzen.

Guthrie glaubte plötzlich, ein Yankeebajonett im Bauch zu spüren. »Caroline, weine doch bitte nicht! Eines Tages wirst du einen anderen Mann finden ...«

Caroline stieß einen erstickten Schrei aus. »Ich will keinen anderen Mann!« schluchzte sie. »Ich will Seaton Flynn!«

Guthrie fluchte verhalten, sprang auf und begann unruhig um das Lagerfeuer herumzuwandern. »Aller Wahrscheinlichkeit nach ist der Kerl ein Räuber und ein Mörder!« rief Guthrie aufgebracht. »Verdammt, Caroline, selbst du könntest etwas Besseres finden!«

Caroline sprang so abrupt auf, daß der Hund vor Schreck zurückwich. *»Selbst ich?«* wiederholte sie empört. »Würdest du mir bitte verraten, was das heißen soll?«

Er blieb stehen und ließ die Arme hängen. »Du bist ein hübsches Mädchen«, gab er widerstrebend zu. »Nur bist du leider viel zu mager.«

Entrüstet kreuzte Caroline die Arme über ihrem kleinen, doch wohlgeformten Busen. »Wenn ich Kuchen und Sahne esse, bis ich fett bin wie eine alte Kuh, wirst du mir *dann* helfen?«

Guthrie mußte trotz allem lachen, aber das hieß noch lange nicht, daß er nicht verärgert war. »Caroline, deine Figur steht hier nicht zur Diskussion. Es geht darum, einen verurteilten

Mörder aus dem Gefängnis zu befreien. Hast du überhaupt eine Vorstellung, wie ernst das ist?«

»Wenn die Anklagen gegen Seaton gerechtfertigt wären«, beharrte Caroline, »wäre es eine ernste Angelegenheit. Aber da er ungerechterweise verhaftet worden ist, sind wir völlig im Recht, wenn wir ihn davor bewahren, gehängt zu werden. Du wärst dann so eine Art Robin Hood, Guthrie.«

»Bitte«, sagte Guthrie gequält und rieb sich Stirn und Schläfe. Sein Kopf dröhnte zum Zerspringen.

»Nun, wenn du damit leben kannst, einen unschuldigen Menschen auf dem Gewissen zu haben, bitte«, meinte Caroline und begann auf ihren Buggy zuzugehen. Aber wieder hielt Guthrie sie zurück.

»Was hast du vor?« fragte er argwöhnisch.

Caroline entriß ihm ihren Arm. »Wenn du mir nicht helfen willst, muß ich es eben selbst tun.«

Guthrie stöhnte. »Das würdest du, nicht wahr?« sagte er kopfschüttelnd. »Du würdest deinen verrückten Kopf riskieren, um diesen Lumpen aus dem Kittchen zu befreien, was?«

»Er ist kein Lump«, widersprach Caroline. »Und ich wäre dir dankbar, wenn du solche Worte in meiner Gegenwart nicht äußern würdest.«

»Ach nein, tatsächlich?« sagte er gedehnt. »Hast du schon vergessen, daß du meine Hilfe brauchst?«

»Keinen Augenblick«, erwiderte sie entmutigt. »Aber jetzt muß ich mich auf den Weg machen. Ich habe einiges zu arrangieren.«

Guthrie packte ihre Schultern und schüttelte sie leicht. »Hör mal«, sagte er, »ich möchte nicht, daß du nach Laramie fährst! Und halte dich vor allem von dem verdammten Gefängnis fern!«

»Was du willst, hat nichts mit mir zu tun« erwiderte Caroline spitz. »Güte Nacht, Mr. Hayes, und vielen Dank für das Essen.«

Diesmal gelang es ihr, den Buggy zu erreichen und sich auf den Bock zu ziehen. Guthrie sah ein, daß er etwas unternehmen mußte, wenn er nicht riskieren wollte, daß sie irgend etwas Verrücktes tat, um diesem Flynn zu helfen. Sonst bestand Gefahr, daß sie selbst im Gefängnis endete. Oder sogar erschossen wurde.

»Na schön«, sagte er seufzend. »Ich spreche mit den Zeugen, mit Flynn und dem Marshall, der ihn verhaftet hat und falls ich danach immer noch glaube, daß er schuldig ist, rühre ich keinen Finger, um ihn zu befreien. Haben wir uns verstanden, Caroline?«

Ein freudiges Lächeln erhellte ihr Gesicht, und obwohl Guthrie dachte, daß er sie noch nie so schön gesehen hatte, fühlte er sich seltsamerweise davon verletzt.

»Wir erwarten dich morgen um sechs zum Abendessen«, sagte Caroline triumphierend, bevor sie die Zügel in die Hand nahm. »Danach können wir die Einzelheiten von Mr. Flynns Befreiung besprechen. Sie haben den falschen Mann eingesperrt, Guthrie, das wirst du selbst sehen!«

Er trat zurück. »Du solltest jetzt nach Hause fahren. Die Leute reden vermutlich ohnehin schon über dich.«

Carolines trotzig vorgeschobenes Kinn bewies, wie wenig der Klatsch sie kümmerte. Ganz offensichtlich wollte sie nichts als eine Chance, sich ein glückliches Leben mit dem Mann aufzubauen, von dem sie glaubte, daß sie ihn liebte, und Guthrie hatte schon fast versprochen, bei der Erfüllung ihres Wunsches mitzuhelfen.

Seufzend strich er sich mit der Hand über das Haar. Merkwürdig, wie ein Mann älter werden konnte, ohne klüger zu werden!

Am nächsten Tag arbeitete Guthrie wie immer bis kurz vor Sonnenuntergang in der Mine. Dann wusch er sich gründlich im Bach, zog ein sauberes Hemd und eine saubere Hose an und beschloß sogar, sich zu rasieren.

Um viertel vor sechs fütterte er Tob mit den Resten des Eintopfs vom Vortag und sattelte seinen Wallach, um in die Stadt zu reiten.

Caroline öffnete, als er um Punkt sechs Uhr klopfte. Ihre

Augen weiteten sich bei seinem Anblick vor Überraschung, aber Guthrie wußte nicht, ob es seine ungewohnt gepflegte Erscheinung war, die sie so erstaunte, oder die Tatsache, daß er überhaupt erschienen war.

»Komm herein«, forderte sie ihn auf. Sie trug einen schmalen schwarzen Taftrock und eine pinkfarbene Rüschenbluse, die ihr sehr gut stand.

Guthrie trat ein und nahm sogleich das köstliche Aroma von gebratenem Hühnchen wahr. Es duftete so gut, daß ihm das Wasser im Mund zusammenlief.

Caroline schloß die Tür, dann berührte sie mit einem Finger seine schwarze Augenklappe. »Wenn du das schreckliche Ding unbedingt tragen mußt«, flüsterte sie, »dann achte wenigstens darauf, daß es jeden Tag am selben Auge ist.«

Bevor er etwas darauf erwidern konnte, entfernte sie sich mit raschelnden Taftröcken und ging in den Salon voran.

Die alte Sehnsucht überfiel Guthrie, als er sich in dem gemütlichen Raum umschaute, den Kamin betrachtete, das bequeme Sofa, die zahlreichen gerahmten Fotografien, die Sessel und die Teppiche. Und wenn er nie etwas anderes haben sollte außer einem solchen Haus und einer Frau, mit der er es teilen konnte, würde er sich nicht beklagen.

Zwei ältere Damen kamen aus einem Nebenzimmer herein und schauten ihn erfreut an. Nach Seaton Flynn, dachte Guthrie, muß jeder Gast, den ihr Schützling nach Hause bringt, eine beträchtliche Verbesserung darstellen.

»Miss Phoebe und Miss Ethel Maitland«, stellte Caroline ihre Adoptivmütter vor. »Darf ich vorstellen – Mr. Guthrie Hayes aus Virginia.«

Guthrie gestattete sich darauf ein schwaches Lächeln. Sie ließ ihn wie einen Gentleman aus dem guten alten Süden erscheinen statt wie den Sohn eines armen Pächters, der sich im Krieg einen recht zweifelhaften Ruf geschaffen hatte, indem er Gefangene aus Yankeelagern befreite. »Ich bin sehr erfreut, Ihre Bekanntschaft zu machen«, sagte er, und die alten Damen bestätigten ihm entzückt, daß sie die gleiche Freude über seinen Besuch empfanden.

»Caroline hat das Dinner selbst zubereitet«, zwitscherte eine der Maitlandschwestern stolz.

Guthrie nahm an, daß ihn das ermutigen sollte, und er lächelte, während er sich fragte, ob es möglich war, daß ein Hühnchen, das so gut roch, schlecht schmecken konnte.

»Sie kann auch nähen«, warf die andere unverheiratete alte Dame ein.

Caroline wandte errötend den Blick ab. »Möchtest du dich nicht setzen?« forderte sie Guthrie auf, nahm seinen Arm und führte ihn zu einem Sessel.

Es tat so gut, wieder einmal in einem weichen Polstersessel zu sitzen statt wie üblich auf einer umgekippten Obstkiste oder einem Baumstumpf! Die alten Damen umflatterten ihn wie aufgeregte Vögel und hüllten ihn in eine Wolke von Lavendel ein. Anscheinend betrachteten sie ihn als Kandidaten für ihren Liebling, was Guthrie ein etwas unbehagliches Gefühl einflößte.

Caroline hatte ihnen bestimmt nichts von Adabelle erzählt und von dem Haus, das Guthrie zu bauen gedachte, sobald seine Mine den ersten Ertrag abwarf.

»Mr. Hayes besitzt eine Mine«, erzählte Caroline beiläufig. Sie war dicht neben seinem Sessel stehengeblieben. Hätte sie auch noch eine Hand auf seine Schulter gelegt, hätten sie für ein Hochzeitsfoto posieren können.

»Unser Vater war auch Mineneigentümer«, sagte eine Schwester.

»Möchten Sie sich hier in Bolton niederlassen, Mr. Hayes?« fragte die andere.

Guthrie lächelte breit. Vieles würde einfacher sein für Adabelle, wenn die Damen in der Stadt sie bereits erwarteten. »Ja, ich habe sogar vor . . .«

Bevor er ihnen jedoch von der Frau erzählen konnte, die er zu heiraten beabsichtigte, stieß etwas gegen den Fuß seines Sessels. Nach einem Moment der Verwirrung begriff er, daß es Carolines Schuh gewesen war.

Anscheinend wollte sie nicht, daß er über seine Pläne sprach, seine Braut nach Bolton zu holen. »Mr. Hayes ist noch unverheiratet«, erklärte sie den alten Damen strahlend. »Sollen wir jetzt essen?«

Caroline beobachtete Guthrie verstohlen, als er die Porzellanschüssel mit dem cremigen Kartoffelpüree entgegenahm. Er schien genauso überrascht von der Menge und Qualität des Essens wie sie von seinem erstaunlich guten Aussehen.

Unter der Schicht von Grubenstaub und den Bartstoppeln hatte sich ein attraktiver Mann verborgen, trotz der Augenklappe. Aber natürlich änderte sein gutes Aussehen nichts an ihren Plänen, und schon gar nicht, daß sie bei seinem Kuß das Gefühl gehabt hatte, ihr würde der Boden unter den Füßen fortgezogen . . .

»Lehrerinnen geben sehr gute Mütter ab«, bemerkte Miss Ethel, während sie geziert ein frisches Brötchen mit Butter bestrich.

Es zuckte um Guthries Mundwinkel. »Ja, Madam«, sagte er höflich und nahm sich reichlich Sauce zum Püree. »Das kann ich mir gut vorstellen.«

Caroline senkte den Blick, beschämt über die Art, wie ihre Adoptivmutter sie Guthrie anboten wie eine Scheibe Roastbeef. Sie wußte jedoch, daß sie das Theater mitmachen mußte, um eine Erklärung für ihre Verbindung zu Mr. Hayes zu haben. Es würde einige Zeit in Anspruch nehmen, Seatons Befreiung zu planen.

»Waren Sie schon einmal verheiratet, Mr. Hayes?« wollte Miss Phoebe jetzt wissen.

»Ja, Madam«, sagte Guthrie wieder.

Caroline erstickte fast an dem Bissen Hühnchen, den sie gerade schluckte, und Miss Ethel klopfte ihr besorgt auf den Rücken.

Ihr Dinnergast lächelte, als Caroline sich eine Serviette vor den Mund hielt und ihn über ihren Rand hinweg betroffen ansah.

»Hatte ich das nicht erwähnt, Caroline?« erkundigte er sich.

Sie bedachte ihn mit einem ärgerlichen Blick und ließ die Serviette sinken. »Doch, ich glaube, das hast du«, erwiderte sie so freundlich wie möglich. Vielleicht war es nur eine weitere Lüge, genau wie die Sache mit der Augenklappe.

»Lebt Ihre Frau noch?« fragte Miss Phoebe besorgt, die vor lauter Neugier das Essen ganz aufgegeben hatte.

Caroline sah tiefempfundene Trauer über Guthries Züge huschen. »Nein«, erwiderte er. »Sie starb einige Jahre, nachdem der Krieg zu Ende war.«

Caroline war jetzt betroffen, und für einen Moment war seine Trauer ihre eigene. Sie betrauerte das unbekannte Mädchen genauso sehr, wie es ihr bei Lily, Emma oder ihren Adoptivmüttern ergangen wäre. »Es tut mir leid«, sagte sie leise.

»Sie müssen sich schon sehr jung zur Armee gemeldet haben«, warf Miss Phoebe scharfsinnig ein.

Caroline konnte sehen, daß Guthrie dankbar für den Themenwechsel war.

»Mit sechzehn, Madam«, antwortete er und bediente sich von neuem von dem Hühnchen.

Miss Ethel schnalzte mit der Zunge. »Zu jung, um schon Soldat zu spielen«, sagte sie mißbilligend.

»Es hat so viele Tragödien gegeben – auf beiden Seiten«, warf Miss Phoebe ein.

Nach dem Essen räumte Caroline den Tisch ab und servierte einen frischgebackenen Apfelkuchen. Sie stellte ihn direkt vor Guthrie und schnitt das erste Stück für ihn ab.

Miss Phoebe räusperte sich diskret. »Vielleicht könntest du Mr. Hayes das Dessert auf der Veranda servieren, Liebes«, schlug sie mit einem Blick auf die kleine Uhr vor, die an ihrem Mieder steckte. »Ethel und ich müssen zur Chorprobe, und es wäre nicht schicklich, wenn du allein mit Mr. Hayes im Haus zurückbleiben würdest.«

Guthrie zwinkerte Caroline unauffällig zu und schob seinen Stuhl zurück. »Ich bin überzeugt, daß Caroline nie etwas tun würde, was Gerede erzeugen könnte«, sagte er betont, womit er Caroline natürlich an ihrem Besuch im Saloon und in seinem Lager erinnern wollte.

Caroline hätte ihm gern einen Tritt versetzt, statt dessen

lächelte sie gezwungen. »Ja, man muß auf seinen Ruf achten«, stimmte sie Guthrie zu.

Während Miss Ethel und Miss Phoebe die Straße zur Presbyterianischen Kirche überquerten, brachte Caroline auf einem Tablett Kaffee und Kuchen auf die Terrasse. Guthrie hatte sich auf der Schaukel niedergelassen, die langen Beine ausgestreckt, und wirkte überaus zufrieden.

Caroline stellte das Tablett auf den kleinen Bambustisch vor der zweisitzigen Schaukel. Aus irgendeinem ihr unerfindlichen Grund bebte sie innerlich vor Aufregung, und ihre Stimme zitterte ein wenig, als sie sagte: »Ethel und Phoebe scheinen dich zu mögen.«

Guthrie betrachtete Caroline mit funkelnden Augen und einem schwachen Lächeln um die Lippen, als sie sich neben ihn auf die Schaukel setzte – allerdings mit einem beträchtlichen Abstand zwischen ihnen. Die Sonne ging schon unter, und die ersten Sterne tauchten am Himmel auf.

»Sie scheinen es eilig zu haben, dich zu verheiraten.« Caroline drückte Guthrie den Teller mit dem Kuchen recht unsanft in die Hand. »Sie glauben, die Sache mit Seaton hätte mir das Herz gebrochen«, sagte sie. »Sie möchten, daß ich mein normales Leben wieder aufnehme – und für sie bedeutet das, einen Mann für mich zu finden.«

Guthrie biß in den Kuchen und nickte anerkennend. »Ist es so?« fragte er.

Seine Nähe verwirrte Caroline so sehr, daß sie den Faden verloren hatte. »Was?«

»Hat es dir das Herz gebrochen?«

Die Frage verblüffte sie. »Natürlich«, antwortete sie entrüstet.

Guthrie aß noch ein Stück Kuchen, und es lag etwas unerträglich Sinnliches in der Art, wie er sich die Zeit nahm, jeden einzelnen Bissen auszukosten. »Aber sehr viel Leidenschaft bringst du deinem *Beau* wohl nicht entgegen?«

Caroline wurde es auf einmal unerträglich warm, und es kostete sie große Beherrschung, sich keine Luft zuzufächeln. Mit abgewandten Blick erwiderte sie: »Du irrst dich, Guthrie.«

»Hm«, erwiderte er skeptisch und setzte den Teller auf den Tisch. Seine Hand ruhte leicht auf Carolines Nacken und löste ein verwirrendes Prickeln in ihr aus. »Die Art, wie du gestern abend auf meinen Kuß reagiert hast, meine kleine Lehrerin, läßt ganz andere Schlüsse zu.«

Caroline versteifte sich und wandte den Kopf, um Guthrie mit einem ärgerlichen Blick zu messen. »Du bist unerträglich eingebildet!« zischte sie.

Sein Daumen beschrieb sinnliche Kreise auf der zarten Haut an ihrem Nacken. »Wenn es einem Mann nicht gelingt, eine Frau zum Keuchen zu bringen, zum Wimmern und sie dann explodieren zu lassen wie zehn Tonnen Dynamit direkt in der Hölle«, sagte er ohne jede Scham, »sollte sie ihn nicht heiraten, weil sie dann nämlich nie glücklich werden wird.«

Heiße Röte kroch in Carolines Wangen, aber sie besaß nicht die Kraft, sich von ihm zu entfernen. Ihr ganzer Körper schien auf einmal seine eigenen Willen zu haben.

Guthrie hörte nicht auf, ihren Nacken zu streicheln. Er mußte das Erschauern gespürt haben, das durch ihren Körper gegangen war, und Caroline wagte nicht, den Kopf zu wenden und ihn anzuschauen. Lieber schloß sie die Augen.

»Du hattest mir nicht erzählt, daß du verheiratet warst«, sagte sie nach einer endlos währenden Pause. Irgendwie mußte sie ein wenig Distanz zwischen sich und Guthrie Hayes bringen, bevor sie unter seinen Zärtlichkeiten dahinschmolz.

Die Schaukel ächzte leicht, als er seine Hand von Carolines Nacken nahm, und die Orgelmusik, die von der Kirche herüberdrang, übte eine beruhigende Wirkung auf Caroline aus.

»Ich hatte keinen Grund dazu«, erwiderte er ruhig.

»Wie war ihr Name?« Aus dem Augenwinkel sah Caroline, daß Guthrie sich mit der Hand durchs Haar strich.

»Das ist unwichtig.«

»Für sie war es das sicher nicht. Und für dich auch nicht.«

Guthrie seufzte traurig. »Anne. Sie hieß Anne.«

Caroline verschränkte ihre Hände im Schoß und brachte die Schaukel mit einer Bewegung ihrer Füße zum Schwingen. »Hast du sie geliebt?«

»Findest du nicht, daß das eine etwas persönliche Frage ist?«

Caroline hatte in den Jahren mit ihren Schülern Beharrlichkeit gelernt. »Wahrscheinlich«, stimmte sie zu. »Aber ich möchte es trotzdem wissen.«

Guthries Kinn verhärtete sich, mit übersteigertem Interesse begann er den Forsythienstrauch in einer entfernten Ecke der Veranda zu betrachten. »Ja, ich habe sie geliebt.«

Carolines Instinkt riet ihr, dem Augenblick seinen Ernst zu nehmen. »War sie dick?«

Guthrie lachte, aber mehr aus Erleichterung als aus Belustigung. »Nein. Warum fragst du so etwas?«

Caroline hob die schmalen Schultern. »Du hast mir sehr deutlich zu verstehen gegeben, daß du mollige Frauen bevorzugst.«

Guthrie schmunzelte. »Damals, als ich Anne heiratete, war ich neunzehn. Zu jener Zeit wußte ich noch nicht, daß ich Vorlieben hatte – ich mochte alle Frauen.«

Ermutigt durch das schwache Licht, hob Caroline die Hand und schob Guthries Augenklappe sanft auf seine Stirn.

Sie war nicht überrascht, ein ganz gesundes grünes Auge darunter zu entdecken. Ihre Wangen röteten sich, als Guthrie ihr zuzwinkerte, und sie zog rasch die Hand zurück.

Er lachte über ihre Reaktion. »Es tut mir leid«, meinte er. »Ich wollte es dir sagen.«

»Warum trägst du so ein Ding, wenn du es nicht brauchst?«

Guthrie stopfte die Augenklappe in die Tasche seines sauberen, aber zerknitterten Hemds. »Ich bin sehr lange herumgezogen«, sagte er, stand auf und stellte sich mit dem Rücken zu Caroline an die Verandabrüstung. »Der Dinge wegen, die im Krieg geschehen sind, mußte ich stets sehr vorsichtig sein, keinem Menschen zu begegnen, der sich an mich erinnern könnte.«

Caroline erschrak. »Sucht man dich wegen einem Verbrechen?«

Er drehte sich zu ihr um und verschränkte die Arme vor der Brust. »Nicht eigentlich. Aber viele Freunde habe ich mir unter den Yankees nicht geschaffen.«

»Irgend etwas mußt du doch getan haben!« beharrte Caroline.

Guthrie seufzte. »Ich habe einen Mann getötet.«

»Es war Krieg, Guthrie.«

»Nein, es war danach.«

Sie wandte sich ab. »Du wirst einen Grund gehabt haben . . .«

»Das kommt auf den jeweiligen Standpunkt an«, antwortete Guthrie bitter. »Bisher habe ich jedenfalls lieber darauf verzichtet, mit einem Unionsrichter über jenen Vorfall zu diskutieren. Bis ich Adabelle begegnete und dann Kupfer in den Bergen fand, hatte ich vor, auch weiterhin im Lande herumzuziehen.«

Caroline stand auf und trat vor Guthrie. »Ich möchte wissen, was damals geschehen ist!« forderte sie. »Sag es mir. Bitte!«

Er lehnte noch immer an der Brüstung, und obwohl es die perfekte Gelegenheit gewesen wäre, Caroline in die Arme zu nehmen und sie zu küssen, wie er es im Lager getan hatte, rührte er sich nicht. »Wozu?«

»Weil ich es mir nicht leisten kann, mit einem Mörder befreundet zu sein«, erwiderte sie sachlich.

Im schwachen Licht, das aus den Fenstern fiel, sah Caroline einen Muskel an seinem Kinn zucken. »Warum denn nicht? Du hast doch auch keine Bedenken, einen zu heiraten.«

Caroline beherrschte sich. Wie unsympathisch sie Mr. Hayes auf persönlicher Ebene vielleicht auch fand, sie brauchte seine Hilfe und konnte sich nicht leisten, ihn zu tief zu kränken. »Weil ich der festen Überzeugung bin, daß Seaton unschuldig ist«, entgegnete sie würdevoll. »Aber *du* hast offen zugegeben . . .«

Guthrie hob beide Hände, um sie zum Schweigen zu bringen. »Der Mann, den ich getötet habe, war jemand, den ich aus dem Krieg kannte«, sagte er ruhig. »Und er hatte den Tod verdient.«

»Ich könnte den Sheriff informieren«, warnte Caroline, obwohl ihr klar war, daß sie so etwas nie tun würde. Erst nachdem sie die Drohung ausgesprochen hatte, kam ihr so richtig zu Bewußtsein, daß Guthrie ihr unabsichtlich eine Waffe in die Hand gegeben hatte.

»Du hast keine Beweise«, erwiderte Guthrie flach, aber sein Blick blieb wachsam.

Caroline zuckte die Schultern. »Irgend jemand, irgendwo, wird sie schon haben.«

Guthrie trat ganz unvermittelt vor und schloß seine starken Hände um ihre Oberarme. Dann, so rasch, wie er sie ergriffen hatte, ließ er sie wieder los. »Was ich vorhin sagte, gilt, Caroline«, sagte er nach einem langen, unbehaglichen Schweigen. »Falls ich mich nicht selbst von Flynns Unschuld überzeugen kann, wird er hängen – und wenn ich ihm selbst die Schlinge um den Hals legen muß. Vielen Dank für das Dinner.«

Damit wandte er sich ab und ging über die Verandastufen zu seinem Pferd, das an einem Pfosten am Zaun angebunden war.

Caroline eilte ihm nach. »Ich möchte dich begleiten«, sagte sie hastig. »Wenn du nach Laramie fährst, meine ich.«

Guthries Schultern versteiften sich, er drehte sich langsam um. »Nein«, sagte er.

»Doch«, beharrte Caroline.

4

Am nächsten Morgen schirrte Guthrie sein Pferd an den Wagen und fuhr in die Stadt, um Vorräte einzukaufen.

Im Warenhaus wartete ein Brief auf ihn, der einen zarten Lavendelduft ausströmte. Guthrie wußte sofort, daß er von Adabelle war und steckte ihn lächelnd in seine Hemdtasche. Was Caroline auch sagen mag, dachte er zärtlich, Adabelle ist nicht dick. Ein bißchen mollig vielleicht, das ja, aber auf die gleiche angenehme Weise wie ein Weihnachtstruthahn ...

Während der Händler die Waren zusammensuchte, betrachtete Guthrie die verstaubten Bücher im Regal und versuchte, ihre Titel zu entziffern. Bücher bedeuteten für ihn Reichtum und erinnerten ihn auf schmerzliche Weise an Willow Grove, die Plantage der McTavish' in Virginia, wo es einen ganzen Raum mit Büchern gegeben hatte.

Guthries Kehle wurde eng, als er einen Gedichtband von Swinburne in die Hand nahm, aber als er überlegte, wie viele Rancher oder Farmer in Bolton Poesie lesen mochten, grinste er belustigt. Kein Wunder, daß die Bücher so verstaubt waren.

»Sie können es billiger haben«, bemerkte der Händler.

»So?« entgegnete Guthrie, der in dem Buch geblättert hatte, abwesend.

»Fünf Cents.«

»Einverstanden.« Guthrie reichte dem Mann das Buch und trat ans Fenster.

Tob wartete geduldig auf dem Wagen, obwohl er sehnsüchtig zum Hellfire-und-Spit-Saloon hinüberschaute. Wahrscheinlich dürstet es ihn nach einer Schale gutem Irischem Whiskey, dachte Guthrie schmunzelnd.

Er wollte sich gerade abwenden, als er Caroline über den Bürgersteig auf der anderen Straßenseite gehen sah. Während er noch überlegte, ob er sie begrüßen oder lieber außer Sicht bleiben sollte, hatte sie schon Tob auf dem Wagen entdeckt.

Einen Augenblick später überquerte sie die Straße, raffte ihren weiten Rock aus spitzenbesetztem Musselin und schaute sich suchend um.

Guthrie verließ den Laden. »Wieso bist du nicht in der Schule?« fragte er statt eines Grußes, aber so erfreulich, als hätten sie am Abend zuvor keinen Wortwechsel gehabt.

Sie hob das Kinn, und für einen winzigen Augenblick glaubte er, in den Tiefen ihrer braunen Augen zu versinken.

»Heute ist Samstag«, entgegnete sie kühl. »Übrigens freue ich mich, daß du deine alberne Augenklappe nicht mehr trägst.«

Guthrie hatte plötzlich die verrückte Eingebung, Caroline in das weiche Gras am Flußufer zu legen und ihren schlanken Körper alle Töne auf der Skala der Lust zu lehren. Ein Ziehen ging durch seine Lenden, und er verspürte eine beinahe schmerzhafte körperliche Erregung.

Das erinnerte ihn an Adabelle, und rasch berührte er den Brief in seiner Hemdtasche, als könne er so den Kontakt zu ihr bewahren.

Carolines Blick fiel auf den nur teilweise verdeckten

Umschlag und richtete sich dann auf sein Gesicht. Das ärgerliche Funkeln in ihren Augen verriet, daß sie eifersüchtig war, was Guthrie zu seinem eigenen Erstaunen sehr erfreulich fand.

»Von Adabelle?« erkundigte sie sich übertrieben freundlich.

Guthrie lächelte zärtlich und nickte.

Caroline verdrehte die Augen. »Ich hoffe, du bist trotz allem noch bereit, mir zu helfen.«

Eigentlich hatte er gehofft, daß sie ihre verrückte Idee inzwischen aufgegeben hatte, aber nun wurde ihm wieder bewußt, daß er Carolines Beharrlichkeit vergessen hatte.

Obwohl er wußte, daß er feige war, versuchte er, Adabelle als Ausrede zu benutzen. »Ich glaube nicht, daß meine zukünftige Frau das gutheißen würde.«

Carolines Augen wurden schmal, und sie trat einen Schritt näher. Sie roch nach Sonne und Vanille, und das Ziehen in Guthries Lenden wurde stärker. »Ich *weiß*, daß deine zukünftige Frau *nicht* gutheißen würde, daß du mich geküßt hast«, entgegnete sie spitz.

Guthrie zog seinen Hut vom Kopf und setzte ihn wieder auf. *Verdammt*, diese Frau war aber auch durch nichts zum Aufgeben zu bewegen! »Wenn du nicht aufhörst, mir zu drohen, Caroline«, sagte er scharf, »werden wir heftig aneinandergeraten Und ich kann dir versichern, daß ich stärker bin.«

»Ach – wer droht jetzt wem?« erwiderte sie und zog spöttisch eine Augenbraue hoch.

Guthrie hatte die größte Lust, dieses störrische Frauenzimmer übers Knie zu legen, doch er beschränkte sich auf ein spöttisches Lächeln. »Darf ich dich noch einmal daran erinnern, daß du diejenige bist, die etwas erreichen will?«

Ihr Mut nahm sichtlich ab – sie erblaßte und trat einen Schritt zurück – aber ihr Stolz schien ungebrochen. »Wie ich schon gestern abend sagte – wenn du mir nicht hilfst, tue ich es allein!«

Vielleicht wäre es tatsächlich das Beste gewesen, sie mit ihrem verrückten Plan allein zu lassen, aber andererseits konnte er nicht zulassen, daß sie ein derartiges Risiko einging. »Warum suchst du dir nicht einen netten Mann, den du verführen kannst«, flüsterte er, weil ihm bewußt war, daß sie bereits beobachtet wurden, »und vergißt den Galgenvogel in Laramie?«

Carolines Augen blitzten drohend, aber sie ging auf die Herausforderung nicht ein. »Gestern haben die Ferien begonnen«, informierte sie Guthrie kühl. »Es besteht also kein Grund, warum ich nicht nach Laramie reiten sollte.«

Damit drehte sie sich auf dem Absatz um und ging die Straße hinunter auf das Postbüro zu, und Guthrie wußte nicht, wie er sie aufhalten sollte, ohne noch mehr Aufsehen zu erregen. Wütend kehrte er in den Laden zurück.

Nachdem Caroline Guthrie und seinen häßlichen Hund in den Saloon hatte gehen sehen, verließ sie das Postbüro und überquerte die Straße zum Bekleidungsladen.

Hypathia Furvis begrüßte sie mit einem verschlagenen Lächeln. »Hallo, *Caroline*«, flötete sie. »Was bringt dich her? Bist du auf der Suche nach einem Kleid für den Frühlingsball?«

Niemand hatte Caroline zum Ball eingeladen, und das wußte Hypathia genau. Aber Caroline ärgerte ihre ehemalige Schulkameradin für ihr Leben gern, denn auch Hypathia hatte sich damals, als Seaton Flynn nach Bolton gekommen war, Hoffnungen auf den jungen Anwalt gemacht.

»Ja«, behauptete Caroline aus einem Impuls heraus, obwohl sie ihre Kleider im allgemeinen selbst nähte. »Ich möchte ein Kleid kaufen.«

Hypathia, ein kleines, unscheinbares Mädchen mit mausgrauem Haar und großen Pferdezähnen, konnte ihre Verblüffung nicht verbergen. »Dann muß dich dieser Bergmann eingeladen haben«, erklärte sie seufzend, während sie nach einem Kleid in Carolines Größe suchte. »Die Leute reden schon. Sie sagen, du wärst viel zu freundlich zu diesem Mann.«

Caroline erwiderte kühl Hypathias Blick. »So? Ich wußte gar nicht, daß die ›Leute‹ sich für meine Privatangelegenheiten interessieren.«

Hypathia errötete. »Er ist sehr oft im Saloon«, sagte sie rasch.

»Und er trägt diese fürchterliche Augenklappe – wie ein Pirat in einem billigen Roman. Ich begreife nicht, was du an ihm findest.«

Carolines Blick fiel auf rosafarbene Spitze, und sie nahm das Kleid vom Bügel. Normalerweise hätte sie nie ein so verspieltes Kleid gekauft, aber als sie es sich vorhielt und sich im Spiegel betrachtete, machte ihr Herz plötzlich einen aufgeregten kleinen Sprung.

Der kräftige Rosaton verlieh ihren Wangen Farbe, die Spitze ließ ihr Gesicht weicher und sanfter erscheinen, und – was das wichtigste war – das tiefausgeschnittene Mieder brachte ihren kleinen Busen sehr schön zur Geltung!

»Was kostet dieses Kleid?« fragte sie nachdenklich, ohnc auf Hypathias Kommentar zu hören.

»Mehr, als eine Lehrerin sich leisten kann«, erwiderte Hypathia schroff.

Damit war für Caroline die Entscheidung gefallen. Nichts hätte sie jetzt mehr davon abhalten können, das Kleid zu kaufen, obwohl es fast ihr gesamtes Monatsgehalt verschlang. »Ich nehme es«, sagte sie lächelnd.

Hypathia starrte sie mit offenem Mund an, dann wurden ihre Augen schmal, und sie riß Caroline das Kleid fast aus der Hand. »Na gut, wie du willst«, meinte sie verärgert. »Aber glaub bloß nicht, daß du es morgen, wenn du es getragen hast, umtauschen kannst!«

Caroline hätte vielleicht gelächelt, als sie Hypathia zur Ladentheke folgte, aber die Tatsache, daß sie noch keinen Begleiter für den Abend hatte, bereitete ihr jetzt große Sorgen. Denn allein konnte sie nicht auf den Ball gehen . . .

Abwesend bezahlte sie das Kleid mit ihrem hartverdienten Geld und verließ dann nach einem kurzen Gruß den Laden.

Guthrie kam gerade aus dem Saloon. Sein Hund, Tob, trottete neben ihm her und leckte sich die Schnauze.

Caroline holte tief Atem, sammelte ihren ganzen Mut und ging auf Guthrie zu.

»Ich muß dich um einen Gefallen bitten«, sagte sie ganz offen. »Aber ich bin bereit, dafür zu zahlen, falls es nötig ist.«

Guthrie seufzte und stützte die Hände in die Hüften. »Was ist es jetzt schon wieder?« erkundigte er sich mißtrauisch.

»Heute abend findet ein Ball in der Schule statt«, sagte Caroline tapfer. »Es wäre schön, wenn du mich begleiten würdest, Guthrie.«

Seine grünen Augen zwinkerten vergnügt. »Du würdest dafür bezahlen, mit mir auf einen Ball zu gehen? Dann muß ich dir doch sympathischer sein, als du bereit bist, zuzugeben.«

»Du bist mir gar nicht sympathisch«, entgegnete Caroline schnippisch. »Es ist nur, weil ... nun ja, ich habe meine Gründe, dich darum zu bitten.«

»Das kann ich mir vorstellen«, erwiderte er trocken. »Etwas Spontanes hast du bestimmt in deinem ganzen Leben noch nicht getan.«

Caroline nahm sich zusammen, um ihren Ärger nicht zu zeigen, aber die Tatsache, daß Guthrie ihr Dilemma zu genießen schien, erschwerte es ihr sehr. »Was ist nun – begleitest du mich oder nicht?«

Guthrie seufzte und zog seinen Hut. »Ich würde mich geehrt fühlen, Miss Caroline«, antwortete er höflich, aber um seine Mundwinkel zuckte es, und seine Augen funkelten vergnügt. »Allerdings habe ich mich noch nie von einer Dame für meine ... Aufmerksamkeiten bezahlen lassen. Und ich werde jetzt nicht bei dir damit anfangen.«

Caroline errötete vor Verlegenheit. »Danke«, erwiderte sie unsicher.

Guthrie, der ihr Unbehagen sehr zu genießen schien, setzte seinen Hut wieder auf und sagte schmunzelnd: »Ich hole dich um sieben ab. Sei bitte bereit.«

Caroline wagte es nicht, ihn anzusehen. So nickte sie nur zustimmend, wandte sich ab und entfernte sich rasch von ihm. Aber auf dem ganzen Nachhauseweg brannten ihre Wangen vor Scham.

Miss Ethel war in ihrem Garten beschäftigt, aber sie richtete sich auf, als sie ihre Adoptivtochter durch das Tor kommen sah. Ihr Blick glitt über den großen Karton unter Carolines Arm und richtete sich dann prüfend auf ihr Gesicht. »Du gehst also doch zu dem Ball«, stellte sie erfreut fest. »Phoebe und ich hatten schon die Hoffnung aufgegeben, als du nicht davon sprachst . . .«

»Ich wollte eigentlich auch nicht hingehen«, erwiderte Caroline seufzend. »Aber Hypathia Furvis hat dafür gesorgt, daß ich es mir anders überlegt habe.«

Miss Ethel strahlte. »Wunderbar«, sagte sie, ohne auf die Erwähnung von Carolines erklärter Feindin einzugehen. »Wer wird dich begleiten? Ich hoffe, daß es dieser sympathische junge Mann ist, der gestern zum Dinner bei uns war.«

Miss Ethel wirkte so begeistert, daß Caroline sich ein Lächeln nicht verkneifen konnte. »Ja«, sagte sie, umarmte die zierliche alte Dame und küßte sie auf die Stirn. »Ich gehe mit Guthrie zu dem Ball.«

Miss Ethel lachte entzückt. »Er hat einen so angenehmen Südstaatenakzent!« Dann wurde sie ernst. »Man kann über Politik sagen, was man will, aber diese Südstaatler wissen, wie man einen jungen Mann zum Gentleman erzieht!«

Caroline biß sich auf die Lippen, um nicht laut über Miss Ethels irrige Vorstellung zu lachen, Guthrie sei ein Gentleman, und nickte. Dann entschuldigte sie sich und ging hinein.

In ihrem Schlafzimmer nahm sie das Kleid aus dem Karton und schüttelte es aus. Die Taft- und Seidenunterröcke raschelten verführerisch, als Caroline es gegen ihren Körper hielt.

Sie bewunderte die herrliche Kreation eine Zeitlang, dann hängte sie sie in ihren Kleiderschrank und setzte sich an ihre Frisierkommode. Das Gesicht, das ihr aus dem Spiegel entgegenblickte, glühte vor Eifer.

Caroline löste den schweren Chignon in ihrem Nacken und schüttelte den Kopf, bis ihr Haar ihr wie ein seidiger Schleier auf Brüste und Schulten fiel. Sie zog einen Schmollmund und übte den verführerischen Blick, den sie andere Frauen Männern gegenüber hatte anwenden sehen.

Doch leider – so fand sie zumindest – sah sie damit aus wie jemand, der unter Magenschmerzen litt. Über ihre eigene Dummheit lächelnd, begann sie, ihr langes Haar zu bürsten. Doch dann fiel ihr Blick auf die gerahmte Zeichnung von Lily und Emma, und sie ging zum Sekretär und nahm sie in die Hand. In Gedanken glaubte sie wieder drei Kinderstimmen singen zu hören:

Three flowers bloomed in the meadow,
Heads bent in sweet repose,
The daisy, the lily, and the rose . . .

Den Tränen nahe, berührte sie zärtlich die Gesichter ihrer Schwestern und stellte das Bild zurück. Lily mußte jetzt neunzehn sein, Emma zwanzig. Caroline versuchte, sich vorzustellen, wie sie als erwachsene Frauen aussehen mochten, und hoffte inständig, daß sie starke, anständige Männer gefunden hatten, die sie lieben konnten,

Aber vielleicht leben sie ja gar nicht mehr, dachte Caroline dann düster. So viele Kinder starben schon in jungen Jahren, vor allem, wenn sie keine vernünftige Pflege hatten oder nicht richtig ernährt wurden . . .

Doch die Sonne schien, und heute abend besuchte sie einen Ball – selbst wenn es nur Mr. Hayes war, mit dem sie tanzen würde, und nicht Seaton. Caroline war viel zu froh heute, viel zu glücklich, um glauben zu können, daß Lily und Emma nicht mehr lebten.

Nachdem sie ihr Haar zu einem dicken Zopf geflochten hatte, nahm sie Papier und Feder auf die Veranda mit und begann, eine Brief an Seaton zu schreiben. Sie wollte ihn beruhigen, ohne jemandem, der vielleicht den Brief zensierte, einen Anhaltspunkt auf die bevorstehende Flucht zu geben, aber außer *Lieber Mr. Flynn* fiel ihr nichts ein.

Obwohl sein Kapital allmählich zur Neige ging, leistete Guthrie sich im Saloon ein heißes Bad und ging dann zum Barbier, um sein Haar schneiden und rasieren zu lassen. Er kaufte sogar einen dunklen Anzug und ein Hemd, obwohl er sich nicht vorstellen konnte, die Sachen noch einmal anzuziehen, bevor er und Adabelle vor einen Priester traten.

Adabelle.

Erst auf dem Heimweg, Tob neben sich auf dem Wagen, der mit Vorräten hoch beladen war, fiel Guthrie wieder ihr Brief ein.

Schuldbewußt zog er ihn aus seiner Hemdtasche und öffnete den Umschlag mit den Zähnen. Ein einzelnes dünnes blaues Blatt rutschte heraus, und er faltete es, ärgerlich auf sich selbst, auseinander. Schließlich war es ja nicht so, als würde er Adabelle betrügen, indem er mit Caroline zu einem Ball ging!

Stirnrunzelnd las er die in zierlicher Handschrift geschriebenen Worte. Adabelle liebte ihn. Sie vermißte ihn. Sie konnte es kaum erwarten, bis sie zusammen waren und eine Familie gründen würden...

Normalerweise hätte ein solch direkter Hinweis auf die natürlichen Folgen einer Ehe körperliche Erregung in Guthrie ausgelöst. Jetzt erhöhten Adabelles Anspielungen nur sein Schuldbewußtsein.

Denn leider war es so, daß Caroline Chalmers – trotz ihrer streitsüchtigen Natur und obwohl sie viel zu mager war – Gefühle in ihm erweckte. Starke, tiefgehende Gefühle.

Guthrie steckte den Brief in den Umschlag und dann in die Hemdtasche zurück. Er hätte gleich ahnen müssen, daß diese kleine Lehrerin ihm nur Ärger bringen würde, als sie ihn am hellichten Tag aus dem Hellfire-und-Spit-Saloon auf die Straße rief.

Tob winselte mitleidig neben ihm, als hätte er Guthries Gedanken erraten, und er streckte die Hand aus und streichelte den Hund. Na schön, da er sich die Mühe gemacht hatte, zu baden, sich rasieren zu lassen und sich sogar einen neuen Anzug zu kaufen, würde er Caroline zu diesem Ball begleiten. Und er würde auch nach Laramie reiten und mit diesem Flynn sprechen. Das hatte er ihr praktisch schon versprochen. Aber danach gab es nur noch eins für ihn: auf schnellstem Wege nach Cheyenne zu reiten, Adabelle abzuholen und sie nach Bolton zurückzubringen.

Ein zufriedenes Lächeln huschte über sein Gesicht. Wenn Adabelle erst bei ihm war und seinen Ring am Finger trug, würden ihn keine Gedanken mehr an diese magere kleine Lehrerin quälen.

Nach einer ausgiebigen Siesta erschien Guthrie abends pünktlich bei Caroline, um sie abzuholen – nachdem er sich auf dem ganzen Weg dafür verflucht hatte, daß er mit einer Frau tanzen ging, während er eine andere heiraten wollte. Wenn Adabelle nach Bolton kam, würde sie bestimmt Gerüchte über ihn und die Lehrerin hören ...

Caroline erschien in einem rosa Spitzenkleid, dessen enges, tief dekolletiertes Mieder ihre Brüste betonte, und sie ihm anzubieten schien wie eine süße Köstlichkeit. Ihr Haar umrahmte ihr Gesicht wie glänzendes Kupfer, ihre Haut schimmerte wie Mondschein auf transparentem Glas. Guthrie wußte, daß er eigentlich eine andere Frau liebte, aber er war nicht einmal imstande, sich an ihren Namen zu erinnern, als Caroline in ihrem Ballkleid vor ihm stand.

5

Unfaßbar, dachte Caroline, daß Guthrie jedesmal, wenn ich ihn sehe, noch attraktiver wirkt! Bei ihrer ersten Begegnung im Saloon hatte sie ihn für einen verkommenen Vagabunden gehalten. Doch jetzt, als er in seinem dunklen Anzug und dem schneeweißen Hemd vor ihr stand, wirkte er vornehm, ja, geradezu aristokratisch.

Von einer bisher ganz unbekannten Erregung erfaßt, bat sie ihn lächelnd herein.

Miss Phoebe und Miss Ethel standen in der Tür zum Salon und strahlten vor Entzücken. Caroline vermutete, daß sie bisher eine Enttäuschung für ihre Adoptivmütter gewesen war, weil sie alle Verehrer – mit Ausnahme von Seaton natürlich – abgewiesen hatte, um sich auf ihren Beruf und ihr Buch über den Waisenzug zu konzentrieren.

»Ach, Sie sehen ja phantastisch aus!« sagte Miss Ethel zu Guthrie.

Guthrie verbeugte sich lächelnd. Wie er ganz richtig vermutete, wußten die beiden alten Damen diese Höflichkeit zu schätzen. »Sie werden doch sicher auch auf dem Ball sein, Miss Ethel?« erkundigte er sich mit genau der richtigen Mischung aus Eifer und Humor in seiner Stimme.

Miss Ethel errötete, ihre Augen glänzten. »Ach Gott, nein«, erwiderte sie geziert und legte eine Hand auf ihre Brust.

Guthrie bemühte sich, enttäuscht zu wirken. »Wie schade«, sagte er bedauernd.

Nun mischte sich Miss Phoebe, die praktischere der beiden Schwestern, ein. »Ihr solltet euch beeilen«, sagte sie lächelnd. »Der Ball wird gleich beginnen.«

Caroline reichte Guthrie ihr bestes Tuch, das Miss Ethel aus Seidengarn für sie gehäkelt hatte, und er legte es ihr um die Schultern. Eine ungewohnte Scheu beherrschte sie an diesem Abend, sie war zutiefst verwirrt, und die Tatsache, daß sie Guthrie selbst zu diesem Ball eingeladen hatte, lag ihr wie ein Stein auf der Seele. Aber falls er die Einladung ausgesprochen hätte, wie es der Anstand eigentlich verlangte, hätte sie sie wahrscheinlich abgelehnt.

Sein Pferd war an einem Zaunpfahl angebunden. Da er wußte, daß das Schulhaus ganz in der Nähe lag, hatte er keinen Wagen mitgebracht.

Bevor sie sich auf den Weg machten, reichte er ihr galant den Arm. Aus der Richtung der Schule erklang schon Musik, und über ihnen funkelten die Sterne am dunklen Nachthimmel.

Heute nacht, beschloß Caroline, wollte sie all ihre Sorgen vergessen und nur den Moment genießen. Sie schaute Guthrie an und lächelte unsicher. Es war bei weitem nicht der erste Ball, den sie besuchte, aber irgendwie war es diesmal ganz anders.

Im Schatten von Doc Lendrums großem Ahornbaum blieb Guthrie stehen und drehte sanft Caroline zu sich herum. »Ich nehme es zurück«, sagte er, eine Spur heiser. »Was ich über deine Figur geäußert habe, meine ich. Du bist überhaupt nicht mager – du bist sogar dermaßen weiblich, daß es nicht einfach für mich ist, mich wie ein Gentleman zu benehmen.«

Caroline, die spürte, wie schwer ihm dieses Geständnis gefallen war, lächelte sanft, obwohl ihr das Herz vor Aufregung die Brust zu sprengen drohte. »Danke«, erwiderte sie und hoffte, daß er sie küssen würde, auch wenn es nicht schicklich war, weil sie beide an andere Menschen gebunden waren.

Während die Musiker ein neues Stück anstimmten, senkte Guthrie den Kopf und streifte Carolines Mund mit seinen Lippen. Ein Zittern erfaßte sie, breitete sich in ihrem ganzen Körper aus, und bevor sie wußte, was sie tat, schlang sie ihre Arme um Guthries Nacken und stellte sich auf die Zehenspitzen, um ihm noch näher zu sein.

Aufstöhnend zog er sie an sich und vertiefte den Kuß. Eine seiner Hände ruhte dicht unter ihrer Brust, und Caroline spürte, wie sich ihre Brustwarze aufrichtete und sich seiner Berührung geradezu entgegendrängte.

Aber anstatt sie zu streicheln, stieß Guthrie einen Fluch aus und zog sich abrupt von ihr zurück. »Verzeih mir«, sagte er schroff und drehte Caroline den Rücken zu.

Da sie ihrer Stimme nicht traute – hätte er sie an einen stillen Ort gebracht und sie geliebt, wäre sie auch zu keinem Protest fähig gewesen – fuhr sich Caroline nur über ihr Haar, dann hakte sie sich wieder bei Guthries Arm ein. Es blieb ihnen nichts anderes übrig, als das Beste aus der Situation zu machen.

Licht, Gelächter und Musik strömten auf den Schulhof. Guthrie zog Caroline fast unsanft die wenigen Stufen zur Eingangstür hinauf.

Die Pulte waren an die Wände gerückt worden, und der große Raum platzte fast vor Menschen. Bei Carolines und Guthries Eintreten richteten sich alle Augen auf sie. Caroline schob trotzig das Kinn vor, obwohl ihr erster Gedanke Flucht gewesen war.

Guthrie schien es zu spüren, denn er lächelte auf sie herab und führte sie unverzüglich auf die Gruppe der Tänzer zu. Heute abend, dachte sie verwundert, könnte ich mir fast vorstellen, einen Ex-Konföderierten zu lieben statt Seaton Flynn. Sie fragte sich, ob Guthrie auf der Plantage tanzen gelernt haben mochte, wie ihm dort das Lesen, Schreiben und Rechnen beigebracht worden war. Oder hatte eine Frau ihn das Tanzen gelehrt – vielleicht die geheimnisvolle Annie?

Sie tanzten, bis Caroline völlig außer Atem war, und selbst dann tanzten sie noch weiter. Guthrie schien die anderen Frauen, die ihn mit ihren Blicken verschlangen, überhaupt nicht zu bemerken und verließ Caroline nur, um ihr ein Glas Punsch zu holen, als die Musiker eine Pause machten.

»Ist *das* der Vagabund, der oben in den Bergen auf Kupfer gestoßen ist?« wollte Hypathia wissen, die sofort zu Caroline herüberkam, als Guthrie fort war. Sie machte vor Verblüffung große Augen und strich sich unablässig mit einer Hand über ihr mausgraues Haar.

»Sein Name ist Guthrie Hayes«, erwiderte Caroline heiter und zum ersten Mal seit Seatons Verhaftung glücklich. »Und er ist kein Vagabund.« Sie redete sich ein, Guthrie nur deshalb zu verteidigen, weil sie den Eindruck erwecken wollte, an ihm interessiert zu sein, damit niemand erriet, wer hinter Flynns bevorstehendem Ausbruch steckte.

Hypathia fächelte sich mit ihrem Taschentuch Luft zu. »Wir wissen alle, was eine solche Empfehlung zu bedeuten hat – vor allem, wenn sie von *dir* kommt!« entgegnete sie spitz.

Hypathia bezog sich auf Carolines unerschütterlichen Glauben an Mr. Flynns Unschuld, den sie wie alle anderen in der Stadt für völlig fehlgeleitet hielt. Caroline bedachte sie mit einem ärgerlichen Blick, aber bevor sie die Zeit hatte, sich eine scharfe Antwort zurechtzulegen, kam Guthrie mit dem Punsch zurück.

Seine grünen Augen schienen Caroline zu verschlingen, während sie gleichzeitig schelmisch funkelten und seine Lippen sich zu jenem draufgängerischen Lächeln verzogen, das sie immer wieder von neuem aus der Fassung brachte.

»Danke«, sagte sie, gleichermaßen froh über die Unterbrechung wie über das Getränk.

Hypathia schien darauf zu warten, Guthrie vorgestellt zu werden, aber Caroline trank zuerst einen großen Schluck von dem kühlen Punsch, bevor sie sagte: »Hypathia, darf ich dir einen guten Freund vorstellen – Mr. Guthrie Hayes? Guthrie, das ist Miss Hypathia Furvis.«

Obwohl Guthrie Hypathia zunickte, schien er ihre Anwesenheit kaum wahrzunehmen, und endlich gab sie es auf und ging.

»Sie wollte sicher, daß du mit ihr tanzt«, meinte Caroline.

Guthrie nahm ihren Arm und geleitete sie zur Tür. Draußen auf den Stufen drängten sich trinkende und lachende Männer, aber sie machten ihnen sofort Platz und verstummten, als das Paar vorbeiging.

Guthrie führte Caroline auf den Spielplatz, wo sie sich auf eine Schaukel setzte und an ihrem Punsch nippte. Guthrie zündete sich eine Zigarre an, lehnte sich an den Pfosten der Schaukel und betrachtete Caroline sinnend.

»Veranstalten sie das oft?« fragte Guthrie. Seine Stimme klang ein wenig rauh, aber das schob Caroline auf seine unangenehme Angewohnheit, Zigarren zu rauchen.

Drinnen begann die Musik von neuem, und die meisten Leute gingen in den Saal zurück. »Einmal im Monat oder so«, erwiderte Caroline achselzuckend. Sie dachte an den Kuß, den sie mit Guthrie im Schatten des Ahornbaums ausgetauscht hatte, und an seinen harten muskulösen Körper, der sie während des Tanzes gestreift hatte.

Guthrie zog an seiner Zigarre und machte ein entschlossenes Gesicht. »Morgen breche ich nach Laramie auf«, begann er. »Und vorher möchte ich, daß du mir alles sagst, was du über den Überfall auf die Kutsche weißt.«

Seufzend erhob sich Caroline von der Schaukel. Der Zauber des Abends war verflogen; die harte Realität hatte eingesetzt.

»Seaton war geschäftlich unterwegs, als der Überfall und der Mord stattfanden«, antwortete sie, während sie langsam auf die Straße zuging. Guthrie folgte ihr und legte in einer beruhigenden Geste seine Hand auf ihren Rücken.

»Gab es denn niemanden, der das bezeugen konnte?« fragte er nachdenklich.

Caroline schüttelte den Kopf. »Er fuhr nach Laramie, und das Verbrechen geschah auf halbem Wege zwischen Laramie und Bolton. Die Kutsche wurde von sechs maskierten Männern angehalten, deren Anführer groß und dunkelhaarig war wie Seaton. Ein Zeuge sagte aus, Seaton habe den Kutscher erschossen, obwohl der Mann ihm bereits die Geldkassette übergeben hatte.«

Sie brach ab und erschauerte, wie immer, wenn sie sich die Szene vorstellte. Aber sie konnte einfach nicht glauben, daß Seaton an diesem Überfall teilgenommen hatte, weil sie ihn nicht für fähig hielt, ein solch kaltblütiges, gemeines Verbrechen zu begehen.

»Es muß eine Menge großer, dunkelhaariger Männer zwischen Laramie und Bolton geben«, bemerkte Guthrie. »Warum haben sie Flynn als den Anführer der Banditen identifiziert?«

Caroline schluckte. »Ein Fahrgast der Kutsche sagte, er habe die Augen des Räubers gesehen und behauptete, sie in seinem ganzen Leben nicht mehr vergessen zu können.«

»Das erklärt trotzdem nicht, warum Flynn verhaftet wurde«, meinte Guthrie ruhig.

»Der Zeuge begegnete Flynn in einem Saloon, ein paar Tage nach dem Überfall ... und dem Mord. Er sagte, er hätte ihn erkannt.«

Wieder blieben sie vor Doc Lendrums Ahornbaum stehen, aber diesmal war die Stimmung zwischen ihnen auf schmerzliche Weise anders. Guthrie umfaßte sanft Carolines Ellbogen. »Das ist immer noch die Aussage eines einzigen Mannes«, sagte er. »Das reicht nicht.«

Caroline war felsenfest von Seatons Unschuld überzeugt, doch auch sie erkannte gewisse Widersprüche, und deshalb ärgerte es sie, daß Guthrie, der die Geschichte in der Zeitung gelesen hatte, sie all diese Einzelheiten wiederholen ließ. »Ein Mann, der behauptet, Mitglied der Bande gewesen zu sein, wurde nach einer Prügelei in einem Saloon verhaftet«, erwiderte sie steif. »Er bezeichnete Seaton als den Anführer.«

Guthrie seufzte und ließ Carolines Ellbogen los, um sich mit der Hand durchs Haar zu gehen. »Verdammt, Caroline – sagt dir das denn wirklich nichts?«

»Der Passagier aus der Kutsche war alt und halb blind«, rief

Caroline erregt, »und der Kerl ist nichts anderes als ein gewöhnlicher Verbrecher! Der eine irrte sich, und der andere log!«

»Und wenn *du* dich irrst?« gab Guthrie zu bedenken.

»Und wenn ich recht habe?« fragte sie.

Guthrie fluchte und schob sie über den Weg in Richtung ihres Zuhauses.

»Du wirst in einigen Tagen von mir hören«, sagte er, als sie die Veranda erreichten. »Bis dahin möchte ich, daß du dich ruhig verhältst und nichts unternimmst.«

Caroline nickte, aber das war kein Versprechen. Sie bemühte sich lediglich, Frieden zu bewahren. Das Herz rutschte ihr in die Kehle, als sie zusah, wie Guthrie sich abwandte und zum Tor hinunterging.

Er band sein Pferd los und schwang sich in den Sattel, doch bevor er losritt, schaute er Caroline noch einmal lange an.

Sie wartete, bis er nicht mehr zu sehen war, erst dann ging sie ins Haus.

Miss Ethel und Miss Phoebe waren schon zu Bett gegangen, aber in der Halle brannte noch ein Licht.

Caroline schlich leise zu ihrem Zimmer. Dort zog sie hastig ihr schönes Kleid aus und begann in ihrem Schrank nach dem alten Reitrock zu suchen, den sie sich vor Jahren angefertigt hatte. Sie zog braune Stiefel dazu an und eine schlichte weiße Bluse, und dann packte sie einige andere Kleidungsstücke und Toilettenartikel in eine kleine Reisetasche.

Falls Mr. Guthrie Hayes glaubte, sie sei bereit, ihm ihre gesamte Zukunft anzuvertrauen, hatte er sich sehr geirrt!

Nachdem sie eine kurze Nachricht für ihre Adoptivmütter hinterlassen hatte – *Ich verspreche, Euch alles zu erklären, wenn ich zurückkomme, macht Euch bitte keine Sorgen um mich* – verließ sie das Haus und machte sich auf den Weg zum Mietstall.

Dort weckte sie Joe Brown, den Burschen, der aufpassen sollte und bat ihn um ein Pferd. Aber die alte Stute, die er ihr im Austausch gegen eine beträchtliche Summe zu geben bereit war, hatte einen krummen Rücken und sah nicht sehr vertrauenserweckend aus.

Als Caroline wenig später Guthries Lager erreichte, war es verlassen, wie sie schon befürchtet hatte, und so nahm sie unverzüglich seine Verfolgung auf. Da sie wußte, daß er nach Laramie unterwegs war, hoffte sie, ihn noch einzuholen, wenn sie sich sehr beeilte.

Die Nacht war lang, und gegen Morgen wurde es empfindlich kalt. Caroline zitterte vor Kälte, als sie auf einer saftigen Wiese anhielt, um die alte Stute ausruhen zu lassen. Vor ihr erstreckte sich eine ausgedehnte Ebene, gesäumt von hohen Bergen.

Während Caroline ein Stück von dem Brot aß, das sie mitgenommen hatte, erfaßten sie plötzlich starke Zweifel. Laramie scheint viel weiter entfernt zu sein, als sie ursprünglich angenommen hatte . . .

Nach einem weiteren Tag, an dem sie nur ganz kurz rastete, verspürte Caroline einen mörderischen Hunger und war bis auf die Knochen durchgefroren. Doch dann sah sie in der Ferne den Schein eines Lagerfeuers und hörte das Bellen eines Hundes.

Es war Caroline durchaus bewußt, daß sie auf Banditen oder Indianer stoßen konnte, doch sie hoffte auf eine andere Art von Empfang und war auch viel zu müde und durchgefroren, um zu zögern.

Das Herz klopfte ihr bis zum Hals, als Tob freudig bellend aus dem Gebüsch sprang. Die alte Stute scheute und wieherte erschrocken, aber Caroline spornte sie noch einmal an und trieb sie auf den flackernden Schein des Lagerfeuers zu.

Guthries Verhalten ließ keinen Zweifel über seine Gefühle offen. Er packte Caroline unsanft, hielt sie fest und herrschte sie an: »Was zum Teufel machst du denn hier?«

Eine traurig-süße Freude erfaßte Caroline. »Laß mich runter«, sagte sie.

Widerstrebend gab Guthrie sie frei und trat zurück. »Ich möchte eine Erklärung«, befahl er.

Caroline seufzte und strich sich mit der Hand über ihre Stirn. »Guthrie, bitte . . . ich bin so müde, und ich habe wahnsinnigen Hunger . . . Außerdem weißt du, warum ich hier bin.«

Er nahm ihren Arm und zog sie zum Feuer, während die arme alte Stute hinter ihnen herstolperte. Caroline hockte sich auf Guthries Sattel, der am Feuer lag, und zog die Knie an ihre Brust. Als Guthrie ihr Pferd fortführte, sprach er viel freundlicher zu dem Tier, als er je mit ihr gesprochen hatte.

Bei seiner Rückkehr brachte er ihren Sattel mit und legte ihn auf den Boden. »Hier«, sagte er kurz und zog ein Stückchen Trockenfleisch aus seiner Manteltasche.

Caroline biß hungrig in den harten Riegel. Tob legte seine ergraute Schnauze auf ihre Knie und winselte leise.

Guthries Zorn verriet sich in jeder seiner Bewegungen. »Ich sollte dich auf der Stelle nach Bolton zurückbringen und diese ganze dumme Geschichte einfach vergessen!«

Caroline aß das Fleisch auf und trank den Kaffee, den Guthrie ihr anbot. Er schmeckte grauenvoll, aber sie war wenigstens beschäftigt, während Guthrie seine unvermeidliche Predigt hielt.

»Ist dir klar, was es für deinen Ruf bedeutet, daß du mir gefolgt bist?« fragte er kopfschüttelnd. »Für die Leute in der Stadt dürfte es jetzt kein Geheimnis mehr sein, mit wem du die Nacht verbracht hast.«

Müdigkeit und Erschöpfung überwältigten Caroline. Falls Guthrie sie zurückbrachte und sich weigerte, ihr zu helfen, wußte sie sich keinen Rat mehr. Seaton sollte in der ersten Maiwoche gehängt werden, und die Zeit lief mit rasender Geschwindigkeit davon. Eine dicke Träne rollte über ihre Wange.

Zu ihrer Überraschung wischte Guthrie sie mit dem Daumen ab. Der Feuerschein tanzte auf seinen Zügen, als Caroline zu ihm aufsah. »Ich glaube, du solltest dich jetzt besser ausruhen«, sagte er rauh. »Wir können morgen weiterreden.«

Er breitete eine Decke auf dem Boden aus und legte eine andere darüber.

Caroline schaute von dem provisorischen Bett zu Guthrie auf, aber sein Gesicht war im Schatten seines Hutes verborgen. »Du erwartest doch nicht, daß ich bei dir schlafe?« fragte sie spröde. Sie konnte nicht erkennen, ob er belustigt war oder verärgert. »Ich habe nicht vor, die ganze Nacht zu sitzen«, erwiderte er gelassen, »und das ist das einzige Bett, das wir haben.«

Widerstrebend stand Caroline auf. »Ich muß ... ins Bad«, sagte sie schüchtern

Guthrie saß schon auf den Decken und zog seine Stiefel aus. »Die erste Tür rechts«, scherzte er. »Und geh nicht zu weit, sonst begegnest du noch einem Schoschonenkrieger.«

Caroline war vor Angst wie gelähmt, doch ihre körperliche Not war stärker als ihre Furcht. Sie ging zur anderen Seite des Lagerfeuers und trat vorsichtig drei Schritte in die Nacht hinaus.

Als sie zurückkehrte, hatte Guthrie sich schon hingelegt, und Tob hatte sich zu seinen Füßen zusammengerollt. Mit zitternden Händen streifte Caroline ihre Stiefel ab und krabbelte unter die Decke.

»Guthrie?«

Er seufzte übertrieben. »Ja?«

»Stell dir vor, es wären Schoschonen dort draußen. Würden sie nicht unser Lagerfeuer sehen?«

»Wenn sie nicht gerade blind sind, ja.«

Gegen ihren Willen rutschte Caroline näher an Guthrie heran. Er lachte und legte einen Arm um ihre Taille. »Danke, daß du mich bleiben läßt«, sagte sie und hoffte, daß ihre Stimme ruhig und gelassen klang. Denn innerlich war sie aufgewühlt wie ein Gebirgsbach nach einem Gewitter.

»Etwas anderes blieb mir gar nicht übrig«, antwortete er schläfrig. »Gute Nacht, Caroline.«

Fünf Minuten später schnarchte er, aber Caroline lauschte auf alle Geräusche in der Dunkelheit. Dann drehte Guthrie sich im Schlaf um, und eine seiner Hände rutschte auf ihre Brust und blieb dort in einer besitzergreifenden Geste liegen.

Caroline sog scharf den Atem ein, denn ihre Brustspitze erwachte unter Guthries Hand zum Leben. Sie wußte, daß es besser gewesen wäre, sich von ihm zu entfernen, aber es war so ein angenehmes Gefühl... und außerdem war sie überzeugt, daß draußen in der Dunkelheit Indianer lauerten.

Guthrie stöhnte leise und rollte noch näher zu ihr, aber Caroline wußte, daß er schlief.

Wäre er wach gewesen, hätte er sicher nicht so ruhig und gleichmäßig geatmet. Er ließ ihre Brust los, und seine Hand glitt über ihren Magen.

Caroline erschauerte, von tausend skandalösen Gefühlen und Bedürfnissen gepeinigt, die sich nicht so einfach verdrängen ließen. Irgendwie wollte sie noch mehr von ihm ... aber was das genau war, verstand sie selbst nicht recht.

»Guthrie«, wisperte sie und zupfte an seinem Ärmel.

»Schlaf«, knurrte er.

Caroline wollte, daß er sie in die Arme nahm, obwohl ihr klar war, daß es ein Fehler gewesen wäre, zumindest von einem praktischen Standpunkt aus betrachtet. Doch die weite Welt schien groß und voller Gefahren, und sie war klein und sehr verwirrt. Es bedurfte ihres Mutes, um erneut zu flüstern: »Guthrie ... nimm mich in den Arm. Ich habe Angst.«

»Glaub mir, Caroline«, erwiderte er heiser, »das wage ich nicht.«

Leise begann sie zu weinen, und wieder fluchte Guthrie, aber dann drehte er sich um und zog Caroline mit dem Rücken an seine Brust. Für einen Moment glaubte sie, seine Lippen auf ihrem Haar zu spüren.

»Ich glaube, ich bin wie meine Mutter«, murmelte sie unglücklich. Bis zu dieser Nacht war es eine unerkannte Furcht gewesen. Aber jetzt, wo sie zu erraten begann, wie machtvoll fleischliche Bedürfnisse sein konnten, stieg diese Furcht an die Oberfläche und füllte ihr ganzes Bewußtsein aus.

Guthrie tastete nach ihrer Hand und drückte sie. »Was soll das heißen?«

Caroline befeuchtete nervös ihre Lippen. »Es ist das erste Mal, daß ich einem Mann so nahe bin, ohne dabei zu stehen«, gestand sie flüsternd und errötete in der Dunkelheit. »Und ich fürchte, daß ich ... daß es mir gefällt.«

Guthrie lachte leise, sie spürte an ihrem Rücken, wie sein Körper bebte. »Was ist daran so schlimm?«

»Gute Frauen sind anständig«, antwortete sie traurig. »Sie

glauben, es sei das Schlimmste von der Welt, von einem Mann berührt zu werden.«

Jetzt lachte Guthrie ganz unverhohlen, und Caroline boxte ihn hart in die Rippen.

»Das ist nicht witzig, Guthrie Hayes!« rief sie empört. »Ich schütte dir mein Herz aus, und was machst du? Du *lachst!*«

Seine Lippen waren ihrem Ohr zu nahe, daß sie die Wärme seines Atems spüren konnte. »Wenn du jetzt nicht still bist und schläfst«, drohte er, »werde ich dir alles erzählen, was einer Frau an der Berührung eines Mannes gefallen kann. *Alles*, sagte ich!«

Caroline öffnete schon den Mund zu einer Erwiderung, aber dann schloß sie ihn rasch wieder. Und tatsächlich war Guthrie kurz darauf fest eingeschlafen.

Doch Caroline blieb wach, trotz ihrer Müdigkeit, und starrte zum Himmel empor. Ihr ganzes Sein schien sich im Kriegszustand mit sich selbst zu befinden – sie stand schreckliche Ängste aus und ebenso große Qual – und doch war das Gefühl alles andere als unangenehm. Auch so etwas wie Verwunderung spielte dabei mit, und ein seltsam prickelndes Gefühl der Freude.

Wieder rollte eine Träne über ihre staubbedeckte Wange. Bei Seaton hatte sie keine Angst gekannt und erst recht keine Qual, mit Ausnahme des Leids vielleicht, das die Außenwelt ihnen so ungerechterweise aufgebürdet hatte. Aber auch diese Verwunderung und diese seltsam prickelnde Freude hatte sie nie bei ihm gekannt.

Sie weinte still vor sich hin, allein, obwohl sie dicht bei Guthrie lag, und schlief irgendwann vor Erschöpfung ein. Die Sonne war noch nicht über den Bergen aufgegangen, als Guthrie Caroline wachrüttelte. Als sie sich aufrichtete, drückte er ihr einen Becher Kaffee in die Hand, doch er wirkte alles andere als freundlich. Auf seinem Gesicht zeichnete sich ein zwei Tage alter Bart ab, und falls die vergangene Nacht ihm irgend etwas bedeutet hatte, war es ihm an seinem Verhalten bestimmt nicht anzumerken.

»Ich kehre nicht zurück«, sagte Caroline entschieden, nachdem sie sich gezwungen hatte, einen Schluck seines widerwärtig starken Kaffees zu trinken.

Guthrie schüttete den Rest aus der Kanne ins Gebüsch, und jede seiner Bewegungen verriet unterdrückten Zorn. Und das tat weh in dieser Nacht, in der er sie so zärtlich in den Armen gehalten hatte.

»Du brauchst nicht so mißmutig zu sein«, meinte Caroline zaghaft und strich sich ihr langes Haar aus dem Gesicht. »Es paßt nicht zu dir.«

Er hockte sich vor sie hin, um sie anzuschauen. Seine grünen Augen blitzten vor Wut. »Behandle mich nicht wie einen Erstklässler«, warnte er schroff. »Hier draußen bestimme ich. Ist das klar?«

Caroline wickelte sich aus den Decken und stand auf. »Im Gegenteil«, entgegnete sie mit zitternder Stimme, »du arbeitest für mich. Oder hast du das bereits vergessen?«

Guthrie richtete sich auf und kam so drohend auf Caroline zu, daß sie hastig einen Schritt zurücktrat. »Sei dessen nicht so sicher«, knurrte er. »Am liebsten würde ich jetzt nämlich mein Pferd besteigen und nach Bolton zurückreiten. Ich möchte dort in meiner Mine arbeiten und mir ein Haus bauen. In Cheyenne wartet eine Frau darauf, abgeholt zu werden, und ich glaube, je eher sie und ich vor einen Priester treten, desto besser wäre es für mich. Wenn du also möchtest, daß ich dich nach Laramie begleite, würde ich dir raten, mir nicht noch mehr Ärger zu machen.«

Caroline biß sich auf die Lippen. »Gestern nacht, als du mich so angefaßt hast, dachtest du auch nicht an deine kostbare Adabelle«, murmelte sie gereizt, als Guthrie sich abwandte und zu den Pferden ging.

Obwohl er es eigentlich nicht hätte hören dürfen, blieb er stehen und drehte sich um. »Was sagtest du gerade?« erkundigte er sich drohend.

Caroline schlang die Arme um ihren Oberkörper. Ihr Haar war völlig aufgelöst, ihre Kleider zerdrückt, sie stand irgendwo mitten in der Wildnis, mit dem schwierigsten Mann, dem sie je begegnet war, und sie mußte dringend auf die Toilette. »Ich sagte, ich habe einige Moskitobisse in der Nacht abbekommen«, erwiderte sie leise.

Guthrie warf ihr einen gereizten Blick zu, bevor er sich seinen Angelegenheiten zuwandte, und Caroline fand einen Strauch, hinter dem sie sich verbergen konnte.

6

Die grasbewachsene Ebene erstreckte sich wie ein grüner Teppich bis zu den fernen Bergen, der Himmel war kornblumenblau, aber Caroline hatte wenig Gelegenheit, die schöne Landschaft zu bewundern. Guthrie reiste ohne Aufenthalt, und nicht einmal sein Hund schien zu ermüden, während Carolines alte Stute große Schwierigkeiten hatte, bei diesem Tempo mitzuhalten. Dann endlich, als die Sonne im Zenit stand und Caroline schon glaubte, ohnmächtig zu werden, wenn es so weiterging, zügelte Guthrie sein Pferd und drehte sich ungeduldig nach ihr um.

»Wenn du nicht mithalten kannst«, sagte er gereizt und wischte sich den Schweiß von der Stirn, »warum kehrst du dann nicht nach Bolton zurück und läßt mich die Sache erledigen?«

Caroline setzte eine trotzige Miene auf. Um nichts auf der Welt hätte sie Guthrie merken lassen, wie erleichtert sie über diese kurze Rast war. »Das hättest du wohl gern«, entgegnete sie spitz. »Aber das kannst du vergessen. Ich möchte mich vergewissern, daß diese Angelegenheit ordentlich erledigt wird.«

Guthries Blick ruhte mitleidig auf ihrer alten Stute. »Das arme Tier wird den Weg nach Laramie nicht schaffen, ganz zu schweigen von dem langen Rückweg«, sagte er. »Es wäre besser, wenn wir die Stute auf der nächsten Ranch zurückließen.«

Caroline tätschelte ihrem Pferd den Hals und nickte. Endlich waren sie und Guthrie einmal einer Meinung. »Aber wie soll ich dann weiterreiten?« fragte sie besorgt.

»Keiner wird uns für diese alte Schindmähre ein anständiges Pferd geben. Du wirst bei mir mitreiten müssen.« Er ritt näher an Caroline heran und schaute sie nachdenklich an. »Wir werden sehr viel langsamer vorankommen, und das gefällt mir gar nicht.«

»Was dir gefällt, interessiert mich nicht«, entgegnete Caroline ungehalten.

Guthrie betrachtete sie, wieder mit diesem verstohlenen Lächeln um die Lippen, wendete seinen Wallach und führte ihn zu einem Pappelwäldchen. Caroline blieb nichts anderes übrig, als ihm zu folgen.

Die Pferdehufe verursachten fast kein Geräusch auf dem weichen, moosbewachsenen Untergrund. Nur das gelegentliche Knacken eines Zweigs, das leise Zwitschern der Vögel und Tobs Hecheln unterbrachen die Stille.

Schließlich erreichten sie einen Bach. Guthrie saß ab, und sein Pferd und Tob liefen zum Ufer, um zu trinken.

Carolines Fußballen schmerzten höllisch, als sie absaß und ihre Stute zum Wasser führte. Sie war das Reiten nicht gewöhnt; jeder einzelne Muskel in ihrem Körper beklagte sich bitterlich.

»Warum nennst du den Hund Tob?« fragte sie und erinnerte sich daran, daß Guthrie ihre Frage beim letzten Mal nicht beantwortet hatte.

Er seufzte, als er seine Satteltaschen holte. »Das sollte eine Dame nicht interessieren«, sagte er.

Caroline errötete. »Vielleicht bin ich ja keine Dame.«

Guthrie zog eine Tüte aus den Satteltaschen und reichte Caroline ein Stückchen gedörrtes Fleisch. »Tob ist die Kurzform für *Tits-on-a-boar,* Brüste auf einem Eber«, antwortete er mit einem liebevollen Blick auf den alten Hund. »Denn dieser Hund ist genauso nutzlos wie ein Eber mit Brüsten.«

Wieder errötete Caroline. »Unmöglich«, sagte sie entrüstet.

Guthrie zuckte mit den Schultern und biß in sein Trockenfleisch. »Du wolltest es ja unbedingt wissen.«

Er redete jetzt mit vollem Mund, und Caroline fragte sich, wie ihre Adoptivmütter ihn für einen Gentleman halten konnten. Aber ihre Erfahrungen mit dem anderen Geschlecht waren ja auch sehr begrenzt. Der Gedanke an Miss Ethel und Miss Phoebe versetzte ihr einen Stich. Die alten Damen mußten sehr besorgt sein, obwohl sie ihnen eine Nachricht hinterlassen hatte.

»Du solltest etwas trinken, während du noch Gelegenheit dazu hast«, meinte Guthrie, bevor er die Feldflasche nahm und zum Bach hinunterging, um sie zu füllen.

Da Caroline von dem stark gesalzenen Fleisch sehr durstig war, nahm sie Guthries Rat an. Vor dem flachen Ufer kniend, schöpfte sie Wasser in ihre Hände und trank. Das Quellwasser war kühl und erfrischend, und unwillkürlich stieß Caroline einen erleichterten Seufzer aus.

Guthrie lächelte, als er die Feldflasche zuschraubte.

»Warum lächelst du?« fragte Caroline, verärgert über die Arroganz, die sein Lächeln verriet.

»Ich dachte nur gerade, in welchem Zustand du jetzt wärst, wenn du die Reise allein unternommen hättest«, erwiderte er, wandte sich ab und ging zu den Pferden hinüber, die inzwischen munter grasten.

Caroline wußte, wie recht er hatte, und das erboste sie noch mehr. Schweigend bestieg sie ihre Stute und sagte erst wieder etwas, als sie Stunden später einen Wagen erreichten, vor dem eine Herde Schafe weidete.

Die beiden Collies des Schäfers liefen ihnen bellend entgegen, bereit, ihre Schützlinge zu verteidigen.

Mit einem klagenden Winseln sprang Tob zu Guthrie auf den Sattel und blieb dort zitternd wie ein riesiger, haariger Vogel hocken.

Caroline hatte sich von ihrem Erstaunen über das Verhalten des Hundes noch nicht erholt, als der Schäfer näherkam. Er war dünn wie eine Vogelscheuche, trug zerlumpte Kleidung und ein langläufiges Gewehr an seiner Seite.

Guthrie tippte an den Rand seines Huts. »Tag«, sagte er mit einem Lächeln, das den Mann beruhigen sollte. Obwohl er seinen 45er Colt am Gürtel trug, griff er nicht danach. Aber Caroline hatte das Gefühl, daß die Waffe blitzschnell in seinen Händen erscheinen würde, falls es nötig war.

»Tag«, erwiderte der Schäfer den Gruß und musterte die beiden Besucher prüfend. Seine Hunde hielten Distanz zu ihnen, aber ihre Zähne waren gebleckt, und ein leises, drohendes Knurren kam aus ihren Kehlen.

Caroline wußte, daß ihre Feindseligkeit hauptsächlich Tob galt, aber Angst hatte sie dennoch. Diese Tiere waren dazu erzogen, ihre Herde zu verteidigen, und konnten sicher sehr bösartig werden, wenn es nötig war.

Guthrie streichelte Tob beruhigend, während er gleichzeitig dem Schäfer zulächelte. »Wir suchen einen Platz, wo wir dieses Tier lassen können«, sagte er und deutete mit dem Kopf auf Carolines bedauernswerte Stute.

Sie ritt ein wenig näher an ihren Begleiter heran und sagte verhalten: »Guthrie, das Pferd gehört mir nicht. Es ist nur gemietet,und irgendwann muß ich es zurückbringen.«

Doch Guthrie ignorierte sie. »Ziehen Sie vielleicht zufällig in Richtung Bolton?« fragte er den Schäfer.

Der Mann rieb sich nachdenklich das Kinn. »Dort gibt es viele Rinderzüchter«, meinte er besorgt. »Sie werden von meinen Schafen nicht begeistert sein.«

Guthrie zog zwei Zigarren aus seiner Hosentasche – sehr langsam, wie Caroline auffiel –, und gab dem Schäfer eine. Er zündete seine eigene an und gab dem Mann auch Feuer. »Wenn

Sie in einem Bogen von sieben oder acht Meilen an der Stadt vorbeiziehen, wird die Stute allein den Heimweg finden.«

»Das wäre natürlich möglich«, antwortete der Schäfer.

»Vielen Dank«, sagte Guthrie erleichtert.

Caroline glitt von ihrem müden Pferd und ließ sich von Guthrie hinter ihn in den Sattel ziehen, was nicht so einfach war, da sie ihre Reisetasche in einer Hand hielt. »Sollten wir ihm nicht Geld anbieten?« flüsterte sie Guthrie zu.

»Das wäre vielleicht nicht schlecht«, flüsterte er zurück.

Caroline nahm eine Münze aus ihrer Rocktasche und bemühte sich zu lächeln, als sie sie dem Schäfer reichte. Bald würde nichts mehr übrig sein von ihrem kleinen Kapital, und was sie in Bolton auf der Bank hatte, war für Mr. Flynns Befreiung eingeplant. »Danke«, sagte sie leise zu dem Schäfer.

Der Mann biß prüfend in die Münze und steckte sie in die Westentasche. Nachdem er Guthrie und Caroline noch einmal zugenickt hatte, wandte er sich ab und ging zu seinem Lager zurück.

Als die Collies sich entfernten, sprang Tob vom Pferd, wenn auch nur sehr widerstrebend.

»Angenommen, er bringt das Tier nicht nach Bolton zurück?« fragte Caroline besorgt. Sie hatte einen Arm um seine Taille geschlungen, die schwere Reisetasche hielt sie unter dem anderen. »Stell dir vor, er behielte die Stute einfach.«

Guthrie schnalzte mit der Zunge und trieb das Pferd an, und fast wäre Caroline nach hinten weggerutscht. »Dann wirst du den Leuten im Mietstall bezahlen müssen, was sie wert war. Viel dürfte es ohnehin nicht sein.«

Caroline klammerte sich haltsuchend an Guthries Hemd. Es war leicht gesagt für ihn, schließlich brauchte er das Geld nicht aufbringen. »Hoffentlich ist er wenigstens gut zu dem Tier.«

»Es kann nur besser für sie werden. Mit einem Wallach Schritt zu halten, der um die Hälfte jünger ist, war bestimmt nicht leicht für sie.«

Caroline hielt sich verzweifelt fest, als er sein Pferd zu einem flotten Trab anspornte. Sie sagte nichts mehr, legte nur ihre

Wange an Guthries Rücken und nahm sich vor, den unbequemen Ritt klaglos zu ertragen.

Als sie endlich wieder anhielten, diesmal an einem schmalen baumbestandenen Fluß, war Caroline sehr geschwächt, und ihre Hände schmerzten vom Festhalten. Auch die Innenseiten ihrer Schenkel waren wund. Bevor sie absaß, ließ sie erleichtert ihre Reisetasche fallen.

Guthrie wirkte überhaupt nicht müde, und nicht einmal Tob, der den ganzen Nachmittag neben dem Pferd hergelaufen war, zeigte Anzeichen von Erschöpfung.

»Sie mal nach, ob du trockene Zweige oder Baumrinde findest, damit wir ein Feuer anzünden können«, befahl Guthrie, und obwohl Caroline über seinen Ton ein bißchen verärgert war, hielt sie es für ganz natürlich, daß er Mitarbeit von ihr erwartete.

Als sie ins Lager zurückkam, hatte Guthrie schon aus Steinen einen Kreis gelegt und schnitt pfeifend einen Spieß zurecht.

Carolines Magen knurrte laut. »Werden wir heute etwas anderes essen als Dörrfleisch?« erkundigte sie sich schüchtern.

Guthrie richtete sich schmunzelnd auf und steckte sein Messer ein. »Das kommt auf meine Zielsicherheit an«, erwiderte er und reichte Caroline zwei Streichhölzer. »Hier, du kannst schon einmal Feuer machen.«

Caroline nickte, und Guthrie deutete auf den Revolver, den er auf seine zusammengerollte Decke gelegt hatte. »Kannst du damit umgehen?« fragte er.

»Nein«, erwiderte sie schaudernd. »Blutvergießen wird in meinem Beruf nicht verlangt.«

»Ich vermute, daß einige Lehrer anderer Ansicht sind«, erwiderte er lachend, ließ den Revolver auf der Decke zurück und nahm eine lange Flinte aus der Hülle neben seinem Sattel. Während er sie lud, sagte er warnend: »Entferne dich nicht zu weit von dem Revolver, und wenn sich jemand dem Lager nähert, dann ziele auf die Körpermitte. »Er machte eine kurze Pause und grinste flüchtig. »Außer bei mir natürlich.«

Caroline schaute von Guthrie zu der Waffe und spürte, wie sie blaß wurde. Seine Warnung war durchaus ernstzunehmen;

es konnten sich Indianer oder Banditen in der Nähe aufhalten. »Bleib nicht zu lange«, bat sie zaghaft.

Er musterte sie noch einmal belustigt, drehte sich um und verschwand dann zwischen den Bäumen – Tob dicht auf den Fersen und ein unanständiges Saloonlied auf den Lippen.

Caroline sammelte noch mehr Feuerholz, ohne sich jedoch zu weit von dem 45er Colt zu entfernen. Als sie in der Ferne einen Schuß hörte, zuckte sie zusammen und hoffte, daß es Guthrie war, der einen Hasen oder ein Feldhuhn geschossen hatte. Genausogut wäre es auch möglich gewesen, daß ihr Begleiter der Kugel eines Schoschonen zum Opfer gefallen war ...

Sie war zutiefst erleichtert, als Guthrie etwa eine halbe Stunde später mit einem ziemlich großen Kaninchen zurückkehrte, das er vorsorglich schon gehäutet und ausgenommen hatte.

Caroline schaute zu, wie er es im Fluß reinigte und dann an den Spieß über dem Feuer steckte. Tob jaulte und winselte in Erwartung des Festessens.

Das Fleisch verströmte einen köstlichen Duft, während es briet, und als die Dunkelheit hereinbrach, rückte Caroline ängstlich näher an das Feuer heran. Das sanfte Prasseln beruhigte sie und gab ihr ein Gefühl von Sicherheit, aber ihre Muskeln schmerzten noch immer sehr von der Anstrengung des langes Ritts.

Ein verstohlener Blick auf Guthrie brachte ihr zu Bewußtsein, daß es Gefahren und *Gefahren* gab. Heute nacht würden sie wieder eine Decke teilen, und sie gab sich keinen Illusionen hin, daß ihre Unschuld in seinen Händen lag. Falls er sich entschließen sollte, seine Zurückhaltung aufzugeben, brachte sie sicher nicht die Kraft auf, sich zu wehren.

Und sie war überzeugt, daß er das wußte.

Geduldig drehte sie das Kaninchen an seinem Spieß, und als Guthrie erklärte, es sei gar, war sie so begierig auf ihren Anteil wie eine Höhlenfrau nach einem langen, mageren Winter.

Guthrie gab ihr eine Portion, schnitt für sich selber eine ab und reichte auch Tob ein großes Stück.

Als Caroline das Fleisch gegessen hatte, war sie satt, aber

ihre Hände und ihr Gesicht glänzten vor Fett. Sehnsüchtig schaute sie zum nahen Fluß hinüber.

»Ich hätte gern ein Bad«, sagte sie zu Guthrie.

Mit einem zufriedenen Seufzer schüttelte er den Kopf, lehnte sich an seinen Sattel und schaute in das Feuer. Er hatte seine Hände einfach an seiner Hose abgewischt, aber an seinen Mundwinkeln glänzte noch ein bißchen Fett. »Das Wasser ist viel zu kalt«, antwortete er.

Caroline zog ihre Finger durch das Gras, aber auch danach fühlte sie sich nicht sauberer, und sie hatte nicht vor, ihren Rock als Serviette zu benutzen.

Über ihnen glitzerten die Sterne am zunehmend dunkleren Himmel. Guthrie starrte zufrieden in das flackernde Feuer.

»Trotz deines Geredes über Heirat und Hausbau«, bemerkte Caroline, um eine Unterhaltung zu beginnen, »scheinst du ganz gern unter freiem Himmel zu schlafen und für dein Essen auf die Jagd zu gehen.«

Guthrie nickte lächelnd. »Das hat auch etwas für sich«, gab er zu. »Aber ich hätte trotzdem lieber meine eigenen vier Wände, damit ich anfangen könnte, Babies zu machen.«

Noch nie hatte Caroline die Hitze des Feuers so intensiv gespürt wie in diesem Augenblick. Sie war es nicht gewöhnt, daß Männer – oder Frauen – in ihrer Gegenwart so offen sprachen, obwohl sie vor langer Zeit, als sie noch bei ihrer Mutter lebte, Schlimmeres gehört und gesehen hatte. »Ich nehme an, auch dafür ist Adabelle die Richtige«, sagte sie und ärgerte sich im gleichen Moment über ihre unbedachten Worte.

Guthrie lachte leise. »Du hast es erfaßt«, stimmte er zu.

Gekränkt verschränkte Caroline die Arme und runzelte die Stirn. »Sie ist nicht die einzige Frau auf der Welt, die Kinder bekommen kann. Es ist nichts Außergewöhnliches.«

Guthries Augen glitzerten im Feuerschein belustigt. »Ich habe nie gesagt, daß sie die einzige Frau ist, die Kinder gebären kann«, entgegnete er ruhig.

Caroline wollte aufspringen, aber Guthrie ergriff ihre Hand und hielt sie zurück. Mit einer geschickten Bewegung zog er sie zu sich herab, bis sie vor ihm kniete und ihn anschauen mußte.

Sie fühlte sich so hilflos unter seinem Blick wie das Kaninchen vor dem Lauf seines Gewehrs.

»Wirst du ihr treu ein?« fragte sie, und wieder bereute sie ihre Worte. Irgendwie schienen sie einem verborgenen Teil ihres Gehirns entsprungen zu sein, über den sie keine Macht besaß.

»Wenn sie meine Frau ist, ja«, antwortete Guthrie. Er sah Caroline nur an, betrachtete sie wie ein Rätsel, das er zu lösen hatte, und doch kam es ihr so vor, als hätte er sie berührt.

Tief in ihrem Körper erwachte ein merkwürdig drängendes Gefühl. Sie wollte sich von Guthrie entfernen, aber dazu fehlte ihr die Kraft. Sie konnte sich weder rühren noch etwas sagen. Eine schreckliche Mischung von Schuldbewußtsein und Verlangen raubte ihr den Atem.

War es das gewesen, was Kathleen, ihre schöne, unglückliche Mutter empfunden hatte, wenn Männer sie berührten? Waren das die gefährlichen Gefühle, die eine Frau veranlassen konnten, ihre eigenen Kinder in einen Waisenkinderzug zu setzen, um sie für immer zu verlieren?

Der Gedanke ließ Caroline leise aufschreien, und zu ihrem Erstaunen begann Guthrie tröstend auf sie einzureden und zog sie neben sich auf den Boden. Er hielt sie schützend in seinen starken Armen, sie spürte seine Lippen an ihrer Schläfe, aber es lag nichts Forderndes in dieser Geste.

Anscheinend wollte er ihr nur ein Gefühl der Sicherheit vermitteln, und das überwältigte und rührte Caroline.

»Es wird alles gut«, sagte er leise, und sie spürte seine Bartstoppeln an ihrer Wange. »Alles wird in Ordnung kommen, kleine Lehrerin.«

Carolines Augen wurden feucht. Selbst wenn es ihnen gelang, Seaton Flynn vor dem Galgen zu bewahren und wenn sich ihr Traum erfüllte, eine Familie mit ihm zu gründen, gab es noch ein schwer zu lösendes Problem. Denn es waren Gefühle für diesen Mann in ihr erwacht, für Guthrie Hayes, und das auf eine Weise, wie sie es nie für möglich gehalten hätte. Und sie befürchtete, daß diese Gefühle sich nicht so einfach verdrängen lassen würden. Nein, es war die Art von Zuneigung, die sich tief im Herzen festsetzte und allen anderen

Emotionen den Zugang verwehrte. Guthrie streichelte ihr staubiges, verschwitztes Haar so bewundernd, als sei es frischgewaschen und als duftete es nach Seife und Sonnenschein.

»Ich habe Angst«, gab sie leise zu. Auch diese Worte kamen ganz ohne ihr eigenes Zutun von ihren Lippen.

Guthrie bewegte sich so gelassen, als läge er auf einem Federbett statt auf der harten Erde. »Das liegt sicher daran, daß du zu weit vorausdenkst, Caroline. Eines der Geheimnisse eines glücklichen Lebens ist, seine Gedanken auf die Gegenwart zu beschränken.«

»Man muß vorplanen«, protestierte Caroline, aber nicht sehr nachdrücklich. Es wäre besser gewesen, sich aus Guthries Armen zu lösen, aber dazu konnte sie sich nicht überwinden. Es war schön, von ihm gehalten zu werden, es vermittelte ihr ein Gefühl, nach dem sie sich gesehnt hatte, seit sie damals auf jenem Bahnhof in Lincoln, Nebraska, von Lily und Emmy getrennt worden war.

»Die Zukunft vorauszuplanen ist nicht das gleiche, wie sich ein Haus zu bauen«, erwiderte Guthrie seufzend. »Zu viele Menschen sind so beschäftigt mit dem nächsten oder übernächsten Jahr, daß sie die Gegenwart überhaupt nicht leben. Auf diese Weise kann ein Mensch sein ganzes Leben vergeuden.«

Was er sagte, fand Caroline vernünftig, doch andererseits vermutete sie, daß es ihr wahrscheinlich bei jedem Wort von Guthrie so ergangen wäre. Sie legte ihren Kopf auf seine Brust und lauschte auf sein Herz, das ruhig und beständig klopfte.

Es war der Gedanke, mit Guthrie in einem richtigen Bett zu liegen, seine nackte Haut unter ihrer Wange statt seines groben Hemds, der Caroline mit einem Schlag in die Wirklichkeit zurückversetzte. Sie richtete sich abrupt auf und schlug beide Hände vors Gesicht.

Guthrie lächelte wissend. »Was hast du, kleine Lehrerin?«

Da Caroline ihm nicht gut antworten konnte, daß sie sich viel zu wohl in seinen Armen fühlte und gefährliche Vorstellungen hegte, wußte sie nicht, was sie erwidern sollte. So betrachtete sie nur Guthries markante Züge im Feuerschein und schwieg.

Er war ein Vagabund, dessen Vergangenheit sicher schreckliche Geheimnisse barg – und trotz allem übte er eine Anziehungskraft auf sie aus, der sie sich einfach nicht entziehen konnte.

»Ich dachte an Mr. Flynn«, log sie schließlich. »Er würde es bestimmt nicht billigen, daß wir ... daß wir uns so nahe sind.«

Guthrie räkelte sich gähnend und schloß die Augen. »Ich glaube nicht, daß er in der Lage ist, Anstoß zu nehmen«, erwiderte er. »Aber wenn du lieber allein im Dunkeln schlafen möchtest, wo die Schoschonen dich erwischen können, bitte, dann geh nur.«

Caroline fürchtete die Indianer sehr, aber noch mehr Angst hatte sie vor ihren eigenen Gefühlen. Außerdem war sie schmutzig, und ihre Muskeln waren steif vor Überanstrengung.

So stand sie wortlos auf und ging durch die Bäume zum mondbeschienenen Fluß hinunter.

Während Tob winselnd zusah, zog sie sich aus und watete auf nackten Füßen in das Wasser. Obwohl es eiskalt war, empfand Caroline es als angenehm, weil es die verwirrenden Gefühle beruhigte, die in Guthries Armen in ihr erwacht waren. Sie wusch sich so gründlich, als könnte sie damit abwaschen, was sie vorhin, am Lagerfeuer, über sich selbst herausgefunden hatte.

7

Später am nächsten Tag erreichten Caroline und Guthrie Clinton. Der Raubüberfall, dessen Seaton Flynn beschuldigt wurde, hatte sich fünf Meilen vor dieser kleinen Stadt ereignet.

Guthrie ritt unverzüglich zum Hotel. »Warum halten wir hier an?« erkundigte sich Caroline verwundert.

Er glitt aus dem Sattel, während Caroline auf dem Pferd sitzen blieb. »Mit unserem Aussehen können wir nicht überall in der Stadt Fragen stellen«, erklärte er lächelnd. »Wir müssen uns zuerst säubern.«

Es war nicht abzustreiten, daß Guthrie eine Rasur und saubere Kleidung brauchte, und was Caroline betraf, so wagte sie sich gar nicht auszumalen, wie sie aussah. »Das stimmt«, gab sie widerwillig zu und erlaubte ihm, sie vom Pferd zu heben. Noch immer entsetzt über die sinnlichen Gedanken, die sie sich am Abend zuvor in bezug auf Guthrie erlaubt hatte, bemühte sie sich, ihn nicht anzusehen, als er seine Hände um ihre Taille legte.

Als sie vor ihm stand, legte er seinen Zeigefinger unter ihr Kinn und hob es an. Das Glitzern in seinen Augen verriet, daß er ahnte, was sie beschäftigte. »Sich etwas vorzustellen, ist nicht das gleiche, wie es zu tun«, sagte er ernst.

Caroline errötete und war sehr erleichtert, als er sich abwandte, um sein Pferd anzubinden. Tob hockte bereits vor der Schwingtür des Saloons und japste aufgeregt.

»Er braucht einen Drink«, erklärte Guthrie, als er die hohe Stufe zum Bürgersteig betrat und Caroline eine Hand reichte.

»Ich finde, er hat eine höchst unnatürliche Vorliebe für Alkohol«, entgegnete sie kopfschüttelnd.

Guthrie nickte. »Das ist wahr. Vor einiger Zeit in Texas, als ich bei einem Pokerspiel eine hohe Summe gewonnen hatte, kamen drei oder vier Cowboys in mein Lager, weil sie sehr verärgert waren, ihren Monatslohn verloren zu haben. Tob war so betrunken, daß er einfach liegenblieb, während sie mich fürchterlich verprügelt haben.«

Caroline erschauerte. »Warst du verletzt?«

»Eine Zeitlang war ich ziemlich wund und mit Prellungen bedeckt, aber zum Glück hatten sie mir nichts gebrochen.«

Caroline schaute sich neugierig um, als sie das Hotel betraten. Die Halle war klein und schäbig, ein abgetretener Orientteppich bedeckte den Fußboden, und verstaubte Grünpflanzen in den Ecken des Raums ließen ihn noch kleiner wirken, als er ohnehin schon war.

Caroline zog ganz unbewußt die Schultern ein, fühlte sich unbehaglich und in die Enge getrieben, während Guthrie zur Rezeption hinüberging. Sie hoffte, noch genug Geld für zwei Zimmer, zwei heiße Bäder und zwei gute Mahlzeiten im Restaurant zu haben.

Guthrie sprach mit dem Mann hinter der Theke, dann drehte er sich um und reichte Caroline einen Schlüssel.

»Was hat es gekostet?« fragte sie leise.

Er bedachte sie mit einem merkwürdigen Lächeln. »Keine

Angst, kleine Lehrerin. Darüber einigen wir uns später, wenn es vorbei ist.«

Caroline fand seine Antwort alles andere als beruhigend.

Die Tür zu ihrem Zimmer war die erste rechts an der Treppe. Caroline schloß sie auf und trat ein, und Guthrie reichte ihr die schwere Reisetasche.

»Danke«, sagte sie schüchtern. Die Tatsache, daß nun andere Menschen in der Nähe waren, machte sie verlegen. In der Nacht, meilenweit von anderen Lebewesen entfernt, war es ihr leichter gefallen, sich ungezwungen zu geben. Jetzt mußte sie daran denken, daß sie sich so verhielt, wie es für eine Lehrerin schicklich war.

Guthrie beugte sich vor und küßte sie flüchtig auf die Stirn. »Wir treffen uns in einer Stunde unten, dann essen wir etwas«, bestimmte er, und Caroline nickte und schloß die Tür.

Als sie kurz darauf ein blauweißes Kattunkleid aus der Tasche nahm und es auf dem Bett ausbreitete, um die Falten zu glätten, klopfte es plötzlich. Caroline drehte sich um und erschrak, als sie plötzlich sich selbst gegenüberstand. Ihr war vorher nicht aufgefallen, daß an der Tür ein Spiegel hing. »Ja?« rief sie mit zitternder Stimme und entsetzt über ihren Anblick. Ihr Haar war ungekämmt und schmutzig, ihre Kleider und Stiefel waren verstaubt, ihr Gesicht voller Schmutzflecken.

»Ich bin's, Molly, Madam. Ich komme wegen Ihrem Bad.«

Der Gedanke an heißes Wasser besserte Carolines Stimmung sofort. Rasch öffnete sie die Tür.

Eine junge Frau mit lockigem braunen Haar und einer karierten Schütze wartete auf dem Korridor. »Das Badezimmer«, sagte sie freundlich und deutete auf eine entfernte Tür. »Wir können Ihnen entweder frisches Wasser für die Wanne bringen, oder Sie nehmen das, was vom letzten Bad noch übrig ist.«

Caroline unterdrückte ein Schaudern. »Ich möchte frisches Wasser«, sagte sie, »und reinigen Sie die Wanne bitte gut, bevor Sie sie füllen.«

Die junge Frau schüttelte gereizt den Kopf. »Das wird zusätzlich berechnet«, warnte sie. »Und heißes, noch nicht benutztes Wasser kostet schon fünf Cent.«

Caroline zog eine Münze aus ihrer Rocktasche und reichte sie der Frau ohne weiteren Kommentar.

»Ich klopfe, wenn Ihr Bad bereit ist«, sagte diese schulterzuckend. »Aber halten Sie sich nicht zu lange dort auf. Heute abend werden wir eine Menge Gäste haben, die sich waschen wollen.«

Zwanzig Minuten später betrat Caroline den kleinen Raum, der für das Baden vorgesehen war. Da sich kein Riegel an der Tür befand, zog sie einen Stuhl heran und stellte ihn unter den Türknopf.

Ein runder Waschzuber stand mitten im Raum, gefüllt mit dampfend heißem Wasser. Bequem war diese Wanne sicher nicht, aber wenigstens sah sie sauber aus. Caroline hängte ihre Kleider zum Wechseln an einen Haken und begann sich auszuziehen.

Mit ihrer eigenen Seife – Caroline wagte die vom Hotel bereitgestellte nicht einmal *anzusehen* – wusch sie ihr Haar und jeden Zentimeter ihrer Haut. Dann kletterte sie aus der Wanne, blieb auf dem kalten Boden stehen und trocknete sich mit dem harten grauen Handtuch ab, das sie in ihrem Zimmer gefunden hatte.

Etwas später, in ihrem hübschen Kattunkleid und ihr Haar zu einem dicken Zopf geflochten, ging sie in die Halle hinunter.

Guthrie wartete dort schon, frisch rasiert und sauber. Bei seinem Anblick machte ihr Herz einen kleinen Sprung, und gleich machte sie sich deshalb bittere Vorwürfe. Sie war praktisch verlobt mit Seaton, auch wenn er ihr noch keinen Ring gegeben hatte, und es wurde langsam Zeit, daß sie sich das wieder ins Gedächtnis rief.

Oder war es schon zu spät dazu?

»Du hast gebadet«, stellte sie fest.

Guthrie lachte. »Über dem Saloon gab es ein Bad. Während Tob seinen Durst gestillt hat, habe ich mich ein bißchen präsentabler gemacht.« Galant wie in der Nacht des Balls reichte er ihr den Arm, den Caroline lächelnd akzeptierte.

Da das Hotel kein eigenes Restaurant hatte, führte er sie über die Straße zu einem kleinen Lokal mit Fenstern voller Fliegendreck und sägemehlbestreutem Fußboden.

»Ich fürchte, das ist das beste Restaurant im Ort«, flüsterte Guthrie Caroline ins Ohr. Sein Atem war warm und brachte ihre Haut zum Prickeln.

Caroline schaute sich in dem Raum mit den grob zusammengehauenen Tischen und Bänken um. Das Sägemehl auf dem Boden vermischte sich mit Tabaksaft und Essensresten, und die Wände hätten einen neuen Anstrich brauchen können. Wenn das das Beste ist, was Clinton zu bieten hat, dachte Caroline, dann möge Gott mich vor dem Schlimmsten bewahren! »Sehr nett«, sagte sie jedoch.

Guthrie grinste und führte sie zu einem unbesetzten Tisch, wo er auf der Bank ihr gegenüber Platz nahm. »Eins muß ich dir lassen, kleine Lehrerin – du verstehst dich den Umständen anzupassen.«

Caroline schaute ihn schulterzuckend an. »Ich bin imstande, einiges auszuhalten«, erwiderte sie. In einer Ecke lachte jemand grell. »Es ist hier fast wie in einem Saloon.«

Eine hagere Kellnerin erschien am Tisch, mit streng zurückgekämmtem Haar, das ölig glänzte. »Wir haben Huhn und Rind«, erklärte sie knapp. »Was soll es sein?«

»Meinen Sie ...« begann Caroline und richtete sich noch gerader auf, »ich könnte mir vorher die Küche ansehen?«

Guthrie warf ihr einen überraschten Blick zu, während die Kellnerin eine abweisende Miene aufsetzte.

»Eine verwöhnte Dame sind Sie, was? Nun ja, dann essen Sie wohl besser in Miss Braysons Pension. Da können Sie jedenfalls sicher sein, daß niemand in die Suppe spuckt.«

Carolines Wangen brannten vor Empörung, als sie aufstand. »Ja, ich glaube, das würde ich vorziehen«, entgegnete sie kühl. »Könnten Sie mir vielleicht erklären, wo ich die Pension finde?«

»Caroline«, wandte Guthrie leise ein.

Doch sie achtete nicht auf ihn. »Wo liegt diese Pension?« wandte sie sich von neuem an die Kellnerin.

Guthrie verdrehte die Augen und stand auf. Gespanntes

Schweigen erfüllte den Raum, während die anderen Gäste abwarteten, wie sich die Sache weiterentwickelte.

Die Kellnerin machte ein verlegenes Gesicht; wahrscheinlich hatte sie jetzt Vorwürfe zu erwarten, einen Gast vertrieben zu haben. »Drei Straßen weiter westlich, an einer Ecke. Es hängt ein Schild am Zaun.«

»Danke«, sagte Caroline und wäre allein hinausgegangen, wenn Guthrie nicht ihren Arm ergriffen und sie hinausgedrängt hätte, als wäre das alles *seine* Idee gewesen.

»Woher weißt du eigentlich, daß ich nicht lieber geblieben wäre?« fragte er gereizt, als sie im Freien waren. »Du hättest mich wenigstens um meine Meinung fragen können.«

Caroline schaute sich nach der untergehenden Sonne um und wandte sich in diese Richtung. »Du kannst gern bleiben, wenn du willst.«

Die Art, wie Guthrie die Schultern rollte, erinnerte Caroline an einen Hahn, der sich vor Wut aufplusterte. »Bleiben? Dank deines Verhaltens werde ich dieses Lokal nie wieder betreten können!«

»Wieso nicht?« wollte Caroline wissen, während sie mit gerafften Röcken die Straße zu überqueren begann.

»Darüber spreche ich lieber nicht«, knurrte er.

Auf der anderen Straßenseite blieb Caroline stehen. »Du hast Angst, daß sie jetzt glauben, du wärst ein Pantoffelheld!« sagte sie entzückt.

Guthrie schaute sich besorgt um, ob jemand zuhörte, und wurde rot bis unter die Haarwurzeln. »Ich bin mit niemandem verheiratet«, erinnerte er sie scharf, »und wenn ich es wäre, würde ich mir von keiner *Frau* sagen lassen, wo ich zu essen habe!«

Caroline ging weiter und überließ es Guthrie, ihr zu folgen oder nicht. Aber anscheinend war auch er des ewigen getrockneten Rindfleischs überdrüssig, denn er schloß sich ihr grollend an.

Das Essen bei Miss Brayson war einfallslos und fade, aber der Speisesaal war sauber. Caroline und Guthrie aßen, und Guthrie bezahlte die Mahlzeiten. Dann verließen sie die Pension.

Da es allmählich dunkel wurde, schlossen die Läden in der Stadt. »Was ist mit Tob?« fragte Caroline. »Hat er gefressen?«

Guthrie grinste und ging etwas langsamer, als sie sich dem Büro des Marshals näherten. »Er hat ein halbes Dutzend hartgekochte Eier verschlungen, als wir im Saloon waren.«

Caroline schüttelte den Kopf. »Dann schläft er jetzt wohl in deinem Zimmer?«

»Nach sechs hartgekochten Eiern? Soll das ein Witz sein? Er sitzt auf der Außentreppe.« Guthrie öffnete die Tür zum Büro des Marshals und trat beiseite, um Caroline vorangehen zu lassen.

»Was kann ich für Sie tun?« erkundigte sich der Marshal freundlich. Er war ein älterer Herr mit breiten Schultern und einem buschigen grauen Schnurrbart.

»Wir würden Ihnen gern einige Fragen über einen Überfall auf eine Postkutsche stellen«, sagte Guthrie.

»Es handelt sich um den Überfall, für den Mr. Seaton Flynn verurteilt wurde«, warf Caroline ein.

Während Guthrie seinen Hut abnahm und dem etwas korpulenten Vertreter des Gesetzes zulächelte, gelang es ihm, Caroline einen unauffälligen Rippenstoß zu versetzen. Die Botschaft, die er ihr damit übermitteln wollte, war eindeutig genug: *Sei still!*

»Sind Sie Verwandte von Seaton Flynn?« fragte der Marshal und musterte Caroline und Guthrie prüfend.

»Miss Flynn ist seine Schwester«, erwiderte Guthrie, bevor Caroline etwas äußern konnte. »Und ich bin sein Cousin, Jeffrey Mason.«

Während Caroline sich auf die Zunge biß, um Guthries Lügen nicht zu widersprechen, schüttelten er und der Marshal sich die Hand.

»Mein Name ist John Teemo«, sagte der Gesetzesvertreter, der Guthrie ganz offensichtlich als Gentleman einschätzte, was nur bewies, wie wenig Menschenkenntnis er besaß. »Der Prozeß gegen Ihren Cousin ist abgeschlossen, Mr. Mason. Er wurde des Mordes überführt und des Raubes und zum Tod durch Erhängen verurteilt.« Sein Blick richtete sich flüchtig auf Carolines Gesicht. »Tut mir leid, Madam.«

Guthrie verschränkte die Arme und runzelte nachdenklich die Stirn. »Ich frage mich, ob es hier jemanden gibt, der uns die Stelle zeigen könnte, an der der Überfall passierte? Wir möchten es uns gern selbst ansehen.«

»Ich verstehe«, erwiderte Mr. Teemo mitleidig. »Ich könnte Sie morgen persönlich hinbegleiten. Vielleicht sollten Sie auch mit Rafe Binchly sprechen, während sie in Clinton sind. Er befand sich in der Postkutsche, als sie überfallen und der arme alte Cal Walden erschossen wurde. Er hat alles mitangesehen.« Wieder warf er Caroline einen entschuldigenden Blick zu. »Er hat es vor Gericht so ausgesagt.«

Caroline bezwang das Unbehagen, das in ihr aufstieg. Sie durfte jetzt nicht das Vertrauen in Seatons Unschuld verlieren, nicht, wenn sie schon so weit gekommen waren. Sie mußte sich zwar eingestehen, daß ihre Gefühle für Seaton eine starke Veränderung erfahren hatten, seit sie Guthrie kannte, aber das durfte sie nicht daran hindern, dafür zu sorgen, daß Gerechtigkeit geübt wurde. »Mein ... Cousin und ich sind überzeugt, daß dieser Zeuge sich geirrt hat«, wandte sie ruhig ein. »Seaton wäre gar nicht fähig zu einer solchen Tat.«

»Tja ... aber anscheinend hat er es doch getan, Madam«, entgegnete Marshal Teemo ernst.

Guthrie ergriff ihren Arm und packte ihn so hart, daß davon mit Sicherheit blaue Flecken zurückbleiben würden, obwohl er nach außen hin sehr höflich wirkte. »Wir gehen jetzt«, sagte er rasch. »Wenn es Ihnen recht ist, kommen wir morgen früh um neun Uhr zurück.«

Der Marshal nickte. »Vergessen Sie den alten Rafe Binchly nicht. Er kann Ihnen erzählen, was damals geschah.«

»Wo können wir ihn finden?« erkundigte Caroline sich eifrig.

»Um diese Tageszeit ist Rafe gewöhnlich im *Goldenen Strumpfband* – verzeihen Sie, Madam.«

Guthrie nahm seine Hand von Carolines Arm und legte sie ihr nun auf den Rücken. Auf diese Weise gelang es ihm, sie aus dem Büro zu drängen, ohne dem Marshal zu verraten, daß er praktisch Gewalt anwendete.

»Ich möchte dich begleiten«, zischte Caroline, als sie auf der Straße standen, »und es ist mir egal, ob es dir paßt oder nicht!«

»Es paßt mir *nicht*«, entgegnete Guthrie entschieden. »Und entweder erledigen wir die Sache auf meine Art, oder ich setze dich in die nächste Postkutsche nach Bolton und reite unverzüglich nach Cheyenne!«

Adabelle lebte in Cheyenne. Caroline hatte keine Schwierigkeiten, Guthries Botschaft zu begreifen. »Solange du nur Seaton hilfst«, sagte sie hitzig, »ist es mir egal, wen du heiratest – und wenn es Tob ist!« Das Letztere war natürlich eine Lüge. Caroline hegte ausgesprochen zärtliche Gefühle für Mr. Hayes, so gern sie ihn auch aus ihrem Herzen verdrängt hätte. Daraus folgerte natürlich, daß sie Mr. Flynn jetzt nicht mehr heiraten konnte, aber seine Unschuld zu beweisen und ihm seine Freiheit wiederzugeben, war das Mindeste, was sie für ihn tun konnte.

Guthrie grinste, was Caroline auf den Verdacht brachte, daß er wieder einmal ihre Gedanken erraten hatte. »Um deinem ... Freund zu helfen, brauche ich deine Hilfe, Caroline. Und aus einem Saloon geworfen zu werden und mit deinem hübschen kleinen Po im Straßenschmutz zu landen, bringt dich in dieser Sache keinen Schritt weiter.«

Caroline hatte das Etablissement schon entdeckt, es lag in einiger Entfernung am Ende der Straße. Quer über der Fassade hing ein goldenes Schild mit der Aufschrift *Golden Garter.* Licht flutete aus schmutzigen Fenstern, und Krach und rauhes Gelächter.

»Vergiß nur nicht«, sagte Caroline streng im Hinblick auf die Barmädchen, die sich dreist bei einem Mann auf den Schoß setzten, »daß ich dich nicht bezahle, damit du flirtest.«

»Du bezahlst mich überhaupt nicht«, erinnerte Guthrie sie, »weil ich noch nicht zugestimmt habe, diese Aufgabe zu übernehmen. Also geh jetzt bitte in dein Zimmer und warte dort auf mich. Ich komme zu dir, sobald ich etwas erfahren habe.«

Caroline haßte es, beiseitegeschoben zu werden wie ein lästiges Kind, aber sie wußte auch, daß sie nichts damit erreichte, wenn sie in ein Lokal stürmte, wo Damen nicht willkommen waren. Deshalb nickte sie nur mürrisch und kehrte zum Hotel zurück.

Dort stellte sie bald fest, daß sie zu unruhig war, um untätig herumzusitzen, und ging zu Tob hinaus, der auf dem oberen Absatz der Außentreppe lag und sie leise winselnd begrüßte.

Caroline streichelte mitleidig seinen Kopf. Das arme Tier mußte sehr erschöpft sein, nachdem es so viele Stunden mit Guthries Wallach Schritt gehalten hatte. »Eines Tages«, versprach sie Tob, »wird dein Herrchen sein Haus bauen, und du wirst eine schöne Scheune haben, in der du schlafen kannst. Vielleicht läßt er dich sogar ins Haus und vor den Kamin, obwohl ich mich an deiner Stelle nicht darauf verlassen würde. Ich habe so ein Gefühl, als ob deine zukünftige Herrin gar nicht so nett wäre, wie Guthrie uns glauben machen will.«

Tob winselte kläglich, und wieder wurde Caroline von heftigem Mitleid für ihn erfaßt.

»Ach, hör nicht auf mich«, sagte sie und streichelte sein rauhes Fell. »Nur weil ich erwarte, daß sie mir unsympathisch sein wird, sollte ich nicht versuchen, dich zu beeinflussen.«

»Das stimmt«, warf eine vertraute Männerstimme ein. »Das solltest du wirklich nicht.«

Caroline spähte durch die Öffnung zwischen den Holzstiegen und sah Guthrie unten stehen, sein unerträglich freches Grinsen im Gesicht.

Sie ignorierte seine Stichelei, zog ihre Röcke um ihre Beine und räusperte sich vernehmlich. »Lange hat es ja nicht gedauert«, bemerkte sie spitz.

Guthrie begann die Treppe hinaufzugehen. »Was hattest du denn erwartet, wie lange ich im *Golden Garter* bleiben würde?«

Caroline errötete, aber sie schob das Kinn vor und straffte die Schultern. »Lange genug, um Poker zu spielen, dich mit Alkohol zu vergiften und . . . nun ja, eben lange genug.«

Er ließ sich seufzend neben ihr auf der Stufe nieder und betrachtete den Sonnenuntergang hinter den Dächern der baufälligen Häuser der kleinen Grenzstadt. Der Himmel schimmerte in allen Rottönen.

Es kostete Caroline große Überwindung, ihm nicht die Schultern zu massieren, wie eine liebende Ehefrau es jetzt vielleicht getan hätte. Und sie konnte sich auch gar nicht vorstellen, woher ein solch unschickliches Verhalten kam . . .

»Ich habe Binchly gleich gefunden«, sagte Guthrie nach ausgedehntem Schweigen. »Er wird uns morgen zeigen, wo der Überfall stattgefunden hat und uns alles erzählen, was er weiß. Dann brauchen wir den Marshall nicht zu belästigen.«

»Gut«, stimmte Caroline zu, weil ihr nichts anderes dazu einfiel. Der Gedanke, den Schauplatz des Überfalls und Mords zu besichtigen, flößte ihr großes Unbehagen ein, obwohl sie sicher war, dort Beweise für Seaton Flynns Unschuld zu finden.

Guthrie drehte sich halb zu ihr um. Anscheinend hatte er nicht vor zu vergessen, was sie vorhin über seine zukünftige Frau gesagt hatte. »Adabelle wird meinen Hund nicht schlecht behandeln«, bemerkte er.

Weil es völlig unnötig war, daß er Adabelle verteidigte, wurde Caroline sehr ärgerlich. »Ich bin überzeugt, daß sie eine Heilige ist«, erwiderte sie und stand auf. Aber Guthrie zog sie am Rock zurück, und sie landete mit ihrem Po hart auf der Stufe.

»Wie kommt es, daß du Adabelle so haßt, obwohl du sie doch gar nichts kennst?« fragte er streng.

»Ich hasse sie nicht«, widersprach Caroline. Natürlich konnte sie ihm nicht ihre wahren Gefühle eingestehen. Guthrie würde sie auslachen, wenn er wüßte, daß die ›kleine Lehrerin‹ sich in ihn verliebt hatte.

Guthries Augen wurden erst schmal, dann weiteten sie sich vor Belustigung. »Du bist ja eifersüchtig«, stellte er lächelnd fest.

Caroline wurde wütend. »Das bin ich nicht!«

Guthrie lachte, ein tiefes Lachen, mit einer Spur männlicher Arroganz. Als er eine Stufe höher kam und sich neben Caroline setzte, wurden ihr sein Duft, seine Ausstrahlung, seine Kraft fast schmerzhaft bewußt. »Doch, das bist du.« Er redete dann weiter, aber irgend etwas war jetzt anders. Seine Stimme war leiser, einschmeichelnder, und er benutzte Worte, die auf magische Weise in ihr Bewußtsein drangen, jedoch nicht haftenblieben. Seine Stimme schien sie zu streicheln, und ihr Herz schlug plötzlich so heftig, daß sie glaubte, es müsse zerspringen.

Es war fast so, als zöge er sie aus, ein Kleidungsstück nach dem anderen, und als küßte er jedes Fleckchen Haut, das er entblößte. Caroline hätte nie geglaubt, daß eine derartige Intimität allein durch Worte möglich war, und sie dachte voller Furcht an das, was geschehen würde, wenn sie nicht bald die Kontrolle über ihre Sinne zurückgewann.

Ihre Glieder waren schlaff und träge, als wären sie durch Alkohol geschwächt, während ihr Körper vor Erregung pochte und pulsierte. Sie ließ ihren Kopf an Guthries Schulter sinken und sah, daß seine Hände auf seinen Knien ruhten.

Und doch glaubte sie, sie auf ihrer Haut zu spüren, wo sie streichelten, neckten und quälten ...

Guthrie hörte nicht auf zu sprechen. Seine Stimme war so leise, daß nur sie sie vernahm, und der süße Druck in Carolines Innerstem nahm zu wie ein Fluß bei Hochwasser. Seine Worte hielten sie gefangen, hüllten sie ein wie ein warmer Mantel, obwohl sie Caroline so unverständlich waren, als handelte es sich um eine ihr fremde Sprache.

8

Caroline schloß die Augen und schlang beide Arme um ihre bebenden Knie. Dieser Mann hatte sie verhext, hatte sie mit einem Bann belegt, der ihre Gefühle für Seaton Flynn unwiderbringlich verändert hatte. Gott, wie sie Guthrie dafür haßte, ihr ihre Träume genommen zu haben und ihr nichts als Herzweh und Schande im Ausgleich dafür zu bieten!

»Caroline.«

Sie hielt die Augen fest geschlossen. »Was ist?«

»Sieh mich an.«

Sie öffnete ein Auge. Die Dunkelheit hatte inzwischen so zugenommen, daß sie Guthries Züge kaum erkennen konnte. »Was ist los?« wiederholte sie, eine Spur ungeduldiger.

»Was mit dir geschieht, macht dich nicht zu einem schlechten Menschen.«

Caroline war noch immer ein wenig benommen und verwirrter als je zuvor in ihrem Leben. Sie maß Guthrie mit einem ärgerlichen Blick. »Sehr großzügig, daß du das sagst, wenn man bedenkt, daß *du* an allem schuld bist und ich nur dein hilfloses Opfer bin!«

Er lachte leise und stand auf. »Wenn du gewollt hättest, daß ich aufhörte«, meinte er sachlich, »hättest du es mir ja sagen können.«

»Wie konnte ich dir sagen, du solltest aufhören, wenn du mich nicht einmal angefaßt hast?« entgegnete sie entrüstet. Aber wenn sie sich selbst gegenüber ehrlich sein wollte, mußte sie zugeben, daß sie nicht einmal auf die Idee gekommen war, gegen seine sanfte Verführung zu protestieren.

Guthrie nahm Carolines Hand und führte sie die Treppe hinunter. Der Hund folgte ihnen freudig.

»Ich könnte dich morgen früh in eine Postkutsche nach Bolton setzen«, schlug Guthrie vor, was Caroline als Zeichen deutete, daß er sie so schnell wie möglich loswerden wollte. »In zwei Tagen wärst du dann wieder bei Miss Ethel und Miss Phoebe.«

Resolut schüttelte Caroline den Kopf. »Ich kann nicht nach Hause zurückkehren, ohne Mr. Flynn befreit zu haben.«

Guthrie seufzte. »Das wirst du vielleicht müssen, Darling«, erwiderte er sanft, während er sie durch die schmale Gasse zwischen dem Hotel und einem Saloon führte. »Immerhin besteht bisher kein Anlaß zu der Vermutung, daß die Geschworenen und die Richter sich geirrt haben könnten.«

Caroline erschauerte in der nächtlichen kühlen Brise, als sie die Gasse verließen und vor den Hoteleingang traten. Tob trottet ihnen nach, überzeugt, daß sein Herr ihn mit ins Zimmer nahm. »Warst du schon einmal bei einer Hinrichtung, Guthrie?«

»Ja«, erwiderte er heiser. »Ich sah einmal einen Deserteur am Galgen hängen. Es war kein Anblick, den man dir oder einer anderen Dame gestatten sollte.«

Caroline kam sich ganz und gar nicht wie eine Dame vor; ihre Knie zitterten noch von der skandalösen Episode auf der

Treppe, wo nichts und doch alles geschehen war. Unbewußt hob sie eine Hand an ihre Kehle und schluckte schwer, als Guthrie die Tür zum Hotel öffnete.

»Gute Nacht, Guthrie«, sagte sie am Fuß der Treppe und hoffte, daß keiner der Gäste, die rauchend oder plaudernd in der Halle saßen, erriet, was sie eben erlebt hatte. Aber das wußte sie ja eigentlich selbst nicht recht, wie sollte es dann ein anderer erraten?

Guthrie gab ihre Hand frei, aber für Caroline war es dennoch so, als hielte er sie noch. »Ich hoffe, du wirst dir überlegen, was ich über deine Heimkehr sagte«, meinte er ernst. »Deine Adoptivmütter glauben sicher, ich hätte dich entführt.«

Caroline brauchte nicht zu überlegen, denn ihr Entschluß hatte seit jenem Tag festgestanden, an dem Mr. Flynn verhaftet worden war. »Ich habe meine Entscheidung getroffen«, antwortete sie nachdrücklich. »Außerdem habe ich Ethel und Phoebe eine Nachricht hinterlassen.«

Seufzend lehnte Guthrie sich an das Treppengeländer. »Sie werden glauben, ich hätte dich gezwungen, diese Nachricht zu schreiben, und das weißt du auch verdammt gut. Und was deine Entscheidung betrifft – die ist falsch, Caroline.«

Sie zuckte scheinbar gelassen mit den Schultern, obwohl sie innerlich noch sehr erschüttert war. »Richtig oder falsch, ich stehe dazu. Würdest du dir nicht auch wünschen, daß deine Adabelle zu dir steht und an deine Unschuld glaubt, falls du je eines Verbrechens angeklagt würdest, das du nicht begangen hast?«

Guthrie schaute sich voller Unbehagen um. Als er Caroline dann wieder ansah, stand Ärger in seinem Blick, und er sagte leise: »Falls du nicht wegen Verschwörung in Marshal Teemos Zelle landen willst, solltest du ein bißchen diskreter sein!«

Beschämt senkte Caroline den Blick. Guthrie nutzte ihre Unaufmerksamkeit aus, ergriff ihren Arm und zog sie mit sich die Treppe hinauf. Sein treuer Hund folgte ihnen ungehindert und unbemerkt von ihnen.

Wie ein Gentleman, der er gar nicht war, wartete Guthrie, bis Caroline ihre Tür aufgeschlossen hatte. Es war ein langer, harter Tag gewesen, und das Bett neben dem Fenster wirkte unendlich einladend.

Für einen Moment schien es so, als wollte Guthrie noch etwas sagen. Aber dann drehte er sich um und entfernte sich verärgert. Doch Tob hatte sich derweil in Carolines Zimmer geschlichen und kroch leise winselnd, den Bauch dicht auf dem Boden, zu ihrem Bett hinüber.

»Ich kann es verstehen«, sagte Caroline beruhigend zu dem Tier, als sie die Tür verschloß. »Ich würde auch nicht bei ihm schlafen wollen.«

Sie hatte sich gerade ausgezogen, saß in ihrem Nachthemd auf dem Bett und bürstete ihr Haar, als es leise klopfte. Da Caroline viel gehört hatte über das, was alleinreisenden Frauen alles zustoßen konnte, war sie froh, daß Tob bei ihr war. »Wer ist da?« rief sie mit unsicherer Stimme.

»Ich will meinen Hund zurück«, verlangte Guthrie.

Caroline öffnete einen Spalt die Tür. »Er scheint lieber bei mir zu sein«, erwiderte sie höflich.

Ein Muskel zuckte an Guthries Kinn, dann entspannte es sich wieder. Er pfiff leise durch die Zähne, und der Hund sprang auf und lief zu seinem Herrn.

Enttäuscht schloß Caroline die Tür hinter ihm und drehte den Schlüssel um.

Sie verbrachte eine ungestörte Nacht und erwachte am nächsten Morgen noch vor Sonnenaufgang. Da sie wußte, daß sie heute reisen mußte, zog sie ihren verstaubten Hosenrock an und die Weste, die dazugehörte. Sie hatte gerade ihr Haar aufgesteckt, als es an ihrer Zimmertür klopfte.

In der Annahme, es sei Guthrie, öffnete sie sofort. Aber dann stand sie Marshal Teemo und einem ihr unbekannten Mann gegenüber. Das Herz klopfte ihr bis zum Hals, und das Blut schoß ihr in die Wangen, als sie die Möglichkeit bedachte, Guthrie könnte ihre wahre Identität und ihre Absichten verraten haben. Dann war es sehr wahrscheinlich, daß sie jetzt verhaftet wurde.

»Morgen, Miss Flynn«, grüßte der Marshal freundlich.

Caroline erinnerte sich jetzt, daß Guthrie sie als Seatons

Schwester vorgestellt hatte. »Guten Morgen«, erwiderte sie leise.

»Das ist Mr. Rafe Binchley, Madam«, fuhr der Marshal fort. »Er ist der Mann, der Zeuge des Raubüberfalls und des Mordes war.«

Caroline musterte den Mann, der teilweise für Seatons Verurteilung verantwortlich war – er war groß, schlank und unscheinbar, aber der Blick in seinen blaßblauen Augen war unangenehm direkt. »Guten Morgen, Mr. Binchly«, begrüßte sie ihn förmlich.

Er reichte ihr die Hand und nickte stumm.

»Rafe und ich dachten, Sie würden vielleicht gern zum Gefängnis hinüberkommen, um mit uns zu frühstücken«, fuhr Marshal Teemo fort. »Ihren Cousin haben wir schon eingeladen, er wird auch gleich kommen.«

Caroline hatte noch nie eine Mahlzeit in einem Gefängnis zu sich genommen und hoffte auch, daß daraus keine Gewohnheit wurde. Aber sie war hungrig und nicht geneigt, dem Restaurant gegenüber einen zweiten Besuch abzustatten. Außerdem war ihr John Teemo sympathisch, und sie vertraute ihm. »Danke, gern«, stimmte sie lächelnd zu.

Einen Augenblick später erschien Guthrie auf dem Korridor, aber diesmal ohne seinen Hund. Er drückte aufmunternd Carolines Arm, doch er sagte nichts.

Die Sonne ging langsam auf, als Caroline und ihre drei Begleiter zum Büro des Marshals gingen. Eine Frau legte gerade Holz im Ofen nach, als sie das Gefängnis betraten.

Sie drehte sich lächelnd zu ihnen um und schenkte dann aus einer blauen Emaillekanne Kaffee für alle ein. Ihr ergrauendes Haar schimmerte im Licht der Petroleumlampe. »Du könntest dir ruhig die Mühe machen, mich vorzustellen, John«, sagte sie mit gutmütigem Vorwurf zu dem Marshal.

»Meine Frau«, gehorchte Mr. Teemo lächelnd.

Bevor Caroline ein Wort über die Lippen brachte, sprang Guthrie ein, und das war gut so, denn sie hätte bestimmt ihren richtigen Namen genannt.

»Das ist Miss Caroline Flynn«, sagte er. »Und ich bin ihr

Cousin, Jeffrey Mason.« Er betonte den Vornamen leicht, um Caroline davor zu warnen, ihn mit seinem wirklichen Namen anzusprechen.

Danach war Caroline viel zu verängstigt, um etwas zu sagen. Als aufrichtiger Mensch fiel ihr das Lügen schwer, und so konzentrierte sie sich auf das reichhaltige Frühstück und schwieg.

Als alle gegessen hatten, und es draußen hell geworden war, machten sich Caroline, Guthrie und Mr. Binchly im Wagen des Zeugen auf den Weg zum Schauplatz des Verbrechens. Im letzten Moment erschien auch Tob und sprang hechelnd auf den Wagen.

Caroline kletterte vom Bock auf die Ladefläche und setzte sich zu ihrem neuen Freund. Zärtlich streichelte sie sein ungepflegtes Fell, und er leckte ihr dankbar die Hand.

Irgendwann hielt Mr. Binchly den Wagen in einer Kurve an. Direkt vor ihnen erhob sich eine gewaltige Felsformation.

Guthrie sprang vom Wagen und reichte Caroline beide Hände. Sie ließ sich von ihm hinunterheben, obwohl der Kontakt mit ihm ein aufregendes Prickeln in ihrem Körper auslöste und das Blut plötzlich wie heiße Lava durch ihre Adern zu fließen schien.

Mr. Binchly deutete auf die Felsen zu beiden Seiten der schmalen Straße. »Sie warteten auf beiden Seiten, fünf oder sechs«, begann er und rieb sich mit einer Hand das stoppelbärtige Kinn. Der gehetzte Ausdruck in seinen Augen schnürte Caroline die Kehle zu und machte es ihr unmöglich, Guthrie anzusehen. »Zwei von ihnen verbargen sich dort«, fuhr Binchly fort und zeigte auf die Felsenspitze, »und die anderen saßen auf ihren Pferden. Der große, Flynn, schoß den armen alten Cal Walden tot.«

»Hatte Mr. Walden nach seiner Waffe gegriffen?« brachte Caroline mühsam heraus, während Guthrie bereits die Felsen hinaufkletterte und stehenblieb, wo sich die Posträuber versteckt gehalten hatten.

»Nein, Madam«, antwortete Rafe Binchly traurig. »Er hatte ihnen widerstandslos die Geldkassette übergeben. Flynn hat ihn völlig grundlos umgebracht.«

Ein Erschauern erfaßte Caroline, als sie sich vorstellte, wie der Mann, den sie einst geliebt und dem sie vertraut hatte, kaltblütig einen unbewaffneten Menschen niederschoß. *Nein, das kann nicht sein,* sagte sie sich verzweifelt.

»Wie kommt es, daß Sie das alles gesehen haben?« fragte Guthrie von seinem Platz auf den Felsen her. »Waren Sie denn nicht im Inneren der Kutsche?«

»Ich saß neben Cal auf dem Bock«, antwortete Rafe, und nun zitterte seine Stimme leicht. »Warum hätte ich drinnen sitzen sollen, wenn niemand da war, mit dem ich reden konnte?« Guthrie drehte sich um und betrachtete die Landschaft. »Wieso sind Sie dann nicht erschossen worden?« fragte er.

»Der eine mit den dunklen Augen – Flynn – schlug mich mit dem Gewehrkolben nieder. Wahrscheinlich dachten sie, ich sei tot, ein alter Mann wie ich. Als ich zu mir kam, waren sie fort. Ich blutete aus meiner Kopfwunde, aber es gelang mir, den armen Cal in die Kutsche zu ziehen und sie dann nach Clinton zurückzufahren.«

Guthrie verließ seinen Platz auf dem Felsen und ging mit Rafe den Ort des Überfalls ab, immer und immer wieder. Endlich schien er dann befriedigt.

Er bedankte sich bei Rafe und hob Caroline auf den Wagen, wohin Tob ihr unverzüglich folgte. Während Guthrie und Mr. Binchly sich auf dem Kutschbock unterhielten, dachte Caroline an den Seaton Flynn, den sie kannte, und versuchte erneut, ihn sich als Räuber und Mörder vorzustellen.

Sie fand es unmöglich.

Guthrie war sehr still, nachdem Rafe sie vor dem Hotel abgesetzt hatte, und das beunruhigte Caroline. Es wäre ihr lieber gewesen, wenn er sie angesehen und ihr gesagt hätte, was er dachte, aber gleichzeitig fürchtete sie sich vor dem, was sie in seinen Augen sehen oder seinen Worten entnehmen würde.

Sie holten ihre Sachen, verließen das Hotel und gingen zum Mietstall. Ab und zu leckte Tob Carolines Hand, als wolle er sie trösten, aber Guthrie sagte kein Wort, bis er mit zwei gesattelten Pferden aus dem Stall kam, seinem eigenen und einem temperamentvollen kleinen Pintohengst.

Bevor Caroline ihn danach fragen konnte, sagte er flach: »Ich habe ihn gegen die Uhr meines Vaters eingetauscht.«

Caroline starrte ihn offenen Mundes an. »Das kannst du nicht tun!« protestierte sie, als sie endlich wieder Worte fand. »Das lasse ich nicht zu.«

Er ging nicht darauf ein und hob sie in den Sattel. »Es bleibt dir gar nichts anderes übrig.«

»Aber die Uhr deines Vaters!«

»Keine Sorge«, beruhigte Guthrie sie. »Ich konnte den Kerl sowieso nicht leiden.«

Das brachte Caroline zum Schweigen, zumindest für eine Weile. Guthrie hatte ihre Reisetasche hinter ihrem Sattel befestigt, damit sie sie nicht zu tragen brauchte, und es war ein schöner klarer Morgen.

Als Clinton schon weit hinter ihnen lag, lenkte Caroline ihr Pferd an Guthries Seite und sagte: »Du hältst Mr. Flynn für schuldig, nicht wahr?«

Guthrie rückte umständlich seinen Hut zurecht. »Ja«, erwiderte er nach langem Schweigen.

Seine Antwort war wie ein Schlag ins Gesicht für Caroline, obwohl sie von Anfang an vermutete hatte, daß Guthrie dazu neigte, nur die negativen Seiten des Falls zu sehen. »Warum bist du dann hier?« fragte sie hitzig. »Warum hast du die Uhr deines Vaters für ein Pferd eingetauscht, damit ich reiten kann, wenn du gar nicht vorhast, mir zu helfen?«

Er seufzte und betrachtete die flache, grasbewachsene Ebene, die sich vor ihnen erstreckte. »Wenn du bereit gewesen wärst, nach Hause zurückzukehren und dir einen netten Mann zum Heiraten zu suchen, hätte ich dir kein Pferd besorgt. Aber da du so versessen darauf bist, die Sache durchzustehen, egal, was geschehen mag, kann ich dich nicht gut alleinlassen. Ich würde mein Leben lang keinen Schlaf mehr finden – und wenn ich neunundneunzig würde.«

Caroline schluckte. »Wahrscheinlich wärst du froh, wenn du mir nie begegnet wärst«, meinte sie zaghaft. »Dann könntest du jetzt Adabelle heiraten und dein Leben so führen, wie du es willst.«

»Richtig, kleine Lehrerin«, bestätigte Guthrie schroff, ohne sie dabei anzusehen.

Sie atmete tief ein, bevor sie sprach. »Du mußt Mr. Binchly für einen glaubwürdigen Zeugen halten.«

Guthrie warf ihr einen Blick zu, und für einen Moment erschien ein humorloses Lächeln um seinen Mund. »Er schien zu wissen, wovon er sprach.«

Caroline biß sich auf die Lippen. »Ja«, gab sie schließlich zu. »Aber ich denke trotzdem, daß er sich irrt.«

Guthrie seufzte nur.

»Ist es nicht so?« beharrte Caroline, um die Unterhaltung nicht abreißen zu lassen.«

»Ist *was* so?« entgegnete er gereizt.

»Ich meine, wünschst du dir nicht, mir nie begegnet zu sein?«

Guthrie betrachtete sie und schien sich seine Antwort gründlich zu überlegen. »Nein«, sagte er. »Aber so wird es wahrscheinlich sein, bevor das alles vorbei ist.«

Caroline triumphierte innerlich. Was immer später geschehen mochte, jetzt war Guthrie froh, sie zu kennen. Warum ihr das so wichtig war, fragte sie sich jedoch lieber nicht. »Vielleicht doch nicht«, entgegnete sie nachdenklich. »Vielleicht wirst du deinen Enkelkindern eines Tages erzählen, daß du einen unschuldigen Menschen vor dem Galgen bewahrt hast.«

Guthrie stützte sich auf das Sattelhorn und schaute sie nicht an, als er trocken erwiderte: »Wer weiß, ob ich je Enkelkinder haben werde. Vielleicht muß ich deinetwegen den Rest meines Lebens in einem Gefängnis zubringen.«

Der Gedanke entsetzte Caroline. »Nein, das wäre eine zu große Ironie des Schicksals«, meinte sie, »wenn man bedenkt, daß du bisher nur Leute aus Gefängnissen befreit hast.«

»Schön, daß du so denkst«, erwiderte er trocken.

»Wen hast du eigentlich getötet?« fragte sie, bevor sie Zeit hatte, die mögliche Wirkung ihrer Frage zu bedenken.

Zu ihrer Überraschung antwortete Guthrie tatsächlich darauf. »Einen Mann namens Pedlow«, sagte er. »Wir hatten schon während des Krieges eine kleine Auseinandersetzung. Später suchte er mich dann.«

Caroline war so gespannt, daß sie kaum atmen konnte. »Und?«

»Er fand nicht mich, sondern Anne. Sie war allein zu Hause.« Eine entsetzliche Kälte erfaßte Caroline und drohte sie zu ersticken. Die üblichen Geräusche – das Hufgeklapper der Pferde, Tobs Hecheln, ihr eigenes Atmen – schienen zu verstummen, als sie mit angehaltenem Atem darauf wartete, daß Guthrie seinen Bericht fortsetzte.

»Sie starb«, sagte er knapp.

Caroline schloß die Augen, um die schrecklichen Bilder fernzuhalten, die sich ihr aufdrängten. Ohne zu fragen, wußte sie, daß dieser Mann, Pedlow oder wie immer er auch hieß, Anne ermordet hatte. »Es tut mir so leid«, sagte sie leise und legte eine Hand auf Guthries Arm.

Sie spürte, wie seine Muskeln sich verkrampften, aber er zog den Arm nicht zurück.

»Du hast gefragt«, meinte er rauh. »Jetzt weißt du es.«

Danach machte Caroline keinen Versuch mehr, die Unterhaltung fortzusetzen. Lieber hätte sie ihre Worte ungesagt gemacht.

Kurz nach Mittag erreichten sie ein Wasserloch, das von Hufabdrücken umgeben war und wo sie die Pferde tränkten. Guthrie reichte Caroline seine Feldflasche.

»Wann werden wir in Laramie sein?« fragte sie, nachdem sie etwas von dem lauwarmen Wasser getrunken hatte.

Guthrie schaute sie nicht direkt an und trank zuerst, bevor er antwortete: »In drei oder vier Tagen, wenn alles gut geht.«

Der Gedanke, noch mehr Nächte unter freiem Himmel zu verbringen, entmutigte Caroline. Es war nicht vorherzusehen, was geschehen konnte, wenn sie noch einmal das Bett mit Guthrie teilte. Sie beschattete die Augen mit der Hand und schaute zum fernen Horizont hinüber. »Vielleicht finden wir auf dem Weg eine Ranch, wo wir übernachten können . . .«

Zum ersten Mal, seit er zugegeben hatte, den Mann getötet zu haben, der seine Frau ermordet hatte, lächelte Guthrie. »Wir finden vielleicht eine Scheune, in der wir schlafen können. Aber wir haben trotzdem nur eine Decke.«

Caroline wandte verlegen den Blick ab. »Daran habe ich jetzt gar nicht gedacht«, stritt sie heftig ab.

Guthrie lachte. »Mir machst du nichts vor«, erwiderte er. Dann holte er das unvermeidliche Trockenfleisch aus seiner Satteltasche und gab Tob und Caroline jeweils ein Stück.

»Sobald diese Reise vorüber ist«, murmelte Caroline, »werde ich dieses widerliche Zeug nie wieder anfassen.«

Guthrie umfaßte ihre Taille und hob sie ganz unvermittelt in den Sattel. »Vorsicht, kleine Lehrerin«, warnte er. »Fordere das Schicksal nicht heraus.«

Insgeheim stimmte Caroline ihm zu, aber dabei dachte sie nicht an Trockenfleisch.

Im Laufes des Nachmittags zogen dunkle Wolken am Himmel auf. Caroline und Guthrie ritten durch den zunehmenden Wind und machten nur eine kurze Rast am späten Nachmittag, damit die Pferde ruhen konnten. Kurz vor Sonnenuntergang stießen sie auf eine verlassene Scheune.

Sie hatte noch ein Dach, aber keine Wände mehr, und war halb mit modrig riechendem Heu gefüllt. Enttäuscht schaute Caroline sich um. Sie hatte auf ein bequemeres Nachtlager gehofft und vor allem auf eine Frau, mit der sie reden konnte.

»Meinst du nicht, daß eine Ranch dazugehört?«

Guthrie zuckte die Schultern. »Schon möglich. Aber sie liegt vielleicht meilenweit entfernt, und es wird gleich anfangen zu regnen. Versuch, soviel Feuerholz wie möglich zu sammeln, während ich mich um die Pferde kümmere.«

Während sie trockene Äste und Zweige unter eine Ecke des Daches häufte, verzog sie angewidert das Gesicht, und Guthrie lachte, als sie ihre Hände am Rock abwischte.

Ein gewaltiger Donner erschütterte die Erde, dann zuckte ein heller Blitz am Himmel auf, und der Regen begann auf den ausgetrockneten Boden herabzuprasseln. Die Pferde wieherten und zerrten an dem Seil, mit dem sie an einem Eckpfeiler des Hauses angebunden waren, und Tob winselte und versuchte, unter einen Heuhaufen zu kriechen.

»Es sieht ganz so aus, als müßten wir uns heute nacht gegenseitig warmhalten«, bemerkte Guthrie heiter und beobachtete Carolines Reaktion auf diese Worte.

Sie schlug die Arme um ihren Oberkörper und wandte sich ab. Regen prasselte auf das Dach und floß an allen vier Seiten herunter, so daß sie wie in einem gläsernen Käfig standen.

Caroline fühlte Guthries Hand auf ihrer Schulter und hielt den Atem an, als er sie sanft zu sich umdrehte.

»Caroline«, sagte er ruhig, »mach dir keine Sorgen. Ich habe dir schon einmal gesagt, daß ich dich nie zwingen würde.«

Ihre Unterlippe zitterte, und sie antwortete, bevor sie sich ihre Worte überlegen konnte. »Das brauchst du vielleicht auch gar nicht«, gestand sie traurig. Hinter ihnen, knapp außer Reichweite des Regens, flackerte das kleine Feuer.

Guthrie nahm seinen Hut ab und legte ihn ins Heu, dann schloß er Caroline in seine Arme. »Ich weiß, daß wir uns sehr stark zueinander hingezogen fühlen«, sagte er, und nun klang es, als müsse er sich zu den Worten zwingen. »Aber ich schwöre dir, daß ich versucht habe, mich zurückzuhalten.« Mit einem leisen Aufstöhnen beugte er dann den Kopf und senkte seinen Mund auf Carolines Lippen.

Sie war fest entschlossen, ihm zu widerstehen, aber schon dieser erste flüchtige Kontakt veranlaßte sie, sich auf die Zehenspitzen zu stellen und ihm die Arme um den Hals zu schlingen. Ein leises Stöhnen entrang sich ihrer Kehle, als er versuchte, ihre Lippen zu öffnen. Eine seiner Hände ruhte unter ihrer Brust, und als sein Daumen die zarte Knospe berührte, erfaßte Caroline ein heftiges Erschauern.

»Bist du sicher, daß du nicht nach Bolton zurückwillst?« fragte Guthrie heiser, als er sich widerstrebend von ihr löste.

Sie legte die Stirn an seine Schulter. »Ganz sicher«, sagte sie erstickt.

Guthries Hand glitt von ihrem Rücken zu ihrem Po, dann kniff er sie sanft und versetzte ihr einen spielerischen kleinen Klaps. »Sag nicht, ich hätte dich nicht gewarnt, kleine Lehrerin«, sagte er rauh.

Damit wandte er sich ab und ging.

In der Umgebung der Scheune lag viel Holz, und Guthrie

holte einiges davon herein und legte es aufs Feuer. Zum Abendessen gab es nur das unvermeidliche Dörrfleisch, und dann bereitete Guthrie ihnen ein Bett hoch auf dem Stapel Heu.

Die Nacht brach nur allzu schnell herein.

»Ich glaube, ich bleibe noch etwas am Feuer sitzen«, sagte Caroline und starrte auf die verbliebene Glut und die schwachen Flammen. Sie fror und fühlte sich so unwiderstehlich zu Guthrie hingezogen, als zerrte er sie an einem unsichtbaren Faden zu sich.

Sie hörte ihn gähnen. »Der Regen läßt ein wenig nach«, bemerkte er. »Bald werden die Wölfe sich auf die Jagd begeben.«

Mit Würde stand Caroline auf und strich ihre Röcke glatt. Guthrie besaß ein Gewehr, und er verstand es zu benutzen. Falls Wölfe kamen, wollte sie in seiner Nähe sein. Mühsam kletterte sie über das weiche Heu nach oben, bis sie das warme Nest erreichte, das Guthrie für sie geschaffen hatte.

Sie konnte sein Gesicht nicht klar erkennen, aber sie spürte, daß er lächelte. Als seine Hand sich um ihre schloß, ließ sie sich von ihm auf das behelfsmäßige Bett hinunterziehen.

Das Heu war weich und gab nach, als sie sich neben Guthrie ausstreckte und sich dann an ihn schmiegte.

Seine Hand umfaßte ihr Gesicht, sein Daumen glitt streichelnd über ihre Wangen. Caroline hatte angenommen, auf seinen Kuß vorbereitet zu sein, aber als es dann geschah, antwortete sie mit einem Aufstöhnen und vergrub ihre Finger in seinem Haar.

Guthrie legte ein Bein auf ihres, und sie spürte seine männliche Erregung an ihrem Schenkel, hart und unnachgiebig. Selbst als ihr Körper sich darauf vorbereitete, ihn zu empfangen, fragte sie sich, wie es möglich sein sollte, ihn in sich aufzunehmen, ohne ernsthafte Verletzungen zu erleiden.

Guthrie hörte auf, ihre Lippen zu küssen und ließ seinen Mund über ihren Nacken gleiten, während seine Hände damit beschäftigt waren, die Knöpfe an ihrer Weste zu öffnen.

Instinktiv bog sie den Rücken und drängte sich ihm entgegen. »Guthrie?«

Er schob den Stoff ihrer Bluse beiseite, löste die Bänder ihres Mieders, und Caroline stieß einen lustvollen Schrei aus, als er eine ihrer Brustspitzen berührte.

»Ja?«

»Ich habe das noch nie getan«, flüsterte sie. »Und ich... ich habe Angst.«

Er senkte den Kopf und streifte die harte kleine Knospe mit seiner Zungenspitze, bevor er antwortete. »Ich möchte dich nicht belügen, Caroline. Es wird dich schmerzen, zumindest beim ersten Mal. Aber alles, was ich vorher tue, und nachher, wird den kleinen Schmerz wert sein.«

Caroline dachte an jenes Mal auf der Hintertreppe des Hotels. Da hatte er sie mit Worten geliebt, und sie war von ihren Gefühlen erschüttert worden. Wie mußte es da erst sein, wenn sie sich ihm wirklich und richtig hingab?

Sie legte ihre Hand unter die Brust, die er liebkoste, und hielt sie einladend für ihn. »Liebe mich, Guthrie«, bat sie mit erstickter Stimme. »Ich möchte, daß du mich liebst.«

Er schloß seine Lippen um ihre Brustspitze und küßte sie verlangend, und Caroline schrie leise auf. Er vermittelte ihr das Gefühl, daß ihre Brüste wie geschaffen waren, diesen Mann zu nähren und zu erfreuen, und in irgendeinem verborgenen Teil ihrer Seele bedauerte sie zutiefst, daß sie nicht auch seine Kinder nähren konnte.

Caroline hatte keine Angst vor einer Schwangerschaft; sie hatte einmal gehört, daß es nie geschah, wenn eine Frau zum ersten Mal mit einem Mann schlief.

Aus dem verzweifelten Bedürfnis heraus, Guthrie spüren zu lassen, was sie empfand, ließ sie ihre Hand tastend an seinem Schenkel hinuntergleiten und legte ihre Finger auf sein Glied, das sich hart unter seiner Hose abzeichnete. Sein fieberhaftes Stöhnen bewies ihr, daß sie den Weg zur Macht gefunden hatte, und mutiger geworden, öffnete sie seine Hosenknöpfe und genoß seine angespannte Qual, während er darauf wartete, befreit zu werden.

Er hob den Kopf und stöhnte heiser auf, als sie ihn mit der Hand umschloß und ihren Daumen über die Spitze gleiten ließ.

Seine lustvolle Reaktion stieg Caroline zu Kopf wie süßer Wein; sie bewegte ihre Hand auf und nieder, und Guthrie stöhnte hilflos und voller Lust.

Als er es nicht mehr zu ertragen glaubte, ergriff er ihre Handgelenke und drückte sie hoch über ihren Kopf ins Heu. Er keuchte wie ein Mann, der dem Ertrinken nahe war, als er etwas zu sagen versuchte und es dann doch aufgab.

Caroline befreite eine Hand, um seinen Nacken zu streicheln und seinen Kopf sanft zu ihrer Brust zurückzuführen.

Einen nach dem anderen, zog Guthrie Carolines Stiefel aus, dann ihren Rock und ihre langen Unterhosen. Ihre Bluse lag unter ihrem Rücken, und er streifte die Träger ihres Mieders über ihre Schultern. Sie erschauerte, als eine kalte Brise ihren Körper streifte und ihre Brustspitzen sich noch steiler aufrichteten.

Guthrie beugte sich über sie und seufzte auf, als sie seine Hose hinunterzog, um ihn ungehindert anfassen zu können. »Caroline«, sagte er erstickt, »sag jetzt nein, falls du doch nicht willst, denn gleich wird es zu spät sein.«

Caroline wußte, daß sie es ihm verbieten müßte, aber sie war weder imstande zu sprechen, noch sich gegen ihn zu wehren. Statt dessen bog sie sich ihm einladend entgegen, und er kehrte aufstöhnend zu ihren Brüsten zurück, küßte sie mit einem verzweifelten Hunger. Er hielt Carolines Hände über ihrem Kopf zusammen, und ihre Lust steigerte sich ins Unermeßliche.

Irgendwann gab Guthrie ihre Hände frei und ließ seinen Mund über ihre Rippen wandern und über ihren Bauch, und jede Berührung mit seinen Lippen erregte Caroline noch mehr. Als sie spürte, wie er die seidenweichen Haare zwischen ihren Schenkeln teilte, stieß sie einen Schrei aus und umklammerte Guthries muskulöse Schultern.

Sie versteifte sich, als er seinen Mund auf ihre intimste Stelle preßte, weil sie nicht wußte, was sie zu erwarten hatte, aber dann spürte sie seine warme Zungenspitze und schrie vor Lust laut auf. »O Guthrie«, wimmerte sie und wußte selbst nicht, ob sie ihn aufhalten oder bitten sollte, weiterzumachen. Sie wußte nur, daß sie flehte und bettelte.

Er zog ihre Beine sanft über seine Schultern und murmelte: »Ich will alles von dir, Caroline. Alles.« Bevor sie begriff, was er damit sagen wollte, senkte er seinen Mund von neuem auf ihre empfindsamste Körperstelle, und diesmal allen Ernstes.

Caroline hörte die Rufe von Nachttieren, Wölfen oder Kojoten, und ihre eigenen Schreie der Lust und der Ekstase vereinten sich damit. Als der Sturm abebbte, drückte Guthrie sie sanft auf die Decke zurück und küßte noch einmal die Innenseiten ihrer Schenkel, bevor er sich von ihr löste.

Sie war befriedigt, aber nicht erfüllt, und diesmal gab Caroline sich nicht mit einer Kostprobe dessen zufrieden, was Guthrie ihr bieten konnte. Wie er, so wollte auch sie diesmal alles.

Sie verschränkte ihre Hände in seinem Nacken und zog ihn zu sich herab, dann küßte sie ihn verlangend. Er ruhte jetzt zwischen ihren Schenkeln, und sie spürte sein hartes Glied an ihrer intimsten Stelle.

Caroline öffnete ihm willig die Pforte zu ihrem Körper und zu ihrer Seele, und vorsichtig drang er in sie ein. Caroline wand sich unter ihm und drängte ihn mit geflüsterten Worten, zu ihr zu kommen, doch er hatte keine Eile. Ihre Erregung steigerte sich ins Unermeßliche, und sie spürte, wie ihr Körper sich langsam ausdehnte.

»Ich will dir nicht weh tun«, sagte Guthrie heiser und streichelte zärtlich ihr Gesicht.

»Das Warten tut auch weh«, erwiderte sie. »Bitte, Guthrie – laß mich nicht warten.«

Er senkte den Kopf zu einem leidenschaftlichen Kuß. »Caroline . . .«

Die Leere in ihr war unerträglich, breitete sich vom Zentrum ihrer Weiblichkeit bis in ihre Seele aus. Ganz instinktiv hob sie die Hüften an, und nun konnte auch Guthrie sich nicht länger zurückhalten. Mit einem kräftigen Stoß drang er ganz in sie ein und zerstörte die letzte Barriere, die sie trennte. Als Caroline den Schmerz spürte, schrie sie auf.

Guthrie verhielt sich augenblicklich still, aber seine Lippen liebkosten ihre Schläfe, und sie klammerte sich an seine beruhigenden Worte bis der Schmerz nachließ. Erst dann begann er sich wieder in ihr zu bewegen, zunächst ganz sanft, um ihr nicht von neuem weh zu tun.

Als er den Rhythmus verstärkte, wurden auch Carolines Bewegungen immer heftiger und hitziger, und sie warf den Kopf von einer Seite auf die andere.

Über dem Dach rasten die Sterne über den Nachthimmel und schienen Caroline zu sich hinaufzuziehen. Auf dem Höhepunkt ihrer Ekstase war ihre Lust so unerträglich schön, daß ihre Seele sich zu den fernen Sternen hinaufschwang, während ihr Körper vor Lust unter Guthrie erschauerte.

Als er sich in ihren Armen versteifte und laut aufstöhnte, war Caroline von ihrer Reise zu den Sternen zurückgekehrt und streichelte und beruhigte ihn, während ihn eine Ekstase erfaßte, die ihn innerlich zu zerreißen drohte.

Schließlich bäumte er sich in ihren Armen auf, um dann kraftlos auf ihr zusammenzubrechen.

9

Caroline lag in Guthries Armen und streichelte das feine Haar auf seiner Brust, während sie darauf wartete, daß ihr innerer Aufruhr nachließ. Ihr Körper war mit einem feinen Schweißfilm bedeckt, und Guthrie erging es nicht anders.

»Ich habe dich gewarnt«, sagte er nach langem Schweigen und löste sich von ihr, um seine Kleider anzuziehen.

Caroline konnte sein Gesicht nicht sehen, und seine Stimme verriet ihr nichts. »Zerstör es nicht, Guthrie«, bat sie. »Ich werde mich noch früh genug mit der Wahrheit abfinden müssen. Im Augenblick möchte ich lieber so tun, als wäre alles so wie vorher.«

Doch dazu war es zu spät. Die Wirklichkeit umzingelte Caroline wie ein Rudel Wölfe, bereit, sie in Stücke zu zerreißen. Sie war lüstern und verantwortungslos, nicht anders als ihre Mutter, und das Schlimmste von allem war, daß sie einen Mann betrogen hatte, der sie liebte und ihr vertraute.

Mit einem unterdrückten Schluchzen rollte sie sich auf die Seite und zog die Knie an ihren Körper. Mit beiden Händen bedeckte sie ihr Gesicht, und ihre Schultern und ihr Rücken zuckten.

»Caroline«, flüsterte Guthrie, und es klang fast wie ein leiser Vorwurf. Er richtete sich auf, zog sie auf seinen Schoß und wickelte sie in die Decke ein, um die Kälte von ihr abzuhalten. Mit einer Hand streichelte er ihr Haar. »Weine nicht, Darling. Bitte weine nicht.« Seine Lippen streiften ihre Schläfe. »Es wird alles gut, ich verspreche es dir.«

»V-versprichst du!« schluchzte Caroline, die nicht wagte, ihm zu glauben. Sie ballte die Fäuste, brachte es jedoch nicht über sich, ihn zu schlagen. »W-wie kannst du s-so etwas versprechen?«

Guthrie zog sie an sich und wiegte sie in seinen Armen. »Es war nicht deine Schuld«, versicherte er ihr rauh, »es war meine. Ich glaube, ich war versessen darauf, dich zu verführen, seit ich dich an jenem Tag in den Hellfire-und-Spit-Saloon kommen sah. Eines Tages wirst du einen netten Mann heiraten und mich vergessen.« Er trocknete ihre Tränen. »Wahrscheinlich wirst du dann nie wieder an diese Nacht zurückdenken.«

Caroline wußte, daß sie diese Nacht in tausend Leben nicht vergessen würde – daß sie nicht einmal den Wunsch hatte, sie zu vergessen – aber sie war zu stolz, es einzugestehen. Und es verletzte sie, daß Guthrie imstande war, eine solch überwältigend schöne Erfahrung mit ihr zu teilen und ihr dann zu sagen, die Erinnerung daran würde bald vergehen. Ganz offensichtlich bedeutete sie ihm nicht mehr als die Huren, die er im Laufe der Jahre aufgesucht hatte, während er immer etwas ganz Besonderes für sie bleiben würde.

»Mr. Flynn wird mich jetzt nicht mehr haben wollen«, sagte sie unglücklich. »Kein anständiger Mann wird mich noch wollen.« Es war unwichtig dabei, daß auch sie Mr. Flynn nicht mehr heiraten wollte; das ging Guthrie nichts an. Sie würde versuchen, Seaton vor dem Galgen zu bewahren, und ihm dann sagen, daß sie ihn nicht heiraten konnte. »Ich werde eine alte Jungfer mit einer schmutzigen Vergangenheit sein!«

Guthrie lachte und zog ihren Kopf an seine Schulter. »Psst«, sagte er, und es hörte sich an, als lächelte er. »Er ist irgendwo dort draußen, der nette Mann für dich. Und anständig ist er auch. Was meinst du, wie angenehm überrascht er sein wird, wenn er entdeckt, was für eine Wildkatze er in seinem Bett hat.«

Caroline versteifte sich gekränkt. »Eine was?«

Er lachte und zog sie noch fester an sich, und das tat fast so gut wie seine körperliche Liebe. Caroline konnte sich nicht entsinnen, wann jemand sie in den Armen gehalten hatte. »Eine Wildkatze«, wiederholte er. »Zu viele Frauen liegen einfach unter einem Mann, steif wie ein Brett, und warten, bis er fertig ist.«

Heiße Röte schoß bei der Erinnerung in Carolines Wangen, und Selbstzweifel erfüllten ihre Seele. Wirkliche Damen schrien nicht und kratzten nicht; sie ertrugen es, schlossen dabei die Augen und dachten an andere Dinge, bis es vorbei war. Wieder begann sie zu weinen, wenn auch diesmal leiser. Sie fühlte sich sehr allein.

Guthrie legte sie sanft ins Heu zurück und deckte sie behutsam zu. Dann ging er, ohne ein Wort zu sagen, und obwohl er der Mann war, der sie für immer verdorben hatte, sehnte Caroline sich nach ihm – nach seinen starken Armen und der Wärme seiner Schulter unter ihrer Wange.

Schon wenige Minuten später kehrte er zurück, und da Carolines Augen sich inzwischen an die Dunkelheit gewöhnt hatten, sah sie, daß er eine Feldflasche mitbrachte und etwas, das wie ein Handtuch aussah. Er befeuchtete das Tuch, spreizte sanft Carolines Beine und begann die Spuren ihrer innigen Vereinigung von ihr abzuwaschen.

Entsetzt über die Erregung, die dabei wieder in ihr erwachte, biß Caroline sich auf die Lippen. Sie hoffte, daß Guthrie es nicht merkte, aber da lachte er schon leise und strich ihr mit der Hand über den Bauch. Sein Daumen glitt zwischen ihre Schenkel und berührte sie dort, wo sie besonders empfindsam war.

»Du Wildkatze«, sagte er rauh. »Miss Caroline, Miss Caroline – was für eine lüsterne kleine Wildkatze du doch bist!«

Ein Stöhnen entrang sich ihrer Kehle, sie schloß die Augen und zog die Knie an, und Guthrie hörte nicht auf, sie zu reizen, bis ihr ganzer Körper wieder von einem feinen Schweißfilm überzogen war. Selbst der Ton seiner Stimme hatte eine erregende Wirkung auf sie, war fast so aufreizend wie sein Daumen, der sie unermüdlich weiter erregte.

Caroline umklammerte Guthries Schultern und versuchte, etwas zu sagen, aber außer einem erstickten Flüstern, heiser vor Verlangen und rauh vor Begierde, brachte sie nichts heraus.

Guthrie lachte. »Du verstehst es, einen Mann zu beschäftigen, meine Süße.« Als er mit zwei Fingern in sie eindrang, versuchte er gar nicht erst, sanft zu sein, denn er schien zu wissen, daß dies jetzt nicht das war, was sie brauchte.

Caroline stöhnte auf, so überwältigend war ihr Verlangen nach ihm; die Spannung, die sich in ihr aufbaute, wurde von Minute zu Minute unerträglicher, fast wie eine Uhr, die jemand überdrehte, und löste sich schließlich in einer alles verschlingenden Woge der Ekstase. Als der Sturm abebbte, sank Caroline erschüttert auf das Lager zurück und fiel bald in einen tiefen, traumlosen Schlaf.

Als Caroline erwachte, war der Himmel strahlendblau, und sie glaubte Kaffeeduft zu riechen. Rasch zog sie sich an, bürstete ihr Haar und flocht es zu einem dicken Zopf. Dann erst kletterte sie aus dem Heu.

Guthrie reichte ihr einen Becher dampfenden Kaffee und das unvermeidliche Stückchen Dörrfleisch.

»Danke«, murmelte sie, ohne ihn anzusehen. Sie schämte sich jetzt für alles, was in der Nacht geschehen war, und vermutlich nicht ohne Grund, denn schließlich hatte er sie ganz offen als Wildkatze bezeichnet. Nun wußte sie nicht, was sie zu ihm sagen sollte.

»Sollen wir so tun, als wäre es nie geschehen?« fragte er, aber es lag weder Ärger noch Vorwurf in seiner Stimme, höchstens aufrichtige Neugier.

Caroline zwang sich, ihn anzusehen. Obwohl er dringend

eine Rasur benötigte, sah er genauso aufregend attraktiv und männlich aus wie in der Nacht zuvor.

Sie trank einen Schluck Kaffee und musterte ihn nachdenklich, bevor sie antwortete: »Ja. Und wir werden dafür sorgen, daß es nicht wieder vorkommt.«

Seine Lippen verzogen sich zu einem Lächeln, seine Augen funkelten belustigt unter dem Rand des alten Huts. Man sollte meinen, der Besitzer einer Kupfermine könnte sich wenigstens einen anständigen Hut erlauben!, dachte Caroline gereizt.

»Was ist mit Flynn?« fragte Guthrie plötzlich. »Wirst du ihm sagen, daß wir . . .«

Sie streckte die Hand aus und legte ihm einen Finger auf die Lippen. »Ja«, sagte sie unglücklich. »Ich werde ihm erzählen, was geschehen ist. Es wäre nicht richtig, ihn zu belügen.«

Diesmal war es Guthrie, der den Blick abwandte. Er betrachtete eine Gruppe von Rehen, die in der Ferne ästen, und nippte an seinem Kaffee.

Aber so leicht sollte er nicht davonkommen, nicht nach allem, was er angestellt hatte. »Und was ist mit Adabelle?« erkundigte Caroline sich spitz. »Wirst du es ihr auch sagen?«

»Ich glaube nicht«, erwiderte er nach langem Schweigen.

Caroline traute ihren Ohren nicht. »*Was?*«

Guthrie zuckte die Schultern. »Es würde sie nur verletzen. Und es ist ja schließlich nicht so, als ob wir uns etwas bedeuteten – du und ich, will ich damit sagen.«

Seine so gelassen dahingesagten Worte trafen Caroline mitten ins Herz. Sie stand auf und wandte sich ab. Ihre Hände zitterten, als sie den Becher an die Lippen hob. Guthrie hatte sie in die gleiche Kategorie eingegliedert wie die Huren, zu denen er sonst vielleicht ging, und das war mehr als kränkend.

Sie spürte ihn hinter sich, noch bevor er seine Hände auf ihre Schultern legte und sie zu sich umdrehte.

»Was hast du, Caroline?«

Sie zwang sich, zu lächeln und schüttelte den Kopf. »Nichts. Du hast recht – wir bedeuten uns nichts. Wir passen überhaupt nicht zusammen.«

Er lächelte verhalten und berührte ihr Gesicht mit seinen Fingerspitzen. »Hm«, machte er nur und schob mit der Stiefelspitze Erde auf die letzte Glut des kleinen Feuers.

»Damit ist die Sache dann erledigt«, erklärte Caroline.

Er nickte, aber sein Blick schien auf ihren Mund fixiert zu sein.

Sie trat einen Schritt zurück. »Natürlich erwarte ich von dir, daß du als Gentleman dein Wort hältst und mir nachts nicht zu nahe kommst.«

Er lachte und umschloß mit einer Hand ihr Kinn. »Ich bin kein Gentleman«, warnte er sie augenzwinkernd, »und ich habe dir auf nichts mein Wort gegeben.« Damit wandte er sich ab und ging zu den Pferden, um sie zu satteln.

Caroline blieb dicht hinter ihm. »Einen Moment, Guthrie«, sagte sie in ihrem strengsten Lehrerinnenton. »Ich fürchte, ich muß von dir verlangen, daß du mir versprichst . . .«

Er drehte sich um und erwiderte ruhig ihren Blick. »Du bist nicht in der Lage, etwas von mir zu verlangen, kleine Lehrerin«, unterbrach er sie. »Denn falls du es vergessen hast – ich bin hier der Anführer, und du hast mir zu folgen.«

»Das mag sein«, gab sie widerstrebend zu, »aber das gibt dir noch lange keine Recht über meinen Körper. Ich bin nicht eine deiner Huren, Guthrie, und ich wäre dir dankbar, wenn du das bedenken würdest.«

Er grinste belustigt und verbeugte sich vor ihr. »Ich würde dich niemals auf eine Stufe mit solchen Frauen stellen«, versicherte er ihr. »Aber eine Dame bist du auch nicht, Caroline.«

Sie drehte sich abrupt um und fragte sich errötend, ob das eine Beleidigung oder ein Kompliment gewesen war, während sie hinter die Scheune ging, um einer sehr persönlichen Angelegenheit nachzukommen. Bei ihrer Rückkehr bellte Tob vor Eifer über den bevorstehenden Aufbruch, und Guthrie saß schon auf seinem Wallach. Obwohl Caroline alles andere als eine erfahrene Reiterin war, wäre sie eher gestorben, als ihn um Hilfe beim Aufsitzen zu bitten.

Guthrie wartete, bis sie auf ihrem Pinto saß, und fragte dann in auffallend unschuldigem Ton: »Hast du nicht etwas vergessen?«

Erst dann erinnerte sich Caroline an ihre Reisetasche. Nach einem wütenden Blick auf ihren Begleiter rutschte sie aus dem Sattel und stieg in das Heu, um ihre Tasche zu holen. Als sie endlich wieder auf ihrem Pinto saß, war Guthrie schon weit vorangeritten. Tob hingegen hatte auf sie gewartet, und sein aufgeregtes Gebell trieb sie zur Eile an.

Auch an diesem Tag ritten sie ohne Aufenthalt, bis sie am späten Nachmittag eine einsame Ranch erreichten.

Ihr einziger Bewohner, ein alter Mann in einem Overall, begrüßte sie, indem er stirnrunzelnd eine doppelläufige Flinte auf Guthries Brustkasten richtete.

»Sagen Sie, was Sie wollen!« knurrte er.

Guthrie lächelte und beugte sich gelassen im Sattel vor. »Beruhigen Sie sich, alter Mann«, sagte er. »Meine Frau und ich wollen nur unsere Pferde tränken.«

Der Rancher schaute sie aus schmalen Augen an, dann verzog sein zahnloser Mund sich zu einem Lächeln. Anscheinend überwog sein Verlangen nach Gesellschaft seine Vorsicht. Caroline wußte, daß viele dieser Rancher manchmal monatelang kein menschliches Lebewesen sahen.

»Versorgen Sie die Tiere, und kommen Sie dann herein«, sagte der Alte, während er die Flinte an die Wand seiner Hütte lehnte. »Mein Name ist Efraim Fisk.«

»Guthrie Hayes«, erwiderte Carolines Begleiter.

»Seit wann bin ich ›deine Frau‹?« zischte Caroline ihm zu.

»Wenn er wüßte, daß du nur meine Freundin bist«, erwiderte Guthrie leise, als er sie aus dem Sattel hob, »würde er dich vielleicht mit mir teilen wollen.«

Caroline zitterte vor Ärger, aber was konnte sie schon tun? »Deine Frau!« murmelte sie entrüstet.

Guthrie ließ sie an seinem Körper herabgleiten und drohte ihr mit dem Zeigefinger. »Reiz mich nicht, Caroline«, flüsterte er ihr warnend zu. »Es ist eine lange, einsame Reise von hier bis Laramie.«

»Haben Sie Kautabak?« wollte Mr. Fisk wissen. Er stand in Windrichtung, und der Geruch, der von ihm ausging, verursachte Caroline starke Übelkeit.

Da sie Guthrie nie hatte Tabak kauen sehen, war sie überrascht, als er eine Dose aus der Satteltasche zog und sie dem Rancher mit einem freundlichen Lächeln zuwarf.

Mr. Fisk öffnete sie, steckte einen Finger hinein und füllte seinen Mund mit Kautabak. Währenddessen musterte er Caroline so freimütig, als besäße er jedes Recht dazu, und sie versteifte sich unwillkürlich.

»Möchten Sie nicht hereinkommen und sich setzen?« fragte er.

Wenn er schon draußen in der frischen Luft so schlecht roch, konnte Caroline sich denken, wie es in der engen Hütte sein würde. Rasch lehnte sie ab. »Nein, vielen Dank, es geht schon.«

Guthrie war am Brunnen beschäftigt. Er füllte zuerst die Feldflasche und ließ dann Tob und die Pferde trinken.

»Ich habe ein leckeres Lammgulasch auf dem Herd«, sagte Mr. Fisk lockend, und obwohl er Caroline leid tat, weil er so einsam war, hätte sie um nichts in der Welt etwas gegessen, was er zubereitet hatte.

Guthrie schaute prüfend zum Himmel auf. »Ich glaube, wir haben Zeit, noch etwas zu bleiben«, meinte er.

Mr. Fisk lächelte entzückt, drehte sich um und humpelte in die Hütte. Caroline maß Guthrie mit einem empörten Blick. »Bist du verrückt?« flüsterte sie ihm zu. »Er hat das arme Lamm bestimmt mit Hufen und Fell gekocht!«

Guthries Augen lachten, obwohl seine Lippen nur leicht zuckten. »Vergiß nicht die Zunge und die Augen«, erwiderte er und schob sie auf die offene Tür zu.

In der Hütte stank es noch schlimmer, als Caroline erwartet hatte, aber sie war trotz allem gerührt, daß ihr Gastgeber sich eifrig bemühte, Ordnung zu schaffen für seine Gäste.

»Meine Frau ist guter Hoffnung«, vertraute Guthrie ihm an, als Mr. Fisk einen Kessel vom Feuer nahm und ihn auf den Tisch stellte. »Deshalb ist sie ein bißchen empfindlich in bezug auf Essen.«

Guter Hoffnung? dachte Caroline verwirrt. Dann ging ihr auf, daß er meinte, sie sei schwanger, und sie senkte beschämt den Blick.

Irgendwie schaffte Guthrie es, so zu tun, als äße er den ganzen Teller des halbverrotteten Gulaschs leer, das Mr. Fisk ihm auftischte. Aber als der alte Mann hinausging, um einen Krug aus der Scheune zu holen, stellte Guthrie das Essen auf den Boden, und Tob machte sich begierig darüber her.

»Sie können gern in der Scheune übernachten«, bot Mr. Fisk ihnen an, als er zurückkehrte, den irdenen Krug entkorkte und ihn Guthrie reichte.

Guthrie hob ihn an die Lippen und trank – diesmal sah Caroline ihn tatsächlich schlucken – dann schnappte er nach Luft und fuhr sich mit der flachen Hand über den Mund. »Danke«, sagte er. »Das tut gut.«

Caroline versetzte ihm einen Fußtritt unter dem Tisch. Obwohl es langsam Nacht wurde und sicher Indianer und andere Gefahren draußen lauerten, hatte sie es eilig, diesen Ort zu verlassen und weiterzureiten.

»Müssen Sie nicht zu Ihren Rindern?« wandte sie sich lächelnd an Mr. Fisk.

»Schafe«, korrigierte er sie nach einem tiefen Zug aus dem Krug, den er dann wieder an Guthrie weitergab. »Ich halte Schafe. Aber im Moment kümmert sich mein Bruder Feenie um die Tiere.«

Feenie Fisk. Caroline lächelte unwillkürlich. »Wir möchten Ihnen nicht zu Last fallen«, sagte sie ernst. »Mr. – mein Mann und ich werden weiterreiten . . .«

»Wir bleiben«, warf Guthrie ein.

»Ich glaube, Ihr Hund buddelt Löcher in meinem Gemüsegarten«, sagte Mr. Fisk rücksichtsvoll, stand auf und ging hinaus.

»Es gefällt mir hier nicht«, flüsterte Caroline Guthrie zu. »Ich möchte weiter!«

Er näherte sich ihrem Gesicht, und sie konnte den Whiskey in seinem Atem riechen. »Dann reite weiter. Und wenn du die Gruppe der Schoschonenjäger triffst, denen wir bisher gefolgt sind, bestell Ihnen einen schönen Gruß von mir.«

Caroline erblaßte. »Hast du sie gesehen?«

»Nein, aber ihre Spuren und die Überreste ihres Lagerfeuers.

Wir hatten Glück, daß sie letzte Nacht nicht haltgemacht und sich Tob zum Abendessen gebraten haben.«

»Du willst mir nur Angst einjagen«, protestierte Caroline. Aber sie dachte an die lange Reise, die sie noch vor sich hatten und an all die schrecklichen Geschichten, die sie über Indianerüberfälle gehört hatte. »Das ist es doch, nicht wahr?«

Guthrie musterte sie ernst. »Was glaubst du?«

Caroline nickte ergeben. »Na schön, ich bleibe.«

Er zupfte sanft an ihrem Zopf. »Gut. Dann wirst du dein Haar behalten. Aber jetzt hör auf, mir Ärger zu machen, sonst werde ich dafür sorgen, daß du im Ausgleich zu Mr. Fisks Gastfreundschaft seine Hütte reinigst!«

»Das würdest du nicht wagen!«

Er zog nur stumm die Brauen hoch und stand auf. Schon an der Tür sagte er: »Ich bringe die Pferde in die Scheune. Während ich fort bin, solltest du dir Gedanken darüber machen, wie sich eine brave Ehefrau verhält.«

Caroline sprang entrüstet auf, doch dann ließ sie sich entmutigt auf die Orangenkiste sinken, die ihr als Sitz diente. Da sie auf dieser Reise von Guthrie abhängig war, mußte sie sich in allem nach ihm richten. Arme Adabelle, dachte sie. An seiner Seite wird sie ein unglückliches Leben führen.

Außer nachts natürlich. Und das glich vielleicht alles andere aus . . .

Als Caroline sicher sein konnte, daß Guthrie fort war, stand sie auf und ging hinaus, um nach Indianern Ausschau zu halten. Aber sie entdeckte nichts, und mit der Überzeugung, kein unmittelbares Massaker befürchten zu müssen, ging sie zur Scheune weiter.

Guthrie striegelte sein müdes Pferd, und obwohl er Caroline zunickte, als sie hereinkam, sagte er nichts und brach auch nicht seine Arbeit ab. Mr. Fisk hingegen, der sich um den kleinen Pinto kümmerte, redete für zwei.

Caroline setzte sich auf einen Ballen Heu und tat, als machte sie sich Gedanken darüber, wie eine gute Ehefrau sich zu verhalten hatte.

Als die Pferde versorgt waren, schlachtete Mr. Fisk ein

Huhn, aus dem Caroline als gute, pflichtbewußte Ehefrau eine festliche Mahlzeit zubereitete.

Mr. Fisk behauptete, es sei sein bestes Essen seit Weihnachten '68 und bot sich an, in der Scheune zu nächtigen und Caroline und Guthrie sein Bett zu überlassen.

Caroline war zwar sicher, daß die Scheune sauberer war, aber da sie keinen neuen Streit mit Guthrie wollte, behielt sie ihre Meinung für sich. Guthrie dankte dem alten Mann lächelnd, versicherte ihm jedoch, lieber dort zu schlafen, wo er die Pferde im Auge halten konnte.

Mr. Fisk war so nett, ihnen eine Petroleumlampe zur Verfügung zu stellen, und dann machten sie sich in der Dunkelheit auf den Weg zur Scheune.

Tob, der die Reste des Lammgulaschs bekommen hatte, trottete neben Caroline und steckte seine feuchte kalte Schnauze in ihre Hand. Doch sie war in Gedanken nur bei dem Dilemma, eine weitere Nacht mit Guthrie Hayes verbringen zu müssen, und fragte sich, wie es ihr gelingen sollte, seinem geübten Charme zu widerstehen . . .

In der Scheune zeigte er ihr eine schmale Leiter, die auf einen Heuboden führte. »Ich habe die Decke schon ausgebreitet«, sagte er. Und dann drehte er den Docht der Lampe herunter, und in der Scheune war es bis auf ein paar Strahlen Mondlicht, die durch die Ritzen in der Wand fielen, stockfinster. »Nach Ihnen, Mrs. Hayes«, fügte er hinzu und gab ihr einen sanften Klaps auf den Po.

Da ihr keine andere Wahl blieb, stieg sie die Leiter hinauf. Guthrie folgte ihr.

»Das war ein gutes Essen«, bemerkte er beim Stiefelausziehen. »Dieser räuberische Verehrer von dir hat eine Frau wie dich gar nicht verdient.«

Caroline verschwieg ihm, daß sie Seaton nicht mehr heiraten wollte, damit sie Guthrie nicht ihre Gründe auseinandersetzen mußte. »Wahrscheinlich *will* er eine Frau wie mich gar nicht«, sagte sie nur, als sie ihre Stiefel abstreifte. »Und ob, Caroline«, erwiderte Guthrie schmunzelnd. »Wildkatzen sind rar und kostbar.«

Caroline legte sich so dicht an den Rand der Decke wie es nur möglich war, drehte Guthrie den Rücken zu und hoffte, daß er sie nicht berührte. Denn wenn er es tat, war sie verloren. Doch trotz allem konnte sie sich die Frage nicht verkneifen: »Ist Adabelle auch eine Wildkatze?«

Guthrie machte es sich auf der Decke bequem. »Das hoffe ich, kleine Lehrerin«, erwiderte er gähnend. »Ich hoffe es sehr.«

Etwas bewegte sich im Stroh neben Caroline und starrte sie dann aus eng beieinanderstehenden rotglühenden Augen an. Unwillkürlich rückte sie näher an Guthrie heran. »Man sollte meinen, Mr. Fisk und sein Bruder hätten Angst, so weit draußen zu leben, nicht?«

Wieder gähnte Guthrie und räkelte sich, wobei sein Arm auf Carolines Hüfte zu liegen kam. »Schlaf, Wildkatze«, sagte er. »Wir müssen morgen früh aufbrechen.«

Nervös befeuchtete sie ihre Lippen. Das Ding mit den roten Augen starrte sie noch immer an. »Ich wäre dir sehr verbunden, wenn du mich nicht mit ›Wildkatze‹ anreden würdest«, sagte sie spitz.

Guthrie zog sie lachend an sich. »Ich weiß«, antwortete er. »Aber da es mir gefällt, werde ich es auch weiterhin tun.«

Caroline schloß die Augen und hoffte, daß das rotäugige Tier bald wieder seiner Wege ging. Das Nächste, was ihr danach zu Bewußtsein kam, war, daß es hell wurde und die aufgehende Sonne das Stroh um sie herum blutrot färbte.

Und daß Guthrie sich lächelnd über sie beugte ...

Es war Caroline klar, was er wollte, und sie wußte, daß sie ihn hätte abweisen müssen, aber irgendwie wollten die Worte nicht über ihre Lippen kommen. Als er ihre Bluse öffnete, kam sie ihm voll Verlangen entgegen.

Er saugte zärtlich an ihren Brustspitzen, bis ein anhaltendes Wimmern aus Carolines Kehle kam und ihre Hüften sich unter ihm bewegten, auf der Suche nach dem Kontakt, den er ihr noch verweigerte. Eigenhändig knöpfte sie ihren Hosenrock auf und schob ihn zusammen mit ihren Pantalettes herunter.

Guthrie drang mit einer einzigen ungestümen Bewegung in sie ein, und Caroline bog ihm einladend ihre Hüften entgegen.

Er legte seine Hände um ihren Po und stöhnte leise auf, während seine Lippen über ihren schmalen Hals glitten.

»Hab Erbarmen mit mir, Wildkatze«, keuchte er heiser.

Aber Caroline kannte kein Erbarmen. Jedenfalls nicht für Guthrie Hayes.

10

Ein heiserer Schrei entrang sich Carolines Kehle, als sie den Höhepunkt der Lust erreichte, und Guthrie legte eine Hand über ihren Mund. Doch einen Augenblick später, als sich seine Leidenschaft entlud, stieß auch er einen unterdrückten Schrei aus.

Er blieb bei Caroline liegen, bis ihre Atemzüge sich beruhigt hatten. Dann stand er wortlos auf, zog sich an und stieg die Leiter hinab.

Aus Angst vor der Verzweiflung, die sich nach solchen leidenschaftlichen Momenten immer einstellte, blieb Caroline so lange wie möglich liegen. Und als der erste Schmerz sie überwältigte, kehrte Guthrie mit einem Eimer warmen Wassers und ihrer Reisetasche zurück.

Er sagte nichts, stellte nur Eimer und Tasche in Carolines Reichweite und ging wieder.

Mit einem Taschentuch wusch Caroline sich, so gut es ging. Dann zog sie sich an. Als sie wenig später die kleine Hütte betrat, fühlte sie sich schon sehr viel besser und durchaus imstande, die beschwerliche Reise fortzusetzen.

Guthrie briet Eier, als sie hereinkam, und maß Caroline mit einem langen, anerkennenden Blick, bevor er sie aufforderte, sich zu setzen.

Caroline schaute sich um. »Wo ist Mr. Fisk?«

Guthrie zuckte die Schultern. »Irgendwo in der Nähe.«

Der Klang seiner dunklen Stimme rührte etwas in Caroline an, und sie rutschte unbehaglich auf ihrer Orangenkiste hin und her. »Werden wir heute weiterreiten?«

Guthrie gab zwei Eier auf einen erstaunlich sauberen Teller und stellte ihn vor Caroline. »Ja«, antwortete er.

»Was ist mit den Indianern?«

Guthrie setzte sich mit seinem Teller zu ihr. »Wahrscheinlich könnte ich dich und dein Pferd gegen sicheres Geleit nach Laramie eintauschen«, erwiderte er unbekümmert.

Bevor Caroline etwas sagen konnte, kam Mr. Fisk in die Hütte. Er mußte sich große Mühe mit seiner Erscheinung gegeben haben, denn sein Gesicht und seine Hände glühten vor Sauberkeit und kaltem Wasser, und sein buschiges weißes Haar war gebürstet.

»Morgen«, sagte er fröhlich und nahm sich die restlichen Eier aus der Pfanne. »Wenn Feenie hört, was für ein Essen er verpaßt hat, Madam, wird er Geld spucken vor lauter Wut.«

Caroline dankte ihm bescheiden und beschäftigte sich mit ihren Eiern.

»Sie und Ihr Bruder sollten sich eine nette Frau suchen«, bemerkte Guthrie im gleichen Ton, wie er den Kauf von Drahtzaun für den Hühnerhof oder Vorhänge für das Hüttenfenster angeraten hätte.

Mr. Fisk lachte. »Eine würde vermutlich für uns beide reichen, da einer von uns fast immer unterwegs ist.«

Caroline verschluckte sich, und Guthrie klopfte ihr nachsichtig den Rücken.

»Zwei Frauen bedeuten doppelten Ärger, das ist wahr«, gab

er mit ernster Miene zu, obwohl seine Augen belustigt funkelten.

Caroline warf ihm einen vorwurfsvollen Blick zu. Es war dringend nötig, daß Guthrie ein bißchen Benehmen beigebracht wurde, und das war eine Aufgabe, um die sie Adabelle Rogers nicht beneidete.

Nach dem Frühstück, während Guthrie die Pferde sattelte, spülte Caroline das Geschirr. Obwohl sie die Ranch nur zu gern verließ, war Caroline von Mr. Fisks Freude über ihren Besuch gerührt.

»Wir haben gut geschlafen in Ihrer Scheune, Mr. Fisk«, sagte sie beim Abschied. »Wir sind Ihnen sehr dankbar.«

»Kommen Sie wieder und besuchen Sie uns noch einmal, Madam«, antwortete er mit einer Verbeugung.

Aus einem Impuls heraus küßte Caroline seine stoppelbärtige Wange, und aus Freude über diese Geste errötete er wie ein Schuljunge.

Als sie schon längst unterwegs waren, drehte Guthrie sich schmunzelnd im Sattel um. »Das war lieb von dir«, sagte er anerkennend zu Caroline. »Der alte Fisk wird sich vermutlich nicht einmal entsinnen können, wann ihn jemand das letzte Mal mit Zuneigung berührt hat.«

Caroline war verblüfft über sein Lob und noch verwirrter über die unangemessen große Freude, die es in ihr erzeugte. Wenn es sich um Guthrie handelte, besaß sie nicht viel mehr Stolz als sein Hund Tob. »Ich war sehr entsetzt über seine Bemerkung, eine Frau mit seinem Bruder teilen zu wollen«, gab sie zu. »Ich glaube, es war das Anstößigste, was ich je einen Menschen habe sagen hören.«

Guthrie lächelte und zog eine Zigarre aus seiner Hemdtasche. Erst nachdem er sie angezündet hatte, antwortete er: »Du nimmst das Leben zu ernst, kleine Lehrerin. Es war ja nicht so, als sei er auf dem Sprung gewesen, fortzureiten und irgendeine Frau in seine Hütte zurückzuschleppen.«

Caroline mußte lächeln. So sehr sie es auch bereute, mit Guthrie geschlafen zu haben, empfand sie doch ein warmes Glücksgefühl und beschloß, es zu genießen, so lange es anhielt.

In jener Nacht kampierten sie neben einem Fluß, und Guthrie fing eine Forelle für das Abendessen. Obwohl Caroline sich geschworen hatte, ihn nicht mehr an sich heranzulassen, stieß sie einen lustvollen kleinen Schrei aus, als er sie über einen Felsbrocken beugte und mit einer ungestümen Bewegung in sie eindrang.

Am folgenden Tag, lange vor Mittag, erreichten sie Laramie.

Jetzt, wo Caroline im Begriff war, Seaton Flynn wiederzusehen, den Mann, von dem sie einst geglaubt hatte, daß sie ihn liebte, wurde ihre Freude über ihre eben erst entdeckte Weiblichkeit von einem Gefühl der Scham verdrängt. Du bist nicht besser als deine Mutter, sagte sie sich bedrückt. Vielleicht würde auch sie in einigen Jahren keinen anderen Weg mehr sehen, als zur Flasche zu greifen und fremde Männer in irgendeine schäbige kleine Absteige zu bringen, wie Kathleen es getan hatte. Würde auch sie, Caroline, je ihre eigenen Kinder aufgeben, nur weil ein Mann, der ihr Vergnügen und Brandy schenken konnte, es von ihr verlangte?

»Woran denkst du bloß?« erkundigte sich Guthrie gereizt. »Du bist so blaß, als wärst du in eine Tonne Mehl gefallen.«

Der Lärm und die Hektik von Laramie lenkten Caroline ab. In der Ferne hörte sie Schüsse, das Klimpern eines Pianos und das rauhe Gelächter von Männern und Frauen in Saloons. »Was ist, wenn ich ein Kind bekomme, Guthrie?« fragte sie gepreßt. Sie liebte ihn und war nicht fähig gewesen, ihm zu widerstehen, trotz des Risikos, das sie damit eingegangen war. Aber jetzt war das Märchen fast zu Ende, und die Wirklichkeit rückte immer näher.

Guthrie antwortete nicht auf ihre Frage, vielleicht, weil er sie nicht gehört hatte oder weil er nicht wußte, was er darauf erwidern sollte. Er trieb seinen Wallach an, lenkte ihn vor Carolines Pinto und stieg vor dem Büro des Marshals ab.

Seaton war dünner, als Caroline ihn in Erinnerung hatte, und seine Fingerknöchel waren weiß vor Anspannung, als er die Gitterstäbe seiner Zelle umklammerte. Caroline schaute ihm in die Augen und war entsetzt über die Tatsache, daß sie nichts als eine gewisse Starre und Leere dabei empfand.

»Ich wußte, daß du kommen würdest«, sagte er und griff nach ihrer Hand. Seine dunklen, so ausdrucksvollen Augen schienen sie zu streicheln.

Caroline wahrte Distanz, obwohl sie sich zu einem Lächeln zwang. Ihr erster Impuls war, Seaton zu gestehen, daß sie sich Guthrie hingegeben hatte, aber sie unterdrückte ihn. Es war weder der Ort noch der geeignete Zeitpunkt für ein derartiges Geständnis. Aber was die Auflösung ihrer Verlobung betraf, so wollte sie nicht länger damit warten; das hätte ihr Gewissen nicht erlaubt.

»Ich muß dir etwas sagen«, begann sie hastig. »Wir können nicht heiraten.«

Hinter sich, im Marshalsbüro, hörte sie Guthrie leise mit dem Vertreter des Gesetzes reden.

Seaton war wachsbleich geworden. »Was?«

»Ich werde dir aber trotzdem helfen«, flüsterte sie und trat einen Schritt näher in ihrem ernsthaften Bedürfnis, die begangenen Sünden, die sie ihm nun doch nicht eingestanden hatte, wiedergutzumachen.

Ohne jegliche Vorwarnung ergriff Seaton ihre Hand, zerrte sie dicht an die Gitterstäbe und drückte grob ihren Kopf zurück. All das geschah so schnell, daß Caroline keine Möglichkeit bekam, etwas zu sagen oder gar zu schreien.

Es lag etwas bemitleidenswert Dringliches in der Art, wie er seinen Mund auf ihre Lippen preßte. Doch als sein Kuß fordernder wurde, blieben die zärtlichen Gefühle, die sie bei Guthries Küssen empfand, aus. Caroline legte beide Hände auf Seatons Brust und stieß ihn zurück.

Verärgert und in gekränktem Erstaunen schaute er sie an.

»Nein, Mr. Flynn«, sagte sie in jener förmlichen Art, die er im allgemeinen vorzog. »Von jetzt an wird es anders zwischen uns sein.« Sie wußte, daß ihre Wangen brannten, glaubte jedoch, daß er es für ein Zeichen weiblicher Unschuld ansehen würde.

In diesem Augenblick ging die Tür zum Büro auf, und Guthrie trat neben sie.

»Flynn«, sagte er. Das Wort war gleichzeitig eine Frage, eine Feststellung und auch eine Art Urteil.

Seatons schöne dunkle Augen wurden schmal. »Wer sind Sie?«

Caroline bereitete sich auf einen Ausbruch vor, aber er kam nicht. Guthries Stimme blieb von eisiger Höflichkeit. »Mein Name ist Guthrie Hayes«, sagte er.

Seatons Blick ging nachdenklich von Caroline zu Guthrie und zurück. Aber Caroline sagte sich, daß er unmöglich erraten konnte, was zwischen ihnen vorgefallen war. »Was wollen Sie, Mr. Hayes?«

»Das besprechen wir, wenn wir allein sind«, entgegnete Guthrie mit einem vielsagenden Blick auf Caroline. Aber sie zögerte noch, den Raum zu verlassen, da sie längst gesehen hatte, daß die beiden anderen Zellen leer waren.

Guthrie räusperte sich bedeutungsvoll.

Caroline maß ihn mit einem trotzigen Blick. »Nein ... Es war meine Idee, und ich ...«

»Raus«, sagte Guthrie ruhig.

Caroline zögerte noch immer, bis ihr zu Bewußtsein kam, daß Seatons Schicksal in Guthries Händen lag. Hocherhobenen Hauptes verließ sie das Büro. Doch kaum hatte sie die Straße erreicht, raffte sie ihre Röcke und rannte zum hinteren Teil des Gebäudes.

Da die Fenster von Seatons Zelle nicht verglast, sondern nur vergittert waren, konnte sie hören, was besprochen wurde.

»... warum ich unschuldig bin«, sagte Seaton gerade in einem Ton, der gleichzeitig einschmeichelnd und verärgert klang.

»Ich fürchte, um mich von Ihrer Unschuld zu überzeugen, müssen Sie mir mehr bieten als Ihr Wort«, erwiderte Guthrie ruhig. »Die Beweise gegen Sie sind erdrückend.«

Caroline war sicher, Seaton an den Gitterstäben rütteln zu hören. »Verdammt«, fluchte er, »ich will wissen, was es zu bedeuten hat, daß Sie mit Caroline reisen!«

Mit angehaltenem Atem wartete sie auf Guthries Antwort. »Sagen wir einfach, ich arbeite für die Dame«, erwiderte er nach ausgedehntem Schweigen, und Caroline atmete erleichtert auf. »Sie scheint zu glauben, Sie wären es wert, geheiratet zu werden.«

Seaton klang alles andere als beruhigt. »Trotzdem ... Ein Mann und eine Frau, so ganz allein in der Wildnis ...«

»Ja, Caroline ist eine *Frau*«, warf Guthrie ruhig ein.

Caroline schloß beschämt die Augen. Ihre heiseren Lustschreie aus der Nacht zuvor hallten noch in ihren Ohren, und sie glaubte, den harten Felsen unter ihren Brüsten und ihrem Bauch zu spüren, und Guthries ungestüme Bewegungen.

»Wenn Sie sie auch nur angefaßt haben«, sagte Seaton, »bringe ich Sie um.«

Ein Lächeln klang in Guthries Stimme mit, ein gedehntes, sehr arrogantes Lächeln. »Eingedenk der Tatsache, daß praktisch nur ich zwischen Ihnen und dem Galgen stehe, könnten Sie ruhig etwas diplomatischer sein.«

Tob erschien neben Caroline und stieß winselnd seine feuchte Schnauze in ihre Hand. Vermutlich wollte das schamlose Biest eine Schale Whiskey.

»Das mag sein«, entgegnete Seaton ernst. »Aber trotzdem war mir jedes Wort so gemeint, wie ich es sagte.«

Guthrie tat die Drohung – und Caroline – mit einem leisen Lachen ab. »Keine Angst, Flynn. Magere Lehrerinnen mit spitzen Zungen reizen mich nicht. Ich mag nur weiche, warme Frauen.«

Gekränkt kehrte Caroline zur Vorderfront des Gebäudes zurück. Sie betrat gerade den Bürgersteig, als Guthrie aus dem Haus kam.

Er lächelte, als er ihre geröteten Wangen und blitzenden Augen sah. »Wenn du nichts hören willst, was dich ärgern könnte, Wildkatze«, meinte er, »solltest du nicht lauschen.«

Damit klatschte er seinen Hut gegen seinen Schenkel und verschwand mit Tob im Saloon nebenan.

Caroline ging einige Schritte auf die Schwingtür zu und blieb dann stehen. Sie würde Mr. Flynn keine Hilfe sein, wenn sie selbst im Gefängnis saß, und in vielen Städten war es Frauen nicht gestattet, derartige Etablissements aufzusuchen.

Sie ging auf die andere Straßenseite hinüber, wo sie ärgerlich auf und ab marschierte, ohne die Blicke zu beachten, die sie damit auf sich zog.

Nach Mr. Fisks selbstgebrautem Whiskey und den Kopfschmerzen, die Guthrie sich damit zugezogen hatte, hätte es ihm nichts ausgemacht, nie wieder einen Drink zu nehmen. Aber er bestellte Whiskey für Tob und stellte ihm das Glas ins Sägemehl auf dem Boden.

Dann lehnte Guthrie sich an die Theke und betrachtete die Gäste.

Viele waren es nicht; zwei Cowboys standen am Billardtisch, und um das Treppengeländer zum ersten Stock drängelten sich stark geschminkte ›Damen‹ in aufreizenden Kleidern.

Guthrie entschied sich für eine mollige Rothaarige, weil sie Caroline am wenigsten ähnlich sah, und sie kam hüfteschwenkend die Treppe hinunter. Als sie ihn erreichte, schmiegte sie sich an Guthries Brust und schnurrte: »Mein Name ist Cozy. Wie heißt du?«

Guthrie mußte lachen. »Hat deine Mama dich so genannt, oder bist du selbst auf die Idee gekommen?«

Sie drängte ihre Hüften an seine Schenkel. »Der Name wurde mir gegeben«, sagte sie. »Und da er mir gefiel, behielt ich ihn. Findest du nicht, daß ich ›anschmiegsam‹ bin?«

Guthrie hatte noch immer schwache Knie von der Nacht mit Caroline, aber es lag ihm fern, die Frau zu kränken. »Gemütlich wie das Paradies«, erwiderte er und hoffte, daß Caroline ihn mit ihrem Wildkatzentemperament nicht für immer für mollige Frauen verdorben hatte. »Hör zu, Darling, im Augenblick möchte ich nur ein paar Fragen beantwortet haben.«

Sie schob ihren Arm unter seinen und führte ihn durch einen Vorhang in einen düsteren Raum mit einem Sofa und großen, verstaubten Zimmerpalmen. »Frag nur, Süßer«, sagte sie, als sie sich auf das Sofa setzte und einladend auf den Platz neben sich deutete.

Guthrie nahm seinen Hut ab und schaute die Dirne fragend an. »Kennst du einen Mann namens Seaton Flynn?«

Eine Gänsehaut zeigte sich auf Cozys nackter weißer Haut. »Er ist dieser gutaussehende Schuft mit den dunklen Augen, der den Postkutschenfahrer erschossen hat.«

»Du scheinst ziemlich sicher zu sein, daß er schuldig ist.«

»Stimmt. Und ich bin auch davon überzeugt, daß er ein Schuft ist.«

Guthrie drehte seinen Hut in der Hand. Bevor er Adabelle einen Antrag machte, würde er sich einen neuen kaufen müssen. Er nahm einen Silberdollar aus seiner Westentasche und gab ihn Cozy. »Erzähl mir von ihm.«

»Keins der Mädchen nimmt ihn gern«, erklärte sie seufzend, während sie den Dollar in ihren Ausschnitt steckte. »Er ist ein gemeiner Hund, der die Mädchen gern zum Weinen bringt.«

Guthrie drehte sich der Magen um bei der Vorstellung, Flynn könnte Caroline so etwas antun, und er verspürte zum ersten Mal, seit er Annie mit zerbrochenen Gliedern und zerschlagenem Gesicht gefunden hatte, wieder den Wunsch zu töten. Doch dann beruhigte er sich mit dem Gedanken, daß viele Männer sanft zu ihren Frauen waren und grob zu Huren.

Sein Schweigen störte Cozy nicht. »Flynn hat den Fahrer umgebracht«, fuhr sie fort. »Und einiges von dem erbeuteten Gold hat er hier im *Green Goat* verspielt.«

Guthrie runzelte die Stirn. »Er besaß eine Anwaltspraxis in Bolton. Die Leute achteten ihn und glaubten, er hätte ein gutes Einkommen.« *Leute?*, berichtigte sich Guthrie dann. *Caroline!*

»Wenn der ein Anwalt ist, dann bin ich Richter«, entgegnete Cozy verächtlich. »Aber er hat etwas von einer Frau gesagt, die er in Bolton kannte. Eins der Mädchen mußte auf ihren Namen hören, während er mit ihr zusammen war.«

Es war nicht nötig, sich nach dem Namen zu erkundigen; den kannte Guthrie nur zu gut. Er drückte Cozys Hand mit den dicken, unechten Ringen. »Danke, Darling«, sagte er, stand auf und setzte seinen Hut auf.

Aus Gewohnheit schaute er sich prüfend um, bevor er den Saloon betrat, und erwartete schon fast, Caroline durch eins der Fenster spähen zu sehen.

Aber statt dessen marschierte sie auf der anderen Straßenseite über den Bürgersteig.

Sie hatte etwas an sich, das Guthrie sogar in den unpassendsten Momenten zum Schmunzeln brachte. Er betrachtete ihr Gesicht, rief den Hund zu sich und verließ den Green Goat Saloon.

Caroline blieb stehen, verschränkte die Arme und wartete. »Nun?« fragte sie spitz.

»Nun was?« konterte Guthrie und beugte sich vor, bis seine Nase fast ihre berührte.

»Ich bezahle dich nicht, damit du in Saloons herumhockst!« zischte Caroline.

»Wie ich schon einmal sagte«, berichtigte Guthrie sie, »bezahlst du mich noch nicht. Und es wird auch nicht nötig sein.« Caroline glaubte, den Boden unter den Füßen zu verlieren. »D-du willst aufgeben?«

Guthrie straffte die Schultern. »Ich hatte dir gesagt, daß ich erst nach dem Gespräch mit Flynn und dem Marshal eine Entscheidung treffen würde, und das habe ich getan. Er ist schuldig, Caroline.«

Sie schüttelte bereits den Kopf. Es konnte nicht sein, sie wollte es nicht akzeptieren. Sie hätte es gewußt, wenn Seaton diese schreckliche Tat begangen hätte. »Guthrie, bitte ...«

Er nahm ihren Arm und zog sie weiter. »Telegrafiere nach Hause und laß dir Geld schicken, Wildkatze«, sagte er, als sie vor einer Bank stehenblieben. »Du wirst mit der Postkutsche nach Bolton zurückkehren.«

Caroline blieb stehen, als er sich zum Gehen wandte. »Ist das alles?« fragte sie bedrückt. »Du ziehst einfach weiter?«

Guthrie wirkte so kalt, als wäre er ein Fremder. »Ja.«

Zu ihrer Beschämung spürte sie Tränen hinter ihren Lidern brennen. »Ich verstehe«, sagte sie erstickt und drängte die Tränen tapfer zurück.

»Gut«, erwiderte er und wollte sich abwenden.

»Grüß Adabelle von mir.«

Guthrie blieb stehen und warf Caroline über die Schulter einen Blick zu. »Ich vermute, daß du sie kennenlernen wirst, sobald ich sie mit nach Hause bringe.«

Um nichts auf der Welt hätte Caroline sich anmerken lassen, wie sehr seine Worte sie verletzen. »Das nehme ich an.«

»Du *wirst* doch nach Hause fahren?«

Caroline wußte, daß es der einzige Weg war, Guthrie zu vergessen und sich auf ihren zerstörten Träumen noch eine Art

Leben aufzubauen. »Ja«, antwortete sie leise. »Ich fahre heim.«

Sie sah so etwas wie Schmerz, aber auch Erleichterung in seinen Augen. »Was die Vorfälle zwischen uns betrifft . . .«

Caroline unterbrach ihn, weil sie es nicht ertragen hätte, ihm jetzt zuzuhören. »Das Beste wäre, wenn wir gar nicht mehr daran denken«, schlug sie vor. »Und auch nicht mehr darüber reden.«

Guthrie nickte. »Auf Wiedersehen, Caroline«, sagte er rauh. Und dann ging er wirklich und drehte sich auch nicht mehr nach ihr um.

Caroline stand vor der Bank und atmete ein paarmal tief durch, bis sie glaubte, in der Verfassung zu sein, anderen Menschen gegenüberzutreten. Erst dann betrat sie die Bank und bat einen Beamten, eine Überweisung von ihrem Konto zu veranlassen.

Danach suchte sie einen Laden auf und kaufte sich eine Männerhose, Herrenunterwäsche, einen breitrandigen Hut, einen kleinen Colt und Kugeln.

Ihre Einkäufe in einem Paket unter dem Arm, ging sie zum Hotel, wo sie sich ein Zimmer nahm und sich heißes Wasser bringen ließ. Als sie gebadet hatte und sauber war, zog sie die Männerkleidung an – mit Ausnahme der Unterwäsche, die sie für die Reise aufheben wollte – und brachte ihre eigenen Sachen in eine chinesische Wäscherei.

Angezogen wie ein Mann, zog sie viele Blicke auf sich, aber Caroline achtete nicht darauf. Sie hatte wichtigere Dinge zu bedenken als die Ansicht der Bürger von Laramie über ihr Aussehen.

Sie aß gerade im Restaurant des Hotels, als Guthrie hereinkam. Im Vorbeigehen warf er ihr einen Blick zu, blieb dann stehen, drehte sich um und starrte sie fassungslos an.

»Caroline?« fragte er ungläubig.

Sie nickte lächelnd. »Hallo, Mr. Hayes«, begrüßte sie ihn freundlich. »Möchten Sie sich nicht setzen?«

Er hatte sich längst einen Stuhl herangezogen, auf den er sich jetzt fallen ließ. »Kannst du mir sagen, warum du so angezogen bist?«

Sie schnitt ein Stück von ihrem Steak ab und kaute es gründlich, bevor sie antwortete: »Ich kann mir nicht vorstellen, warum meine Kleidung dich interessieren sollte.«

»Sie interessiert mich auch nicht«, versetzte Guthrie ärgerlich. »Es ist nur, weil . . . nun ja, eine Dame läuft nicht in Männerkleidung herum.«

Caroline zog eine Braue hoch und ignorierte die Bemerkung. »Fütterst du den armen Hund eigentlich nie?« fragte sie mit einer Geste auf Tob, der draußen vor dem Fenster stand und winselte.

»Er ißt besser als ich«, knurrte Guthrie. »Caroline, ich möchte wissen, was du vorhast.«

»Ich kümmere mich um meine eigenen Angelegenheiten«, erwiderte sie kühl und schnitt ein weiteres Stück von ihrem Fleisch ab, ein Vorgang, den Tob aufmerksam verfolgte. »Und ich kann Ihnen nur raten, das gleiche zu tun, Mr. Hayes. Versuchen Sie es doch wenigstens einmal.«

Guthrie fluchte, aber es war nicht klar, ob sein Ärger sich auf Caroline oder auf seinen Hund richtete. Jedenfalls sprang er auf, stürmte in die Küche und kehrte einen Augenblick später mit einem großen Suppenknochen zurück. Er ging hinaus und warf ihn Tob zu, bevor er zu Caroline zurückkehrte.

»Wirst du nach Hause fahren?« fragte er eindringlich.

Draußen kaute Tob begeistert an dem Knochen. Caroline hatte ihr Essen beendet und schob ihren Teller fort. »Ja«, antwortete sie. »Ich fahre nach Hause.« Sie erwähnte jedoch nicht, daß sie vorher noch einiges zu erledigen gedachte. »Und du reitest nach Cheyenne«, fügte sie seufzend hinzu.

»Ja.« Es klang eine Spur verteidigend, als erwartete Guthrie Protest. »Aber in ein, zwei Wochen bin ich wieder in Bolton.«

Caroline nippte an ihrem Tee. Sie hatte beschlossen, Bolton zu verlassen, sobald Seaton frei war, und eine aktive Suche nach ihren Schwestern zu beginnen. Nur dieses Wissen machte die Aussicht auf Guthries Ankunft mit Adabelle erträglich. Eine Kellnerin kam an den Tisch, bevor sie etwas sagen konnte, und Guthrie bestellte Gulasch und Brot für sich.

»Du hast doch keine Dummheiten vor?« erkundigte er sich mißtrauisch, als sie wieder allein waren.

Caroline lächelte. »Selbstverständlich nicht«, versicherte sie ihm. *Nur einen kleinen Ausbruch,* fügte sie in Gedanken hinzu, als sie ihren Stuhl zurückschob und aufstand. »Wenn du mich jetzt entschuldigst ... ich möchte mich ein bißchen ausruhen. Morgen habe ich einen langen Tag vor mir.«

Guthrie streckte blitzschnell die Hand aus und umklammerte ihr Handgelenk. Ohne sichtliche Anstrengung zwang er sie, sich wieder hinzusetzen. »Caroline«, sagte er leise, »es tut mir leid. Daß ich dich verführt habe, meine ich.«

Er hätte sie genausogut mit einer Gabel stechen und sich dafür entschuldigen können, aber Caroline lächelte, als täte es gar nicht weh. »Keine Sorge, Mr. Hayes. Ich habe nicht vor, Adabelle mit einem Bericht über unsere gemeinsame Zeit zu langweilen.«

»Verdammt!« zischte Guthrie und schaute sich rasch um, ob ihn jemand hören konnte. »Das meinte ich nicht. Ich habe die Situation ausgenutzt, obwohl ich wußte, daß nichts daraus entstehen konnte, und *das* tut mir leid.«

»Ich war da, also hast du mich benutzt«, stimmte Caroline mit zitternder Stimme zu und schob erneut ihren Stuhl zurück. »Glaub mir, ich habe mir nie eingebildet, dir etwas zu bedeuten, Guthrie, also behalte deine albernen Entschuldigungen für dich. Und wenn du mich jetzt nicht losläßt, schreie ich so laut, daß dir das Trommelfell platzen wird!«

Das Blut schoß Guthrie in den Nacken; er preßte die Lippen zusammen, aber er rührte sich nicht, als Caroline sich erhob.

Sie ging sofort in ihr Zimmer, holte ihren Derringer heraus und studierte die beiliegende Gebrauchsanleitung. Während sie das Laden des Revolvers übte, war sie so vertieft, daß sie beinahe geschossen hätte, als sie eine Bewegung am Fenster sah.

Es war Tob, der auf der Feuertreppe stand und seine Schnauze an das Glas preßte.

Caroline legte den Derringer auf den Nachttisch und öffnete das Fenster. Sofort sprang der Hund ins Zimmer und ließ sich winselnd zu ihren Füßen nieder.

»Ich dachte, du wärst schon unterwegs nach Cheyenne«, sagte Caroline, als sie sich neben den Hund kniete und ihn streichelte. Hoffentlich ist Adabelle gut zu Tob, dachte sie dabei, während es ihr völlig gleichgültig war, wie die Frau Guthrie behandelte.

Tob schien ihre Liebkosungen zu genießen, denn als sie später das Fenster öffnete, um ihn wieder hinauszulassen, rührte er sich nicht. So schloß sie das Fenster wieder und legte den Riegel vor. Laramie war Caroline fremd, und da war die Gesellschaft eines Hundes nicht zu verachten.

Sie hatte gerade die Jalousie hinuntergezogen und wollte sich entkleiden und zu Bett gehen, als es klopfte. In der Annahme, es handelte sich um Guthrie, der seinen Hund abholen wollte, rief sie kühl: »Wer ist da?«

»Eine Nachricht, Madam«, antwortete eine unbekannte Stimme. Ein Stück Papier glitt unter der Tür hindurch, und Caroline hob es rasch auf, um es zu lesen.

Sie wußte auf den ersten Blick, daß die große, entschiedene Schrift nur Guthrie gehören konnte. *Nichts wird je ändern können, daß Du eine Dame bist,* hatte er geschrieben. *Auf Wiedersehen, kleine Wildkatze. Liebe Grüße, G. H.*

Caroline drückte das Blatt für einen Moment an ihr Herz, zerknüllte es dann und warf es auf den Boden. Guthrie gehörte der Vergangenheit an, und sie mußte an die Zukunft denken.

11

Wie gewöhnlich tauchte Tob am nächsten Morgen auf, als Guthrie sich anschickte, die Stadt zu verlassen. Aber der Hund winselte ununterbrochen und schaute immer wieder nach Laramie zurück, bevor er sich widerstrebend Guthries Pferd anschloß und einige Minuten lang neben ihm dahertrottete. Selbst als die Stadt längst nicht mehr zu sehen war, behielt Tob sein merkwürdiges Verhalten bei.

»Du verrücktes Tier«, brummte Guthrie und zügelte sein Pferd. »Caroline hat dich gleich um den Finger gewickelt, was? Na bitte, dann lauf doch zu ihr zurück! Einen nutzlosen Hund wie dich finde ich jederzeit.«

Tob japste und winselte – es klang beinahe entschuldigend –, und streckte sich auf dem Boden aus.

»Na, geh schon!« forderte Guthrie ihn auf. »Mach, daß du fort kommst! Für einen dummen alten Hund wie dich habe ich sowieso keine Verwendung.«

Nach einem letzten bedauernden Winseln machte Tob kehrt und trottete in Richtung Laramie. Guthrie wartete noch fünf Minuten, aber das Tier kam nicht zurück.

»Verdammtes mageres Lehrerinnenweib«, knurrte er verdrossen, als er dem Wallach die Sporen gab und weiterritt. »Ich hab' ja schon viel gesehen in meinem Leben... Aber einem Mann seinen Hund zu stehlen...«

Er schraubte die Feldflasche auf, nahm einen langen Schluck und dachte: Zum Teufel mit Caroline *und* dem Hund! In Cheyenne wartete seine süße Adabelle auf ihn.

Über ihren schönen großen Brüsten würde er Caroline sehr schnell vergessen. Adabelle war genau die Frau, die ein Mann sich zum Heiraten wünschte. *Sie* würde jedenfalls nicht in Männerhosen durch die Gegend laufen und fremde Männer auffordern, ihren als Verbrecher verurteilten Freund zu befreien!

Nicht nur das – von Caroline würde er höchstwahrscheinlich ohnehin nur freche, verwöhnte Kinder bekommen, wenn man bedachte, daß so etwas in der Familie lag. Bei Adabelle hingegen war anzunehmen, daß sie ihm ein Dutzend kräftige Babies mit sanftem Gemüt und melodischen Stimmen schenken würde...

Guthrie runzelte die Stirn. Zum ersten Mal kam ihm der Traum ein bißchen langweilig vor. Dennoch war er entschlossen, ihn zu verwirklichen, obwohl er gleichzeitig einen fast unwiderstehlichen Drang verspürte, umzukehren – nach Laramie und zu Caroline. Aber er tröstete sich mit dem Gedanken, daß es wahrscheinlich nur sein Hund war, den er vermißte, und widerstand der Versuchung umzukehren. Gegen seinen Willen und seine Vernunft drängte sich Caroline in seine Gedanken – wie sie nackt und hingebungsvoll unter ihm gelegen hatte, wie biegsam und weiblich ihr Körper war... trotz ihrer Magerkeit. Aber mager oder nicht, Guthrie mußte zugeben, daß ein Mann mit etwas gutem Willen durchaus lernen konnte, auch einen solch schlanken Körper zu genießen.

Nach einem kurzen Aufenthalt in der Bank ging Caroline zum Mietstall, wo sie die kleine Pintostute zurückkaufte, die Guthrie gegen seine Uhr eingetauscht hatte. Dann kaufte sie ein gutes Pferd für Mr. Flynn. Wenn ihr gewagter Plan gelingen sollte, brauchten sie beide schnelle, ausdauernde Tiere.

Tob kam bellend über die Straße auf sie zugerannt, als sie die beiden Pferde aus dem Stall führte, und für einen Moment dachte Caroline erleichtert, Guthrie sei zurückgekehrt. Aber dann stellte sie mit sinkender Hoffnung fest, daß Tob allein gekommen war.

Froh, wenigstens einen Freund in dieser unsicheren Welt zu haben, ging Caroline zum Metzger und kaufte dem Hund einen schönen großen Fleischknochen, bevor sie zum Gefängnis weiterging. Der kleine Derringer steckte in ihrer Hosentasche, und er war geladen. Sie hoffte nur, daß er nicht plötzlich losging und jemanden verletzte.

Wie sie selbst zum Beispiel.

Zu ihrer großen Erleichterung war Mr. Flynn ganz allein im Gefängnis und aß sein Frühstück. Als er sie sah, sprang er so hastig von seiner Pritsche auf, daß er fast sein Tablett umwarf. Beim Anblick von Carolines Männerkleidung weiteten sich seine Augen vor Erstaunen.

»Mein Gott, Caroline, hat dich etwa jemand so gesehen?« erkundigte er sich mit vorwurfsvoller Miene.

»Das ist unwichtig. Ich habe draußen zwei Pferde und bin gekommen, um dich herauszuholen, damit du Gelegenheit bekommst, deine Unschuld zu beweisen.«

Vor lauter Eifer hinauszukommen, umklammerte Seaton hart die Gitterstäbe. »Du wirst dem alten Charlie die Schlüssel abnehmen müssen – er trägt sie immer bei sich.«

Caroline zog den Derringer aus der Tasche und betrachtete die Waffe sinnend. »Könnten wir nicht das Schloß zerschießen?«

Doch statt ihr eine Antwort zu geben, packte Seaton so grob ihr Handgelenk, daß es schmerzte. Während Caroline ihn bestürzt anschaute, zerrte er sie mit brutaler Kraft an die Gitterstäbe heran.

»Wo ist Hayes?« fragte er und riß ihr die Pistole aus der Hand.

Caroline blinzelte verwirrt. Obwohl sie schon des öfteren etwas unpassende Verhaltensweisen bei dem jungen Anwalt beobachtet hatte, wurde ihr erst jetzt so richtig klar, woher das bei ihm kam. »Laß mich bitte los . . .«

Doch er verstärkte nur seinen Griff, und Caroline stieß einen schrillen Schmerzensschrei aus.

»Er ist fort«, flüsterte sie. »Er sagte, du seist schuldig.«

»So?« Seaton hielt sie noch immer an die Gitterstäbe gepreßt und drückte ihr, als er jemanden kommen hörte, den Pistolenlauf an die Schläfe. »Charlie!« schrie er so heftig, daß Caroline zusammenzuckte und die Augen schloß.

Die Erkenntnis, daß Guthrie recht behalten hatte, tat unendlich weh.

Seaton war ein Verbrecher, ein Dieb und – was am allerschlimmsten war – ein Mörder!

»Immer mit der Ruhe«, murmelte Charlie. Caroline hörte Schlüssel klirren, als er näherkam. »Das ist kein Hotel hier, und du bist nicht in der Position, etwas zu verlangen.«

Caroline wollte den alten Mann warnen, aber Seaton spürte es und hielt ihr den Mund zu. Als Caroline versuchte, ihn zu beißen, drückte er so hart zu, daß sie befürchtete, er würde ihr den Kiefer brechen.

Charlie fielen fast die Augen aus dem Kopf, als er Caroline am Gitter stehen sah, den Lauf der Pistole an ihrem Kopf.

»Ganz ruhig, Flynn«, murmelte der alte Wächter beruhigend. »Du wirst doch keine Frau erschießen wollen!«

»Schließ die Tür auf, dann passiert ihr nichts«, zischte Seaton.

Carolines Gedanken überschlugen sich, ihr war übel vor Angst und Sorge, und sie fragte sich voller Entsetzen, wie sie so naiv hatte sein können, einem solchen Mann zu vertrauen, ja, ihn sogar zu *lieben*.

Doch dann ging ihr schlagartig die Wahrheit auf. Sie hatte nicht *Seaton* geliebt, sondern den Mann, für den sie ihn gehalten hatte – den zukünftigen Gatten und Vater, den sie sich in ihren Träumen ausgemalt hatte.

Charlie hielt den Schlüssel hoch. »Siehst du?« sagte er ruhig.

»Ich habe den Schlüssel hier. Ich sperre auf. Aber nimm die Hand vom Abzug.«

Im gleichen Augenblick, als Charlie die Tür öffnete, schleuderte Seaton Caroline derart brutal in die Zelle, daß sie gegen die Innenwand stieß und auf den Boden rutschte. Seaton stürzte hinaus, schlug dem alten Mann den Pistolenlauf an die Schläfe, woraufhin Charlie taumelte und blutüberströmt zu Boden sank. Dann richtete Seaton die Mündung der Waffe auf Charlies Kopf, und Caroline erkannte am harten Glanz seiner Augen, daß er vorhatte, den alten Mann zu töten.

»Nein, Seaton!« schrie sie, rappelte sich auf und warf sich über den verwundeten Wächter. »Ich flehe dich an – laß ihn leben!«

Seaton starrte sie lange an, und Caroline schickte ein stummes Stoßgebet zum Himmel, daß der Marshal zurückkehren möge. Er war sehr viel jünger als Charlie, tüchtig und stark, und wenn er rechtzeitig kam, konnte er die Flucht und vielleicht sogar einen Mord verhindern.

Caroline dachte blitzschnell nach. »Wenn du einen Schuß abgibst, werden dich die Leute draußen hören!« sagte sie beschwörend.

Das veranlaßte Seaton, die Waffe sinken zu lassen. Auf seiner Stirn und Oberlippe glitzerten feine Schweißtröpfchen. »Du hast gesagt, du hättest Pferde mitgebracht?«

Caroline streichelte geistesabwesend die Schulter des alten Wächters. »Zwei«, erwiderte sie resigniert. Es sah nicht so aus, als ob der Marshal rechtzeitig zurückkäme, und das verärgerte Caroline. Kein Wunder, daß es so viele Verbrechen gab in dieser modernen Welt, wenn die Vertreter des Gesetzes ihre Verantwortung so auf die leichte Schulter nahmen.

Seaton war schon im Begriff zu fliehen, als er noch einmal auf Caroline zukam, die noch immer neben Charlie auf dem Boden hockte und versuchte, ihn mit ihrem Körper zu schützen. Seaton packte sie hart am Kinn und fuhr sie an: »Hayes hat dich gehabt, das weiß ich. Ich schwöre zu Gott, Caroline, daß ihr beide dafür bezahlen werdet.«

Caroline starrte ihn nur an.

Er vergrößerte ihren Schock, indem er sich zu ihr hinunterbeugte und sie überraschend zärtlich auf die Lippen küßte. »Meine Zeit wird kommen, Caroline. Und dann werde ich dir zeigen, was es heißt, sich einem Mann hinzugeben.« Dann richtete er sich auf und schwenkte die Waffe. »Hast du noch Munition dafür?«

Angesichts dessen, was eben erst geschehen war, kam es Caroline gar nicht in den Sinn zu lügen. Sie nickte stumm und reichte Seaton die restlichen Kugeln aus ihrer Hosentasche – er sollte nur noch gehen und sie und Charlie in Frieden lassen. Der alte Mann rang nach Atem und preßte eine Hand auf seine Brust.

»Bis bald«, sagte Seaton lächelnd und hauchte einen Kuß auf seine Fingerspitzen. »Falls du schreist, meine Süße«, warnte er Caroline, »schieße ich nicht nur diese alte Krähe tot, sondern nehme dich auch noch als Geisel mit.«

Caroline schluckte entsetzt. »Ich schreie nicht«, versprach sie rasch.

Und sie schrie auch nicht.

Aber kaum war die Außentür hinter Seaton zugefallen, rannte sie zum Waffenschrank des Marshals und nahm sich ein Gewehr. Als sie den Bürgersteig erreichte, ritt Seaton schon auf einem der Pferde davon, die sie mit ihrem schwerverdienten Geld erstanden hatte. Rasch zielte sie auf seinen linken Arm und drückte ab. Der Schuß löste sich mit einer solchen Kraft, daß Caroline zurückgeschleudert wurde und rücklings auf dem hölzernen Bürgersteig landete.

Ausgerechnet in diesem Augenblick erschien der Marshal. »Was zum Teufel . . .?« schrie er, riß Caroline das Gewehr aus der Hand und zog sie auf die Beine.

»Er entkommt!« rief Caroline enttäuscht.

Nun kam auch Charlie aus dem Gebäude gestolpert. »Flynn ist ausgebrochen«, sagte er und fügte mit einem vorwurfsvollen Blick auf Caroline hinzu: »Anscheinend hat diese junge Dame hier ihm eine Waffe gebracht und ihm ein Pferd besorgt.«

»Sperr sie ein«, befahl der Marshal barsch, stieß Caroline unsanft in Charlies Richtung und bestieg sein Pferd. Ein halbes

Dutzend anderer Männer gesellten sich rasch zum Marshal und nahmen mit ihm Flynns Verfolgung auf.

»Sie wollen mich doch nicht etwa ins *Gefängnis* stecken?« fragte Caroline entsetzt, als Charlie sie sanft ins Gebäude schob. »Ich habe Ihnen das Leben gerettet!«

»Aber vorher haben Sie es in Gefahr gebracht«, erwiderte der Wächter trocken, führte Caroline zu Seatons Zelle und schloß die Tür ab.

Entsetzt umklammerte Caroline die Gitterstäbe. »Sie verstehen nicht!« rief sie schluchzend. »Ich glaubte, Mr. Flynn sei unschuldig!«

»Was Sie *glaubten*, steht nicht zur Debatte, Miss. Tatsache ist, daß der Mann des Raubes und des Mordes überführt wurde und Sie ihm zur Flucht verholfen haben. Dafür werden Sie vor ein Gericht gestellt.«

Caroline spürte, wie sie blaß wurde. Draußen vor dem Zellenfenster hörte sie ein vertrautes Winseln, das nur von ihrem treuen Freund Tob kommen konnte.

Niedergeschlagen wandte sie sich von der Tür ab und ging zum Fenster. Tatsächlich hockte Tob auf der Straße und schaute mit traurigen, seelenvollen Augen zu ihr auf. Caroline nahm das Essen, das von Seatons Frühstück übriggeblieben war, und warf es dem Hund hinaus.

»Mr. Charlie!« rief sie dann bittend.

»Was ist?« erwiderte er ungeduldig. Das ganze Büro war voller Leute, die alle begierig waren, Charlies Bericht über die morgendlichen Ereignisse zu hören.

»Dürfte ich einmal unter vier Augen mit Ihnen sprechen?«

Mit unwirscher Miene trat Charlie ein. »Was wollen Sie?«

Caroline senkte die Stimme. »Ich muß ... auf die Toilette«, sagte sie, beschämt darüber, mit einem Mann über ein solches Thema reden zu müssen.

Charlie deutete auf die Pritsche. »Es steht ein Topf darunter«, antwortete er, wandte sich ab und wollte wieder gehen.

»Mr. Charlie!« rief Caroline rasch. Irgendwie mußte sie den Wächter dazu bringen, ihr zuzuhören. Einen Nachttopf zu benutzen, würde ihr nicht die nötige Ruhe vermitteln.

»Ich sagte, benutzen Sie den Topf unter dem Bett!« bellte Charlie von draußen, und Caroline fühlte sich so gedemütigt, daß sie beide Hände vors Gesicht schlug und sich stöhnend abwandte.

Sie wartete so lange es ging, aber irgendwann war die Natur nicht mehr aufzuhalten. Sie hatte kaum ihre Notdurft erledigt, als die Tür aufging und ein junger Mann mit einem Block und einem Stift erschien.

Mit ernster Miene betrachtete er Caroline. »Ihr Name, Madam?« erkundigte er sich höflich.

»Wozu wollen Sie das wissen?« entgegnete Caroline verdrossen.

Er lächelte und enthüllte eine große Lücke zwischen seinen Vorderzähnen. »Weil ich einen Artikel über Sie schreiben werde.«

Caroline seufzte und legte ihre Stirn an die Gitterstäbe. Sie konnte sich lebhaft vorstellen, wie Hypathia Furvis den Bericht über ihren Abstieg in die Schande verschlingen würde, und wie die armen Miss Ethel und Miss Phoebe sich über den Skandal aufregen würden. »Ist das nötig?«

»Sie werden berühmt sein«, versprach der Reporter lächelnd. »Eine Art weiblicher Rebell.«

»Ja, genau das befürchte ich auch«, murmelte Caroline.

»Ihr Name?«

Sie seufzte ergeben. »Caroline ... Hayes.« Der Reporter schrieb eifrig mit. »Miss oder Mrs.?«

»Mrs.«, log Caroline, weil sie der Ansicht war, daß es Guthrie nur recht geschah, mit einer Kriminellen in Verbindung gebracht zu werden. Denn wenn er sie nicht im Stich gelassen hätte, wäre all das nicht passiert. »Mein Mann heißt Guthrie Hayes.« Allmählich begann sie sich für die Idee zu erwärmen. »Und der Hund, der dort vor dem Fenster sitzt, gehört mir.«

»Und Ihr Mann läßt zu, daß Sie anderen Männern helfen, aus dem Gefängnis auszubrechen?« fragte der junge Journalist verwundert.

Caroline seufzte. »Mein Mann hat mich verlassen«, erwiderte sie in melodramatischem Ton. »Und Mr. Flynn habe ich nur befreit, weil ich an seine Unschuld glaubte. Aber damit habe ich mich jetzt leider selbst in arge Schwierigkeiten gebracht.«

Bevor der Reporter noch etwas fragen konnte, kehrte der Marshal zurück.

»Raus hier, Vince«, sagte er kurz. Er war ein imponierend großer Mann mit ergrautem Haar und buschigem Schnurrbart. Caroline trat unwillkürlich einen Schritt zurück, als sie ihn sah. »Sie werden sich freuen, zu hören, daß er uns entkommen ist«, bemerkte der Marshal kalt.

Caroline errötete. »Im Gegenteil«, erwiderte sie scharf. »Mr. Flynn ist ein Dieb und ein Mörder!«

»Das hätten Sie bedenken sollen, bevor Sie ihm zur Flucht verhalfen«, entgegnete der Marshal trocken.

Caroline kamen die Tränen, aber sie hielt sie tapfer zurück. Es war doch alles nur ein Mißverständnis, und wenn es ihr gelang, den Marshal davon zu überzeugen, würde er sie bestimmt freilassen. Eins stand fest: Sie durfte jetzt nicht zusammenbrechen. »Wie ich schon Charlie, Ihrem Assistenten, sagte – dem ich übrigens das Leben gerettet habe –, hätte ich den Derringer nie gekauft, wenn ich geahnt hätte, was Mr. Flynn damit anstellen würde.«

»Sie dachten wohl, er nimmt Sie mit«, sagte der Marshal verächtlich.

Caroline holte tief Luft, wie sie es tat, wenn sie mit einem schwierigen Schüler fertig werden mußte, und erklärte dem Marshal ausführlich, was geschehen war. Guthries Teilnahme an der Sache erwähnte sie natürlich nicht.

Als sie ihren Bericht beendet hatte, erwartete sie, freigelassen zu werden, aber so war es leider nicht. Der Marshal schüttelte nur den Kopf und sagte: »Jemand sollte Sie übers Knie legen und Ihnen ein bißchen Vernunft einbläuen!«

Dann ging er, und Caroline starrte ihm in hilflosem Ärger nach. Jetzt war sie allein mit ihrer Pritsche und ihrem Nachttopf – und einem winselnden Hund, der sich als ihr einziger Freund erwiesen hatte.

Sie setzte sich auf die Pritsche und bedeckte ihr Gesicht mit beiden Händen. Nicht einmal Kathleen ist je so tief gesunken wie ich, dachte sie betrübt. Wie enttäuscht Emma und Lily wären, wenn sie mich jetzt sehen könnten!

Guthrie lagerte schon recht weit außerhalb von Laramie, als Tob aus der Dunkelheit auftauchte, ihn mit der Nase anstieß und jämmerlich zu winseln begann.

»So, bist du also endlich zur Vernunft gekommen, alter Junge?« sagte Guthrie erfreut und streichelte dem Hund das struppige Fell. Er hatte sich recht einsam gefühlt ohne seinen vierbeinigen Kameraden.

Tob trank das Wasser, das Guthrie ihm in eine Schüssel füllte, und aß auch die Überreste der Mahlzeit seines Herrn, aber dann begann er Guthrie wieder anzustubsen und mit den Zähnen an seinem Hemdsärmel zu zerren.

Guthrie, der auf dem Boden hockte, verschränkte die Arme und starrte ins Feuer. »Sie hat sich also Ärger eingehandelt, was?« fragte er Tob.

Der Hund stieß ein durchdringendes Heulen aus, und Guthrie spürte seine Zähne durch den Stoff des Hemds.

Seufzend stand er auf, streute Erde über das Feuer und begann sein Pferd zu satteln. Miss Caroline Chalmers interessiert mich keinen Pfifferling, dachte er, aber einen Hund kann ich nicht leiden sehen . . .

Zwei Stunden später tauchten die Häuser von Laramie im Mondlicht vor ihm auf. Guthrie trieb sein Pferd zu einer noch schnelleren Gangart an, denn inzwischen war er doch sehr besorgt geworden.

Tief in seinem Innersten sprach er das erste Gebet seit Annies Begräbnis: *Ich weiß, daß du die Dinge auf deine eigene Art erledigst,* sagte er stumm zu Gott, *aber du mußt auch zugeben, daß ich dich nicht oft mit meinen Sorgen behellige. Und ich finde, nachdem du mir Annie auf diese Art genommen hast, bist du mir etwas schuldig. Also hier ist es, Gott: Bring Caroline in Sicherheit! Tu etwas, damit sie sicher ist!*

Amy, Marshal John Stones hübsche kleine Frau, war mittags vorbeigekommen, um Caroline frisches Bettzeug und Decken zu bringen, und Charlie hatte ihr, wenn auch recht unwillig, ein Hühnerfrikassee aus dem Restaurant geholt. Auch der Pastor der Presbyterianischen Kirche hatte Caroline mit seinem Besuch beehrt und sie gewarnt, daß die Feuer der Hölle an ihren Fersen leckten.

Alles in allem, dachte Caroline, als sie abends auf ihrer Pritsche lag, war es kein sehr erfolgreicher Tag gewesen. Seufzend zog sie die Decke unters Kinn, und ein leises Schluchzen entrang sich ihrer Kehle. Sie war eine Närrin gewesen, sich zuerst diesem Vagabunden hinzugeben, der beabsichtigte, eine andere Frau zu heiraten und auch kein Geheimnis daraus machte, und dann noch einen Mörder aus dem Gefängnis zu befreien. Falls Mr. Flynn noch einen anderen Menschen tötete, war es zumindest teilweise ihre Schuld.

Eine Träne rann über Carolines Wange in ihr Haar. In beiden Fällen waren es noble Motive gewesen, die sie dazu getrieben hatten, was nur bedeutete, daß der Weg zur Hölle mit guten Vorsätzen gepflastert war, genau wie Miss Phoebe immer sagte.

Hinter der Wand, die die Zellen vom Büro des Marshals trennte, entstand Bewegung, und Caroline versteifte sich auf ihrer schmalen Pritsche, aus Angst, Flynn könnte zurückgekommen sein, um sie zu holen. Sie hatte sich in so vielen Dingen geirrt, aber eins wußte sie ganz sicher: Seaton Flynns Worte waren keine leere Drohung gewesen.

Doch als die Tür aufging und Caroline sich hastig aufrichtete, war es Guthrie Hayes' Gestalt, die im Türrahmen erschien.

Caroline brauchte einen Retter, aber in Guthrie sah sie mehr einen Racheengel. So schluckte sie nur und war fast froh, daß dicke Eisenstäbe sie von ihm trennten.

»Guthrie«, sagte sie mit einem höflichen Kopfnicken.

Im Mondschein, der durchs Fenster kam, sah Caroline sein hartes Kinn und seine schmalen Augen. »Ist dir klar, daß dieser Schuft dich hätte töten können?« fuhr er sie an. »Oder mitnehmen?«

Caroline begann bei dieser Vorstellung zu zittern, aber sie setzte ein tapferes Lächeln auf. »Er hat es aber nicht getan.«

Der Marshal stand hinter Guthrie, hörte zu und leuchtete ihnen mit einer Laterne. Ganz offensichtlich traute er dem nächtlichen Besucher nicht, was Caroline ihm nach den Ereignissen der vergangenen Stunden auch nicht verübeln konnte.

Sie biß sich auf die Lippe. »G-Guthrie, du mußt eine Kaution für mich stellen. Hier kann ich nicht bleiben.«

»Kaution? Hör zu, Mädchen, das Gefängnis ist der sicherste Ort für dich, zumindest, bis wir Flynn gefunden haben! Außerdem würde ich dir den Hals umdrehen wie einem Suppenhuhn, wenn du jetzt nicht hinter Gittern säßest!«

Caroline errötete. »Du brauchst nicht gleich unverschämt zu werden«, entgegnete sie beleidigt.

»Ich komme morgen früh zurück«, sagte Guthrie müde, und als er sich abwandte, stürzte Caroline auf das Gitter zu und umklammerte die Stäbe.

»Guthrie, bitte geh nicht!« rief sie entsetzt. »Du kannst mich doch nicht einfach hier zurücklassen!«

Sein Rücken war steif und unbeweglich, und für einen Moment glaubte Caroline, daß er tatsächlich gehen würde, ohne noch einmal mit ihr zu sprechen. Aber dann schaute er sich zu ihr um. »Wie gesagt, Wildkatze, bis wir deinen Mr. Flynn gefunden haben, möchte ich dich an keinem anderen Ort wissen. Außerdem könnten dir ein paar Tage hier nützlich sein, um über deine sehr fehlerhafte Verhaltensweise nachzudenken.«

Damit ging er hinaus. Der Marshal folgte ihm.

»*Guthrie!*« rief Caroline verzweifelt und rüttelte an den Gitterstäben.

Draußen vor dem Fenster stimmte Tob ein mitleidiges Heulen an.

»Guthrie!« schrie Caroline noch einmal.

Die Tür ging auf, aber es war nur Marshal Stone. »Aufsässige Gefangene behandele ich mit kaltem Wasser«, meinte er lakonisch. »Ich rate Ihnen also, den Mund zu halten, Mrs. Hayes.«

Caroline unterdrückte eine zornige Entgegnung und warf sich

auf ihre Pritsche. Den Kopf unter dem Kissen verborgen, weinte sie, bis ihr keine Kraft mehr blieb.

Und dann, endlich, schlief sie ein.

Im Büro nahm Guthrie seine Waffe, die er hatte zurücklassen müssen, wieder an sich.

»Ist sie wirklich Ihre Gattin?« wollte Stone wissen, scheinbar entsetzt, daß jemand einen solchen Hitzkopf wie Caroline für sich beanspruchte.

Guthrie lachte und dachte daran, wie temperamentvoll sie bei ihren Umarmungen gewesen war. »Sie ist meine Frau«, erwiderte er, obwohl ihm sehr wohl bewußt war, daß die Frage des Marshals damit nicht beantwortet war.

Stone kratzte sich nachdenklich am Kopf. Eine von ihm ausgesandte Gruppe suchte Flynn, aber sowohl der Marshal wie Guthrie wußten, daß die Männer wohl kaum Glück haben würden. »Eine Frau wie sie hält einen Mann in Trab«, bemerkte er.

Guthrie nickte. »Richtig, Mr. Stone«, stimmte er seufzend zu. »Würden Sie Caroline freilassen, wenn ich Mr. Flynn zurückbrächte?«

Der Marshal dachte stirnrunzelnd nach. »Ich hätte sie auch in ein Bundesgefängnis bringen können. Obwohl ich ihr nichts davon gesagt habe, könnte sie für ihre Tat gehängt werden.«

»Ich habe nicht gefragt, *was* Sie ihr antun könnten, Marshal«, entgegnete Guthrie kühl. »Caroline ist keine Verbrecherin und gehört nicht in ein Gefängnis. Sie war der ehrlichen Meinung, Flynn sei unschuldig – wahrscheinlich, weil sie glaubte, ihn zu lieben.«

Stone hob überrascht den Kopf. »Ihre Frau glaubte, einen anderen Mann zu lieben?«

Guthrie ließ sich nicht anmerken, wie sehr ihn Stones Worte schmerzten. »Ich bringe sie schon zur Räson, sobald sie hier heraus ist«, erwiderte er.

Der Marshal lächelte anerkennend. »Frauen«, meinte er kopfschüttelnd. »Man gibt ihnen das Wahlrecht, und schon glauben sie, sich alles erlauben zu können, was sie wollen. Ich weiß wirklich nicht, wo das noch enden soll.«

»Ja, sie sind außer Rand und Band«, stimmte Guthrie zu. »Aber ich persönlich bin der Ansicht, daß es zu spät ist, noch etwas daran zu ändern.« Daraufhin verabschiedete er sich und verließ das Gefängnis.

Als Caroline am nächsten Morgen erwachte, war sie fassungslos, überhaupt geschlafen zu haben. Und als dann Amy Stone heißes Wasser, Seife und Handtücher brachte und Caroline sich gewaschen hatte, fühlte sie sich schon fast wieder als Mensch.

Nach dem Frühstück war sie überzeugt, daß Guthrie nachgedacht und entschieden hatte, daß er unmöglich eine anständige Frau im Gefängnis lassen konnte . . .

Als er kam, lächelte sie ihn an und sagte: »Wie ich sehe, bist du zur Vernunft gekommen.«

Sein Gesichtsausdruck machte ihre Hoffnungen schnell zunichte. »Ich habe mich entschieden, Caroline«, meinte er. »Ich werde diesen Flynn suchen und ihn zurückbringen. Dann heirate ich Adabelle. Und du wirst in dieser Zelle warten, damit ich sicher sein kann, daß du keinen weiteren Ärger machst.«

12

Caroline gab sich so reumütig und beschämt in den nächsten Tagen, daß der Marshal ihr schließlich gestattete, ihre Mahlzeiten und ihr Bad in Miss Lillian Springers Pension einzunehmen. Auch den Nachttopf brauchte sie nicht mehr zu benutzen, da Charlie sie auf Wunsch zum Klosetthäuschen im Hinterhof führte.

Es war bei ihrem dritten Besuch an diesem schlechtriechenden Ort, daß Caroline ihre Chance zur Flucht erkannte und einen mit Spinnweben bedeckten Spalt zwischen der Toilettenwand und dem baufälligen Dach, der gerade groß genug war, um sich hindurchzuzwängen, entdeckte. Doch auf dem Rückweg in ihre Zelle ließ sie sich nichts anmerken und gab sich Mühe, völlig normal zu wirken.

Eine ganze Woche lang hatte sie nichts von Guthrie Hayes gehört, und obwohl sie gern geglaubt hätte, daß er auf Flynns

Spur war, hielt sie es für sehr viel wahrscheinlicher, daß ihr ehemaliger Retter seine geliebte Adabelle geheiratet hatte und in den Freuden des Ehelebens schwelgte.

Erneut in ihrer Zelle eingeschlossen, hockte Caroline sich auf die Pritsche und seufzte schwer. Es gab niemanden, der sie befreien würde; sie mußte es schon selber tun. Und um das Unrecht wiedergutzumachen, das sie trotz ihrer guten Vorsätze angerichtet hatte, mußte sie Seaton Flynn finden und ihn der Justiz übergeben.

So unmöglich ihr Vorhaben auch erschien, es blieb ihr gar nichts anderes übrig. Sie konnte nicht ihre Freiheit oder ihr Leben auf Guthrie setzen, der bestimmt nie wieder zurückkam.

Durch Amy Stones Vermittlung war Caroline gestattet worden, ihre Kleidung zum Wechseln in der Zelle zu haben. Bevor Charlie sie zum Essen zu Miss Lillian brachte, zog sie ihr einziges Kleid über die Männerhosen und das Hemd.

Auf dem Rückweg ins Gefängnis bat sie Charlie, am Klosetthäuschen haltzumachen, und ging hinein, wobei sie darauf achtete, daß sich ein Stück ihres Rocks in der Tür verfing, als sie sie schloß, und von draußen deutlich sichtbar war. Dann zog sie das Kleid vorsichtig aus, stieg auf das Klosett und kletterte durch die Öffnung unter dem Dach.

Sie war mit Spinnweben bedeckt, als sie auf dem weichen Gras hinter dem Klosetthäuschen aufkam, aber das kümmerte sie nicht, als sie um ihre Freiheit rannte. Als Tob ihr fröhlich bellend nachlief, glaubte sie sich schon verloren, aber der arme alte Charlie hatte sich wohl doch von dem Stückchen Kleid in der Tür täuschen lassen, denn er verfolgte sie nicht.

Zeit war jetzt das Wichtigste; Caroline wußte, daß sie Laramie innerhalb weniger Minuten verlassen mußte, wenn sie nicht gefaßt werden wollte. Ihr eigenes Pferd zu stehlen, erwies sich als einfach, denn der Stallbursche war nirgendwo zu sehen. Caroline sattelte die Pintostute und ritt dann langsam und gemächlich aus der großen Scheune. Erst als sie den Stadtrand erreichte, trieb sie das Tier zu einem halsbrecherischen Galopp an.

Innerlich jubilierend raste sie auf die Bergkette zu, die zwischen Laramie und Cheyenne lag. Tob rannte neben ihr her oder lief sogar voran.

Da Caroline immer viel gelesen hatte, war sie klug genug, sich im Wald zu halten und die üblichen Pfade zu meiden, wo der Marshal und seine Männer sie gesucht hätten. Sie hoffte nur, daß es nicht allzu lange dauern würde, bis sie Seaton fand, denn ohne Proviant und Decken konnte sie in der Wildnis nicht lange überleben.

Caroline ritt die ganze Nacht hinter Tob her und wagte es nicht, anzuhalten. Gegen Morgen war sie verängstigt und durchgefroren, halbverhungert und immer noch ohne Vorstellung davon, wie sie Flynn überwältigen sollte. Immerhin war er viel größer als sie und doppelt so schwer, und sie besaß nicht einmal eine Waffe.

Sie begann schon zu glauben, mit ihrer Flucht einen weiteren Fehler begangen zu haben, als ein Pistolenschuß die morgendliche stille Luft zerriß.

Das Herz in der Kehle, saß Caroline ab und zog das Pferd hinter sich her, während sie weiterschlich und versuchte, dem Geräusch zu folgen. Das Gelände war hoch, und es wehte ein bitterkalter Wind. Die Bäume standen dicht beieinander, und sie konnte den Bach zwar nicht sehen, aber sein Rauschen hören.

Als sie eine Felsgruppe erreichte, legte sie ganz instinktiv ihre Hand auf Tobs Schnauze, um ihn dazu anzuhalten, still zu sein. Tief unter ihr, auf den glitschigen braunen Felsen neben einem Wasserfall, stand Guthrie Seaton gegenüber und drückte die Mündung seines 45er Colts auf die Brust des Ausbrechers. Seatons Pistole lag mehrere Meter weit entfernt auf der Erde.

Caroline war so froh, daß der Gerechtigkeit Genüge getan werden sollte, daß sie beide Arme hob und einen Freudenschrei ausstieß. »Christopher Columbus!« rief sie, ihre Lieblingsheldin Jo March aus *Little Women* imitierend. »Das nenne ich Glück!«

Unglücklicherweise schaute Guthrie in ihre Richtung, was Seaton nutzte, um ihn anzugreifen. Es begann ein Kampf, während Caroline den Abhang hinunterhastete, und dann schlug

Seaton Guthrie die Waffe aus der Hand und schnappte sich seine eigene. Mit dem Lauf des Derringers schlug er Guthrie nieder.

Caroline stockte der Atem vor Entsetzen und Zorn, ihr Verstand war wie erstarrt, ihr Körper jedoch schien ganz unabhängig davon zu handeln. Sie stürzte auf Guthries Waffe zu, kniete sich ins nasse Gras und richtete die Mündung auf Seaton.

Guthrie lag stöhnend und nur halb bei Bewußtsein auf dem Boden. Aus seinem Mundwinkel tropfte Blut.

»Wenn du schießt, Seaton, wirst du mit deinem Leben dafür bezahlen«, sagte Caroline tapfer, und sie meinte es so ernst wie alle Gebete, die sie je gesprochen hatte.

Seaton maß sie mit einem wütenden Blick, ließ aber die Pistole sinken. Dann, innerhalb weniger Sekunden, ging eine Veränderung mit ihm vor, die Caroline zutiefst verwirrte. Plötzlich lächelte er. »Komm mit mir, Caroline«, lockte er sie und streckte bittend seine Hand aus. »Ich habe sehr viel Geld. In Mexiko oder Südamerika könnten wir leben wie die Könige . . .«

Guthries schwerer Colt zitterte in Carolines Hand, aber sie hielt ihn unermüdlich auf Seatons Brust gerichtet. »Du wirst nach Laramie zurückkehren«, sagte sie, als hätte sie seine Worte gar nicht gehört. »Du mußt büßen für deine Tat.«

Seaton lachte, als hätte sie einen guten Witz gemacht. »Und hängen? O nein, meine schöne Caroline, das ganz sicher nicht. Aber hör jetzt auf, dich wie eine dumme Gans zu benehmen, und leg die Waffe fort. Du brächtest sowieso nicht den Mut auf, mich zu erschießen.«

Caroline biß sich auf die Lippen, schloß eine Sekunde lang die Augen und bemühte sich, noch genauer zu zielen. Seaton war einige Schritte zurückgewichen und weiß wie eine Wand. »Bleib stehen«, befahl sie, als Guthrie laut neben ihr aufstöhnte und versuchte aufzustehen. »Leg die Waffe fort.«

Wieder lachte Seaton, aber es klang schon unsicherer. »Tut mir leid, Süße, so dumm bin ich nicht.« Er steckte die Pistole in sein Halfter und trat mit erhobenen Händen zwei Schritte zurück. »Vielleicht würdest du mich tatsächlich erschießen, um deinen Kopfgeldjäger zu retten«, sagte er, »aber ich wette, du würdest es nicht tun, wenn es nur darum geht, mich an der Flucht zu hindern. Du hast mich einst geliebt, Caroline. Wenn du mich jetzt erschießt, wird dir dein Gewissen keine Ruhe mehr lassen, dein Leben lang nicht.«

Das stimmte. Sie hätte ihn tatsächlich nicht erschießen können, aber nicht nur möglicher Gewissensbisse wegen. Da sie nicht wußte, wie viele Kugeln noch in Guthries Colt steckten, konnte sie nicht riskieren, zu schießen und Flynn vielleicht zu verfehlen, um dann mit leerer Waffe vor ihm zu stehen.

»Wir finden dich«, warnte sie Flynn. Ihre Arme schmerzten schon von der Anstrengung, den schweren Colt zu halten. Sie wünschte, Guthrie hätte sich aufgerappelt, um ihr zu helfen, anstatt reglos dazuliegen. Es war wirklich ein Wunder, daß es ihm je gelungen war, jemanden aus einem Yankeelager zu befreien, ganz zu schweigen von seinem Ruf als Rebell.

Seaton lächelte. »Nein, ich finde *dich*«, erwiderte er. Er pfiff leise durch die Zähne, und sein Pferd kam aus dem Gebüsch. »Und dann wirst du nichts haben zu deiner Verteidigung – weder diesen heruntergekommenen Rebellen noch seinen räudigen Hund oder eine Waffe, mit der du auf mich zielen kannst. Wenn der Moment gekommen ist, Caroline, werde ich Hayes umbringen, und dann wirst du mich nach Mexiko begleiten, ob es dir nun paßt oder nicht.«

»Mach dir keine Hoffnungen«, entgegnete Caroline mit dem Mut der Verzweiflung. »Mr. Hayes hat dich schon einmal gestellt, und er wird dich wieder finden. Wahrscheinlich noch vor Sonnenuntergang.«

Seaton schüttelte lachend den Kopf, bestieg sein Pferd, tippte spöttisch an die Krempe seines Huts und ritt davon.

Caroline blieb im Gras hocken, bis das Geräusch der Huftritte allmählich verklang. Dann eilte sie zu Guthrie, holte kaltes Wasser aus dem Fluß und spritzte es auf sein angeschlagenes blutiges Gesicht.

Aber kein freundliches Wort kam über Guthries Lippen, als er aus seiner Bewußtlosigkeit erwachte. Statt dessen sprang er fluchend auf, und das so heftig, daß Caroline dabei fast in den Fluß gestürzt wäre, und riß ihr die Waffe aus der Hand.

»Wo ist er?« schnauzte er sie an.

Caroline zuckte zusammen. »Er ist entkommen«, gab sie leise zu, während sie ein Tuch aus ihrer Hosentasche zog und es ins Wasser tauchte.

Guthrie stieß sie fort, als sie die Platzwunde an seiner Schläfe reinigen wollte. »Faß mich nicht an, verdammt!« knurrte er. »In welche Richtung ist der Schuft geritten?«

Caroline blieb ruhig, weil sie etwas wußte, was Guthrie entgangen zu sein schien: daß er nämlich nicht in der Verfassung war, Mr. Flynn zu Pferde nachzujagen. Und tatsächlich taumelte er, als er auf sein Pferd zuging, seine Knie gaben nach, und er sank zu Boden.

Wieder befeuchtete Caroline das Tuch, und diesmal erlaubte Guthrie ihr, die Wunde zu behandeln. Aber der Blick, mit dem er sie dabei betrachtete, war alles andere als ermutigend.

»Sind Fische in diesem Fluß?« fragte sie. »Ich habe schon sehr lange nichts mehr gegessen.«

Guthries Augen weiteten sich, um dann ganz schmal zu werden. »Verdammtes Weibsbild . . .«

Caroline lächelte und drückte das Tuch als Kompresse auf Guthries Wunde. »Ich war sehr froh, dich hier zu finden«, meinte sie. »Eigentlich dachte ich, du wärst direkt nach Cheyenne geritten, um deine Adabelle zu heiraten, und hättest mich und meine unglückliche Lage ganz vergessen.«

»Ich habe eine ganze Woche nach diesem Kerl gesucht!« knurrte Guthrie, während er mit einer Hand geschickt die Kammer seines Colts öffnete. Tatsächlich befand sich nur noch eine Kugel darin. »Eine ganze Woche – und was machst *du*? Du brichst aus dem Gefängnis aus, reitest mir nach und erscheinst im unpassendsten Moment! Darf ich fragen, womit ich soviel verdammtes Pech verdient habe?«

»Ich bin nur dem Hund gefolgt«, verteidigte sich Caroline, »und ich wäre dir dankbar, wenn du deine Zunge hüten und dich etwas gewählter ausdrücken würdest.«

Guthrie biß die Zähne zusammen und gab einen Ton von

sich, der wie eine Mischung aus einem Knurren und einem Schrei klang. Wieder versuchte er, sich aufzurappeln, und als er stand, ging er auf unsicheren Beinen zu seinem Pferd hinüber. Er löste seine Satteltaschen und warf sie Caroline zu. »Hier – da ist Dörrfleisch drin«, sagte er.

Da Caroline so hungrig war, daß sogar Dörrfleisch himmlisch klang, öffnete sie die Tasche und suchte nach dem Päckchen Fleisch.

Dabei fiel ihr Blick auf eine kleine gerahmte Fotografie, die eine blonde Frau darstellte.

Caroline warf Tob ein Stückchen Fleisch zu und nahm sich dann selbst eins. Ihr Hunger war fast vergessen beim Anblick der Fotografie. »Ist das Adabelle?« fragte sie neugierig.

Guthrie kam zu ihr hinüber und nahm ihr das Bild ab. Ganz unbewußt wischte er das Glas ab, bevor er den Rahmen wieder in die Satteltasche steckte. »Nein«, antwortete er, ohne Caroline anzusehen. »Das ist Annie.«

Trauer erfaßte Caroline. »Oh.«

Guthrie befestigte die Satteltaschen wieder auf seinem Pferd. »Sitz auf, Wildkatze«, sagte er. »Wir reiten nach Laramie zurück.«

Caroline vergaß alles andere über dem Schock, den Guthries Worte in ihr erzeugten. »*Was?* Ich kann nicht nach Laramie zurück, Guthrie – ich werde gesucht!«

Er wandte sich von ihr ab. »Caroline, mein Entschluß steht fest. Es ist ein Wunder, daß Flynn dich noch nicht umgebracht oder vergewaltigt hat – oder beides. Das Gefängnis in Laramie ist im Moment der sicherste Platz für dich.«

»Ich kehre nicht dorthin zurück!«

»Doch, das wirst du«, erwiderte er gelassen, »und wenn ich dir dazu Hände und Füße binden und dich wie einen Sack über mein Pferd legen muß.«

Caroline wich unwillkürlich vor ihm zurück. »Bitte, Guthrie ... Ich könnte dir *helfen* – eben habe ich dir sogar das Leben gerettet ...«

»Wenn du nicht erschienen wärst«, unterbrach Guthrie sie hart, »wäre ich jetzt mit Flynn auf dem Weg nach Laramie. Und ich hätte nicht diese Wunde an der Schläfe. Setz dich auf dein verdammtes Pferd und halt den Mund!«

Caroline errötete. »Du brauchst nicht gleich so grob zu werden«, brauste sie auf, bestieg jedoch ihr Pferd. Aber sie sagte sich dabei, daß sie nicht *wirklich* Guthries Befehl befolgte, sondern nur Zeit gewinnen wollte, um sich einen Plan auszudenken.

Guthrie ritt den ganzen Tag voran, wortkarg und mißtrauisch, und Caroline spürte, daß er befürchtete, mit Mr. Flynn zusammenzutreffen. Auch sie wurde allmählich nervös.

»Du hast also keine Zeit gehabt, Adabelle zu heiraten?« fragte sie, als sie an einem Fluß rasteten. Laramie war schon in der Ferne sichtbar, und Caroline hatte noch immer keinen Plan gefaßt.

Guthrie lachte, was die erste freundliche Reaktion war, die er den ganzen Tag gezeigt hatte. »Nein, Wildkatze, dazu hatte ich noch keine Zeit.«

Caroline wandte sich ab, um die triumphierende Freude zu verbergen, die ihre Züge widerspiegelten. »Aha. Wie schade.«

»Caroline«, sagte Guthrie in einem Ton, der eine solche Verwunderung verriet, als spräche er ihren Namen zum ersten Mal aus. »Komm her.«

Bevor ihr bewußt werden konnte, daß sie ihm gar nicht gehorchen wollte, lag sie in seinen Armen. Als er sich zu ihr niederbeugte, legte sie den Kopf zurück und bot ihm ihren Mund.

Er küßte sie lange und so zärtlich, bis ein leises Wimmern von Carolines Lippen kam. Ihr war klar, daß sie sich ihm hätte widersetzen müssen, aber Guthrie hatte ihrem Körper längst beigebracht, die Befehle ihres Verstands zu ignorieren. Wie immer reagierte sie auf seine Liebkosungen auf einem rein körperlichen Niveau, handelte zuerst und dachte später.

Seine starken Hände umfaßten ihren Po, hoben sie leicht an und drückten sie hart an sich. Sie spürte seine heftige Erregung, und sie spürte auch, daß ihr Körper bereit war, ihn aufzunehmen.

»Du hast mir gefehlt, Wildkatze«, sagte er, während er Carolines Nacken küßte. Dann öffnete er ihre Hosen, streifte sie über ihre Schenkel und lachte, als er entdeckte, daß sie nichts darunter trug. »Du bist also bereit für mich«, neckte er sie, und sie seufzte erwartungsvoll und legte weit den Kopf zurück, als er sie zu streicheln und zu reizen begann.

Guthrie nutzte ihre Haltung aus, um seine Lippen um eine ihrer harten Brustspitzen zu schließen, die immer noch unter dem Flanellhemd verborgen waren. Aber Caroline knöpfte das Hemd eigenhändig auf und bot Guthrie ihre Brust. Während er die rosigen Spitzen liebkoste, glitten seine Finger streichelnd über ihre intimste Körperstelle.

Es war nicht der Moment oder der Ort für zivilisierte Liebesspiele, zwischen weißen Laken und bei Feuerschein, und was sie jetzt zusammenführte, entsprang auch nicht ausschließlich Zuneigung oder Leidenschaft. Es war mehr Ärger und Zorn, was sie zueinander trieb, und ein seltsamer Drang nach Kampf.

Guthrie war ein Krieger, Caroline seine Frau, und ihre gesunden jungen Körper verlangten nach Vereinigung.

Keuchend drehte er Caroline um und zog ihr gleichzeitig das Flanellhemd aus. Einen langen Moment blieb er nur stehen, streichelte sie dort, wo das Verlangen am heftigsten pulsierte, bis Carolines Beine so sehr zitterten, daß sie sich kaum noch aufrechthalten konnte.

Mit einem Aufstöhnen hob Guthrie sie auf die Arme und trug sie zu einem Ulmenast, der wie ein riesiger Arm vom Baum abstand. Nachdem er seinen Rock ausgezogen und über die rauhe Rinde gelegt hatte, beugte er Caroline hinüber, das Gesicht abgewandt von ihm, und flüsterte ihr heisere, sinnlose Worte zu, während er ihre Hosen ganz hinunterzog.

Caroline schrie leise auf, als er ihre Kniekehlen umfaßte, weit ihre Schenkel spreizte und sie dann so anhob, daß sie sein heißes Glied am Eingang zu ihrer Weiblichkeit spüren konnte. Er nahm sie nicht zärtlich, er eroberte sie, und das war genau das, was Caroline jetzt brauchte.

Je heftiger seine Bewegungen wurden, desto lustvoller stöhnte Caroline. Sie glaubte sich im Delirium. Mit fest geschlossenen Augen umklammerte sie den dicken Ast und ließ sich von Guthrie von einem Gipfel der Ekstase zum nächsten führen. Dann, im selben Augenblick, als er sich versteifte und sich seine Leidenschaft in ihr entlud, glaubte Caroline für einen Moment, ihren Körper zu verlassen und sich in einem Wasserfall goldener Funken mit Guthries Seele zu vereinen.

Noch als es vorbei war, klammerte sie sich an den Ast und rang nach Atem. Sie merkte kaum, daß Guthrie sie zärtlich wusch und anzog, und als er sie umdrehte und in die Arme zog, sank sie kraftlos an seine Brust.

»Oh«, hauchte sie, »es ist wirklich schade, daß wir uns nicht leiden können, nicht wahr?«

Er lachte rauh. »Ja, Wildkatze«, antwortete er und ließ seine Hände zärtlich über ihren Rücken gleiten. »Aber so ist es wahrscheinlich am besten. Es würde uns umbringen, wenn wir so etwas ständig täten.«

Caroline trat zurück und schaute ihm ins Gesicht. Das Blut an seiner Wunde war getrocknet, aber er war noch immer blaß. »Du meinst, es ist nicht ... nicht mit jeder Frau gleich schön für dich?«

Guthrie küßte ihre Nasenspitze. »Nein. Es ist schon schön, versteh mich nicht falsch. Aber bei dir ... nun, das ist, als würde man dreimal in die Hölle getaucht und dann zum Himmel emporgehoben.«

Caroline schlang ihre Arme um ihn und legte ihre Stirn an seine Schulter. »Aber du wirst mich trotzdem zwingen, nach Laramie zurückzukehren?«

»Ja«, antwortete er fest, obwohl er sie mit unverminderter Zärtlichkeit in seinen Armen hielt. »Und diesmal, verdammt, bleibst du dort, bis ich dich abhole.«

»Was meinst du, wie wütend der Marshal sein wird!« wandte Caroline ängstlich ein. Guthrie lachte. »Stone ist kein schlechter Mensch. Wenn es anders wäre, würde ich dich ihm nicht anvertrauen.«

Caroline legte den Kopf zurück, um Guthrie anzuschauen. »Ich dachte, du würdest nicht wiederkommen. Ich war sicher, daß du mich vergessen hättest und zu Adabelle geritten wärst.«

Sein Blick zeugte von unendlicher Zärtlichkeit, als er Caroline in die Augen schaute. »Ich werde es erledigen«, versprach er ruhig. »Du hast mein Wort darauf.«

Trotzdem war der Gedanke an ein erneutes Gefangensein zuviel für Caroline, und sie überlegte, ob es ihr wohl gelingen würde, blitzschnell ihr Pferd zu besteigen und zu fliehen.

Dann seufzte sie. Guthrie würde sie mühelos einholen. »Angenommen, ich verspreche dir ...«

Er legte ihr einen Finger auf die Lippen. »Nein, Caroline.«

Enttäuscht ordnete sie ihr Haar und ihre Kleider und schwang sich auf ihre Pintostute. All ihrer Fehler zum Trotz hatte sie sich zu einer guten Reiterin entwickelt; ihre Beine waren nicht mehr wund, und sie hielt sich mühelos im Sattel.

Als sie Laramie erreichten, war Marshal Stone nur zu froh, Caroline wieder einsperren zu können, und selbst als Guthrie sich längst verabschiedet hatte, war der Marshal überraschend höflich und zuvorkommend. Allerdings beugte er jeglichen weiteren Ausbruchsversuchen vor. Von nun an bekam Caroline das Essen in ihrer Zelle, und sie durfte auch nicht mehr das Klosett aufsuchen oder in Miss Lillians Pension ein Bad nehmen.

Am nächsten Morgen, als Charly Carolines Frühstück brachte, stimmte Tob unter dem Zellenfenster ein mörderisches Geheul an.

»Was ist denn mit dem Hund los?« brummte der alte Mann.

»Er hat sicher Hunger«, sagte Caroline. »Und da es regnet, wird ihm auch kalt sein. Könnte er nicht hereinkommen und bei Ihnen am Ofen liegen?« Charlie dachte darüber nach, während er hinausging und die Zelle abschloß. Caroline ging zum Fenster und warf Tob ein Stück Brot und Wurst zu.

»Na ja, er könnte schon ein Weilchen hereinkommen«, gab der alte Wächter schließlich nach. »Sie haben ihn doch nicht etwa abgerichtet, Schlüssel zu stehlen oder so?«

Caroline lächelte wehmütig. »Leider kann er nichts anderes als winseln und Whiskey trinken.«

Charlie ging, und wenige Minuten später kam Tob herein, triefendnaß und zitternd vor Kälte. Er schob seine feuchte Schnauze durch die Gitterstäbe und leckte Carolines Hand.

Sie streichelte dem Hund den Kopf und gab ihm die Reste

ihres Frühstücks. Irgendwie hatte sie dabei das Gefühl, daß Guthrie eine Menge von seinem vierbeinigen Freund hätte lernen können, was Loyalität und Treue betraf.

Der Tag blieb naß und kalt, und als die Frau des Marshals erschien, kam sie Caroline wie ein rettender Engel vor. Sie war eine hübsche Frau mit glänzendem braunem Haar und blauen Augen, und sie behandelte die Gefangene ihres Mannes mit erstaunlichem Respekt.

»Ich dachte, Sie würden sich vielleicht über ein Bad freuen und Kleider zum Wechseln«, sagte Mrs. Stone freundlich, während sie Caroline Seife, Handtücher und einige zusammengefaltete Kleidungsstücke durch das Gitter reichte. »Es ist so kalt draußen«, fügte sie fröstelnd hinzu.

»Ein Bad?« fragte Caroline verwirrt. Der Marshal hatte geschworen, sie nicht mehr aus ihrer Zelle zu lassen, außer wenn das Gefängnis in Brand geraten sollte. Amy nickte. »Mr. Stone bringt unsere eigene Wanne her, und ich erhitze das Wasser vorn auf dem Ofen und passe auf, während Sie baden.«

Die Großzügigkeit der Frau trieb Caroline die Tränen in die Augen, und ihre Kehle wurde eng vor Rührung. Um ihre Gefühle zu verbergen, starrte sie auf das frischgestärkte Kattunkleid in ihrer Hand und die Unterwäsche aus feinem Musselin. »Warum sind Sie so freundlich zu mir?« fragte sie erstickt.

»Weil ich nicht glaube, daß Sie sich irgend etwas vorzuwerfen haben. Sie hätten Mr. Flynn nicht gehen lassen, wenn Sie nicht ernsthaft an seine Unschuld geglaubt hätten.« Amy schob ihren Arm durch das Gitter und berührte Carolines Hand. »Machen Sie sich keine Sorgen. Wenn Sie gebadet und Ihr Haar gebürstet haben, trinken wir eine Tasse Tee miteinander und spielen Karten.« Und so kam Caroline zu dem Luxus eines heißen Bads, frischer Wäsche und Kleidung und köstlichem Tee aus zarten Porzellantassen. Ein, zweimal gestattete sie sich ein Lächeln, als sie sich vorstellte, was für ein Bild Amy und sie abgeben mußten, wie sie – eine Wand aus Eisenstäben zwischen sich – ihre Teeparty vollzogen.

13

Wie in alten Zeiten, dachte Guthrie, als er an einem Ecktisch im Red Duck Saloon saß, eine Zigarre zwischen den Lippen, vier Asse und eine Dame in der Hand, und Tob Whiskey aus seiner Schale auf dem Boden schlappte. Wenn ich auch nur eine Spur Verstand besäße, dachte Guthrie, würde ich die Gewinne von heute nacht nehmen und mich auf den Weg nach Cheyenne begeben.

Aber das war nicht möglich, denn er hatte Wildkatze sein Wort gegeben, und wenn er das nicht erfüllte, würde ihn der Anblick ihrer samtblauen Augen den Rest seines Lebens verfolgen.

Er hatte gerade einen weiteren hohen Einsatz gewonnen, als er Marshal Stone kommen sah. Der Mann war ihm sympathisch, und Guthrie war sicher, daß sie mit der Zeit sogar Freunde werden konnten.

Stone zog sich einen Stuhl heran und setzte sich rittlings darauf.

»Was hat sie jetzt angestellt?« fragte Guthrie, als er anfing, sein Geld zu zählen und die anderen Spieler enttäuscht abzogen.

Der Marshal lächelte schwach. »Gar nichts. Miss Caroline benimmt sich erstaunlich gut. Ich frage mich nur, was sie damit beabsichtigt.«

Guthrie grinste und zog an seiner Zigarre. »An Ihrer Stelle würde ich mich nach einer verborgenen Stange Dynamit umsehen.« Er betrachtete den Vertreter des Gesetzes nachdenklich. »Sie sind ein beschäftigter Mann, Stone – nicht der Typ für sinnloses Geschwätz. Was ist also los?«

»Der Kreisrichter war heute nachmittag da«, antwortete Stone mit Unbehagen. »Er hat eine Kaution für Mrs. Hayes genehmigt.«

Guthrie korrigierte die Bezeichnung ›Mrs. Hayes‹ nicht. In seinen Ohren hörte sie sich ganz gut an. »Wieviel?«

»Einhundert Dollar.«

Das Geld hatte Guthrie, aber die Entscheidung war nicht so einfach. Bis zu diesem Augenblick hatte er geglaubt, Caroline sei im Gefängnis am besten aufgehoben, zumindest, bis Flynn gefaßt war. Aber nun sah er sich gezwungen, seine wahren Gefühle zu durchleuchten.

Er wollte Caroline nicht zurücklassen, das war der eigentliche Grund, warum er noch in der Stadt war anstatt auf Flynns Spur. Und wenn er sich selbst gegenüber absolut aufrichtig war, mußte er zugeben, daß ihn das gleiche ungute Gefühl plagte wie damals, als er fortgeritten war und Annie allein auf ihrer kleinen Ranch in Kansas zurückgelassen hatte. Als er zurückkam, war sie tot gewesen.

Andererseits hatte ein Hitzkopf wie Caroline Chalmers bei der Verfolgung eines Mörders nichts zu suchen. Sie würde alles nur noch erschweren.

Der Marshal schien Guthries Bedenken zu verstehen. »Verdammt, wenn Sie es tun, und verdammt, wenn Sie es lassen«, bemerkte er trocken.

Guthrie lachte. Die Bemerkung traf ins Schwarze, was seine Beziehungen zu Caroline betraf. Obwohl ihre erste Begegnung erst einige Wochen zurücklag, kam es ihm vor, als sei ein ganzes Jahrhundert seitdem vergangen.

»Ich glaube, ich nehme sie lieber mit«, sagte Guthrie, drückte seine Zigarre aus und stand auf.

Caroline wirkte sehr überrascht, als Charlie sie aus der Zelle führte. Sie starrte Guthrie an wie eine Erscheinung und schob ihre abgewetzte Reisetasche von einer Hand in die andere.

Caroline zu sehen erfüllte Guthrie mit einer fast schmerzhaften Zärtlichkeit, von der er gehofft hatte, sie nie wieder zu empfinden. Es war zu ausgeprägt, dieses Gefühl, und machte ihn verwundbar. »Der Marshal und ich haben beschlossen, daß die Steuerzahler von Laramie schon genug Sorgen haben, ohne auch dich noch ertragen zu müssen«, erklärte Guthrie trocken, um seine wahren Gefühle vor Caroline zu verbergen.

»Mr. Hayes hat Ihre Kaution bezahlt«, mischte sich der Marshal ein. »Sie können jetzt gehen, aber in sechzig Tagen müssen Sie sich wieder in Laramie einfinden, damit ein Richter entscheiden kann, was mit Ihnen zu geschehen hat.«

Caroline war deutlich anzusehen, wie sie schluckte. »Ich könnte also noch immer in ein Bundesgefängnis kommen«, sagte sie tonlos.

Stone nickte düster. »Ja, Madam.« Sein Blick richtete sich auf Guthrie. »Es sei denn, es gelänge Ihnen, Flynn zurückzubringen. Das würde zu Ihren Gunsten ausgelegt. Was mich betrifft, so wäre ich jedenfalls bereit, dann alle Anklagen gegen Sie fallenzulassen.«

Auf diese einfache Weise wurde das Abkommen geschlossen. Guthrie würde den entflohenen Gefangenen zurückbringen, und der Marshal würde vergessen, daß Caroline das Werkzeug zu seiner Flucht gewesen war.

Guthrie nahm Caroline die Tasche ab, legte ihr die Hand auf den Rücken und schob sie zur Tür. »Komm, Wildkatze. Wir haben einiges zu erledigen.«

Verrückt, dachte Caroline, als sie mit Guthrie über die dunkle Straße ging, wie Gott manchmal Gebete beantwortet, bevor sie ausgesprochen werden, und manchmal nicht einmal auf das inständigste Flehen reagiert!

»Du nimmst mich wirklich mit? Ich darf dir helfen, Flynn zu finden?«

Guthrie lachte, aber es klang humorlos. »Ich weiß nicht, ob du mir eine Hilfe sein wirst«, antwortete er, »aber so kann ich zumindest auf dich aufpassen.«

Tob trottete neben Caroline daher, und sie strich ihm über den Kopf, nur um sich zu vergewissern, daß sie wirklich wieder frei war. »Brechen wir heute nacht schon auf?«

Guthrie nickte. »Wir reiten zu dem Ort zurück, wo wir Flynn verloren haben, und von da aus weiter.«

Caroline errötete bei der Erinnerung, die bei Guthries Worten in ihr aufstieg. »Dafür brauchen wir die ganze Nacht, oder?«

»Wahrscheinlich«, stimmte Guthrie zu. Er schaute zum Himmel auf. »Aber heute nacht scheint der Mond, da müßten wir gut vorankommen.«

Das Gefühl der Freiheit, als Caroline kurze Zeit darauf neben Guthrie aus der Stadt ritt, war so berauschend, daß sie es fast nicht zu ertragen glaubte. Jedenfalls wagte sie nicht, etwas zu sagen.

Auch Guthrie schwieg und schien in tiefe Konzentration versunken. Selbst als sie einmal anhielten, um die Pferde zu tränken, sagte Guthrie nichts.

Endlich, als Mond und Sterne dem ersten Morgengrauen wichen, erreichten sie den Wasserfall, wo Guthries Konfrontation mit Mr. Flynn stattgefunden hatte.

»Es tut mir leid«, sagte Caroline heiser, als sie aus dem Sattel stieg und die über den Bergen aufgehende Sonne beobachtete.

Guthrie führte die Pferde bereits zum Wasserfall. »Was?« fragte er geistesabwesend, als Caroline ihm folgte.

»Es war meine Schuld, daß Seaton entkommen ist.« Caroline hob die Hand und berührte sanft die Wunde an Guthries Schläfe. »Und dafür bin ich auch verantwortlich.«

Er grinste gutmütig. »Du hast wirklich ein Talent, im ungünstigsten Augenblick zu erscheinen«, gab er zu. »Aber ich bin bereit, dir zu vergeben, wenn du mir versprichst, mir nicht mehr helfen zu wollen.«

Caroline lachte. »Du bist aber wirklich großzügig.«

Er berührte ihre Wange, überlegte es sich dann anders und zog die Hand zurück. »Sammle ein bißchen Feuerholz«, sagte er, während er einen Zweig abbrach und ihn auf seine Biegsamkeit überprüfte. »Ich werde sehen, ob ich einen Fisch fangen kann.«

Obwohl es schmerzte, daß er sich so abrupt von ihr zurückzog, hatte Caroline Verständnis für Guthries Reaktion. Es lag etwas sehr Flüchtiges in ihrer Beziehung, etwas Verräterisches. Die Flammen konnten jeden Augenblick wieder auflodern, sie beide mit ihrer Glut verzehren und ihre Seelen mit Narben zeichnen, die vielleicht nie wieder heilen würden.

Bald werden wir wieder getrennte Wege gehen, dachte Caroline traurig, und Guthrie wird seine Mine haben, das schöne Haus, das er errichten will – und Adabelle.

Betrübt wandte sie sich ab und entfernte sich, als suchte sie nach Feuerholz. Natürlich hoffte sie noch immer, ihre Schwestern wiederzufinden, aber der Westen war groß, und sie wußte, daß ihre Chancen sehr gering waren. In ihrem augenblicklichen niedergeschlagenen Zustand konnte Caroline sich nichts anderes für sich vorstellen, als als alte Jungfer ihr Leben zu beenden.

Sie bückte sich und sammelte einige trockene Aststücke, und als sie damit zum Lager zurückkehrte, hatte Guthrie bereits vier beachtliche Forellen gefangen. Er wirkte sehr zufrieden mit sich selbst, als er das Feuer anzündete.

Caroline ließ das Reisigbündel fallen, und Guthrie schaute besorgt zu ihr auf. Seine Stimme war so voller Zartgefühl, daß ihr die Tränen kamen.

»Was hast du, kleine Wildkatze?«

Caroline kniete sich neben das Feuer und legte beide Hände auf ihren Bauch. Erst wenige Sekunden zuvor war ihr die wahre Bedeutung ihrer Lage bewußt geworden. »Stell dir vor . . . angenommen, ich erwartete ein Kind, Guthrie?«

Er schaute ihr unverwandt in die Augen. »Dann heiraten wir.«

»Aber wir lieben uns doch nicht! Und da ist Adabelle . . .«

Guthrie preßte die Lippen zusammen. »Wenn du mein Kind unter dem Herzen trägst, erledigen wir die Angelegenheit vor einem Priester – so und nicht anders, Caroline.«

»Ich heiraten keinen Mann, der mich nicht liebt!«

»Und *ich* lasse kein Kind von mir als Bastard aufwachsen. Deine Monatsblutung – hat sie sich verspätet?«

Caroline versuchte, nachzurechnen, aber zum Schluß war sie so verwirrt, daß sie sich nicht an das letzte Datum ihrer Periode erinnern konnte. Sie wußte nur, daß sie sie seit ihrer Begegnung mit Guthrie nicht mehr gehabt hatte. »Ich weiß es nicht«, gestand sie beschämt.

Guthrie holte eine kleine Bratpfanne aus der Satteltasche, stellte sie ins Feuer und legte den frischen Fisch hinein.

»Was würde Adabelle dazu sagen? Wenn du mich heiratest, meine ich.«

Er schaute sie nicht an. »Was könnte sie schon dazu sagen? Nichts Damenhaftes jedenfalls.«

»Aber du wärst nie glücklich mit mir. Du würdest immer daran denken, wie es mit ihr gewesen wäre.«

Endlich schaute Guthrie auf, und Caroline stellte verwundert fest, daß ein schelmisches Funkeln in seinen Augen stand. »Wahrscheinlich wäre ich die meiste Zeit damit beschäftigt, dich aus Schwierigkeiten herauszuhalten. Und den Rest der Zeit würden wir ohnehin damit verbringen, uns zu lieben.«

Caroline errötete. »Oh . . . Das muß jetzt aufhören, Guthrie.«

Er lachte nur. »Ich habe einmal ein Buschfeuer in Kansas miterlebt – in einer halben Stunde verbrannten über fünfzig Hektar Gras. Ich glaube, auf dieses Feuer zu spucken, um es zu löschen, und aufzuhören, uns zu lieben, wäre in etwa gleichermaßen. Solange die Flammen etwas haben, wovon sie zehren können, werden sie weiterbrennen.«

Caroline rappelte sich auf und trat ein paar Schritte zurück. »Das ist schön und gut – für dich. Aber ich bin diejenige, die die Schande tragen müßte, ein uneheliches Kind zur Welt zu bringen. Diese Dinge sind für Frauen ganz anders, Guthrie. Männer werden für ihre Eroberungen insgeheim bewundert, während man auf Frauen herabsieht und sie verurteilt.«

Ein köstliches Aroma stieg aus der Pfanne auf, das Caroline das Wasser im Munde zusammenlaufen ließ und ihren Magen veranlaßte, laut zu knurren.

»Die Menschen werden sich ihre Meinung nach dem bilden, was du selber von dir denkst«, antwortete Guthrie ruhig, stand auf und schaute Caroline ernst in die Augen. »Du bist nicht wie deine Mutter, Caroline.«

Ein wenig trotzig schob sie ihr Kinn vor. »Wie kannst du so sicher sein? Du hast sie nie gekannt.«

»Möglich, aber ich kenne dich. Du hast noch nie freiwillig jemanden im Stich gelassen – nicht einmal diese traurige Ausgabe von einem Mann, von dem du glaubtest, ihn heiraten zu wollen. Und es quält dich immer noch, daß du damals diesen Zug verlassen und deine kleinen Schwestern weiterfahren lassen mußtest.« Er trat näher und schloß sanft seine Hände um ihre Schultern. »Es geht ihnen sicher gut, Wildkatze. Wo immer deine Schwestern sich auch aufhalten mögen, es geht ihnen gut.«

»Woher willst du das wissen?« entgegnete Caroline verdrossen, obwohl sie ihm so gern geglaubt hätte.

Guthrie grinste. »Weil es deine Schwestern sind. Ich bin ziemlich sicher, daß sie dich beide verzweifelt suchen und jede von ihnen irgendeinen Mann zum Wahnsinn treibt.«

»Der Fisch verbrennt«, sagte Caroline, um ihn davon abzulenken, daß ihre Augen feucht geworden waren.

Guthrie ging zurück und zog die Pfanne aus dem Feuer. Sie aßen von Emailletellern, die Caroline später im Fluß abspülte. Als sie damit fertig war, stellte sie fest, daß sich ihr Gefährte in der Nähe des Wasserfalls im Gras ausgestreckt hatte.

Sie fühlte sich auf unwiderstehliche Weise zu ihm hingezogen, als habe er ein Seil um ihre Taille geschlungen und zöge sie zu sich heran. »Guthrie?« sagte sie schüchtern.

Er hob nicht den Kopf. »Was ist?«

»Reiten wir nicht weiter?«

»Später. Zuerst ruhen wir uns aus.« Er rollte sich auf die Seite und schaute zu ihr auf. »Ich möchte nichts anderes, als dich in den Armen halten«, sagte er, als Antwort auf die Frage, die Caroline nicht zu stellen wagte.

»Versprochen?«

»Ja.«

Weil sie Guthrie glaubte, legte sie sich neben ihn in das zerdrückte Gras, ließ sich in die Arme nehmen und an ihn ziehen. »Was geschieht, wenn Mr. Flynn zurückkommt, um Rache an uns zu nehmen?« fragte sie besorgt.

Guthrie lachte. »Verdammt, ich wünschte, das würde er, Wildkatze. Dann könnte ich ihn an den Haaren packen und nach Laramie zurückschleifen, damit er gehängt wird. Aber leider wird er längst auf dem Weg nach Mexiko City sein.«

»Du würdest ihm doch bestimmt nicht bis nach *Mexiko* folgen?«

»In die Hölle, wenn es nötig wäre«, erwiderte Guthrie hart. »Und jetzt schließ die Augen – und den Mund – und versuch zu schlafen.«

Das fiel Caroline nicht schwer, da sie sehr müde war. Als sie Stunden später erwachte, stand die Sonne schon tief am Horizont, und Guthrie hockte am Feuer und kochte etwas, was einen wunderbaren Duft ausströmte.

Sie richtete sich gähnend auf und fühlte sich auf merkwürdige Weise sicher und geborgen. Es war fast, als gehörte dieser einsame Ort nur ihnen ganz allein. »Was kochst du?« fragte sie.

Guthrie lächelte. »Kaninchen.«

Caroline verzog sich in den Wald und kam dann zurück, um ihre Hände im Fluß zu waschen und ihr Haar zu bürsten und neu zu flechten. Sie setzte sich auf einen trockenen Felsen und beobachtete Guthrie beim Grillen des Kaninchens. »Bleiben wir heute nacht hier?«

Er drehte sich zu ihr um, und ein Schimmer der Bewunderung erschien in seinen Augen, aber so kurz, daß Caroline es sich nur eingebildet zu haben glaubte. »Ja. Flynn ist uns so weit voraus, daß ein weiterer Tag keinen großen Unterschied macht.«

Caroline runzelte die Stirn. »Da bin ich nicht so sicher«, bemerkte sie nachdenklich. »Ich meine, daß er uns so weit voraus ist. Seaton meinte es ernst, als er sagte, er würde dich töten und mich nach Mexiko mitnehmen.«

Guthrie musterte sie sinnend. »Vielleicht hast du recht«, gab er schließlich zu. »Aber wenn irgend etwas passiert, Caroline, dann kümmere dich nicht um mich. Mach nur, daß du fortkommst von ihm, und das so schnell wie möglich.«

Ein Erschauern erfaßte Caroline, als sie bedachte, wie nahe sie daran gewesen war, Seaton Flynn zu heiraten. »Du hast es selbst gesagt«, erwiderte sie, sich zu einem Lächeln zwingend. »Ich habe noch nie freiwillig jemanden im Stich gelassen. Da werde ich nicht bei dir damit beginnen, Guthrie.«

»Verdammt, du stures Frauenzimmer, wenn ich dir sage, du sollst machen, daß du fortkommst, dann halt dich daran!« Er nahm einen Zweig aus dem Reisigbündel und schleuderte ihn zornig fort. Tob rannte ihm freudig bellend nach. In diesem Augenblick wirkte Guthrie so sehr wie ein kleiner, trotziger Junge, daß Caroline lachen mußte.

»Hast du mich gehört?« fragte er, während er aufstand und auf sie zukam.

Caroline schaute zu ihm auf, schlug die Augen nieder und gab sich die größte Mühe, seinen trägen Südstaatenakzent nachzuahmen. »Ja, Sir, Mr. Hayes, ich habe Sie gehört«, erwiderte sie lächelnd.

Er maß sie mit einem düsteren Blick, aber dann lachte er. »Ich glaube, das erste, was eine Yankeemama ihrem Kind beibringt, ist, durch die Nase zu sprechen.«

Caroline gab sich gekränkt und stand von ihrem Felsen auf. »Wir Leute aus dem Norden, Sir, sprechen nicht durch die Nase.«

Wieder lachte er, hielt sich die Nase zu und imitierte ihren Satz.

Mit hochmütiger Miene schwebte Caroline an ihm vorbei, als trüge sie ein Ballkleid statt Männerhosen, und öffnete ihre Tasche. »Du ärgerst dich ja nur, weil ihr den Krieg verloren habt«, sagte sie und nahm ihr Kleid heraus.

Guthrie drehte sie an den Schultern zu sich herum und küßte sie auf den Mund. »Wir haben nicht verloren, Miss Caroline«, entgegnete er. »Wir lassen uns nur Zeit, unseren nächsten Angriff zu planen.«

Caroline legte ihre Hände auf seine Brust, um ihn auf Distanz zu halten, weil sie spürte, daß sie seinem Charme schon wieder erlag. »Während du das tust, General Lee, verbrennt unser Abendessen.«

Guthrie schaute sich nicht einmal danach um. »Es ist noch nicht soweit«, sagte er, und seine Lippen waren Carolines so nahe, daß ihr Mund vor Erwartung bebte. »Wenn ich dich geliebt habe, wird es erst richtig gar sein.«

»Du hast mir versprochen, es nicht zu tun«, protestierte Caroline, aber nur sehr schwach. Seine Hände ruhten auf ihren Hüften, seine Küsse zogen sie in einen Strudel von Emotionen, denen sie nichts entgegenzusetzen hatte.

Doch dann löste er sich ganz abrupt von ihr. »Du hast recht«, sagte er in entschiedenem Ton. »Wenn du willst, daß ich dich liebe, mußt du mich schon darum bitten.« Und damit kehrte er zum Lagerfeuer und zu seinem Kaninchen zurück.

Nichts hätte Caroline dazu bringen können, ihre Enttäuschung zu zeigen. Langsam schlenderte sie ein Stück in den Wald hinein, zog dort rasch ihre Hosen aus und das Kleid an. Ohne Guthrie auch nur anzusehen, ging sie dann an ihm vorbei und begann die Kleidungsstücke im kalten Fluß zu waschen. Danach hängte sie sie auf einem flachen Ast zum Trocknen auf.

Als das Kaninchen gar war, zerteilte Guthrie es in Stücke und gab Tob eine großzügige Portion, bevor er Caroline ihren Anteil reichte.

»Ich würde nie einen Mann bitten, mich zu lieben«, sagte sie etwas verspätet, als sie vor dem Feuer hockte und aß.

Das Fleisch war köstlich. Nach einigen Minuten schweigenden Genießens nahm Guthrie Carolines Hand in seine, ließ seine Zunge langsam über einen ihrer Finger gleiten und küßte die Innenfläche ihrer Hand. »Selbstverständlich nicht«, stimmte er zu, und Caroline muße einen Moment nachdenken, bevor sie wußte, was er meinte.

Aber dann brannten ihre Wangen. »Nein, das würde ich wirklich nicht«, beharrte sie.

Er schnitt ein saftiges Stückchen Fleisch ab und strich damit über ihre Lippen, bis sie sich von selbst öffneten. Dann legte er das Fleisch auf ihre Zunge und berührte ihre Lippen mit dem Zeigefinger. »Ganz gewiß nicht«, bekräftigte er.

»Behandle mich nicht wie ein Kind, Guthrie«, warnte Caroline, aber sie spürte schon, wie sich eine angenehme Wärme in ihren Gliedern ausbreitete und gewisse andere Körperteile seiner Berührung entgegenfieberten. »Es ist mir ernst gemeint!«

Guthrie warf Tob die Überreste seiner Mahlzeit zu und erwiderte nichts. Er nahm nur ein Handtuch aus Carolines Tasche und ging damit zum Fluß hinunter.

Als er zurückkam, kniete er sich neben sie und säuberte sanft ihr Gesicht und ihre Hände. Es war eine schlichte, ganz alltägliche Geste, und doch löste sie ein Zittern in Caroline aus. In einem Zustand köstlicher Hilflosigkeit schaute sie zu, wie Guthrie seine Decke ausrollte und sie neben dem Feuer ausbreitete. Dann löste er seinen Gürtel und zog seine Stiefel aus.

Die Sonne war schon lange untergegangen, ein heller Mond stand am Himmel und tauchte das Land in seinen silbrigen Schein. Guthrie knöpfte sein Hemd auf, streifte es über die Schultern und zog seine Hose aus.

Caroline starrte ihn fasziniert an, konnte den Blick nicht von ihm abwenden. Obwohl sie mehrmals intim miteinander gewesen waren, hatte sie Guthrie nie wirklich nackt gesehen und war deshalb unerträglich neugierig. Ihre Augen weiteten sich vor Erstaunen, als sie sah, wie sein Glied sich zu seiner vollen Größe aufrichtete, und das Verlangen, ihn zu berühren, war so heftig, daß sie unwillkürlich ihre Finger im Schoß verschränkte.

Guthrie holte das Handtuch und ging damit zum Fluß. Als er zurückkehrte, reichte er es wortlos Caroline.

Lange starrte sie zu ihm auf, wie gebannt von seiner Macht über sie, und dann begann sie ihn sehr sanft zu waschen. Als das erledigt war, hielt sie ihn einfach fest umschlossen, und sein Glied pulsierte warm und hart unter ihren Fingern.

Als sie ihn mit der Zungenspitze berührte, stöhnte er laut auf. Mehr Ermutigung brauchte Caroline nicht. Sie schloß ihre Lippen um ihn, reizte ihn schamlos und empfand ein wildes Triumphgefühl, als er heiser und fast gequält aufstöhnte.

Doch irgendwann hielt Guthrie sie zurück, zog sie mit sich zur Decke und streckte sich in seiner ganzen glorreichen Nacktheit darauf aus. Caroline, die nicht genug von ihm bekommen konnte, ließ sich zwischen seinen Knien nieder und senkte ihren Kopf auf ihn.

Guthrie krümmte den Rücken, seine Hände wanderten von Carolines Schultern zu ihrem Gesicht, drängten sie, weiterzumachen, obwohl seine Stimme sie anflehte, aufzuhören. »Caroline, du begreifst nicht ... ich kann nicht ... *ooohh*, Caroline ... .«

Da sie spürte, daß er sich am Rande einer unkontrollierbaren Reaktion befand und sich dagegen wehrte, reizte sie ihn mitleidlos mit ihren Lippen und ihrer Zunge. »Bitte mich darum«, sagte sie, eingedenk seiner Herausforderung, daß sie ihn bitten mußte, wenn er sie lieben sollte.

Er stöhnte und versteifte sich unter ihr, als sie ihre süße Qual fortsetzte, doch ihrem Verlangen gab er nicht nach. Statt dessen knöpfte er mit zitternden Fingern ihr Mieder auf und zog es herab, bis ihre Brüste frei und entblößt vor ihm lagen.

Er umfaßte sie mit der Hand und hielt sie umfangen, während Caroline ihn mit einem zarten Biß strafte, und seine Daumen glitten über ihre Brustspitzen, bis auch sie laut aufstöhnte. Nun war sie es, die das lustvolle Verlangen nach ihm nicht mehr zu ertragen glaubte und eine fieberhafte Hitze in ihrem Körper erwachen spürte.

Guthrie schlang beide Arme um ihre Hüfte und zog sie auf sich, bis er mit seinen Lippen ihre rosigen Brustspitzen erreichen konnte. Und dann hockte Caroline rittlings über ihm, aber er schien noch immer nicht bereit, nachzugeben.

Er löste seine Hände von ihrer Taille, zog ihren Rock hinauf, fand die Innennaht ihrer verschlissenen Taftunterhosen und öffnete sie mit einer raschen Bewegung seiner Hand.

Caroline erbebte, als er sie zu streicheln begann und fühlte, wie ihr Körper sich darauf vorbereitete, ihn aufzunehmen. Aber sie war trotz allem noch nicht bereit, nachzugeben. Als sie seine warmen Lippen auf ihren Brustspitzen spürte, streckte sie die Hand nach hinten und umfaßte und streichelte ihn.

Mit einem gequälten Aufstöhnen löste er sich von ihr. »Um Himmels willen, Caroline . . .«

Sie biß ihn sanft in die Unterlippe und küßte ihn dann so gründlich, wie er es sie gelehrt hatte.

»Caroline . . .« stöhnte er, als er sich ihr schließlich entzog.

Langsam glitt sie an seiner Brust hinunter und gab ihm einen Vorgeschmack dessen, was ihn erwartete.

Im allerletzten Augenblick flüsterte Guthrie heiser: »Liebe mich, Caroline.«

Ein wildes Triumphgefühl erfaßte sie, als sie sich rittlings auf ihn hockte und ihn in sich aufnahm. Doch Guthrie richtete sich ganz unerwartet auf, drehte sie auf den Rücken und drang tief, ganz tief in sie ein, warf den Kopf in den Nacken wie ein temperamentvoller junger Hengst, als Caroline ihre Hände streichelnd über seine Brust gleiten ließ, seinen Rücken, seinen Po.

Dann schob er seine Hand zwischen sie, spreizte seine Finger über ihren Bauch und ließ seinen Daumen zu der verborgenen Knospe hinuntergleiten, wo die süße Qual am größten war. Caroline stieß einen lustvollen Schrei aus und bebte am ganzen Körper, als Guthrie ihren Po in beide Hände nahm und anhob. Ein Rückzug war nicht mehr möglich; alles in ihr drängte nach Erfüllung, und ihre Ekstase war so überwältigend, daß Caroline aufschrie wie ein Tier im Wald.

Im gleichen Augenblick stieß auch Guthrie einen Schrei aus, drang noch tiefer in sie ein, und Caroline spürte, wie sich seine Leidenschaft in ihr ergoß. Die unfaßliche Schönheit des Erlebnisses führte sie auf einen weiteren Gipfel der Ekstase, diesmal völlig unerwartet und sogar noch intensiver als beim ersten Mal.

Guthrie packte ihre Handgelenke, hielt sie hoch über ihren Kopf und beugte sich vor, um ihre Brüste zu liebkosen. Die Bewegung zwang ihn, sich fast ganz zurückzuziehen, und Caroline flehte ihn heiser an, zu ihr zurückzukommen.

Keuchend und von einer verzehrenden Leidenschaft erfaßt, kam Caroline endlich zu Bewußtsein, was er von ihr verlangte. »Liebe mich, Guthrie«, flüsterte sie heiser. »Ich flehe dich an – komm zu mir!«

Mit einem einzigen machtvollen Stoß gab er ihr, wonach es ihren Körper so verlangte. Wie im Fieber warf sie den Kopf von einer Seite auf die andere, während sie sich der Ekstase überließ, die Guthries Umarmung in ihr auslöste. Als es vorbei war, sank Caroline ermattet zurück.

Lange Zeit verging, bis einer von ihnen sprach. In einer besitzergreifenden Geste legte Guthrie seine warme Hand auf ihren nackten Bauch. »Ich hoffe, daß jetzt mein Baby in dir wächst«, sagte er.

Caroline wandte verblüfft den Kopf. Ihr war eben erst bewußt geworden, daß sie Guthrie liebte, aber auch, wie hilflos ihre Lage war. »Sag das nicht. Du wirst Adabelle heiraten. Du gehörst zu ihr.«

Guthrie umfaßte ihr Kinn und zwang sie, ihn anzusehen. »Caroline . . .«

Ihre Kehle wurde schmerzhaft eng. »Ich wünschte, ich wäre dir nie begegnet – hätte ich dich doch nie gekannt!«

Guthrie zog sie zärtlich an sich. »Psst«, sagte er ganz sanft. »Ich habe dir doch gesagt, daß ich dich heirate, falls du ein Kind von mir erwartest.«

»Du liebst mich aber nicht«, erinnerte ihn Caroline betrübt.

Sie spürte sein Lächeln mehr, als daß sie es sah. »Vielleicht nicht, Wildkatze. Ich bin mir über meine Gefühle für dich tatsächlich nicht im klaren. Aber dich jede Nacht in meinem Bett zu haben, würde mich für vieles entschädigen!«

14

Guthrie weckte Caroline schon bei Tagesanbruch. Grollend stand sie auf und ging zum Fluß hinunter, um sich zu waschen. Die Vögel zirpten in den Birken, die das Ufer säumten, und die Luft war klar und kühl.

Es war schon Kaffee da, wie sie feststellte, als sie zum Lager zurückkehrte, aber das Frühstück bestand wie immer nur aus Dörrfleisch. »Kein Kaninchen? Kein Fisch?« fragte sie mit einem anklagenden Blick.

Guthries Bart wuchs, seine Kleider waren zerdrückt und schmutzig, und Caroline versuchte wieder einmal, sich damit abzufinden, daß sie ihr Herz an einen Vagabunden verloren hatte. »Verzeihung, Majestät«, erwiderte er mit einer Verbeugung. »Ich hatte noch keine Zeit, auf Jagd zu gehen.«

Caroline schaute sich um und wünschte plötzlich, für immer mit Guthrie an diesem Ort bleiben zu können, wie Adam und

Eva im Paradies. »Apropos Jagen – hast du eine Ahnung, welche Richtung Mr. Flynn eingeschlagen haben könnte?«

Guthrie sattelte schon Carolines Pferd. »Nein«, erwiderte er, ohne sie anzusehen. »Gestern hätte ich noch gesagt, daß er sich in südliche Richtung wenden würde. Aber jetzt glaube ich, daß du recht haben könntest und Flynn schuftig genug – und dumm genug – ist, in Wyoming zu bleiben, um uns beiden aufzulauern.«

Als er Carolines besorgte Miene sah, fügte er beruhigend hinzu: »Mach dir keine Sorgen, Wildkatze. Ich lasse nicht zu, daß dich jemand verletzt.«

Caroline wich seinem Blick aus. Anscheinend war er noch nie auf die Idee gekommen, daß *er* es sein könnte, der sie verletzte. Dazu brauchte er nichts anderes zu tun, als Adabelle Rogers zu heiraten und sie nach Bolton zu bringen. Dann würde Caroline ihr in den Geschäften begegnen und irgendwann sogar seine Kinder unterrichten. Und jeder einzelne Moment würde furchtbare Qual für sie bedeuten, weil Caroline bis über beide Ohren in Guthrie verliebt war.

Nachdem er sie in den Sattel gehoben hatte, bestieg er sein eigenes Pferd und ritt voran in den Wald. Caroline folgte ihm und hoffte, daß ihre Zuneigung zu Mr. Hayes irgendwann nachlassen würde wie eine Grippe, obwohl ihr andererseits klar war, daß damit nicht zu rechnen war. Was sie für ihn empfand, ging viel tiefer als die dumme Verliebtheit, die sie für Seaton Flynn verspürt hatte.

Die Zukunft sah ausgesprochen düster aus. Caroline konnte sich nur vorstellen, aus Bolton fortzuziehen, sobald Guthrie seine Adabelle geheiratet hatte, sich einen goldenen Ehering zu kaufen und allen zu erzählen, sie sei Witwe, falls sie Guthries Kind zur Welt bringen sollte. Dann würde sie nach Chicago fahren und alle Waisenhäuser aufsuchen, bis sie das eine gefunden hatte, von dem aus sie, Emma und Lily nach Westen geschickt worden waren. Vielleicht erhielt sie dort Informationen über den Aufenthaltsort ihrer Schwestern ...

Den ganzen Morgen ritten Caroline und Guthrie schweigend und in Gedanken versunken über das flache Land. Guthrie war wachsam und konzentriert. Als sie mittags hielten und das unvermeidliche Dörrfleisch aßen – das inzwischen wie Schuhsohle schmeckte –, legte Guthrie seine Hand unter Carolines Kinn und ließ seinen Daumen sanft über ihre Unterlippe gleiten.

»Seit drei Stunden hast du kein Wort gesagt«, bemerkte er. »Was hast du, Caroline?«

Sie fragte sich, was geschehen würde, wenn sie ihm gestand, daß sie sich in ihn verliebt hatte, doch ihr fehlte der Mut, es herauszufinden. Abgewiesen zu werden und vielleicht sogar bemitleidet, wäre mehr gewesen, als sie ertragen konnte. »Ich habe über meine Schwestern nachgedacht«, sagte sie, was zumindest teilweise stimmte. »Ich glaube, ich fahre nach Chicago, wenn wir Mr. Flynn gefunden haben, und versuche, etwas über sie herauszufinden.«

»Hat jemand auf diesem Zug eine Liste geführt?« wollte Guthrie wissen, während er ihr zärtlich das Haar zurückstrich.

Caroline schüttelte betrübt den Kopf. »Ich glaube nicht. Der einzige Mensch, der überhaupt ein bißchen Interesse an uns zeigte, war dieser boshafte alte Schaffner, und der wollte nur sichergehen, daß wir nicht die anderen Fahrgäste störten.« Sie brach seufzend ab. »Ich hatte mir vorgenommen, mir zu merken, wo Emma und Lily den Zug verließen, aber dann war ich die erste, die aussteigen mußte.«

Mitleid flackerte in Guthries Augen auf. »Was glaubst du, wo sie jetzt sind?« fragte er, und Caroline war dankbar für die Chance, mit ihm über ihre Schwestern reden zu können. Irgendwie hatte sie das Gefühl, daß es sie ihm näherbrachte.

»Lily – die kleinste von uns – hatte große braune Augen und sehr helles blondes Haar. Als kleines Mädchen war sie starrsinnig und eigenwillig, deshalb vermute ich, daß sie auch heute noch eine Frau mit eigenen Ansichten ist.«

Guthrie grinste. »Starrsinnig und eigenwillig?« scherzte er. »*Deine* Schwester? Unmöglich.«

Caroline warf die Butterblume nach ihm, die sie gepflückt hatte, und zupfte eine andere aus. »Emma war meine zweitälteste Schwester. Sie hatte dunkelblaue Augen und kupferrotes

Haar, als ich sie zum letzten Mal sah, und sie besaß die schönste Singstimme von uns allen. Sie müßte heute sehr schön sein, mit einem beachtlichen Temperament und der Tendenz zu impulsiven Handlungen.«

»Klingt ganz nach einer Blutsverwandten von dir«, stimmte Guthrie belustigt zu.

»Natürlich könnten sie beide längst tot sein«, fuhr Caroline leise fort. »Frauen haben es im Westen nicht leicht.«

»Männer auch nicht«, gab Guthrie zu bedenken. »Aber ich verwette mein Pferd und zwei Wochenerträge aus meiner Mine, daß Lily und Emma am Leben sind und es ihnen gut geht. So, wie du sie mir beschrieben hast, Caroline, sind sie die geborenen Überlebenskünstler. Wie du.«

Caroline seufzte. »Es gibt so viel, was ich sie gern fragen würde«, meinte sie sehnsüchtig.

Guthrie stand auf und zog auch Caroline auf die Beine. »Dazu wirst du schon Gelegenheit bekommen, Wildkatze – vorausgesetzt, wir finden Flynn und halten dich aus dem Gefängnis heraus.«

Die Erinnerung bedrückte Caroline. »Würdest du mich zurückbringen und Marshal Stone übergeben, wenn du Mr. Flynn nicht findest?« fragte sie mit einem forschenden Blick auf Guthries Gesicht.

Er erwiderte ihren Blick ganz offen. »Nein«, antwortete er. »Aber ich würde es lieber erledigen, damit du deinen Namen nicht zu ändern brauchst und dich nicht für den Rest deines Lebens verstecken mußt. Wir werden Flynn schon finden, Caroline, und dann wird alles wieder ganz normal sein.«

Normal? Nie wieder würde Carolines Welt die gleiche sein wie vorher. Guthrie Hayes zu kennen hatte alles für sie verändert.

»Erzähl mir von Annie«, forderte sie ihn auf, als sie aufgesessen waren und in Richtung Berge ritten.

Guthrie rückte seufzend seinen Hut zurecht. »Ja, das bin ich dir wohl schuldig«, sagte er, »nach allem, was zwischen uns vorgefallen ist. Annie war meine Frau – sie hatte während des Krieges auf mich gewartet, und als ich nach Hause kam, heiratete ich sie, und wir zogen nach Kansas auf eine Farm.

Außer einem Stück Land, zwei Pferden, einer Kuh und einer armseligen Hütte besaßen wir nichts, aber wir waren glücklich. Bei Winteranfang trug Annie mein Kind unter dem Herzen, und da unsere Vorräte knapp geworden waren, schnallte ich mir Schneeschuhe an und ging auf Jagd. Als ich in jener Nacht zurückkehrte, war das Feuer erloschen und die Lampe brannte nicht. Ich fand Annie auf unserem Bett ...« Er brach ab und schluckte. »Jemand hatte ihr Gewalt angetan und sie dann erwürgt.«

Caroline kamen die Tränen. »O Guthrie, wie schrecklich! Es tut mir so leid ...«

»Der Mann, der es getan hatte«, fuhr er fort, »war ein Sergeant, mit dem ich während des Krieges Schwierigkeiten gehabt hatte, als ich in einem Yankeelager war. Er hatte sein Rangabzeichen der Unionstruppen auf dem Bett zurückgelassen, damit ich wissen sollte, wer es gewesen war.«

»W-was hast du dann getan?« Eigentlich wollte Caroline gar nicht mehr von dieser traurigen Geschichte hören, aber sie spürte, daß Guthrie sie beenden mußte, nachdem er einmal damit begonnen hatte.

»Als erstes begrub ich Annie«, sagte er. »Ich brauchte Stunden, um das Grab auszuheben – der Boden war steinhart gefroren – aber ich war so wahnsinnig vor Schmerz, daß ich die Kraft mehrerer Männer auf einmal gehabt haben muß. Sobald ich mich von ihr verabschiedet hatte, nahm ich mein Gewehr, mein Pferd, Annies Bild und verließ unsere Farm für immer. Irgendwann fand ich Pedlows Spur.«

Caroline fröstelte, obwohl es ein warmer Mainachmittag war. »Wo hast du ihn gefunden?«

»Er war in Abilene und sinnlos betrunken. Unter seinem Hutband steckte eine Locke von Annie, und er lachte, als ich den Tisch umstürzte, an dem er saß und ihn aufforderte, seine Waffe zu ziehen.

Er sagte, er hätte seine Rechnung mit mir beglichen und dächte nicht daran, sich erschießen zu lassen.«

Guthrie ritt eine Weile schweigend weiter, und Caroline respektierte es und sagte nichts. Sie hatte auch so schon genug

Schwierigkeiten, diese schreckliche Geschichte zu verarbeiten.

Dann, endlich, fuhr er fort: »Ich stieß Pedlow den Lauf meines Gewehrs in ... in den Schoß und sagte ihm, er hätte keine andere Wahl. Er hatte Angst, aber sicher nicht so viel wie Annie, als er sich ihr aufzwang, und ich wollte, daß er um sein Leben schwitzte.«

Guthrie schaute Caroline plötzlich in die Augen, und sein Blick verriet, was er damals durchgemacht haben mußte.

Wieder wartete sie und wünschte, seine Qual auf irgendeine Art erleichtern zu können. Aber etwas anderes als ihm zuzuhören, konnte sie nicht für ihn tun.

»In den nächsten fünf Wochen folgte ich Pedlow auf Schritt und Tritt – ins Zimmer einer Hure, aufs Klosett – egal, wo er sich auch aufhielt, ich war immer da. Endlich ertrug er es nicht mehr und zog die Waffe. Da leerte ich das ganze Magazin meines Gewehrs auf ihn.«

Caroline schloß entsetzt die Augen. »Mein Gott«, flüsterte sie. »Bist du nicht verhaftet worden?«

Guthrie kratzte sich nachdenklich den Hals. »Sagen wir, seitdem bin ich in einer gewissen Ecke von Nebraska nicht mehr willkommen.«

Caroline schluckte. »Warum haßte dieser Sergeant dich so sehr? Und warum griff er Annie an und nicht dich?«

»Pedlow haßte alle Rebellen. Im Gefangenenlager brandmarkte er die Gefangenen wie Tiere. Mir gegenüber entwickelte er vermutlich eine besonders starke Abneigung, weil ich einen Ausbruch organisierte, wofür er wahrscheinlich von seinen Vorgesetzten hart bestraft worden ist. Was sein Verbrechen an Annie betrifft – nun ja, Pedlow war kein Genie, aber schlau genug, zu wissen, daß er mich am meisten treffen konnte, indem er meine Frau leiden ließ. Weißt du, ich werde für den Rest meines Lebens nicht vergessen können, daß ich nicht da war, als Annie mich am meisten brauchte.«

Caroline schluckte mehrmals, um ihre Übelkeit zu unterdrücken. Obwohl der Krieg seit über zehn Jahren vorbei war, fiel es ihr noch immer schwer, an das Leid zu denken, das er auf beiden Seiten verursacht hatte. »Du sagtest, er hätte Menschen gebrandmarkt. Ich kann mir eigentlich nicht vorstellen, daß Offiziere der Union derartige Brutalitäten duldeten.«

»Die meisten von ihnen sicher nicht«, gab Guthrie grimmig zu. »Aber die Yankees brauchten ihre besten Männer auf dem Schlachtfeld, genau wie wir. Ich glaube nicht, daß sie die Zeit erübrigen konnten, Leute wie Pedlow zu kontrollieren.«

Auf einer Hügelkuppe zügelte Guthrie sein Pferd. Unter ihnen war eine Ansammlung verfallener Häuser und Koppeln aufgetaucht.

»Was ist das?« fragte Caroline stirnrunzelnd.

»Eine Art Haltestelle für die Postkutsche«, antwortete Guthrie. »Wir übernachten hier.«

Der Gedanke, in einem richtigen Bett zu schlafen und etwas Vernünftiges zu essen, begeisterte Caroline. »Was sollen wir ihnen sagen? Über uns, meine ich?«

»So wenig wie möglich«, erwiderte Guthrie und trieb sein Pferd die kleine Anhöhe hinab. Tob sprang bellend voran und erschreckte die Hühner, die in alle Richtungen auseinanderstoben.

Eine korpulente Frau kam aus einem der Gebäude, noch aufgeregter als die Hühner, schwenkte ihre Schürze und schrie den Hund an. Mit eingezogenem Schwanz kehrte Tob zu Guthrie und Caroline zurück und hielt sich dicht an ihrer Seite.

Als die Frau sah, daß der Hund nicht allein war, lächelte sie und strich ihren Rock glatt. »Brauchen Sie eine Unterkunft für die Nacht?« erkundigte sie sich freundlich.

Caroline schaute Guthrie an und errötete.

Er nickte der Frau zu, lächelte und tippte sich an den Hut. »Ja, Madam«, antwortete er. »Wir brauchen ein Zimmer, falls Sie eins haben. Und eine Badewanne.«

»Ich bin Callie O'Shea«, erwiderte die Frau strahlend. »Ich führe die Pension zusammen mit meinem Mann Homer.«

Caroline senkte den Blick und schwieg, als Guthrie sie als Mrs. Hayes vorstellte.

»Ihre Frau ist aber schüchtern«, bemerkte Callie, als Homer aus einer Scheune kam, um die Pferde in Empfang zu nehmen. »Bis jetzt hat sie noch kein Wort gesagt.«

Guthrie schnallte Carolines Reisetasche vom Sattel und zwinkerte Callie zu. »Sobald sie etwas gegessen und gebadet hat, wird sie nicht mehr zum Schweigen zu bringen sein«, erwiderte er lächelnd.

Callie lachte schallend und führte sie durch eine große Küche mit vier Tischen auf einen dunklen Korridor. »Unser bestes Zimmer«, sagte sie, nachdem sie eine krächzende Tür geöffnet hatte. »Sie haben Glück, daß Sie vor der Vier-Uhr-Kutsche angekommen sind.«

Guthrie stellte Carolines Gepäck ans Fußende des breiten Betts. »Was kostet das Zimmer?«

»Zwei Dollar«, antwortete Callie mit einem neugierigen Blick auf Carolines Männerhosen. »Plus zwei Cent, wenn Sie zwei Bäder wollen. Aber dafür müssen Sie hinaus. Homer hat draußen mit Vorhängen ein Bad abgetrennt.«

»Wir teilen uns ein Bad«, entgegnete Guthrie gelassen, woraufhin Caroline ihn verblüfft anstarrte. Er reichte Callie zwei Münzen, und sie ging hinaus und versprach, das Badewasser gleich vorzubereiten.

»Angenommen, ich wollte nicht mit dir baden?« sagte Caroline spitz, als sie allein waren. Guthrie zuckte die Schultern. »Dann wirst du darauf verzichten müssen.«

Caroline maß das Bett mit einem sehnsüchtigen Blick. »Es ist nicht schicklich, daß wir zusammen schlafen.«

»Heuchlerin«, erwiderte Guthrie schmunzelnd. »Ich habe dich im Gras gehabt, auf einem Felsen und über einen Ast gebeugt. Eigentlich finde ich, daß wir jetzt auch einmal ein Bett verdienen.«

Caroline verschränkte die Arme. »Nimm dir ein anderes Zimmer. Oder schlaf in der Scheune.«

Guthrie griff nach ihr und zog sie auf die Matratze. Seine warmen Hände glitten von ihrer Taille zwischen ihre Schenkel und umfaßten sie schamlos. »Soll ich dir beweisen, daß du das gar nicht willst?«

Caroline spürte, wie ihre Brustspitzen sich unter dem Hemd aufrichteten und die Stelle, die Guthries Hand bedeckte, reagierte. »Nein ... doch ... verdammt, ich weiß es nicht!«

Guthrie lachte und biß sanft in die aufgerichteten Spitzen ihrer festen kleinen Brüste, während er gleichzeitig ihre Hose aufknöpfte und seine Hand hineinschob. »Weißt du, wenn du von mir schwanger bist«, sagte er heiser, »und wir heiraten, wirst du dich auf mehr Gehorsam einstellen müssen.« Er verstärkte den Druck seiner Hand, und seine kreisenden Bewegungen wurden so unerträglich intensiv, daß Caroline von einer alles verzehrenden Welle der Lust erfaßt wurde. »Oh!« schrie sie heiser auf. »Oh . . . mein Gott . . .«

Guthrie lachte und befahl ihr, das Hemd zu öffnen. So gern sie sich ihm widersetzt hätte, sie konnte es einfach nicht; mit zitternden Händen löste sie die Knöpfe und entblößte ihre Brüste.

Für einen langen, quälenden Moment bewunderte Guthrie sie nur, während seine geschickten Finger Caroline an den Rand des Wahnsinns trieben. Dann schloß er seine Lippen um eine der rosigen Knospen und begann ganz zart daran zu saugen.

Caroline stöhnte auf, so überwältigend war ihr Verlangen nach ihm. Im Unterbewußtsein nahm sie ein entferntes Rattern wahr, das von der Postkutsche herrühren konnte, war jedoch viel zu beschäftigt, um darüber nachzudenken.

Guthrie führte sie auf unbekannte Höhen aus Licht und Feuer, bedeckte ihren Mund mit seinem, um ihre Schreie zu ersticken, und für einen Moment glaubte sie tatsächlich, vor Lust zu sterben. Als die gleißende Helligkeit vor ihren Augen nachließ und ihr Körper ermattet zurücksank, kam ihr zu Bewußtsein, daß sie weinte.

Sie war völlig ausgelaugt, und die vielen Unsicherheiten in ihrem Leben umzingelten sie wie eine Herde Wölfe ein Lagerfeuer.

Mit einer Zärtlichkeit, die sie von Guthrie nie erwartet hätte, küßte er die Tränen von ihren Wangen. Dann zog er sie sehr sanft aus und deckte sie zu. »Schlaf jetzt«, befahl er.

Caroline schloß die Augen, und als sie sie wieder öffnete, war es dunkel im Raum, und im Kamin flackerte ein Feuer. Erschrocken richtete sie sich auf. »Guthrie?« Keine Antwort, obwohl sie auf dem Korridor Gelächter hören konnte. »Guthrie!«

Die Tür ging leise auf, seine Silhouette erschien im schwachen Licht. »Schon gut, Wildkatze«, sagte er sanft. »Ich bin hier.«

Sie war erleichtert. »Ich dachte, du wärst fort. Ich dachte, du hättest mich verlassen.«

Er kam zu ihr und küßte sie auf die Stirn. »Das habe ich nicht vor, meine Süße. Das verspreche ich dir.« Er zündete die Lampe auf dem Nachttisch an und drehte den Docht hinauf. »Hast du Hunger?«

Caroline schämte sich jetzt ihres Verhaltens. Sie hatte von ihren Schwestern geträumt, und ihre Wangen waren noch feucht von ihren Tränen. »Ja, solange es nicht Dörrfleisch gibt.«

Guthrie lachte. »Callie hat Hirschpastete gebacken«, sagte er.

Caroline lief das Wasser im Mund zusammen, aber sie konnte sich eines gewissen Mißtrauens nicht erwehren. »Warum bist du so nett zu mir, Guthrie?«

»Vielleicht mag ich dich«, erwiderte er schulterzuckend. Und da fiel ihr erst auf, daß er sich rasiert und sein Haar gewaschen hatte und saubere Kleider trug.

»Du hast mein Badewasser benutzt!« sagte sie anklagend.

»Nun ja, dann nimmst du jetzt wohl besser meins«, erwiderte er schmunzelnd. »Ich bringe die Wanne herein, nachdem du zu Abend gegessen hast.«

»Callie hatte doch gesagt, wir müßten draußen baden.«

»Sie wird eine Ausnahme machen.« Damit war Guthrie schon draußen. Als er wenige Minuten später zurückkehrte, brachte er ein Tablett mit einem Teller, einem Glas Milch und Besteck mit.

Caroline nahm es freudig entgegen, achtete jedoch darauf, mit einer Hand ihre Brüste bedeckt zu halten. Callies Pastete war heiß und würzig, mit Karotten, Kartoffeln und dicken Stücken Fleisch gefüllt. »Die Leute müssen ja denken, ich sei nur eine Frau, die du irgendwo aufgelesen hast«, sagte Caroline, nachdem sie ihren ersten Hunger mit ein paar Bissen und einem Schluck Milch besänftigt hatte.

Guthrie, der am Fußende saß, schmunzelte. »Sie denken, daß du eine müde Frau bist, die zu lange auf dem Pferd gesessen hat«, erwiderte er.

Allein sein Anblick erfüllte Caroline mit einer gefährlichen Zärtlichkeit. Es war erschreckend, wie er sie von einem Moment zum anderen in Wut bringen konnte, um sie gleich darauf mit seinem Lächeln dahinschmelzen zu lassen. Und dann diese unfaßbare Leidenschaft, die sie verband ... »Du warst sehr lieb zu mir«, sagte sie mit unsicherer Stimme.

Guthrie akzeptierte das Kompliment mit einem fast unmerklichen Nicken und stand dann auf. »Ich kümmere mich um das Bad, das ich dir versprochen habe«, sagte er.

Als er den Raum verlassen hatte, sank Caroline seufzend in die Kissen zurück. Sie hatte ihre Pastete bis auf den letzten Bissen aufgegessen, ihre Milch getrunken und fühlte sich nun, da sie ausgeruht war, schon sehr viel besser.

Fast eine halbe Stunde verging, bevor Guthrie mit der Wanne zurückkam. Callie folgte ihm mit zwei Eimern dampfend heißen Wassers.

Sobald sich das Wasser in der Wanne befand und Callie fort war, schürte Guthrie das Feuer und setzte sich an den Kamin, um eine der dünnen Zigarren zu rauchen, die er so liebte.

Da Caroline es für Zeitverschwendung hielt, ihn zu bitten hinauszugehen, stand sie auf, hüllte sich in die Bettdecke und durchquerte majestätisch den kleinen Raum. Immer noch von der Bettdecke verhüllt, stieg sie in das heiße Wasser und ließ sich seufzend darin nieder.

Guthrie lächelte und schüttelte den Kopf. »Findest du nicht, daß es ein bißchen zu spät ist für derartige Bescheidenheit?«

»Wahrscheinlich«, gab Caroline errötend zu und ließ die Bettdecke sinken. »In meiner Tasche ist ein Stück Seife. Könntest du es mir bitte geben?«

Guthrie schien zu überlegen, dann warf er die Zigarre ins Feuer und holte die Seife. Aber anstatt sie Caroline zu geben, hockte er sich neben sie und begann ihren Rücken einzuseifen.

Caroline schloß die Augen und kostete dieses unglaublich luxuriöse Gefühl in seiner ganzen Fülle aus. Auch als Guthrie ihre anderen Körperteile einzuseifen begann, erhob sie keinen Einwand. Sie ließ sich von ihm waschen und stand dann im flackernden Schein des Feuers und erlaubte ihm sogar, sie abzutrocknen.

Als Guthrie Caroline aufhob und zum Bett trug, war Ruhe das Letzte, woran sie jetzt dachte. Sie schaute zu, wie er die Tür verriegelte und sich zu ihr umdrehte und sein Hemd aufknöpfte. Als er auf sie zukam, hatte er auch schon seine letzten Kleider abgelegt. Er schlug die Decke zurück und legte sich neben Caroline, drehte den Docht der Lampe herunter, bis sie nur noch einen sehr sanften Schein verbreitete. Dann rollte er sich sanft auf Caroline, stützte seine Ellbogen auf, damit sie sein Gewicht nicht so spürte, und küßte zärtlich ihren Mund.

Es bedurfte so wenig bei diesem Mann, um Caroline in Erregung zu versetzen. Als seine Lippen über ihren Hals und ihre Brüste wanderten und sie seinen warmen Atem auf ihrem Bauch spürte, stöhnte sie vor Wollust und Verlangen auf. Als er ihre Beine über seine Schultern zog, war sie verloren.

Er liebte sie entnervend langsam, so sehr sie auch bettelte und flehte, und erst als sie den Punkt erreichte, an dem sie nicht mehr wußte, ob sie ihn verfluchen oder loben sollte, drückte er sie sanft auf die Matratze nieder und drang kraftvoll in sie ein.

Und obwohl sie geglaubt hatte, schöner könnte es nicht werden, belehrte Guthrie sie eines Besseren. Als er ihren Po umfaßte und ihn anhob, um noch tiefer in sie eindringen zu können, ging ein so heftiges Erschauern durch ihren Körper, daß ihr der Atem stockte.

Über ihre eigenen Schreie, die Guthries flache Hand erstickte, hörte sie auch ihn aufgeben. Als sein Körper sich versteifte und erschauerte, erfaßte sie eine so überwältigende Liebe zu ihm, daß sie überzeugt war, ihr Herz müsse daran zerbrechen.

Guthrie sank ermattet neben sie, seine Hand auf ihrer Brust, und sie hielt ihn in den Armen und streichelte sein sauberes, nach Seife duftendes Haar. Gern hätte sie jetzt gesagt: »Ich liebe dich, Guthrie«, aber das wagte sie nicht, weil sie seine Antwort fürchtete.

Irgendwann, als er wieder zu Atem gekommen war, schloß er von neuem seine Lippen um ihre Brustspitze, und Caroline spürte, wie sein Glied sich an ihrem Schenkel aufrichtete. Minuten später, als er zum zweiten Mal in sie eindrang, begrüßte sie ihn mit einem heiseren kleinen Schrei.

Jetzt haftete ihrer Umarmung nichts mehr von der drängenden Verzweiflung an, die sie vorher gekennzeichnet hatte. Carolines Höhepunkt entwickelte sich auf köstliche Weise von Stufe zu Stufe, und jede neue Stufe entrang ihr ein überraschtes Stöhnen. Als auch Guthrie den Höhepunkt der Ekstase erreichte, streichelte sie seinen Rücken und ließ zärtlich ihre Lippen über sein Ohrläppchen gleiten.

Dann schmiegte sie sich zufrieden an ihn und schlief ein. Als sie erwachte, war das Feuer im Kamin erloschen, das Zimmer kalt, und sie war allein.

Trotz Guthries Versprechen, sie nicht zu verlassen, erfaßte Caroline große Angst. Hastig zog sie ihre Hosen an und schlich zur Tür.

15

Obwohl Caroline sich so leise wie möglich bewegte, ächzten die Dielen unter ihren Füßen, als sie über den Korridor schlich und um die Ecke in die Küche spähte.

Guthrie saß an einem der Tische, eine Reihe von Karten in der Hand und eine seiner dünnen Zigarren zwischen den Lippen. Zwei Männer saßen ihm gegenüber, mit dem Rücken zu Caroline, und waren ebenfalls in ihre Karten vertieft. Unwillkürlich richtete Caroline den Blick auf die Wanduhr hinter Guthrie; es war fast Mitternacht.

Leicht verärgert, aber dennoch sehr erleichtert, daß er sie wenigstens nicht verlassen hatte, ging Caroline in ihr Zimmer zurück und wechselte ihre Kleider gegen ein Nachthemd aus ihrer Reisetasche. Dann schürte sie das Feuer im Kamin und setzte sich in einen großen Schaukelstuhl.

Sie bürstete gerade ihr langes Haar, als Guthrie zurückkam.

»Hast du gewonnen?« fragte sie, ohne ihn anzusehen.

Sie hörte ihn lachen und die Sprungfedern quietschen, als er sich aufs Bett setzte und seine Stiefel auszog. »Weder gewonnen noch verloren – es sei denn, du betrachtest die Information, daß Flynn in Richtung Cheyenne unterwegs ist, als Gewinn.«

Nun drehte Caroline sich doch zu Guthrie um. Er hockte auf der Bettkante, zog sein Hemd aus und wirkte ganz wie ein müder Ehemann nach einem langen Arbeitstag. »Kennen diese Männer Seaton?«

»Sie haben mit einem Mann gesprochen, auf den seine Beschreibung paßt«, erwiderte Guthrie gähnend.

Caroline stand auf und ging langsam auf das Bett zu. Trotz der vergangenen Intimitäten mit diesem Mann war es immer noch ein ziemliches Problem für sie, ein Zimmer mit ihm zu teilen. Sie wagte gar nicht, daran zu denken, was Miss Ethel und Miss Phoebe dazu sagen würden, wenn sie es wüßten. »Wann?«

»Gestern, auf dem Trail.« Guthrie kroch unter die Decke, streckte sich aus und verschränkte die Arme unter dem Kopf. »Du siehst aus wie eine Zigeunerprinzessin, mit dem Widerschein des Feuers in deinem Haar.«

Caroline legte sich zu ihm ins Bett, bemühte sich jedoch, Distanz zu halten. »Wann bist du das letzte Mal einer Zigeunerprinzessin begegnet?« fragte sie trocken.

Guthrie lachte und gähnte wieder. »Eigentlich habe ich noch nie eine gesehen«, gab er zu, während er sich umdrehte, um Caroline anzuschauen. Der Ausdruck in seinen grünen Augen kam ihr unfaßbar zärtlich vor – aber vielleicht wirkte es auch nur so im Schein des Feuers. »In ein paar Tagen sind wir in Cheyenne.«

Caroline drehte sich auf den Rücken und starrte zur Zimmerdecke auf. »Dann wirst du Adabelle sicher gleich besuchen«, sagte sie und bemühte sich, so zu tun, als machte die Vorstellung ihr gar nichts aus.

Doch Guthrie umfaßte sanft ihr Kinn und drehte ihr Gesicht zu sich herum. »Ja, Caroline«, bestätigte er. »Das werde ich.«

Sie schloß für einen Moment die Augen, und als sie sie öffnete, betrachtete Guthrie sie ernst.

»Ich werde ihr sagen, daß ich sie nicht heiraten kann.«

Caroline war ganz sicher, ihn mißverstanden zu haben. »Was sagtest du?« fragte sie errötend.

»Ich sagte, ich werde Adabelle mitteilen, daß wir nicht heiraten können«, antwortete er. Nun war er es, der an die Zimmerdecke starrte, was Caroline Gelegenheit verschaffte, sein Mienenspiel zu beobachten.

»Warum?« fragte sie leise, mit unsicherer Stimme.

Er zog eine Hand hinter seinem Kopf zurück und rieb sich sein glattrasiertes Kinn. »Weil ich zuerst herausfinden muß, was ich für dich empfinde, bevor ich einer anderen Frau verspreche, den Rest meines Lebens mit ihr zu verbringen.«

Darauf fiel Caroline keine Antwort ein. Sie hatte noch immer Angst, ihm zu sagen, daß sie ihn liebte, und außerdem, wenn sie Mr. Flynn nicht fanden, mußte sie vielleicht den Rest ihres Lebens in einem Gefängnis verbringen oder endete sogar am Galgen ... Unwillkürlich schmiegte sie sich noch näher an Guthrie und lehnte ihren Kopf an seine Schulter.

Er legte den Arm um sie, strich ihr über das lange Haar und zog sie an sich. »Caroline«, flüsterte er, und dann schloß er die Augen.

Als eine lange Zeit vergangen war und Caroline sich überzeugt hatte, daß Guthrie schlief, richtete sie sich halb auf und betrachtete sein Gesicht. Er war wirklich unglaublich attraktiv auf seine draufgängerische Art, und sogar im Schlaf spielte ein schelmisches Lächeln um seine Lippen, als kenne er ein lustiges Geheimnis, das er nicht verraten wollte.

Weil ihre Zukunft so ungewiß war und ihre Vergangenheit so schwer gewesen, ließ Caroline ihre Gedanken in eine Zeit schweifen, die vermutlich nie kommen würde.

Sie stellte sich vor, mit Guthrie verheiratet zu sein und in einem großen Haus am Stadtrand von Bolton zu leben. Natürlich trug sie auch sein Kind unter dem Herzen, aber es war nicht das erste, sondern das zweite - nein, das dritte.

Es war Winter, und Schnee glitzerte auf den Rosensträuchern, die Caroline im Frühjahr gepflanzt hatte. Als sie aus ihrem warmen, weihnachtlich geschmückten Salon, in dem ein anheimelndes Kaminfeuer brannte, in den Garten hinausschaute, sah sie eine elegante Kutsche vorfahren.

Der Kutscher, in Frack und Zylinder, stieg vom Bock und öffnete die Tür. Eine wunderschöne Frau mit kupferfarbenem Haar und dunkelblauen Augen stieg mit seiner Hilfe aus, gefolgt von einer anmutigen, braunäugigen Blondine.

Ihre Schwestern! Caroline lief zur Eingangstür und riß sie weit auf. »Lily!« schrie sie, unfähig, ihre Freude zu verbergen. »Emma!«

Doch bevor die drei Schwestern sich umarmen konnten, verblaßte der schöne Traum, und Caroline spürte, wie Guthrie sie fester an sich zog.

»Du wirst sie finden«, versprach er leise, und da wußte Caroline, daß sie die Namen laut gerufen hatte.

»Bitte, lieber Gott«, murmelte sie und schloß wieder die Augen.

Am nächsten Morgen stand Guthrie vor dem Spiegel, als sie erwachte, und rasierte sich.

»Zeit, daß du aufwachst, Wildkatze«, sagte er gutgelaunt.

Caroline stand auf und holte ihren Hosenrock und eine einfache Bluse aus der Reisetasche. Beide Kleidungsstücke waren arg zerknittert, aber immer noch besser als diese schreckliche Männerkleidung. »Ich wußte gar nicht, daß du zu den Menschen gehörst, die morgens gute Laune haben«, sagte sie mürrisch. »Dreh dich jetzt bitte nicht um.«

Guthrie lachte nur und rasierte sich weiter, während Caroline eine Zimmerecke suchte, in der sie nicht vom Spiegel aus gesehen werden konnte. Es gab keine.

Schließlich drehte sie Guthrie den Rücken zu und tauschte ihr Nachthemd gegen Hosenrock und Bluse aus. Dabei kam es ihr ungeheuer wichtig vor, die Unterhaltung von den Dingen abzulenken, die sich nachts zwischen ihnen ereignet hatten.

»Warum glaubst du, Flynn könnte auf dem Weg nach Cheyenne sein?«

»Warum ist er nach dem Postkutschenraub nach Laramie

geritten?« konterte Guthrie. »Flynn scheint Risiken nicht zu fürchten. Außerdem ist es auch möglich, daß er hofft, wir folgten ihm, um sich dann an uns zu rächen.«

Caroline erschauerte, als sie an Seatons Drohungen dachte. »Wie konnte er wissen, was zwischen uns vorgefallen ist?« erkundigte sie sich leise.

Guthrie hatte seine Rasur beendet und trocknete sein Gesicht ab, bevor er erwiderte: »Es muß ziemlich offensichtlich für ihn sein, daß wir auf einer so langen Reise intim miteinander waren. Flynn mag ein Schuft sein und ein Mörder, aber er ist kein Narr.«

Seufzend nahm Caroline ihre Bürste heraus und glättete ihr Haar. Als sie es zu einem dicken Zopf geflochten hatte, verließ Guthrie das Zimmer, und sie benutzte das letzte Wasser im Krug, um ihr Gesicht zu waschen und ihre Zähne zu putzen.

Callie servierte ein reichhaltiges Frühstück aus Würstchen, Eiern und Bratkartoffeln. Obwohl Caroline hätte Hunger haben müssen, wurde ihr an diesem Morgen von den Essensgerüchen übel. Sie nahm sich nur eine Tasse Kaffee und ging hinaus, während Guthrie aß.

Tob, der in der Scheune geschlafen hatte, da Callie keine Hunde mochte, kam fröhlich bellend auf Caroline zugelaufen. Sie streichelte ihn liebevoll, aber ihr Blick ruhte besorgt auf der fernen Bergkette, die sich bis in den Himmel zu erstrecken schien und die sie, wie sie wußte, überwinden mußten.

Die Scheunentür krächzte und Homer, Callies Mann, erschien. Er war ein kleiner, hagerer Mann mit freundlichen Gesichtszügen. »Morgen, Mrs. Hayes«, sagte er. »Fühlen Sie sich nicht wohl? Nur wenige Leute lassen sich Callis Mahlzeiten entgehen.«

Caroline schüttelte den Kopf, obwohl sie tatsächlich ein merkwürdiges Gefühl im Magen hatte. Aber wozu sollte sie Homer mit ihren Wehwehchen belasten? »Nein, es geht mir gut«, antwortete sie. »Gestern abend habe ich Hirschpastete gegessen; es war die beste meines Lebens.«

Bevor Homer etwas erwidern konnte, kam Guthrie auf den Hof, nickte Homer lächelnd zu und gab Tob die Überreste seines Frühstücks.

»Bist du bereit zum Aufbruch?« fragte er Caroline überraschend sanft.

Caroline ahnte, daß er sich vermutlich fragte, ob sie schwanger war, und hätte viel darum gegeben zu wissen, ob er es erhoffte oder nicht. »Jederzeit«, erwiderte sie.

Guthrie kehrte ins Haus zurück und kam kurz darauf mit Carolines Reisetasche wieder. In der Scheune bemerkte sie: »Stell dir vor, wie es sein muß, den ganzen Winter in dieser Einöde zu verbringen!«

Guthrie zuckte die Schultern. »Mich würde es nicht stören, vorausgesetzt ich hätte dich und genug Proviant und Feuerholz.«

»Würdest du deine Pokerrunden nicht vermissen?«

»Ich könnte ja mit dir Poker spielen«, antwortete Guthrie und stieß einen Pfiff aus. Mit einem leisen Wiehern kam sein Wallach zu ihm herüber.

Caroline verschränkte die Arme. »Ich kann nicht spielen.«

Guthrie lachte. »Gut. Das bedeutet, daß du oft verlieren würdest, und dann könnte ich jedesmal ein Kleidungsstück von dir verlangen.«

»Du bist unmöglich«, entgegnete Caroline vorwurfsvoll, aber es lag keine große Überzeugung in ihrer Stimme.

Guthrie sattelte die Pferde, und fünfzehn Minuten später befanden sie sich schon auf dem Weg durch die Wälder. Den Weg, den die Postkutsche nahm, vermieden sie aus Vorsicht.

Am frühen Nachmittag erreichten sie eine Wiese, die mit allerlei bunten Frühlingsblumen bestanden war. »Wie schön!« rief Caroline entzückt, als sie aus dem Sattel glitt. »Stell dir vor, all das war unter dem Schnee verborgen!«

Guthrie führte die Pferde zu einem kleinen Bach. Als er zurückkam, überreichte er Caroline das unvermeidliche Dörrfleisch – und ein in Ölpapier eingewickeltes Stück Kuchen.

Caroline war so gerührt über diese Geste, daß ihre Hände zitterten, als sie den Kuchen nahm. »Danke, Guthrie.«

Er lächelte. »Fühlst du dich jetzt besser?«

Sie biß in den mit Zuckerguß überzogenen Kuchen und nickte. »Sehr viel besser«, bestätigte sie.

Guthrie strich mit dem Zeigefinger über Carolines Unterlippe und leckte ihn genießerisch ab. »Annie war morgens auch immer übel«, sagte er.

Und Annie war schwanger gewesen. Eine überwältigende Trauer erfaßte Caroline. »Du mußt dich nicht verpflichtet fühlen, falls ich ein Kind erwarte . . .«

»Verpflichtet?« unterbrach Guthrie sie stirnrunzelnd. »Natürlich würde ich mich verpflichtet fühlen. Ein Mann kann sich einer solchen Situation nicht einfach entziehen, Caroline!«

»Mein Vater hat es getan. Und Lilys und Emmas Väter auch.«

Guthrie brach sich seufzend ein Stückchen von dem Kuchen ab. »So bin ich nicht, Wildkatze, und je eher du das begreifst, desto besser. Ich lebe nach meinen eigenen Regeln, und dazu gehört eben, Verantwortung zu übernehmen.«

Also würden sie und das Baby nichts als eine Verpflichtung für ihn bedeuten! Er würde sich um sie kümmern, weil er es für richtig hielt, und nicht etwa aus einem so dummen und sentimentalen Gefühl heraus wie Liebe.

»Ich hasse dich, Guthrie Hayes«, murmelte Caroline und wandte sich ab. Rasch steckte sie den Rest des Kuchens in den Mund und war sehr beschämt, als Guthrie sie plötzlich zu sich herumdrehte und ihre Wangen sich blähten wie bei einem Hamster.

Er schmunzelte, dann begann er schallend zu lachen.

Caroline kaute hastig und verschluckte sich, woraufhin sie feuerrot wurde. »Wage nicht, mich auszulachen!«

Guthrie bemühte sich, ernst zu bleiben, aber seine Augen funkelten weiterhin.

Ärgerlich entfernte sich Caroline von ihm und pflückte eine leuchtendrote Tigerlilie. Als sie sich soweit beruhigt hatte, daß sie sich wieder zu Guthrie umdrehen konnte, entdeckte sie sechs Indianer auf einer nahen Hügelkuppe. Sie saßen auf ihren Pferden, hielten lange Speere in den Händen, und ihre nackten Oberkörper waren mit einer roten Farbe bemalt, die verdächtig nach Blut aussah.

Erschrocken wich Caroline zurück. »*Guthrie!*«

Er war direkt hinter ihr, Caroline stieß mit seiner harten

Brust zusammen. Seine Hand schloß sich um ihren Oberarm, und er sagte beruhigend: »Ich habe sie gesehen, Wildkatze. Es sind Schoschonen, vermutlich auf Jagd. Und falls wir ihnen keinen Anlaß bieten, werden sie uns sicher nicht belästigen.«

Caroline hatte viel gehört und gelesen über das, was mit Frauen geschah, die von Indianern geraubt wurden, und war natürlich entsprechend verängstigt. »Was würden sie denn als Anlaß betrachten, uns anzugreifen?«

Guthrie lachte. »Einen Schuß aus meinem 45er oder irgendeine brüske Bewegung.« Er verstummte und stieß den vertrauten leisen Pfiff aus, der sein Pferd herbeirief.

»Müssen wir fliehen?« flüsterte Caroline, während sie die Indianer anstarrte, die mit steinernen Mienen ihren Blick erwiderten.

»Nein, Wildkatze«, antwortete Guthrie verhalten. »Ich will nur mein Gewehr in Reichweite haben.«

Der am auffallendsten bemalte Krieger gab seinem Pferd ein Zeichen, und die anderen Schoschonen schlossen sich ihm an.

Guthrie drückte Carolines Arm und drückte ihr dann seinen Colt in die Hand. »Was immer du tust«, sagte er eindringlich, »gerate nur nicht in Panik und gib keinen Schuß ab, bevor sie nicht angreifen.«

Er trat neben Caroline, als die Reiter näherkamen, lächelte und neigte grüßend den Kopf. Aber Caroline spürte die mühsam beherrschte Kraft in ihm, und zum ersten Mal wurde ihr bewußt, welch gefährlicher Gegner dieser Mann sein konnte.

Der erste Indianer sprach sie in einem Mischmasch aus Schoschonensprache und Englisch an, und zu Carolines Erstaunen antwortete Guthrie im gleichen unverständlichen Kauderwelsch.

Caroline setzte das erzwungene Lächeln auf, das sie im allgemeinen in ihrem Unterricht anwandte. »Was sagt er?« fragte sie, nachdem Guthrie eine ganze Weile mit dem Indianer verhandelt hatte.

»Sie wollen den Hund.«

»Den Hund?« Caroline drehe sich verblüfft zu Guthrie um, überzeugt, daß er nur Spaß machte. Bisher hatte sie nur davon gehört, daß man entweder skalpiert wurde oder in ein entferntes Lager verschleppt, um den Wilden dort als Sklaven zu dienen. »Was wollen sie denn mit Tob?«

Guthrie versetzte ihr einen leichten Rippenstoß und nahm seine Unterhaltung mit dem Schoschonenkrieger wieder auf. »Ich glaube, sie wollen ihn zum Abendessen rösten«, antwortete er ihr sehr viel später.

Caroline war entsetzt. »*Nein!*« rief sie, ließ sich neben Tob in den Staub fallen und schlang ihre Arme um seinen haarigen Nacken. Die 45er, die noch in ihrer Hand lag, zeigte geradewegs auf Guthries großen Zeh.

»Caroline«, sagte Guthrie ernst, »wenn du mich in den Fuß schießt, wird das nicht von Vorteil für uns sein.«

Vorsichtig bewegte Caroline die Mündung der Waffe in eine andere Richtung. »Ich werde nicht zulassen, daß sie diesen wunderbaren Hund auffressen! Was für eine barbarische Idee! Wenn ich bedenke, daß . . .«

Guthrie unterbrach sie freundlich, aber bestimmt. »Das genügt, Caroline.«

Der Anführer der Indianer hielt ein erregtes Palaver mit seinen Kriegern ab, richtete seinen Blick auf Caroline, dann auf Guthrie, und schließlich spuckte er verächtlich auf den Boden. Im nächsten Augenblick jagte die kleine Gruppe wieder den Hügel hinauf.

Caroline stand langsam auf. »Was ist passiert? Warum reiten sie weiter?«

Guthrie nahm Caroline seufzend den Colt ab. »Glaub mir, Wildkatze, du hättest sie bestimmt nicht gern als Dinnergäste.«

»Ich will wissen, warum sie weggeritten sind!«

»Wohl hauptsächlich, weil sie der Ansicht waren, ich hätte schon genug Ärger mit dir und beschlossen haben, mir nicht noch zusätzlichen zu verschaffen.«

Caroline öffnete den Mund und schloß ihn wieder. Guthrie hob sie in den Sattel und reichte ihr die Zügel. »Werden sie zurückkommen?« wagte sie erst zu fragen, nachdem sie die Wiese weit hinter sich gelassen hatten.

»Ich glaube nicht – es sei denn, sie hätten kein Glück bei der

Jagd. Dann könnten sie doch noch Appetit auf Tob bekommen.«

»Meinst du, sie würden ihn wirklich essen?« Caroline wurde so übel, daß sie am liebsten ausgespuckt hätte.

»Gebraten, geröstet oder gekocht«, antwortete Guthrie.

»Du hast lange mit ihnen geredet... Ich hatte das Gefühl, daß es dabei um mich ging.«

Guthrie nickte schmunzelnd. »Ganz recht, Wildkatze. Ich habe ihnen gesagt, daß du, obwohl du äußerlich ganz nett aussiehst, einen mit eitrigen Wunden übersäten Körper hast. Sie haben schreckliche Angst vor den Krankheiten der Bleichgesichter, und als du den Hund umarmtest, dachten sie vermutlich, er hätte die gleiche Krankheit.«

Wieder schluckte Caroline. »Das war eine kluge, wenn auch recht widerliche Taktik.«

Guthrie tippte sich an den Hut. »Danke, Madam«, erwiderte er. »Ich konnte dabei nur hoffen, daß sie mich nicht mit einem Speer durchbohrten, um dich auszuziehen und sich persönlich zu überzeugen, ob ich die Wahrheit sprach.«

Ein Erschauern ging durch Carolines schmale Gestalt. »Jetzt muß ich dir wohl dankbar sein. Man könnte sagen, du hast mir das Leben gerettet.«

»Das mag wohl sein«, stimmte er zu, und damit war das Thema abgeschlossen. Sie ritten schweigend weiter, höher und höher in die Berge hinein, wo zum Teil noch immer Schnee lag und ein bitterkalter Wind blies.

Caroline fror, als sie in einer gottverlassenen Gegend ihr Nachtlager aufschlugen. Den einzigen Schutz vor der Witterung bot eine Felsenhöhle, und Caroline fragte sich besorgt, wer sich wohl sonst noch in diesem unheimlichen Loch verkrochen haben mochte.

Guthrie glitt aus dem Sattel, reichte Caroline die Zügel und nahm das Gewehr aus der Hülle, bevor er mit entschiedenen Schritten auf die Höhle zuging.

»Könnten wir nicht woanders bleiben?« rief Caroline ihm nach.

Guthrie warf ihr einen ungeduldigen Blick zu, bevor er die

Höhle betrat. Gleich darauf kam er wieder heraus. »Sie ist leer«, sagte er. »Such ein bißchen Brennholz.«

Caroline stieg von ihrem Pferd. »Angenommen, es ist die Höhle eines wilden Tieres? Eines Bären zum Beispiel?«

Guthrie lächelte und schüttelte den Kopf. »Keine Angst, Wildkatze. Außer Spinnen und Ratten gibt es hier nichts.«

»Du machst es mir absichtlich noch schwerer«, beschuldigte sie ihn, während sie den Boden bereits nach trockenem Holz absuchte.

Er spreizte bedauernd die Hände. »Ich sagte dir ja schon, daß eine solche Reise nichts für eine Dame ist.«

Caroline entfernte sich von ihm und fragte sich, warum sie wohl so wütend war. Irgendwie beherrschte sie der dringende Wunsch, einen Streit mit ihm vom Zaun zu brechen.

Als sie mit einem Armvoll Brennholz zurückkehrte, hatte Guthrie die Pferde versorgt, hockte wie ein Indianer auf den Fersen vor einem Birkenstamm und spitzte einen schmalen Ast zu.

Caroline ließ ihm das Brennholz praktisch in den Schoß fallen. »Da!« sagte sie verdrossen.

Guthrie legte Messer und Ast beiseite und stand auf. Aber statt Ärger verriet sein Blick Verständnis. »Schon gut, Caroline«, sagte er. »Du bist jetzt in Sicherheit. Niemand wird dir etwas antun.«

Und da erkannte sie, daß sie Furcht mit Zorn verwechselt hatte. Sie begann leise zu weinen, und Guthrie zog sie tröstend in die Arme.

»Ich habe schreckliche Dinge gelesen«, flüsterte sie, als sie sich etwas beruhigt hatte. »Miss Phoebes Verlobter ist auch von einem Schoschonenkrieger erschossen worden . . .«

Guthrie umfaßte zärtlich ihr Gesicht. »Ich beschütze dich, Wildkatze«, versprach er und küßte sie ganz sanft auf die Lippen. Es war nur ein flüchtiger Kontakt, aber er reichte aus, um den Wunsch nach mehr in Caroline zu wecken, und sie schlang ihm eifrig die Arme um den Hals.

Mit einem leisen Aufstöhnen schob Guthrie sie von sich. »Wir brauchen mehr Brennholz«, sagte er mit abgewandtem Blick.

Caroline war gekränkt, aber ihr Stolz war größer. Trotzig schob sie das Kinn vor und sammelte noch mehr trockene Äste. Als sie ins Lager zurückkehrte, brannte schon ein Feuer, aber weder Guthrie noch die Pferde waren irgendwo zu sehen.

Zuerst kehrte Carolines Angst zurück, aber dann dachte sie, er müßte irgendwo in der Nähe ein Wasserloch gefunden und die Pferde zum Trinken hingeführt haben. Als ein Schuß erklang, ließ sie das Brennholz fallen und eilte in den Wald zurück, um noch mehr zu holen.

Einige Zeit später kam Guthrie mit den Pferden und einem kleinen Tier zurück. Zum Glück hatte er es schon abgehäutet und ausgenommen.

Caroline war noch immer gekränkt über seine ablehnende Haltung und schwieg deshalb verstockt. Aber Guthries Augen verrieten Wärme und Verständnis und schienen ein Versprechen abzugeben für die Nacht, die vor ihnen lag. Er holte die kleine Bratpfanne aus der Satteltasche, die Kaffeekanne und die Kaffeebohnen, und begann das Essen vorzubereiten.

Caroline schritt unruhig am Feuer auf und ab und versuchte, die Frage zurückzuhalten, aber schließlich siegte ihre Neugier. »Hast du denn gar kein Verlangen nach mir, Guthrie?«

Er füllte die Kanne aus seiner Feldflasche, fügte Kaffeebohnen hinzu und setzte alles aufs Feuer, bevor er antwortete. »Immer«, sagte er schroff, während er das Fleisch in Stücke schnitt und in die Pfanne legte. »Aber du scheinst geschwächt zu sein, Wildkatze. Und wenn es so ist, brauchst du gutes Essen und Ruhe und Entspannung. Was für ein Mann wäre ich, wenn ich die letzten Stunden des Tageslichts damit verbrächte, dich zu lieben und dich dann hungrig schlafen ließe?«

Caroline schluckte. Die Maitlandschwestern waren immer sehr großzügig zu ihr gewesen, aber von einem Mann hatte sie noch nie solch liebevolle Fürsorge erfahren. Nicht einmal von Seaton Flynn. »Du mußt mich für schrecklich dreist halten.«

»Das ist eine Eigenschaft, die ich bei einer Frau bewundere«, erwiderte er lachend.

Eine Scheu, die ihr angesichts der Tatsache, was sie alles schon mit diesem Mann erlebt hatte, unerklärlich war, erfaßte

Caroline. Hinzu kam ein seltsames Gefühl der Dringlichkeit, das sie quälte – als sollte ihre Verbindung zu Guthrie schon bald ein abruptes Ende finden. Der Zwischenfall mit den Indianern hatte ihr zu Bewußtsein gebracht, wie leicht sie getrennt werden konnten. Vielleicht war es ein Fehler, auf das nächste Mal zu warten ...

»Nimm mich in die Arme«, sagte sie mit zitternder Stimme, und Guthrie zog sie an sich. Sie legte ihre Wange an sein Herz und lauschte auf sein gleichmäßiges Klopfen. *Ich liebe dich, Guthrie Hayes,* dachte sie, von einer bittersüßen Melancholie erfüllt.

Es war das gleiche Gefühl, das sie empfunden hatte, bevor sie gezwungen worden war, Emma und Lily auf dem Waisenkinderzug zurückzulassen.

16

Guthrie gab Caroline einen langen, gründlichen Kuß, der ein Zittern in ihr auslöste und ihren Herzschlag auf beängstigende Weise beschleunigte. Als er sich von ihr löste, strich er noch einmal sanft mit dem Daumen über ihre Unterlippe.

»Wir haben später Zeit, uns zu lieben, Caroline«, sagte er. »Nach dem Essen. Und wenn wir einmal angefangen haben, möchte ich aus keinem anderen Grund aufhören müssen als aus völliger körperlicher Erschöpfung.«

Die freudige Erwartung löste ein Prickeln in Caroline aus. Ihre Brustspitzen richteten sich auf, und sie spürte, daß sie bereit war für ihn. Für einen Moment legte er seine große Hand auf ihre Brust, streichelte sie sanft und wandte sich dann mit einem Seufzen ab.

Caroline war so erregt während des Essens, daß sie ihr Fleisch kaum anrührte. »Gibt es Wasser in der Nähe?« fragte sie, als Tob sich an den Überresten gütlich tat.

»Wenige Meter hinter diesen Bäumen«, antwortete Guthrie, der sie schon geraume Zeit mit glutvollen Blicken maß.

Nervös wie eine junge Braut löste Caroline ihren Blick von ihm, stand auf und holte ihre Seife aus der Reisetasche. Dann tauchte sie zwischen den Birken, Zedern und Tannen unter und hörte schon kurz darauf das leise Murmeln eines Bachs.

Das Wasser war unglaublich kalt, aber sie zog sich tapfer aus und wusch sich von Kopf bis Fuß. Als sie ins Lager zurückkehrte, glühte ihre Haut vor Kälte und Sauberkeit.

»Du kannst froh sein, wenn du dir keine Lungenentzündung holst«, schalt Guthrie, aber es klang nicht ärgerlich. Er lächelte wieder auf jene Art, die stets etwas Verborgenes in Carolines Herz anrührte, legte ihr eine Decke um die Schultern und führte sie in die Höhle.

Dort hatte er aus weichem Gras und Tannennadeln ein Bett vorbereitet und eine Decke darüber ausgebreitet. Da das Feuer direkt vor dem Höhleneingang war, drang etwas von seiner Wärme zu ihnen herein, aber Caroline wußte, daß es nicht *diese* Wärme war, unter der ihr Körper sich erhitzte, als Guthrie sie langsam auszog.

Als sie völlig nackt war, deckte Guthrie sie mit einer neuen Decke zu, die er vermutlich in Laramie besorgt hatte, und zog sich selber aus. Dabei entging Caroline nicht, daß er sein Gewehr und seinen Colt in unmittelbare Reichweite legte.

Der Feuerschein flackerte auf seiner nackten Haut und verlieh ihm eine geradezu wilde Schönheit; als er sich neben ihr ausstreckte, nahm sie seinen herben, sehr männlichen Duft nach Moschus, frischer Luft und Tannennadeln wahr.

Mit einer Hand löste er Carolines Zopf, strich das Haar mit den Fingern glatt und schaute ihr dabei unablässig in die Augen.

Die Nacht schien irgendwie verzaubert; Carolines Stimme war ganz heiser vor Gefühlen. »Werden wir morgen Cheyenne erreichen?« fragte sie und schämte sich der Tränen, die sich in ihren Wimpern sammelten. Einerseits wollte sie Flynn finden und der Justiz übergeben; andererseits haßte sie die Vorstellung, Guthrie wieder mit der Außenwelt teilen zu müssen.

Er küßte sie sanft auf die Lippen. »Übermorgen – falls nichts dazwischenkommt.« Er küßte ihre Lider, sein Mund wurde feucht von ihren Tränen, als er rauh hinzufügte: »Wenn diese Indianer nicht gekommen wären, hätte ich dich gleich dort auf dieser Wiese geliebt, inmitten all der Blumen.«

Caroline küßte ihn sinnlich. »Hm. Du hast eine sehr romantische Seele, Guthrie Hayes, obwohl es dir wirklich nicht anzusehen ist.«

Er lachte. »War das ein Kompliment oder eine Beleidigung?«

»Das mußt du selbst entscheiden.« Lächelnd schlang sie die Arme um seinen Nacken, aber er ergriff ihre Hände und hielt sie hoch über ihrem Kopf fest. Die Bewegung entblößte ihre festen Brüste, deren Spitzen sich Guthrie geradezu entgegendrängten, und mit einem lustvollen Stöhnen senkte er den Kopf darauf.

Caroline krümmte den Rücken, ein Wimmern kam von ihren Lippen, als Guthries Hand zu ihrer Hüfte glitt und dann sanft ihre Schenkel spreizte.

Bebend vor Erwartung gehorchte sie und stöhnte auf vor Lust, als er seine Hand auf sie legte. Dann, ganz plötzlich, drang er mit zwei Fingern in sie ein und ließ seine Handfläche rhythmisch über die Stelle gleiten, wo die Lust am intensivsten war.

Caroline schluchzte seinen Namen und versuchte, ihn auf sich herabzuziehen, weil ihr Verlangen nach ihm so übermächtig war, daß sie es nicht mehr zu ertragen glaubte. Guthrie mußte das gleiche empfunden haben, denn er rollte sich sofort über sie und drang mit einem kraftvollen Stoß in sie ein.

Einen triumphierenden Aufschrei auf den Lippen, bog Caroline ihm die Hüften entgegen, um ihn in sich aufzunehmen, und ließ ihre Hände wie im Fieber über seinen Rücken gleiten. Diesmal war ihre Vereinigung kurz und heftig, endete mit dem Zusammenstoß zweier Universen, und ihre heiseren Schreie der Ekstase zerrissen die nächtliche Stille im Wald.

Lange nachdem sie ermattet auf ihr Lager zurückgesunken waren, hob Guthrie den Kopf von Carolines Schulter und flüsterte ihr zu. »Noch mehr davon, Wildkatze, und ich bin dazu verdammt, als junger Mann zu sterben.«

Sie küßte ihn auf seine feuchte Brust. »Jung, aber glücklich«, scherzte sie.

Er lachte und nannte sie mit einem Namen, der unter anderen Umständen eine Beleidigung gewesen wäre, dann beugte er sich über sie, und das erotische Spiel begann von neuem. Die Morgendämmerung war nicht mehr weit entfernt, als sie endlich ermattet in tiefen Schlaf versanken.

Tobs rauhe Zunge auf ihrem Gesicht weckte Caroline. Sie stieß ihn verdrossen fort und richtete sich auf. Guthrie lag nicht mehr neben ihr, aber sie konnte ihn in der Nähe leise pfeifen hören.

Reue erfaßte Caroline, als sie an die Nacht zurückdachte, und mit einer ärgerlichen Bewegung schnappte sie sich ihre Kleider und zog sich unter der Decke an. »Man sollte meinen, ich hätte etwas gelernt«, murmelte sie gereizt, bevor sie aufstand und die Höhle verließ.

Guthrie kochte irgend etwas auf dem Feuer und drehte sich lächelnd nach Caroline um. »Sag nichts«, warnte er sie gutmütig, während er Kaffee für sie einschenkte und ihr den Becher reichte. »Trink das und behalte deine Gedanken für dich, bis du wieder einigermaßen guter Laune bist.«

Caroline nippte an dem heißen Getränk und musterte verstohlen den Mann, der ihr Gefährte war und ihr Untergang.

Er gab ihr einen Teller mit etwas, das wie Fisch aussah, und Caroline ging damit zu einem Baumstumpf und setzte sich.

Guthrie blieb am Feuer und aß seine Portion schweigend. Als er fertig war, wusch er mit dem Wasser aus der Feldflasche den Teller ab und steckte ihn in die Satteltasche.

Caroline, der ein bißchen übel war, stocherte in ihrem Fisch herum und schob ihn von einer Seite des Tellers auf die andere. Sie war froh, als Guthrie endlich kam, ihr das Essen abnahm und es Tob gab.

Während Caroline ihren Kaffee trank und die Decken faltete, sattelte Guthrie die Pferde.

Später an diesem Morgen sahen sie von weitem die Schoschonenkrieger, denen sie schon am Vortag begegnet waren. Zum Glück wahrten die Indianer Distanz, aber Caroline war noch ganz kalt vor Angst, als die Rothäute längst verschwunden waren.

Je höher sie in die Berge kamen, desto kälter wurde die Luft, und auch das Atmen wurde schwieriger. Als sie den Paß erreichten, den Guthrie gesucht hatte, wußte Caroline nicht, ob sie sich freuen oder enttäuscht sein sollte.

Bald würden sie in Cheyenne sein und mit etwas Glück Mr. Flynn der Justiz übergeben. Danach bestand dann kein Anlaß mehr für Guthrie, bei Caroline zu bleiben – es sei denn, sie hätte ihm ehrlich sagen können, daß sie ein Kind erwartete.

Gegen Mittag machten sie eine kurze Rast, um ein Stück Dörrfleisch zu essen – Caroline probierte es nicht einmal mehr – aber dann hielt Guthrie eine weitere Überraschung für sie bereit. Mit einem Lächeln reichte er ihr ein Stück von Callies köstlichem weißen Brot.

»Sobald wir in Cheyenne sind«, sagte er tröstend, als er sah, wie hungrig sie das Brot verschlang, »lade ich dich zu einem richtigen Essen ein.«

Da Carolines Übelkeit verflogen war und auch ihr Anfall von Melancholie nachgelassen hatte, erwiderte sie sein Lächeln. »Ich glaube, diesmal bin ich an der Reihe, denn ohne mich wären wir jetzt gar nicht hier.«

Guthries Lächeln verblaßte und er runzelte die Stirn. »Caroline«, sagte er ruhig, »ich bin der Mann, und du bist die Frau. Das bedeutet, daß ich bezahle.«

Caroline kaute noch immer Callies Brot, das nur schon ein bißchen trocken war, und fühlte sich nicht in der Stimmung zu einem Streit. »Das ist ja lächerlich«, erwiderte sie belustigt. »Wenn wir uns nicht kennengelernt hätten, wärst du jetzt nicht hier. Du wärst in Bolton und würdest in deiner Mine arbeiten. Warum solltest du für alles zahlen, wenn die ganze Reise doch ursprünglich nur meine Idee war?«

Guthrie rieb sich den Nacken und seufzte. »Weil ich der Mann bin, Caroline. Ich zahle, ich gebe die Anweisungen, und ich treffe die Entscheidungen.«

Plötzlich fand Caroline die Unterhaltung nicht mehr lustig. »Moment mal«, sagte sie und klopfte die Krümel von ihren Händen ab. »Wir sind nicht verheiratet, Mr. Hayes, und selbst wenn wir es wären, würde ich dir nicht gestatten, mir jede Kleinigkeit vorzuschreiben!«

Guthrie war Caroline jetzt so nahe, daß sich ihre Nasenspitzen fast berührten. Mit dem Zeigefinger tippte er auf ihre Brust. »Wenn du mein Kind erwartest, *wirst* du meine Frau sein!«

»Soll das heißen, daß ich keine andere Wahl habe?« entgegnete Caroline entrüstet.

Guthrie nickte. »Richtig«, bestätigte er.

Doch sie ließ sich nicht einschüchtern. »So? Also, wenn du vorhast, ein solcher Ehemann zu sein, werde ich dich unter gar keinen Umständen heiraten!«

»Nein?« schrie Guthrie. »Wenn du glaubst, ich ließe dich mein Kind allein aufziehen, hast du den Verstand verloren. Ein Kind zu zeugen ist fast das Wichtigste, was ein Mann tun kann, und – *bei Gott* – ich lasse mein Kind doch nicht zu einem pingeligen Schulmeister aufziehen!«

»Was paßt dir nicht an meinem Beruf?« gab Caroline empört zurück, aber ihrer Stimme mangelte es an Überzeugungskraft, weil sie an seine Worte dachte: *Ein Kind zu zeugen, ist fast das Wichtigste, was ein Mann tun kann.* Sie hatte noch keinen Mann gekannt oder von einem gelesen, der so dachte.

Jetzt tippte sich Guthrie an seine eigene Brust. »Mein Sohn wird mir helfen, meine Bergbaugesellschaft zu leiten.«

Caroline zog eine Augenbraue hoch. »So? Angenommen, ›dein Sohn‹ wird ein Mädchen? Oder es kommt überhaupt kein Kind?«

Guthrie blieb stumm und wirkte so verwirrt, als hätte Caroline ihn geschlagen. Aber dann, typisch für ihn, erholte er sich von seiner Verblüffung. »Ich würde auch keine Tochter wollen, die in einer Schule unterrichtet. Und wenn kein Baby kommt, Wildkatze, haben wir auch keine Probleme, weil wir dann nämlich nicht heiraten werden.«

Nun war es Caroline, die schockiert war, obwohl sie selbst nicht ganz begriff, warum seine Feststellung sie erstaunte. Er hatte ihr klar genug zu verstehen gegeben, daß er sie nur eines Kindes wegen heiraten würde. »Oh«, meinte sie leise und trat zurück.

Diese Runde ging an Guthrie, und Caroline hoffte nur, daß er seinen Sieg genoß. Doch als sie sich abwandte, um zu ihrem Pferd zu gehen, hielt er sie am Arm zurück.

Sein Griff war fest, aber nicht schmerzhaft. »Es tut mir leid«, sagte er rauh. »Ich hätte dich nicht so anschreien dürfen.«

Wieder war Caroline verblüfft. Dieser Mann war ihr ein Rätsel. Fast hätte sie ihm gesagt, daß es nicht sein lauter Ton war, der sie kränkte, aber dann brachte sie es doch nicht über sich. Er brauchte nicht zu wissen, wie weh es tat, daß er sie nur aus moralischen Überlegungen heiraten würde und nicht aus Liebe. »Laß mich los«, sagte sie, und wieder überraschte Guthrie sie, indem er ihren Wunsch widerspruchslos erfüllte.

Sie bestiegen ihre Pferde und ritten schweigend weiter, sprachen erst wieder, als sie den Rand eines Canyons erreichten und tief unter ihnen eine kleine Hütte auftauchte, aus deren Kamin Rauch aufstieg. Neben der Hütte waren eine Scheune, ein Brunnen und die Anfänge eines Gemüsegartens zu erkennen. Auf einer Wiese in der Nähe grasten Rinder und Schafe.

Vor der Hütte warteten geduldig zwei Pferde. Es sah alles sehr harmlos aus, und Caroline freute sich schon, mit jemand anderem als Guthrie sprechen zu können, aber als sie den Hügel hinabreiten wollte, hielt er sie am Zügel ihres Pferds zurück.

»Psst!« zischte er, und sogar Tob, der normalerweise gebellt hätte, verhielt sich still.

Rauhes Gelächter drang durch die Bäume zu ihnen herauf, und Caroline stellte stirnrunzelnd fest, daß die Tür der Hütte offenstand. Das war merkwürdig, weil die meisten Frauen nicht gern Fliegen ins Haus ließen. Und es *lebte* eine Frau in dieser Hütte; Caroline konnte ihre Unterwäsche auf der Wäscheleine sehen.

»Was ist los?« flüsterte sie.

Guthrie schüttelte den Kopf. »Keine Ahnung. Aber irgend etwas stimmt hier nicht.«

Kaum hatte er diese Worte ausgesprochen, als ein gellender

Schrei erklang und in der Hütte zwei Schüsse abgefeuert wurden. Die beiden Pferde, die draußen angebunden waren, scheuten und wieherten nervös.

Caroline hob betroffen eine Hand an ihre Kehle.

Guthrie zog das Gewehr aus der Hülle und lud es. Ohne Caroline anzusehen, befahl er: »Bleib hier.«

Sie saß wie erstarrt im Sattel und schaute Guthrie nach, der schnell den Hügel hinunterritt. Wieder erklang rauhes Gelächter aus dem Haus, und wieder schrie die Frau.

Caroline preßte die Augen zusammen und betete: *Lieber Gott, hilf dieser armen Frau! Und bitte mach, daß Guthrie nichts geschieht!*

Bevor sein Pferd zu einem Halt gekommen war, glitt Guthrie schon aus dem Sattel und rannte – das Gewehr in beiden Händen – durch das hohe Gras auf das Haus zu.

Als er die halb angelehnte Tür erreichte, stieß er sie mit der Stiefelspitze auf.

Sofort erklang ein Schuß, und Caroline sah voller Entsetzen, daß Guthrie zurücktaumelte. Er war getroffen worden!

Seine Warnung in den Wind schlagend, machte sie sich auf den Weg in die Schlucht, aber da richtete Guthrie sich schon wieder auf, richtete das Gewehr auf die Tür und gab zwei Schüsse ab. Die aufgeschreckten Pferde der Banditen rissen sich los und stürmten in wildem Galopp davon.

Caroline fiel mehr aus dem Sattel, als daß sie absaß, und rannte mit fliegenden Zöpfen auf Guthrie zu. »Guthrie!« schrie sie, als sie den großen Blutfleck sah, der sich vorn auf seinem Hemd ausbreitete.

»Verdammt, bleib doch zurück!« schrie er sie an.

Caroline hörte nicht auf ihn, und als er vorsichtig die Hütte betrat, war sie dicht hinter ihm.

Zwei Männer lagen tot auf dem Fußboden, während eine blonde Frau in Carolines Alter zitternd in einer Ecke am Kamin kauerte. Ihr schlichtes Kattunkleid war vorn zerrissen, und sie starrte mit großen leeren Augen zu Guthrie auf.

Caroline stieg über die toten Banditen und hockte sich neben die Frau. »Es ist alles gut«, sagte sie sanft und legte ihren Arm um die zuckenden schmalen Schultern. »Wir tun Ihnen nichts, haben Sie bitte keine Angst.«

Guthrie hatte sein Gewehr an die Wand gestellt. Eine Hand auf seine verletzte Schulter gepreßt, starrte er mit einem Gesichtsausdruck auf die toten Männer herab, den Caroline nicht deuten konnte. Sie wußte nur, daß es nicht das erste Mal war, daß er ein Menschenleben ausgelöscht hatte.

Sie drückte die Hand der Frau und richtete sich auf. »Laß mich die Wunde sehen«, sagte sie zu Guthrie.

Er schaute sie noch einen Moment mit diesem merkwürdig geistesabwesenden Blick an, als würde er sie nicht erkennen, dann begann er zu schwanken. Caroline war sofort an seiner Seite und ergriff seine Schultern.

Doch Guthrie schob sie schweigend fort, packte einen der toten Männer am Hemd und schleifte ihn aus der Hütte. Dann wiederholte er den Vorgang mit der zweiten Leiche. Als er danach in die Hütte zurückkam, war er wachsbleich, und Caroline befürchtete, daß er schon zuviel Blut verloren hatte.

Sie drückte ihn auf einen Stuhl am Tisch, knöpfte mit zitternden Händen sein Hemd auf und schob es vorsichtig beiseite.

Beim Anblick der Wunde wurde ihr schwindlig, und die Galle stieg ihr in die Kehle. Doch sie schluckte tapfer, schloß die Augen und flehte um Kraft. Dann wandte sie sich entschlossen zu der Frau um, die aufgestanden war und – beide Hände vor den Mund gepreßt – mit schreckgeweiteten Augen zusah.

Caroline wußte, daß sie innerlich schrie, aber sie zu trösten, blieb ihr jetzt keine Zeit. Guthrie verblutete, wenn sie nicht sofort etwas unternahm.

»Ich brauche heißes Wasser«, sagte Caroline zu der anderen Frau. »Auch Whiskey, falls Sie welchen haben, und ein scharfes Messer. Und saubere Tücher.«

Schweigend und mit hölzernen Bewegungen hob die Frau einen alten Eimer auf und ging hinaus.

Caroline schaute Guthrie prüfend in die Augen und sah, daß er nur halb bei Bewußtsein war und sie vermutlich nicht einmal erkannte. »Halte durch, Guthrie Hayes«, sagte sie streng und drängte tapfer die Tränen zurück. »Wage ja nicht, jetzt zu sterben! Denn dann müßte ich den Rest meines Lebens in einem Gefängnis verbringen, und Flynn entkäme der Gerechtigkeit!«

Guthrie lächelte, obwohl Caroline ganz sicher war, daß er kein Wort verstanden hatte. Sie küßte ihn auf die Stirn, bevor sie sich aufrichtete und sich nach den Dingen umsah, die sie brauchte. Auf die Hausherrin konnte sie sich nicht verlassen; die Frau schien sich am Rande eines Zusammenbruchs zu befinden.

Aber dann kehrte sie mit dem Wasser zurück, stellte einen großen Kessel auf den Herd und füllte ihn. »Mein Name ist Penny Everett«, sagte sie, während sie Holz nachlegte. Ihre Stimme hatte einen merkwürdig singenden Tonfall.

»Ich bin Caroline Chalmers«, antwortete Caroline abwesend. Sie hatte ein sauberes Geschirrtuch gefunden und bemühte sich, Guthries Blutung damit zu stillen. »Und das ist mein . . . mein Freund, Mr. Guthrie Hayes.«

Als das Wasser heiß war, holte Penny ein großes Messer und begann es an einem Schleifstein zu schärfen.

»Lassen Sie ihn nicht fallen«, sagte Caroline wenig später, bevor sie hinausging, um ihre Tasche zu holen. Dann wusch sie gründlich ihre Hände, zündete die Petroleumlampe auf dem Tisch an und hielt die Messerschneide in die Flamme. »Ich brauche auch Nadel und Faden«, sagte sie zu Penny, während sie die Lampe näher an Guthrie rückte und vorsichtig die Wunde untersuchte.

Guthrie zuckte vor Schmerz zusammen, und Caroline kamen die Tränen. Obwohl sie sie tapfer zurückdrängte, blieben ihre Augen feucht.

Es war ein langer, blutiger Prozeß, aber Caroline fand die Kugel und entfernte sie. Als das geschehen war, goß sie Whiskey auf ein anderes sauberes Tuch und drückte es als Kompresse auf die Wunde.

Penny, die aussah, als würde sie jeden Augenblick ohnmächtig werden, hatte bereits Nadel und Faden zurechtgelegt. Fasziniert schaute sie zu, wie Caroline die Nadel desinfizierte und mit einem Faden versah.

Vorsichtig begann sie die Wunde zu nähen, und jedesmal,

wenn die Nadel in Guthries Fleisch stach, glaubte sie es am eigenen Körper zu verspüren. Jedes leise Stöhnen aus Guthries Mund zerrte an ihr wie die Zähne eines wilden Tiers.

Als die unangenehme Aufgabe beendet war, hielt Penny schon eine Schüssel heißes Wasser für Caroline bereit. Dankbar wusch sie ihre Hände und Arme, bis sie wieder weiß waren. Dann reinigte sie Guthries Schulter, tauchte sie in Whiskey und Gebete und verband die Wunde mit Stoffstreifen von einem Bettlaken.

Gemeinsam trugen Penny und Caroline Guthrie zu dem einzigen Bett, das in der Hütte stand. Während Caroline ihm tröstend über das Haar strich, zog Penny ihm die Stiefel aus und deckte ihn mit einer weichen Decke zu.

Der Duft von Kaffee erfüllte den Raum, aber bevor Penny den Tisch gedeckt hatte, ging Caroline hinaus, um ein bißchen frische Luft zu schnappen.

Doch statt dessen wurde sie mit dem Anblick der beiden toten Banditen konfrontiert, die Seite an Seite im Staub lagen. Von Übelkeit erfaßt, ging sie in die Hütte zurück und schloß die Tür nicht nur, sondern verriegelte sie auch noch.

»Was ist eigentlich geschehen?« fragte sie, als sie am Tisch saß und mit einer Hand nach dem Kaffee griff und mit der anderen nach der Whiskeyflasche.

Penny tat es ihr nach und fügte auch ihrem Kaffee eine kräftige Portion Whiskey bei. »Mein Mann ist fort, er hilft einem Nachbarn, eine neue Scheune aufzubauen. D-die beiden Männer erschienen etwa eine Stunde, nachdem er heute morgen aufgebrochen war. Sie sagten, sie wollten nur ihre Pferde tränken.« Penny brach ab, holte zitternd Luft und atmete wieder aus. »Das haben sie auch getan. Aber dann traten sie die Tür ein und ... und stürzten sich auf mich.«

Caroline drückte mitfühlend Pennys Hand.

»Sie stießen mich auf den Tisch und hielten mich dort fest.« Tränen schimmerten in Pennys Augen. »Und ... und dann haben sie meine Röcke hochgezogen.«

Wieder drückte Caroline ihre Hand.

Penny begann zu weinen. »Sie haben mich überall angefaßt.

Einer von ihnen hat ... hat etwas Schreckliches getan. Ich war so verängstigt, daß ich glaubte, sterben zu müssen. Dann kam Ihr Freund, ich hörte Schüsse ...«

»Schon gut, Penny, jetzt ist alles gut.«

»Nein, das ist es nicht!« rief die junge Frau erbittert. »Mein William wird mich jetzt nicht mehr haben wollen!« Sie sprang auf, schlug beide Arme um ihren Oberkörper und schüttelte verzweifelt ihren Kopf. »Ein Bad! Ich muß ein heißes Bad nehmen. Sofort!«

Caroline stand müde auf, legte einen Arm um Penny und führte sie zu ihrem Stuhl zurück. »Bleiben Sie sitzen und trinken Sie Ihren Kaffee.« Rasch goß sie noch etwas Whiskey in Pennys Tasse. »Ich hole das Wasser für Ihr Bad.«

Sie brachte zwei Eimer Wasser herein und füllte jeden Topf und jeden Kessel, den sie finden konnte, und dann, als das Wasser heiß war, konnte Penny sich endlich in die Wanne neben dem Kamin setzen und sich reinigen.

»Sie müssen Hunger haben«, sagte Penny irgendwann. Caroline brauchte sie nicht anzusehen, um zu wissen, daß sie vermutlich versuchte, ihre obere Hautschicht abzuschrubben, um das Gefühl auszulöschen, das die Hände dieser Männer darauf hinterlassen hatten.

Das letzte, woran Caroline jetzt denken konnte, war Essen, und auch Guthrie war nicht in der Lage, etwas zu sich zu nehmen. Aber Tob mußte ausgehungert sein, ganz zu schweigen davon, daß er vermutlich sehr erschreckt und verängstigt war. »Haben Sie etwas, was ich meinem Hund geben könnte?« fragte sie Penny.

»Im Ofen steht noch ein Rest von gestern abend. Ich hatte es für mein Mittagessen aufgehoben, aber jetzt wird es sowieso bald schlecht werden.«

Caroline nahm die eiserne Kasserolle aus dem Ofen und trug sie zu Tob hinaus, der sofort auf sie zugesprungen kam und vor Freude winselte und japste.

Gerührt setzte Caroline sich auf die Schwelle und schaute dem Hund beim Fressen zu. Sie war überrascht, daß es schon fast dunkel war; sie war mit Guthries Wunde so beschäftigt gewesen, daß ihr nicht aufgefallen war, wie schnell die Zeit vergangen war. Sie hoffte nur, daß sie alles richtig gemacht hatte.

Eins stand fest: Guthrie war noch nicht außer Gefahr, es konnte immer noch zu einer Infektion oder einer erneuten Blutung kommen.

Caroline streichelte den Hund und ging hinein. Penny hatte ihr Bad beendet und zog sich in einer Ecke des Raumes an, während Guthrie sich unruhig und in Schweiß gebadet auf dem Bett herumwarf.

Obwohl Caroline völlig erschöpft war, brachte sie noch mehr Wasser herein und erhitzte es. Dann zog sie Guthrie aus und wusch ihn gründlich. Danach schien er sich etwas besser zu fühlen. Sie deckte ihn behutsam zu und küßte ihn auf die Stirn.

Als sie sich umwandte, schrubbte Penny mit Seife und einer Bürste den Tisch. Ihre grimmige Miene und finstere Entschlossenheit griffen Caroline ans Herz.

»Penny«, sagte sie leise, »Sie sollten sich ausruhen.«

Erst jetzt wurde Caroline bewußt, daß es nur ein einziges Bett gab, und der Gedanke mußte sich auf ihrem Gesicht widergespiegelt haben.

»Keine Sorge«, meinte Penny. »Ich kann die Sessel zusammenstellen, und William wird es unter den gegebenen Umständen nicht stören, in der Scheune zu übernachten. Sie können sich zu Ihrem Freund auf das Bett legen.«

Caroline ging zu Penny und unterbrach ihr verbissenes Schrubben, indem sie sanft ihren Arm ergriff. »Sie können nicht abwaschen, was geschehen ist«, sagte sie ruhig. »Sie müssen es akzeptieren und damit weiterleben.«

Pennys Augen füllten sich mit Tränen, aber sie ließ die Bürste sinken. »Ich habe zwei Babys dort oben auf dem Hügel begraben, und ich werde nie wieder Kinder haben können. Diese schrecklichen Männer kamen in mein Haus und ... berührten mich. Sagen Sie mir, wie eine Frau das *akzeptieren* soll?«

Caroline umarmte Penny stumm und streichelte tröstend ihre Schultern.

»Müßte Ihr Mann nicht bald nach Hause kommen?« fragte Caroline viel später, als sie und Penny bei Lampenlicht am

Tisch saßen und Eier und Brot aßen. Guthrie schlief ziemlich ruhig, obwohl seine Haut heiß und trocken war.

Penny wandte den Blick ab. »Er wird gleich kommen«, sagte sie. »Ich weiß nicht, was er sagen wird, wenn er die zwei Leichen draußen sieht.«

Die beiden Frauen aßen, obwohl Penny nicht viel Appetit aufbrachte. Dauernd starrte sie zur Tür und zuckte bei jedem Geräusch zusammen. Caroline begann sich allmählich zu fragen, was für ein Mensch dieser William Everett sein mochte.

Nach dem Essen ging Penny hinaus, um nach Carolines und Guthries Pferden zu sehen, während Caroline das Geschirr abwusch und bei Guthrie wachte.

Als er die Augen öffnete, empfand sie Hoffnung, und als er ihre Hand ergriff, wurde ihr ganz schwach vor Freude. Aber der Name, den er flüsterte, war nicht »Caroline«.

»Annie«, sagte er, bevor er wieder das Bewußtsein verlor.

17

Am Morgen war Guthrie noch immer bewußtlos, und seine Haut war heiß wie eine Ofenplatte. Caroline kühlte sein Gesicht mit kaltem Wasser, während Penny das Bett abbaute, das sie sich aus drei Sesseln zusammengestellt hatte.

»Ich kann mir nicht vorstellen, wo William ist«, sagte sie besorgt und trat an das kleine Fenster. »Er hat versprochen, vergangene Nacht zurückzukommen.«

Caroline dachte an Seaton Flynn, der irgendwo dort draußen herumstreifte, und unterdrückte ein Schaudern. »Vielleicht hat die Arbeit an der Scheune länger gedauert als erwartet.«

Pennys Gesicht war ernst, als sie sich vom Fenster abwandte. »Wir müssen etwas wegen dieser Leichen unternehmen«, sagte sie. »Wir können sie nicht dort draußen liegenlassen.«

Die Erinnerung an die beiden toten Männer raubte Caroline

ihren ohnehin schon sehr geringen Appetit. Jetzt wollte sie nicht einmal mehr Kaffee. »Wo finde ich eine Schaufel?«

Penny sagte es ihr, und Caroline bat sie, sie zu rufen, falls Guthrie erwachen sollte. Dann ging sie hinaus, um die beiden toten Banditen zu begraben.

Tob gesellte sich zu ihr und begleitete sie in die Scheune, wo sie eine Schaufel und eine große Plane fand, die wohl dazu diente, Heu abzudecken.

Sie breitete die Plane über den Leichen aus und machte sich auf die Suche nach einem geeigneten Platz für ihre Gräber. Sie fand eine grasbewachsene Stelle, die weit genug vom Haus entfernt war, so daß Penny nicht ständig an den Überfall erinnert werden würde.

Das Graben war harte Arbeit, und bald waren Carolines Handflächen mit Blasen übersät, aber sie grub entschlossen weiter. Das erste Grab war schon halb ausgehoben, als Tobs Gebell ihr die Ankunft eines Reiters verriet.

Caroline kletterte aus dem Loch und lehnte die Schaufel an einen Baum. Dann eilte sie zum Haus zurück.

Penny stürzte aus der Tür und warf sich in die Arme des Mannes, der abgesessen war, und Caroline lächelte. William war heimgekehrt.

Doch ihr Lächeln verblaßte, als sie ihn seine Waffe ziehen sah. Guthrie stand in der Tür, nur mit seinen Hosen bekleidet und leichenblaß, aber seine Hand, in der der schwere Colt lag, zitterte nicht.

»Nein!« schrien Penny und Caroline wie aus einem Munde. »Ich wäre tot, wenn diese Leute nicht gewesen wären, William«, sagte Penny beschwörend, während Caroline zu Guthrie lief.

Als sie ihm in die Augen schaute, erschrak sie; Guthrie sah wie ein lebendiger Toter aus, ohne jeglichen Ausdruck und Gefühl. Keine Gedanken lenkten seine Handlungsweise; sie war ausschließlich von Reflexen bestimmt.

»Guthrie«, flüsterte sie und schob stützend ihre Hand unter seinen Arm. »Es ist gut. Das ist Pennys Mann.«

Langsam ließ Guthrie die Waffe sinken, und Caroline nahm sie ihm vorsichtig aus der Hand.

William, ein Mann mit dichtem braunem Haar und Augen von der gleichen Farbe, hob eine Ecke der Plane an und verzog das Gesicht, als er die beiden Leichen erblickte. Dann sah er Guthrie taumeln und eilte zu Caroline, um ihr zu helfen, ihn in die Hütte und ins Bett zu bringen.

»Was zum Teufel ist hier passiert?« erkundigte er sich mit einem merkwürdigen Blick auf seine Frau.

Caroline legte Guthries Colt auf den Tisch und bemühte sich, die Eheleute nicht anzusehen. Penny hätte ungestört sein müssen, um ihrem Mann alles zu erzählen, aber Caroline wollte Guthrie nicht noch einmal allein lassen. Seine Wunde schien sich entzündet zu haben, und er hatte hohes Fieber.

Nur Gott allein wußte, was ihm die Kraft vermittelt hatte, seine Hosen anzuziehen, seinen Colt zu finden und zur Tür zu gehen, um die beiden Frauen zu beschützen.

»Ich helfe dir, dein Pferd zu versorgen«, sagte Penny und nahm ihren Mann beim Arm. In einer stillen Bitte um Unterstützung schaute sie Caroline an, und diese nickte.

Als Penny und William fort waren, entfernte Caroline Guthries Verband und stellte fest, daß die Wunde tatsächlich entzündet war. Er würde sterben, wenn sich nicht bald ein Arzt um ihn bemühte, und es gab bestimmt keinen im Umkreis von fünfzig Meilen.

»Was soll ich nur tun?« flüsterte sie verzweifelt und lehnte ihre Stirn an Guthries. Sie war glühendheiß.

Die Antwort war klar. Wenn sie William nicht überreden konnte, einen Arzt zu holen, mußte sie es selber tun. Allein.

Sie hatte sich gerade dazu entschlossen, als Penny und William zurückkamen. Er wirkte schockiert und erschüttert, während seine Frau sich schon etwas besser zu fühlen schien. Aber sein Gesichtsausdruck wurde weicher, als er seinen Hut aufhing und sich dem Bett näherte.

»Mr. Hayes braucht dringend einen Arzt«, sagte Caroline.

William nickte. »Ja«, stimmte er seufzend zu. »Penny sagte mir, Sie hätten angefangen, Gräber auszuheben. Ich werde die Kerle begraben und dann Doc Elkins holen. Ich glaube nicht, daß er ein richtiger Arzt ist, aber er verarztet schon sehr lange Pferde und Menschen.«

Caroline wollte widersprechen und den besten Arzt der Welt verlangen. Aber sie wußte, daß Doc Elkins besser war als gar kein Arzt, selbst wenn er nur ein Tierarzt war.

Guthrie ging es von Stunde zu Stunde schlechter. Er war in Schweiß gebadet und warf sich unruhig auf seinem Lager hin und her. Ab und zu stieß er eine Serie verzweifelter Worte aus, von denen das einzig verständliche ›Annie‹ war.

Es war früher Nachmittag, als William die Banditen begraben hatte und sein Pferd sattelte, um Doc Elkins zu holen. Er befahl den Frauen, bis zu seiner Rückkehr bei verriegelter Tür im Haus zu bleiben und sorgte dafür, daß Guthries Gewehr und Colt geladen waren.

Als der Abend kam und Penny und Caroline bei einem schlichten Essen saßen, stieg Guthries Fieber. Und da Miss Phoebe und Miss Ethel immer behauptet hatten, es stürben mehr Menschen in der Nacht als tagsüber, hatte Caroline große Angst.

Sie war schon in Begriff, mit nassen Tüchern Guthries Temperatur zu senken, als sie plötzlich merkte, daß kein Wasser mehr da war.

Resolut hob sie den Eimer auf und ging zur Tür.

»William sagte, wir sollten im Haus bleiben«, warnte Penny sie besorgt.

»Ich bleibe nicht lange«, erwiderte Caroline, löste den Riegel und ging hinaus, ohne Tob, der vor dem Ofen lag, mitzunehmen. Weder Mond noch Sterne waren sichtbar, und von den Bergen wehte ein eiskalter Wind. Fröstelnd machte sie sich auf den Weg zum Brunnen.

Ein altes Lied summend, um sich Mut zu machen, ließ Caroline den Eimer in den Schacht hinab und zog ihn rasch wieder herauf. Als sie umkehrte, um zum Haus zurückzugehen, stieß sie fast mit Seaton Flynn zusammen.

Das Herz blieb ihr fast stehen, als sie aufschaute und im schwachen Licht, das aus dem Hüttenfenster fiel, Seatons Züge erkannte.

Er lächelte und packte sie an den Schultern; der Eimer rutsche Caroline aus der Hand, und das Wasser ergoß sich über ihren Rock und ihre Füße.

»Schön, daß du so verliebt in mich bist, um mir bis Cheyenne zu folgen«, sagte Seaton.

Caroline schrie, aber es lag fast ebensoviel Empörung in dem Schrei wie Angst. Losreißen konnte sie sich nicht, da er sie eisern festhielt, und so wandte sie den Kopf und biß ihn so fest in die Hand, bis sie Blut auf ihren Lippen spürte.

Seaton heulte auf vor Wut und Schmerz und zog die Hand zurück, um Caroline zu schlagen, aber im letzten Augenblick überlegte er es sich anders und riß sie zu einem leidenschaftlichen Kuß in die Arme. Caroline zappelte und trat gegen sein Schienbein, aber als sie davonrennen wollte, griff er nach ihrem langen Haar und zerrte sie daran zurück.

Wieder stieß Caroline einen gellenden Schrei aus, weil sie jetzt wußte, daß er sie entweder mitnehmen oder ihr Gewalt antun und sie vielleicht sogar töten würde.

Er schleuderte sie hart gegen die Brunnenmauer. »Du Biest!« fuhr er sie an. »Wenn ich mit dir fertig bin, wirst du wünschen, nie geboren zu sein!«

Als er versuchte, sie in der gleichen brutalen Weise zu küssen wie zuvor, erklang ein Schuß, und Seaton zuckte zusammen und preßte fluchend eine Hand auf seinen Oberschenkel. Caroline nutzte die Gelegenheit und ergriff die Flucht.

Es war Penny, die geschossen hatte. Sie stand in der Hüttentür, Guthries Colt in beiden Händen und zielte noch immer auf Seaton.

Caroline stieß sie ins Haus, verriegelte die Tür und schnappte sich Guthries Gewehr. Doch dann, als sie ans Fenster trat, sah sie Seaton mit blutendem Oberschenkel sein Pferd besteigen und davonreiten.

»Er ist fort«, sagte sie erleichtert.

Penny war blaß vor Angst. Jetzt, wo die unmittelbare Gefahr vorüber war, brach sie zusammen und ließ sich auf einen Sessel fallen. »Wer war das?« flüsterte sie erschüttert.

Caroline setzte sich zu ihr und erzählte ihr Seatons und ihre eigene Geschichte. Während sie sprach, wurden Pennys Augen immer größer.

»Dann sind Sie ja eine Gesetzlose!« sagte sie verblüfft.

Caroline verzog das Gesicht. »Das könnte man vielleicht sagen, aber es lag nie in meiner Absicht, daß all das geschehen sollte. Mr. Flynn behauptete, ungerechterweise verurteilt worden zu sein, und ich glaubte ihm. Und so geschah es eben.«

Penny schaute zu Guthrie hinüber, der blaß und schwitzend im Bett lag. Caroline sah, daß er sich in direkter Schußlinie vom Fenster befand und setzte sich zu ihm auf die Matratze, seinen 45er schußbereit in der Hand.

»Und er? Was hat Mr. Hayes damit zu tun?«

Caroline wollte Guthrie nicht in die Angelegenheit verwickeln. »Er ist nur ein Freund«, sagte sie bedauernd. »Ihm wäre nichts passiert, wenn er nicht versucht hätte, mir zu helfen.«

»Er ist mehr als ein *Freund*«, widersprach Penny und schenkte sich und Caroline eine großzügige Portion Whiskey in den Kaffee, in der Hoffnung, daß der Alkohol ihre Nerven beruhigte. »Ich brauche Sie nur anzusehen, um zu wissen, daß Sie am liebsten mit ihm tauschen würden, um ihm seine Schmerzen abzunehmen.«

Caroline begann zu weinen. »O Gott, wenn ich das bloß könnte!« schluchzte sie. »Wenn ich ihm doch nur meine Kraft und meine Gesundheit schenken könnte!«

»Sie müssen ihn sehr lieben«, bemerkte Penny nachdenklich, während sie ans Fenster trat und in die Nacht hinausstarrte.

»Das stimmt«, gab Caroline zu. »Ich liebe ihn sehr.«

Penny kam vom Fenster zurück, aber Caroline sah, daß sie darauf achtete, ihm nicht den Rücken zuzukehren. »Ich liebe meinen William auch«, sagte Penny leise. »Ich habe ihm erzählt, was diese Männer mit mir gemacht haben, und er hat mich nur in die Arme genommen und mich an sich gedrückt. Er sagte, er bedauere sehr, nicht dagewesen zu sein, um mich zu beschützen.«

Caroline trocknete ihre Tränen und lächelte. »Dann ist er ein guter Mensch. Sie können froh sein, ihn zu haben.«

Penny nickte traurig. »Wenn ich ihm doch nur ein Kind schenken könnte – aber das scheint der Herrgott mir zu verweigern.« Sie setzte sich wieder an den Tisch. »Williams Schwester Belinda schrieb, daß sie verwitwet ist und ihre Kinder nicht mehr alle zusammen behalten kann. Und William meint, wir sollten die beiden Jungen zu uns nehmen. Dann blieben sie wenigstens in der Familie.«

»Gute Idee«, sagte Caroline lächelnd. »Aber müßten die Jungen nicht in die Schule? Im Winter sind Sie doch hier bestimmt wochenlang eingeschneit.«

»William könnte die Jungen unterrichten – er ist ein kluger Mann«, entgegnete Penny. »Und das bißchen Schnee macht uns nichts aus.«

Caroline zuckte die Schultern. Von Oktober bis April praktisch eingeschneit zu sein, entsprach nicht ihrer Vorstellung von ›ein bißchen Schnee‹, aber das war schließlich nicht ihre Sache.

Unwillkürlich stellte sie sich vor, wie sie und Guthrie solch lange Wintermonate verbringen würden, und ein eisiger Schmerz griff nach ihrem Herzen. Vielleicht würde sie nun nie wieder in seinen Armen liegen ...

»Du darfst nicht sterben!« flüsterte sie Guthrie beschwörend zu, und Penny wandte sich ab und tat, als hätte sie nichts gehört.

Eine weitere Stunde verging, bevor an die Tür geklopft wurde und eine Männerstimme rief: »Macht auf! Ich bin's, William!«

Caroline und Penny sprangen gleichzeitig auf, aber Penny war als erste an der Tür. »Es war ein Mann hier«, berichtete sie aufgeregt und schlang ihre Arme um Williams Nacken. »Er griff Caroline an, als sie zum Brunnen ging, aber ich habe auf ihn geschossen!«

William wirkte verblüfft, aber Caroline beachtete ihn kaum. Sie sah nur den kleinen weißhaarigen Mann, der hinter William hereingekommen war.

»Das ist Doc Elkins«, sagte er und schloß die Tür.

Der alte Arzt nickte Caroline freundlich zu und ging dann zu Guthrie.

»Das sieht nicht gut aus«, meinte er, nachdem er die Verbände entfernt hatte. »Gar nicht gut.«

Caroline hielt sich in seiner Nähe. »Wird er wieder gesund?«

Der Arzt seufzte, zog sich einen Stuhl ans Bett und legte eine Hand auf Guthries fieberheiße Stirn. »Hallo, mein Junge«, sagte er sanft, um dann seine gütigen alten Augen auf Caroline zu richten. »Ich kann Ihre Frage nicht beantworten, Madam. Ich kann Ihnen höchstens versprechen, mein Bestes zu tun, damit er überlebt.«

Caroline nickte bedrückt.

»Ich brauche heißes Wasser«, wandte der Doc sich an William, der sofort hinausging, um es zu holen. »Zuerst müssen wir die Wunde reinigen und dann versuchen, sie zu schließen. Es wird eine häßliche Narbe zurückbleiben – falls er die Nacht überhaupt überlebt.«

Caroline schluckte. »Er wird nicht sterben!« sagte sie beschwörend zu dem Arzt, zu sich selbst und zu Gott. »Er will in seiner Mine arbeiten, er will ein Haus bauen und Kinder haben . . .«

Der alte Mann lächelte traurig. »Ich werde mein Bestes tun«, versicherte er ihr. Als er seine Hände gewaschen hatte, setzte er sich von neuem neben Guthries Bett.

»Es wird schmerzen, fürchte ich«, warnte er seinen bewußtlosen Patienten, »aber es wird Sie auch daran erinnern, daß Sie noch am Leben sind, und das ist immerhin schon etwas.«

Dann wandte er sich an Caroline. »Sprechen Sie mit ihm, während ich arbeite«, forderte er sie auf. »Sagen Sie ihm, warum er nicht sterben darf und warum er noch gebraucht wird.«

Caroline kniete sich auf die Matratze und nahm Guthries Kopf auf ihren Schoß. »Ich liebe dich, Guthrie Hayes«, begann sie. »Hörst du mich? *Ich liebe dich.* Ich möchte für dich kochen, deine Socken stopfen und deine Babys zur Welt bringen. Aber ich kann nichts von all dem tun, wenn du auf irgendeiner Wolke schwebst und Harfe spielst.«

Als sie den Arzt leise lachen hörte, unterbrach sie sich einen Moment. »Es gibt eine Menge netter Leute im Himmel«, fuhr sie dann fort, »aber hier auf der Erde fehlen uns oft welche. Deshalb mußt du bleiben, Guthrie.« Sie küßte seine Stirn. »Bitte, bleib! Ich schwöre dir, daß ich dich jedes Essen bezahlen lasse, und ich widerspreche dir nur noch, wenn ich es absolut nicht verhindern kann.«

Guthrie stöhnte, als der Arzt die Naht öffnete und die Wunde zu reinigen begann. Es war ein schmerzhafter Prozeß, sowohl für Guthrie als auch für Caroline, aber falls die Entzündung in der Wunde blieb, mußte der Patient sterben.

Endlich, es schienen Stunden vergangen zu sein, floß frisches, sauberes Blut aus Guthries Wunde. Caroline hob den Kopf von seiner Schulter und schaute den Arzt fragend an.

»Jetzt kommen wir zum schlimmsten Teil«, meinte der alte Mann bedauernd. »Wir müssen die Wunde ausbrennen, und das wird er spüren. Der durch den Schmerz ausgelöste Schock wird bei ihm entweder einen Herzstillstand verursachen oder unseren Patienten so in Wut bringen, daß er bereit ist, um sein Leben zu kämpfen.«

Carolines Kehle war so eng, daß sie fast nicht atmen konnte. Mit entsetzten Augen sah sie zu, wie Doc Elkins eine Flasche aus seiner Arzttasche holte.

»Was ist das?«

»Säure«, antwortete der alte Mann. »Es brennt ganz höllisch, aber es ist unsere einzige Hoffnung, daß die Infektion nicht wiederkommt.«

Caroline schluckte. »Er ist bewußtlos«, murmelte sie tapfer. »Er wird es nicht spüren.«

»Doch, das wird er, fürchte ich«, entgegnete der Arzt.

»Könnten Sie ihm nicht etwas geben? Morphium oder Laudanum?«

Doc Elkins schüttelte den Kopf. »Ich habe Fälle erlebt, wo Morphium einen Herzstillstand bewirkt hat«, erwiderte er. »Aber ich lasse Ihnen für später etwas Laudanum da.«

Caroline nahm Guthries Kopf in beide Hände und lehnte ihre Stirn an seine. Im gleichen Augenblick, wo die Säure Guthries offene Wunde traf, stieß er einen gequälten Schrei aus, der noch lange, nachdem er verstummt war, in Caroline nachhallte.

Der Arzt legte ihr die Hand auf die zitternde Schulter. Ihre Kleider waren schweißdurchtränkt, als hätte sie Holz gehackt statt Krankenwache an einem Bett zu halten. »Beruhigen Sie sich, Miss. Das Schlimmste ist vorbei. Wir geben ihm jetzt eine anständige Dosis Laudanum und lassen ihn ruhen.«

Caroline küßte Guthries Stirn und richtete sich müde auf. »Was bin ich Ihnen schuldig?« fragte sie den Arzt.

Er nannte ihr sein Honorar, und Caroline holte das Geld aus ihrer Reisetasche. Doc Elkins trank einen Whiskey mit William und ging dann zur Scheune hinaus, um dort zu schlafen. Erst da merkte sie, daß Penny auf ihren zusammengestellten Sesseln am Kamin längst eingeschlafen war.

»Wie spät ist es?« erkundigte Caroline sich bei William.

»Halb vier«, meinte er nach einem Blick auf seine Taschenuhr. »Sie sollten auch ein bißchen schlafen, sonst werden Sie Ihrem Mann morgen nicht von großem Nutzen sein.«

Seine Freundlichkeit rührte sie. »Es tut mir leid, daß wir Ihnen Ihr Bett genommen haben und Ihnen eine solche Last sind.«

William schien verlegen. »Gott weiß, was Penny zugestoßen wäre, wenn Sie beide nicht hiergewesen wären. Ich bin es, der Ihnen etwas schuldig ist, Madam.«

Caroline lächelte. »Danke. Und gute Nacht.«

William löschte das Licht und legte sich neben Penny, während Caroline zu Guthrie unter die Decke kroch. Sie konnte ein Lächeln nicht unterdrücken, als er ganz langsam die Hand hob und sie auf ihre Brust legte.

»Ich liebe dich, Mr. Hayes«, flüsterte sie ihm ins Ohr, »und wenn du wieder gesund bist, werde ich dir beweisen, wie sehr.«

Er gab einen leisen Ton von sich, der wie ein Stöhnen klang, streichelte ihre Brust, und Caroline schmiegte sich an seine Schulter.

Sie erwachte bei strahlendem Sonnenschein und einer Serie von Flüchen, die auch den rauhbeinigsten Seemann noch beschämt hätten.

»Was zum Teufel ist mit meiner Schulter los?« knurrte Guthrie.

Caroline richtete sich auf, und nach einem kurzen Moment der Verwirrung wurde ihr bewußt, daß der Mann, den sie liebte, bei Bewußtsein war. »Du bist angeschossen worden!« erwiderte sie strahlend.

»Na wunderbar«, brummte Guthrie, den ihre Begeisterung zu verärgern schien. »Wenn ich auch noch ausgepeitscht worden wäre, hättest du erst recht Grund, dich zu freuen!«

Caroline bemühte sich, ernst zu bleiben, aber es gelang ihr nicht. Sie beugte sich über ihn und küßte ihn auf den Mund. »Hör auf, dich wie ein kleines Kind zu benehmen, Guthrie. Ich freue mich doch nur, daß du bei Bewußtsein bist. Wir dachten, wir würden dich verlieren.«

Guthrie wollte sich aufrichten, aber Caroline drückte ihn auf die Matratze zurück. »Wo willst du hin?«

»Rate mal«, knurrte er und stand auf, obwohl sie sich die größte Mühe gab, ihn zurückzuhalten.

»Hier lebt eine Frau, sei vorsichtig«, warnte Caroline.

Guthrie verließ die Hütte, und als er zurückkam, sagte er stirnrunzelnd: »Jetzt erinnere ich mich wieder. Diese beiden Schufte hatten eine Frau auf dem Tisch . . .«

»Dank dir geht es ihr gut«, sagte Caroline, während sie ihn zum Bett zurückbegleitete. »Es war ihr Mann, der den Arzt geholt hat.«

Er saß barfuß auf dem Bett, an die Kissen gelehnt, und trank den starken Kaffee, den Caroline für ihn zubereitet hatte. Sein Haar war zerzaust, sein Bart schon ziemlich lang, aber für Caroline hatte Guthrie nie attraktiver ausgesehen.

Um ihre Gefühle zu verbergen, wandte sie ihm den Rücken zu und schickte ein stummes Dankgebet zum Himmel.

»Flynn muß jetzt schon Hunderte von Meilen weiter sein«, bemerkte Guthrie ärgerlich.

Caroline drehte sich langsam zu ihm um. »Das glaube ich nicht«, erwiderte sie. »Er war gestern nacht hier, und wenn Penny nicht gewesen wäre, hätte er mich mitgenommen.«

Fluchend versuchte Guthrie, von neuem aufzustehen, aber

seine Kraft war verbraucht, und mit einem Seufzen sank er aufs Bett zurück.

»Wir finden Flynn schon«, meinte Caroline tröstend und glaubte auch daran. Guthrie lebte noch, was nur bewies, daß Wunder möglich waren. Jetzt hatte sie sogar wieder Hoffnung, ihre Schwestern eines Tages wiederzufinden.

»Verdammt!« sagte Guthrie wütend.

»Hör auf zu fluchen. Das hilft auch nichts.«

»Verdammt, Frau, meine Schulter brennt wie Feuer, ich fühle mich schwach wie eine alte Dame, und irgendwo dort draußen schleicht dieser Kerl herum, lacht sich ins Fäustchen und plant seinen nächsten Hinterhalt! Und da soll ich nicht fluchen!«

Caroline stellte ihre Kaffeetasse krachend auf den Tisch. »Ich glaube nicht, daß er viel zu lachen hat«, sagte sie schroff. »Penny hat ihn ins Bein geschossen, das müßte ihn eigentlich stark behindern.«

In diesem Augenblick kamen William und Doc Elkins herein. Der alte Mann ging sofort auf Guthrie zu. »Lassen Sie mich die Wunde sehen, junger Freund. Legen Sie sich hin.«

Guthrie gehorchte grollend. »Wann kann ich weiterreiten?«

Caroline warf ihm einen strengen Blick zu. »Du solltest dich zuerst einmal bei Doc Elkins bedanken. Er hat dir das Leben gerettet.«

Guthrie hielt Carolines ärgerlichem Blick stand und wandte sich dann lächelnd an den Arzt. »Ich gebe es nicht gern zu, Doc«, flüsterte er, »aber sie hat recht. Vielen Dank.«

Der Arzt lachte, legte die schmutzigen Verbände fort und holte seine Tasche. »Am besten können Sie mir danken, indem Sie schnell wieder gesund werden«, meinte er, während er ein Desinfektionsmittel herausnahm. »Morgen können Sie vermutlich schon aufstehen, aber Sie sollten sich eine Zeitlang nicht überanstrengen.«

Guthrie zuckte zusammen und biß sich auf die Lippen, als die scharfe Flüssigkeit seine Wunde berührte.

Doc Elkins verband seine Schulter und fertigte aus einem alten Kissenbezug eine Schlinge an. »Na bitte«, sagte er zufrieden, »jetzt sind Sie fast wieder so gut wie neu.«

Als der Arzt nach Sweet Home zurückgeritten war, wo er lebte, machte Penny Caroline den Vorschlag, ein Bad zu nehmen und dann ein Kleid von ihr anzuziehen, damit sie ihre eigene, blutverschmierte Kleidung waschen konnte.

Caroline war gerührt. »Vielen Dank, das wäre wunderbar.«

Penny lächelte und legte einen Arm um Carolines Taille, als sie auf den Hof hinausgingen. »Haben Sie irgendwo Familie, Caroline?« fragte sie.

»Ja, zwei Adoptivmütter – Miss Phoebe und Miss Ethel Maitland. Sie haben mich von meinem achten Lebensjahr an aufgezogen.« Sie schluckte. »Und irgendwo habe ich auch zwei Schwestern.«

»Irgendwo?« fragte Penny stirnrunzelnd.

Caroline nickte. »Das ist eine lange Geschichte«, sagte sie, und während Penny und sie das Wasser erhitzten, erzählte sie sie ihr.

18

»Wir reiten«, sagte Guthrie stur. Er saß aufrecht im Bett, einen sehr entschiedenen Zug um seinen Mund.

»Wir bleiben«, widersprach Caroline mindestens so stur wie er. Sie hatte ihre Kleider gewaschen und sich gebadet und saß nun am Kamin und trocknete ihr Haar.

Guthries Nasenflügel bebten. »Na schön!« fuhr er auf. »Dann bleibst du eben, und ich reite weiter. Das ist sowieso besser.«

Caroline bürstete ihre langen Locken. »Du bleibst hier«, erwiderte sie gelassen. »Du könntest dich keine fünf Minuten im Sattel halten, und wenn du nicht starrsinnig wie ein Maulesel wärst, würdest du das selber merken.«

Guthrie fluchte und starrte sehnsüchtig aus dem Fenster. »Flynn hat die ganze Zeit gewußt, daß wir ihm folgten«, sagte er nachdenklich. »Er hat uns beobachtet und auf uns gewartet.«

Caroline errötete. Beobachtet? Um Himmels willen, bloß das nicht! »Ich weiß, daß es ein schwerer Schlag für deinen Stolz ist«, sagte sie besänftigend. »Da du dich für einen Experten hältst . . .«

»Ich *bin* ein Experte, verdammt!« fiel Guthrie ihr ins Wort.

Caroline seufzte. »Wie auch immer. Flynn ist verletzt. Ich glaube nicht, daß er weit gekommen ist.«

»Gib mir meine Hose.«

Um nicht ärgerlich zu werden, mußte Caroline sich dazu zwingen, daran zu denken, daß sie diesen Mann liebte und froh war, daß er noch lebte. »Mr. Hayes, ich möchte Sie doch sehr bitten, die nötige Höflichkeit walten zu lassen, wenn Sie etwas von mir wollen!«

»Na schön«, erwiderte er seufzend. »Dann gib mir *bitte* meine verdammten Hosen!«

Caroline lächelte. »Das geht nicht. Ich habe sie gewaschen. Sie hängen mit meinen Sachen im Garten.«

Guthries Nacken lief rot an. »Das hast du absichtlich getan«, beschuldigte er sie.

»Deine Sachen gewaschen? Aber selbstverständlich, Mr. Hayes.«

»Wie soll ich hinausgehen und pi . . . und mich erleichtern?«

Sie dachte an die Tage im Gefängnis und den Nachttopf, den man ihr dort gegeben hatte. Niemand, nicht einmal Guthrie hatte etwas daran gefunden. Mit einem vielsagenden Lächeln nahm sie den Deckel von dem Nachttopf unter dem Bett. »Hier«, sagte sie heiter.

Guthrie gab sich gar keine Mühe mehr, höflich zu bleiben. »Ich pinkele nicht in so ein Ding!«

»Ich würde sagen, deine anderen Möglichkeiten sind sehr beschränkt«, erwiderte Caroline, bevor sie hinausging, um nachzusehen, ob ihre Kleider inzwischen trocken waren.

Penny und William waren mit ihrem Wagen in die Hügel gefahren, um ihren Tieren Heu zu bringen. Als Caroline sie jetzt in der Ferne sah, versetzte es ihr einen Stich der Eifersucht. Was immer dieses Ehepaar auch sonst belasten mochte, sie hatten sich gegenseitig und würden zusammen sein, bis daß der Tod sie trennte.

Sie selbst hingegen ... Caroline konnte nicht vergessen, daß es nicht ihr Name gewesen war, den Guthrie in den Augenblicken höchster Not und Schmerzen ausgerufen hatte. Nicht einmal Adabelle hatte er da herbeigesehnt. Nein, es war Annie gewesen, seine junge Braut, die er vor so langer Zeit in Kansas verloren hatte.

Die Wäsche war noch feucht, und so hielt Caroline noch einmal nach Penny und William Ausschau. Sie sah, wie der Mann seine Frau in die Arme zog und sie küßte.

Beschämt wandte Caroline sich ab und ging zum Brunnen, um Wasser zu holen. Wenn Guthrie schon saubere Kleidung bekam, konnte er auch ein Bad nehmen und sich rasieren.

Er lag bequem in den Kissen, als Caroline mit dem ersten Eimer zurückkehrte und seinen Inhalt in den Kessel goß.

»Ich werde es nicht vergessen, Caroline«, meinte er mürrisch.

»Das ist anzunehmen«, entgegnete sie heiter. »Man wird ja schließlich nicht jeden Tag angeschossen.«

»Das meinte ich nicht, und das weißt du ganz genau!«

Bevor sie antwortete, holte sie die Wanne herein. »Wir sind quitt, Mr. Hayes«, sagte sie dann lächelnd. »Es ist gar nicht angenehm, irgendwo bleiben zu müssen, wo man nicht gerne ist – oder?«

Guthrie stieß einen rauhen Seufzer aus. »Falls du damit meinst, daß ich dich ins Gefängnis zurückbrachte, als du ausgerissen warst, hast du recht. Aber damals glaubte ich eben, eine Zelle wäre der sicherste Aufenthaltsort für dich.«

Caroline küßte ihn auf die Stirn. »Und hier ist im Moment der beste Platz für *dich*. Du bist schwer verletzt, Guthrie – du hättest sterben können.«

Mit seiner gesunden Hand zog er sie zu sich aufs Bett und strich mit dem Daumen über eine ihrer Brustspitzen, die sich unter dem dünnen Kleid sichtbar aufrichtete. »Ich brauche dich, Caroline«, flüsterte er heiser.

»Das geht jetzt nicht«, wehrte sie errötend ab. »William und Penny können jeden Augenblick zurückkommen.«

Guthrie lachte nur und setzte seine aufreizenden Liebkosungen fort. »Sie liegen sicher irgendwo im hohen Gras und tun das gleiche, was wir täten, wenn wir jetzt dort oben wären.«

Caroline brachte es trotz ihrer Unruhe nicht über sich, ihn fortzustoßen. »Unsinn«, sagte sie ohne große Überzeugung.

»Dann geh hinaus und überzeuge dich selbst!«

Um Guthrie zu ärgern, stand sie auf und ging zur Tür. Der Wagen stand noch in den Hügeln, aber von Penny und William war nichts mehr zu sehen. Und das Gras schien wirklich sehr hoch zu stehen . . .

»Ich kann sie nicht sehen«, meinte sie stirnrunzelnd.

Guthrie klopfte auf die Matratze. »Komm her, Caroline.«

Wie eine Schlafwandlerin ging sie auf ihn zu; es war, als zöge eine unsichtbare Kraft sie zu ihm hin.

»Mach dein Kleid auf«, befahl er, als sie neben ihm saß. »Ich möchte deine Brüste sehen.«

Ein wohliges Erschauern durchfuhr Caroline; mit zitternden Fingern kam sie Guthries Wunsch nach und öffnete die Knöpfe an ihrem Mieder. Unter dem dünnen Unterhemdchen zeichneten sich ihre Brustspitzen deutlich ab.

Guthrie löste die kleinen Schleifen, die das Hemd zusammenhielten, und seufzte zufrieden, als er Carolines kleine, aber wohlgeformte Brüste betrachtete. Dann legte er ihr sehr sanft eine Hand auf den Rücken und zog sie zu sich hinunter, bis er seine Lippen um eine ihrer rosigen Knospen schließen konnte.

Caroline stöhnte auf und legte den Kopf in den Nacken; mit geschlossenen Augen überließ sie sich der lustvollen Erregung, die seine Zärtlichkeiten in ihr auslösten.

Während Guthrie die eine Brust küßte, streichelte er die andere, und als er seinen Mund auf die andere Knospe senkte, legte Caroline ihre Hand um seinen Nacken und zog ihn noch fester an sich. Sie wimmerte und stöhnte, als er seine Hand in ihre Unterkleider schob und sie unerbittlich zu reizen begann.

»Guthrie, die Everetts . . .« wimmerte sie halb im Delirium. Aber er hörte nicht auf. Seine sanften Finger drangen in sie ein und bereiteten sie auf die wirkliche Vereinigung vor, während er ihre Brüste küßte und liebkoste, bis Caroline das Gefühl hatte, vor Verlangen zu vergehen.

Ein Erschauern nach dem anderen ging durch Carolines Körper, während die fiebrige Hitze in ihr zunahm, und eine maßlose Erleichterung erfaßte sie, als Guthrie ihr die langen Unterhosen abstreifte und Caroline rittlings auf seinen Schoß zog. Ihre Bedenken waren vergessen; sie brauchte Guthrie jetzt zu dringend, um über Anstand nachzudenken.

Als er in sie eindrang, krümmte sie den Rücken wie eine zufriedene Katze, ließ sich von ihm führen und genoß seine warmen Hände, die ihren Po umfaßten und ihn unablässig streichelten.

Caroline bewegte sich schneller und schneller, bis die Lust so übermächtig wurde, daß sie zu vergehen glaubte. Guthrie ließ es sich gefallen, ließ sie bereitwillig den aktiven Teil ihrer Vereinigung übernehmen. Als er den Kopf in den Nacken warf und heiser aufschrie, wurde Caroline von einem solch überwältigenden Triumphgefühl erfaßt, daß auch ihr Moment der Erfüllung nicht mehr auf sich warten ließ.

Guthrie streichelte ihre Brustspitzen, als sie einen langgezogenen Schrei ausstieß und ein lustvolles Erschauern durch ihren Körper ging. Aber leider blieb ihr keine Zeit, den Moment ganz auszukosten, weil sie plötzlich draußen Pennys und Williams Stimmen hörte.

Rasch löste sie sich von Guthrie, strich ihre Röcke glatt, schloß ihr Mieder und deckte Guthrie zu. Ihre *Pantalettes* aufzuheben, die sie vorher ausgezogen hatte, blieb ihr keine Zeit mehr. Mit der Fußspitze stieß sie sie einfach unter das Bett.

Pennys Gesicht war leicht gerötet, als sie in die Hütte kam, und William pfiff zufrieden vor sich hin. Guthrie grinste und kniff Caroline sanft in den Po, als wollte er damit ausdrücken: »Siehst du, ich habe es dir ja gesagt.«

Caroline beschäftigte sich damit, ein Bad für Guthrie vorzubereiten, und Penny und William gingen wieder hinaus, um die Tiere zu füttern.

Als Guthrie in der Wanne saß, betrachtete Caroline sehnsüchtig seine kräftige Gestalt und sah, daß sein Glied sich unter ihrem Blick aufrichtete. Als sie beschämt den Kopf hob und Guthrie in die Augen sah, entdeckte sie eine ganz ungewohnte Zärtlichkeit darin.

Er stöhnte leise auf, als sie ihre Finger um ihn schloß, und als sie sich vorbeugte und seinen festen Po umfaßte, spürte sie, wie seine Muskeln sich verkrampften. Sie liebkoste ihn mit ihrer Zungenspitze, und er schnappte nach Luft und murmelte ihren Namen. Er war schön wie einer jener Götter, die sie in Miss Phoebes Büchern über das antike Griechenland gesehen hatte, und für diesen kurzen Augenblick gehörte er weder Annie noch Adabelle, sondern nur Caroline. Und das beabsichtigte sie voll auszukosten . . .

In den nächsten Minuten erregte Caroline Guthrie so sehr, daß er sie anflehte, zu ihm zu kommen. Seltsamerweise trieb seine Reaktion allein sie schon auf den Gipfel der Ekstase. Nachdem sie Guthrie mit sanften Küssen und zärtlichen Worten beruhigt hatte, holte Caroline ein Handtuch und trocknete ihn liebevoll ab.

Danach kehrte er widerspruchslos ins Bett zurück und fiel in einen tiefen Schlaf. Caroline mußte ihn wecken, damit er etwas von der köstlichen Hühnersuppe aß, die Penny zum Abendessen zubereitet hatte. Mit abwesender Miene löffelte er seinen Teller aus und schlief sofort wieder ein.

Als Caroline sich später neben ihn legte, erwachte er, öffnete ihr Nachthemd und küßte ihre Brüste. Dann schlief er wieder ein, nur um kurze Zeit darauf erneut zu erwachen und seine Liebkosungen zu wiederholen.

So ging es die ganze Nacht lang, und Caroline begrüßte jede neue Zärtlichkeit von ihm mit einem glücklichen, lustvollen Stöhnen.

Als sie im ersten Morgengrauen erwachte, zog Guthrie sie auf sich und drang in sie ein. Es fiel Caroline unglaublich schwer, sich still zu verhalten, obwohl sie wußte, daß es Williams und Pennys Nähe wegen nicht anders ging.

Aber der Höhepunkt der Ekstase kam so schnell, daß Caroline überrascht nach Atem rang. Ein heftiges Erschauern erfaßte ihren Körper, und sie mußte die Zähne zusammenbeißen, um einen lustvollen Aufschrei zu unterdrücken. Guthrie lächelte sie an, als der Sturm in ihr abebbte, aber dann erschien ein glasiger Ausdruck in seinen Augen, er rief heiser ihren Namen, und mit einem unterdrückten Aufstöhnen erreichte er selbst den Gipfel der Ekstase.

Caroline streichelte sein Gesicht und seine Brust, als er sich unter ihr wand und zuckte und beugte sich vor, um ihn zu küssen. Er erwiderte den Kuß, und als sie ihm ihre Brüste bot, begann er hungrig daran zu saugen.

Kaum waren William und Penny hinausgegangen, um die Tiere zu füttern und die Eier einzusammeln, schlug Guthrie die Decke zurück, richtete sich auf und zog sich an.

»Guthrie . . .«

»Wir brechen heute auf, Wildkatze. Zumindest ich – aber du kannst mich gern begleiten, wenn du willst.«

Schweigend zog Caroline ihre Männerhose und das Hemd an, bürstete ihr Haar und band es zu einem langen Zopf zusammen. Guthrie war schon draußen, als sie fertig war.

»Warum hast du es so eilig, Guthrie? Gefällt es dir hier nicht?«

Er lächelte und rieb sich sein stoppelbärtiges Kinn. Caroline war noch nicht dazu gekommen, ihn zu rasieren. »Ich schlafe gern in einem richtigen Bett mit dir, und wie du mich gestern gebadet hast, war auch sehr schön«, antwortete er. »Nur die Schußwunde in meiner Schulter ist mir ein bißchen lästig.«

Caroline richtete seine Schlinge. »Wenn du wirklich aufbrechen willst, komme ich selbstverständlich mit. Aber ich finde trotzdem, daß du noch einen Tag ruhen solltest.«

Guthrie schaute nachdenklich in Richtung Cheyenne, was Caroline einen schmerzhaften Stich versetzte. »Es wird Zeit, daß wir weiterkommen«, meinte er abwesend. »Ich habe keine Lust, den Rest meines Lebens damit zu verbringen, Flynn nachzujagen.«

Der leise Stich in Carolines Herzen verwandelte sich in einen beharrlichen, quälenden Schmerz. Vermutlich sehnte Guthrie sich nach dem friedlichen Leben zurück, das er geführt hatte, bevor er Caroline kannte – und wer konnte ihm das verübeln?

»Caroline?« Guthrie umfaßte ihr Kinn und schaute ihr forschend in die Augen. »Was hast du?«

Sie versuchte, Mut zu fassen, um ihm zu sagen, daß sie ihn

liebte, aber es gelang ihr einfach nicht. »Du hast Annies Namen gerufen, als du bewußtlos warst«, sagte sie statt dessen. Es klang etwas lahm, aber daran war nichts zu ändern.

Seine Antwort verblüffte sie sehr. »Ich habe sie gesehen, Caroline«, sagte er. »Sie stand am Fußende des Betts.«

»Du warst im Delirium«, entgegnete Caroline ungläubig.

»Vielleicht«, stimmte Guthrie zu. »Aber sie war so real wie du.«

Unwillkürlich hob sie die Hand und berührte prüfend Guthries Stirn. »Du mußt es dir im Fieber eingebildet haben . . .«

»Nein, Wildkatze«, entgegnete er ernst. »Sie war da. Sie hat sogar mit mir gesprochen.«

Daß Guthrie seine verstorbene Frau noch immer so sehr liebte, war eine solch schmerzhafte Erkenntnis für Caroline, daß sie sich abrupt abwandte, um nicht ihre Gefühle preiszugeben.

Aber Guthrie drehte sie sanft zu sich herum. »Sie sagte, wir beide seien in Gefahr«, sagte er ruhig. »Und sie sagte auch, daß wir zusammengehören.«

Caroline schaute ihm in die Augen und fröstelte trotz des warmen Tages. »Ich glaube dir«, erwiderte sie, obwohl sie gar nicht sicher war, daß das auch stimmte.

Guthrie lächelte ganz unerwartet. »Nein, das ist nicht wahr«, widersprach er. »Aber ich kann es verstehen.«

Traurig erwiderte Caroline seinen Blick. »Annie war deine erste Frau«, sagte sie. »Vielleicht gehörst du ihr immer noch.«

Guthrie lächelte wehmütig und küßte sie sanft. »Kein Mensch gehört einem anderen, Caroline.«

Diese Antwort befriedigte sie nicht, er sollte ihr sagen, daß er Annie nicht mehr liebte, aber ihr war auch klar, daß sie das nie von ihm hören würde. Irgendwo in einem Winkel seines Herzens würde er die Braut seiner Jugend immer lieben.

»Eins kann ich dir sagen, Guthrie!« meinte Caroline heftig und den Tränen nahe. »Ich würde nie einen Mann heiraten, der eine andere liebt . . . ob ich nun ein Kind bekomme oder nicht!«

Er preßte die Lippen zusammen und seufzte. »Ich glaube, wir lassen das Thema lieber fallen, bevor wir uns wieder anschreien. Pack deine Sachen, Wildkatze. Wir reiten nach Cheyenne.«

Nach einem herzlichen Abschied von William und Penny machten Caroline und Guthrie sich auf den Weg. Sie ritten bis Einbruch der Nacht, als sie Sweet Home erreichten, die kleine Stadt, in der Doc Elkins lebte.

Da es kein Hotel gab, übernachteten sie in einer heruntergekommenen Pension, in der sie getrennte Zimmer bezogen, da weder Caroline noch Guthrie die Energie aufbrachten, die mürrischen Besitzer zu überzeugen, daß sie verheiratet waren.

Caroline konnte nicht einschlafen, obwohl ihre sämtlichen Glieder schmerzten, und so ging sie hinunter, um sich von ihrer Wirtin ein Buch auszuleihen. Dabei sah sie, wie Guthrie das Haus verließ – frisch gebadet, rasiert und mit sauberen Kleidern angezogen.

Obwohl Sweet Home über kein Hotel verfügte, gab es mindestens ein halbes Dutzend Saloons in dieser Stadt. Caroline vermutete, daß Guthrie einen von ihnen aufsuchen würde, um etwas zu trinken und eine Runde Poker zu spielen, und vielleicht würde er sich sogar mit einer dieser lockeren Frauen einlassen, die in derartigen Etablissements arbeiteten ...

Caroline seufzte. Nach allem, was sie mit Guthrie getan hatte, hatte sie kein Recht, eine andere Frau als ›locker‹ zu bezeichnen. Und wenn Guthrie spielen und sich amüsieren wollte, war es ebenfalls sein gutes Recht, denn schließlich war er nicht mit ihr verheiratet.

Traurig ging sie in den Salon, wo sie vorher ein gut bestücktes Bücherregal gesehen hatte. Mrs. Beeker, die Wirtin, saß in einem Sessel und döste vor sich hin. Sie war eine korpulente Frau mit bereits ergrauendem rötlichem Haar.

Zögernd blieb Caroline an der Tür stehen.

»Guten Abend«, sagte sie schüchtern, als Mrs. Beeker aufschaute. »Ich wollte mir ein Buch ausborgen ...«

Mrs. Beeker musterte sie abschätzend, und Caroline fragte sich, was die Frau über ihre Beziehung zu Guthrie denken mochte. »Bedienen Sie sich«, sagte Mrs. Beeker schließlich kühl.

Caroline wählte einen Band über das Leben von Robin Hood. »Danke«, sagte sie, schon wieder auf dem Weg zur Tür.

Mrs. Beeker schaute nicht mehr von ihrer Stickarbeit auf. »Ich selbst lese nur Bibel. All diese frivolen Bücher gehörten meiner Tochter Ruby.«

Wie so oft bei Caroline siegte auch diesmal ihre Neugierde über ihre Schüchternheit. »Ruby. Was für ein schöner Name. Hat sie die Bücher zurückgelassen, als sie heiratete?«

Die Wirtin schnalzte verächtlich mit der Zunge. »Ruby hat nie geheiratet. Sie starb, als sie das Balg eines Hausierers zur Welt brachte.«

Caroline erschauerte über die herzlose Art der Frau, über ihre eigene Tochter und ihr Enkelkind zu sprechen. Und sie bemitleidete die unglückliche Ruby, deren größte Sünde wohl gewesen war, sich zu verlieben. »Und das Kind?« fragte Caroline gespannt.

»Es starb mit ihr. Es war die Rache Gottes.«

Carolines Wangen röteten sich vor Empörung, aber sie sah ein, daß es sinnlos war, mit Mrs. Beeker zu argumentieren. Wahrscheinlich hätte sie nie begriffen, daß Gott niemals Rache an einem unschuldigen Kind üben würde. »Mein herzliches Beileid für Ihren Verlust«, sagte sie. Wie traurig, daß Ruby und ihr Baby sterben mußten, fügte sie in Gedanken hinzu.

Wieder gab Mrs. Beeker einen verächtlichen Laut von sich, und Caroline drehte sich um und ging. In ihrem Zimmer fragte sie sich, ob Ruby wohl in diesem Raum gelebt hatte und ob sie selbst vielleicht nicht ein ähnliches Schicksal erwartete, wenn sie weiterhin darauf bestand, ihr Kind allein zur Welt zu bringen – falls sie tatsächlich schwanger war.

»Nein«, sagte sie dann kopfschüttelnd. *Sie* würde nach Chicago ziehen und allen erzählen, sie sei Witwe und sich eine Stellung als Gouvernante oder Kindermädchen suchen ...

Um sich von ihren düsteren Gedanken abzulenken, konzentrierte Caroline sich auf die Geschichte von Robin Hood. Aber selbst als sie das Buch ausgelesen hatte, quälte sie noch die Vorstellung, was ihr alles zustoßen konnte, falls sie ein Kind erwartete und beschloß, es allein zur Welt zu bringen.

Daher war sie sehr erfreut, als sie Guthries Schritte hörte. Sie riß die Tür auf und strahlte ihn an.

»Guten Abend, Wildkatze«, sagte er schmunzelnd. Irgendwie schien er zu spüren, daß sie eifersüchtig war, und offensichtlich genoß er das.

»Guten Abend, Mr. Hayes«, erwiderte sie kühl. »Ich habe mich gerade gefragt, um welche Zeit wir morgen aufbrechen.«

»Sehr früh. Ich rate Ihnen, Miss Chalmers, sich gut auszuschlafen.«

Caroline holte tief Luft und maß ihn mit einem herablassenden Blick. »Was du mir rätst, ist mir egal«, entgegnete sie spitz. »Mich interessiert nur eins – daß ich nicht mehr ins Gefängnis brauche.«

Guthrie lachte nur. »Das ist mir klar«, erwiderte er, und Caroline ärgerte sich noch mehr, als sie spürte, daß ihre Brustspitzen sich unter seinem Blick steil aufrichteten.

Errötend trat sie zurück und schlug ihm die Tür vor der Nase zu. Aber sie hörte ihn noch immer lachen, als er schon auf dem Weg zu seinem Zimmer war.

Beim Frühstück begrüßte er sie mit einem wissenden Lächeln, als ahnte er, daß sie die ganze Nacht auf ihn gewartet hatte, um schließlich einzusehen, daß er seinen Appetit vermutlich bei einer der Saloondamen gestillt hatte . . .

Caroline ignorierte ihn, aß ihr Frühstück und war erleichtert, als sie sich eine halbe Stunde später wieder auf den Weg begaben. Mrs. Beeker hatte sich nicht nehmen lassen, Caroline an die Schrecken der Hölle zu erinnern, bevor sie ihr Haus verließ, und nun war Caroline zutiefst verunsichert, weil ihr nicht ganz klar war, was Mrs. Beeker eigentlich damit hatte sagen wollen.

»Sie hält dich für ein gefallenes Mädchen«, bemerkte Guthrie, als sie schon weit von der grimmigen Wirtin und ihrer Pension entfernt waren.

Caroline zuckte die Schultern. »Sie hat doch recht, oder?«

Guthrie griff ihr in die Zügel und hielt ruckartig ihr Pferd an. »*Was?*«

Sie wagte nicht, ihn anzusehen. »Gestern nacht dachte ich,

du wärst mit einer Bardame zusammen. Und da wurde mir bewußt, daß ich auch nicht besser bin als sie.«

»Sieh mich an«, befahl Guthrie streng.

Caroline gehorchte, obwohl sie alles dafür gegeben hätte, es nicht zu tun. Aber dazu fehlte ihr die Kraft.

»Jeder einigermaßen vernünftige Mann wäre stolz, dich seine Frau zu nennen«, sagte Guthrie eindringlich. »Und ich war bei keiner Bardame. Ich habe mich nach Flynn erkundigt.«

Es fiel Caroline schwer, ihre Freude nicht zu zeigen. »Hast du etwas erfahren?«

»Nichts, was mir nicht schon bekannt gewesen wäre«, entgegnete Guthrie seufzend. »Ein Mann, auf den Flynns Beschreibung paßt, ließ sich gestern morgen von Doc Elkins eine Kugel aus dem Bein entfernen.«

19

Kaum hatten Caroline und Guthrie Sweet Home verlassen, als er die Schlinge abnahm und sie in die Büsche warf. Doch als er versuchte, den verletzten Arm zu beugen und zu strecken, verzog er das Gesicht vor Schmerzen.

»Doc Elkins hat gesagt . . .« begann Caroline vorwurfsvoll.

»Sei still«, fiel Guthrie ihr ins Wort und massierte seine verletzte Schulter. »Flynn zu finden, wird nicht einfach sein, und dafür brauche ich beide Arme.«

Caroline seufzte. Keiner wußte besser als sie, daß es Zeitverschwendung war, mit Guthrie zu diskutieren. »Sind wir bald in Cheyenne?«

»Irgendwann heute nachmittag«, antwortete er abwesend. Beim Reiten übte er, seinen Colt zu ziehen, und als ihm das befriedigend schnell gelang, zündete er sich ein Zigarillo an.

»Ich glaube, ich schicke Miss Phoebe und Miss Ethel ein Telegramm, damit sie wissen, daß es mir gut geht«, bemerkte Caroline etwas unbehaglich, denn Guthries beharrliches Schweigen und seine ständige Wachsamkeit machten sie nervös.

»Was du ihnen auch schreiben magst – sie werden in jedem Fall glauben, ich hätte dich entführt.«

Wahrscheinlich hat er recht, dachte Caroline, aber sie nahm sich vor, trotzdem das Telegramm zu schicken, um den alten Damen unnötige Sorgen zu ersparen. »Meine ganze Zukunft kommt mir äußerst unsicher vor«, bemerkte sie seufzend.

Guthrie schmunzelte. »Für mich sieht sie ziemlich klar aus. Du wirst nicht aufhören, dich in Schwierigkeiten zu begeben, bis du deinen letzten Atemzug getan hast. Das Problem bei Frauen wie dir ist, daß sie immer irgendeinen Kreuzzug vorhaben. Zuerst war es Flynn, und sobald er am Galgen baumelt, wird es die Suche nach deinen Schwestern sein.«

»Es war ein Fehler, Flynn zur Flucht zu verhelfen«, gab Caroline zu. »Aber daß ich meine Schwestern finden will, ist ja wohl völlig natürlich. Sie sind die einzigen Verwandten, die mir noch geblieben sind.«

»Ich habe nie gesagt, daß es nicht in Ordnung wäre. Was du danach vorhast, macht mir viel mehr Sorgen.«

Caroline seufzte. »Wenn ich Lily und Emma gefunden habe, Mr. Hayes, werde ich mich damit zufriedengeben, Kinder aufzuziehen und einen Haushalt zu führen ... Oder weiter zu unterrichten«, fügte sie rasch hinzu, als ihr bewußt wurde, wie Guthrie ihre Worte deuten konnte.

Aber er erwiderte nichts, und Caroline wußte nicht, ob sie erleichtert oder gekränkt sein sollte. Es wäre nett gewesen, wenn er ihr versichert hätte, daß sie *seinen* Haushalt führen und *seine* Kinder aufziehen würde. Aber seinem Gesichtsausdruck war zu entnehmen, daß er ihr vermutlich nicht einmal zugehört hatte.

Nach einem Ritt ohne Pausen erreichten sie gegen Mittag Cheyenne, eine sehr lebhafte Stadt mit zahlreichen Saloons, Geschäften, Hotels und Restaurants. Buggies und Kutschen nahmen die Straße ein, und auf den Bürgersteigen drängten sich die Menschen.

Caroline, die an Bolton dachte, verspürte ein bißchen Heimweh, aber sie lächelte, als Tob zum Diamond Lady Saloon hinübertrottete und sich vor der Tür niederließ, um auf seinen Drink zu warten.

»Ich bestelle dem Hund einen Whiskey und rede mit den Leuten, während du dein Telegramm aufgibst«, informierte Guthrie sie, bevor er absaß und seinen Wallach an einem Pfosten anband.

Obwohl seine Pläne Caroline nicht begeisterten, sah sie ein, daß nichts dagegen zu unternehmen war. »Ich treffe dich dann irgendwo in der Stadt«, sagte sie mit vorgetäuschtem Gleichmut.

Zu ihrem Erstaunen widersprach Guthrie. »Ich will nicht, daß du allein in Cheyenne herumläufst«, sagte er und ergriff die Zügel ihrer Stute. »Schick dein Telegramm ab und warte im *Statehood* auf mich. Das ist ein anständiges Hotel.«

Caroline nickte ergeben. »Soll ich ein Zimmer für dich reservieren, oder willst du das später selbst tun?«

»Wir brauchen nur ein Zimmer, Wildkatze.« Er ließ seine Hand ganz leicht über ihren Oberschenkel gleiten, und Caroline erschauerte. »Sobald ich mit Adabelle gesprochen habe, suchen wir einen Priester auf, Caroline.«

Zuerst machte Carolines Herz einen Freudensprung, um dann ganz tief zu sinken. Guthrie wollte sie ja doch nur heiraten, weil er sie für schwanger hielt, und das reichte ihr nicht aus.

»Darüber können wir später reden«, sagte sie, gab ihr Telegramm auf und nahm sich ein Einzelzimmer im Statehood Hotel. Guthrie sollte sich gefälligst selbst ein Zimmer besorgen.

Nachdem der Stallbursche ihr Pferd versorgt und ihr Gepäck hinaufgebracht hatte, zählte Caroline ihre rasch abnehmende Barschaft und ging dann hinunter in den Speisesaal, um eine bescheidene Mahlzeit zu sich zu nehmen.

Danach ging sie hinauf und streckte sich zu einer wohlverdienten Siesta auf ihrem Bett aus.

Als sie erwachte, stand Guthrie frisch rasiert und in einem neuen Anzug am Fußende des Betts. Er sah so verändert aus, daß Caroline verblüfft die Augen aufriß.

»Das ist ein verdammt schmales Bett«, bemerkte er gelassen. »Aber viel Platz brauchen wir auch nicht, da ich ohnehin beabsichtige, dich die ganze Nacht entweder unter oder über mir zu haben.«

Caroline errötete so heftig, daß sie die Hitze auf ihren Wangen spürte. »Ich habe nicht vor, mein Bett mit dir zu teilen«, entgegnete sie schroff. »Hast du Adabelle schon gesehen?«

Guthrie setzte sich zu Caroline auf die Matratze. »Nein«, erwiderte er und nahm ihre Hand. »Ich gehe jetzt zu ihr.« Als er Caroline so nahe war, nahm sie den schwachen Geruch nach Shampoo und Pfefferminz wahr.

»Oh.« Es tat weh, daß er sich Adabelles wegen solche Mühe mit seiner Erscheinung gegeben hatte. Trotz seiner Versprechen wußte sie, daß Männer schwache Kreaturen waren, denen man nicht glauben durfte. Allein der Anblick dieser Frau würde ihn alle guten Vorsätze vergessen lassen.

Er seufzte, richtete seine Krawatte und nahm Caroline in die Arme, um ihr einen Kuß zu geben, der erst ganz sanft begann und dann so leidenschaftlich wurde, daß sie ganz erschüttert war, als Guthrie sich von ihr löste. Sie war keines Widerstandes fähig, als er ihre Hosen öffnete.

»Wenn ich zurückkomme«, versprach er, während er sie streichelte, »beende ich, was ich begonnen habe. Sei bereit für mich.«

Caroline zitterte am ganzen Körper. »Guthrie . . .«

Die geschickten Bewegungen seiner Finger trieben sie an den Rand des Wahnsinns. »Sei bereit«, wiederholte er, dann zog er sich abrupt von ihr zurück und ließ sie erregt, unbefriedigt und von hilfloser Wut erfüllt auf dem Bett liegen.

Draußen vor dem Zimmer richtete Guthrie seine Krawatte und machte sich seufzend auf den Weg zu Adabelle, obwohl er lieber bei Caroline geblieben wäre. Adabelle und ihre Mutter führten eine kleine Pension, die ganz in der Nähe lag.

Guthrie öffnete das Eingangstor und zupfte noch einmal nervös seine Krawatte zurecht, bevor er die Veranda betrat.

Zu seiner großen Erleichterung und seinem Entsetzen, öffnete sich die Moskitotür, bevor er klopfen konnte, und Adabelle kam heraus. Ihre Wangen waren gerötet, ihre Augen glänzten wie im Fieber, und ihr Verhalten erinnerte Guthrie an ein nervöses Fohlen.

Sie war eigentlich sehr hübsch mit ihrem glänzenden blonden Haar und ihrem etwas molligen, aber wohlgeformten Körper. Doch Guthrie empfand bei ihrem Anblick nichts von all jenen verwirrenden Emotionen, die ihn überfielen, wenn er in Carolines Nähe war.

Aus Unsicherheit, wie er beginnen sollte, blieb er stehen.

»Hallo, Guthrie«, sagte Adabelle. Ihre sanfte, etwas heisere Stimme bebte leicht. »Ich freue mich, daß du da bist ... weil ich dir nämlich etwas sagen muß.«

Guthrie hielt seine eigenen Entschuldigungen und Erklärungen zurück und wartete höflich ab, was Adabelle zu sagen hatte.

Sie errötete und wich seinen Blicken aus. »Guthrie ... ich habe ... nun ja, seit ich dich zum letzten Mal sah ...«

Eine schwache Hoffnung regte sich in Guthrie. War es möglich, daß es ihm erspart blieb, dieses nette Mädchen zu enttäuschen? Es war fast zu schön, um wahr zu sein.

»Ja?« hakte er sanft nach.

Ihre Augen schimmerten plötzlich feucht. »Ich habe jemanden kennengelernt«, sagte sie. »Einen Eisenbahner namens John Dennis. Wir werden nächsten Monat heiraten.«

Guthries Reaktion mußte Adabelle sehr überrascht haben - er stieß einen Freudenschrei aus, packte sie um die Taille und schwang sie begeistert herum. Dann gab er ihr einen schallenden Kuß auf die Stirn.

Verblüfft schaute sie zu ihm auf. »Macht es dir nichts aus?«

Guthrie lachte. »Natürlich, Darling. Aber das Ironische der Situation ist, daß auch ich jemanden kennengelernt habe. Sie heißt Caroline Chalmers und ist ein magerer kleiner Wildfang von Schulmeisterin mit dem Temperament eines Kampfhahns.«

Adabelle lachte und weinte gleichzeitig. »Guthrie, das ist ja wunderbar!« sagte sie, umarmte ihn und küßte ihn auf die Wange. »Ich wünsche dir, daß du glücklich wirst.«

»Ich dir auch«, erwiderte er, und seine Stimme klang fast schroff vor Zärtlichkeit. Obwohl ihm in diesem Augenblick klar geworden war, daß er Adabelle nie geliebt hatte, wußte er dennoch, daß sie eine ideale Ehefrau abgegeben hätte. Mit ihr wären friedliche Tage auf ihn zugekommen, angenehme Nächte und ein Haus voller rosiger, sanftmütiger Kinder.

Sie hielt lange seine Hände umfangen, während sie sich mit Blicken voneinander verabschiedeten; dann wandte Guthrie sich ab und kehrte zu der Frau zurück, die ihm mit Sicherheit mehr Probleme als Ruhe bescheren würde.

Unruhig stand Caroline am Fenster und schaute hinaus. Ihr Körper bebte noch von Guthries Liebkosungen, war bereit wie ein Instrument, das gestimmt, aber noch nicht gespielt worden war. Sie hatte ein Bad genommen und ihr einziges Kleid angezogen. Ihr Haar war geflochten und am Hinterkopf zu einem Knoten aufgesteckt, und mehrmals kniff sie sich in die Wangen, um ihnen Farbe zu verleihen.

Als es klopfte, drehte sie sich um und sagte scheu: »Herein.«

Guthrie trat ein und lächelte sie an, trotz der Müdigkeit, die sich auf seinem Gesicht abzeichnete. »Du siehst wunderbar aus, Wildkatze, aber für eine Hochzeit brauchst du doch etwas anderes als das.«

Caroline legte beide Hände an ihre heißen Wangen. Für einen schrecklichen Augenblick glaubte sie, er wolle ihr damit sagen, daß er Adabelle heiraten würde und sie, Caroline, als Trauzeugin haben wollte. »Was?«

»Ich möchte, daß du etwas . . . Fließendes trägst«, meinte er stirnrunzelnd. »Etwas Weißes.«

»Manche Leute würden sagen, ich hätte kein Recht auf Weiß.«

»Was die Leute sagen, ist mir gleichgültig.«

»Aber wir wissen doch gar nicht mit Sicherheit, daß ich . . .

daß ich schwanger bin. Und im übrigen habe ich dir schon einmal gesagt, daß ich keinen Mann heirate, der mich nicht liebt.«

Guthrie seufzte. »Du bist schwanger«, erklärte er mit Überzeugung. »Und wenn ich bereit bin, eine Frau zu heiraten, die mich nicht liebt, warum kannst du mir dann nicht auch den Gefallen tun?«

Von dieser Seite hatte Caroline die Angelegenheit noch nie betrachtet. Aber solange Guthrie nicht bereit war, ihr seine Gefühle einzugestehen, brauchte er auch ihre nicht zu kennen. »Mit der Zeit wirst du mich vielleicht lieben lernen . . .« erwiderte sie unsicher.

Er kam auf sie zu und zog sie in die Arme. »Ich gebe zu, daß das sehr wahrscheinlich ist, Wildkatze.«

Ihr Herz schlug fast schmerzvoll schnell. »Vielleicht muß ich ins Gefängnis, Guthrie«, gab sie leise zu bedenken. »Was würdest du dann tun?«

Er legte eine Hand unter ihr Kinn und zwang sie, ihn anzusehen. »Du wirst nicht ins Gefängnis kommen«, versicherte er ihr ernst. »Und jetzt komm und laß uns ein Kleid für dich kaufen . . .« Er brach ab und machte ein unsicheres Gesicht. »Da fällt mir ein, daß ich versprochen hatte, zu beenden, was ich begonnen hatte . . . Als echter Mann stehe ich natürlich zu meinem Wort.«

Carolines Körper zitterte in Erwartung der süßen Freude, die seine Worte verhießen, aber sie legte trotzdem abwehrend ihre Hände an seine Brust. »Nein, Guthrie«, sagte sie entschieden. »Wenn wir heiraten, warte ich lieber.«

Er lachte und küßte sie. »Gut, Wildkatze. Aber dann komm jetzt und laß uns ein Kleid suchen und einen Priester. In dieser Reihenfolge.«

Caroline war wie beschwipst vor lauter Glück, als Guthrie sie an der Hand nahm und die Treppe hinunterführte. Bald darauf hatten sie ein duftiges weißes Kleid gefunden, in dem sie wie ein Engel aussah und das Guthrie widerspruchslos bezahlte – vermutlich mit seinen Pokergewinnen, dachte Caroline. Vom Marshal der Stadt erfuhren sie, daß der Friedensrichter gegenüber von Mrs. Rogers Pension lebte.

Caroline erkannte den Namen und schaute Guthrie unsicher an.

Ihr zukünftiger Mann dankte dem Marshal und schob Caroline zur Tür. »Geh ins Hotel zurück und zieh das Kleid an«, forderte er sie auf. »Ich lasse den Friedensrichter holen.«

Caroline nickte ergeben. »Na schön, Mr. Hayes, so soll es sein. Aber in Zukunft wäre es mir lieber, wenn du mich bitten würdest, statt mir etwas zu befehlen.«

Guthrie lächelte. »Ich werde mich bemühen, Wildkatze«, versprach er.

Vor dem Hoteleingang begegnete Caroline Tob, der ihr freudig entgegensprang und ihr winselnd die Hände leckte. »Ich weiß, mein Guter«, sagte sie mitleidig. »Aber weißt du was? Bald schon wirst du ein Zuhause haben und einen warmen Ofen, an dem du liegen kannst!«

Wieder winselte Tob, als habe er verstanden, und Caroline ließ ihn zurück, da ihr klar war, daß der Rezeptionschef keinen Hund ins Hotel lassen würde.

Doch kaum war sie in ihrem Zimmer, öffnete sie das Fenster und pfiff leise durch die Zähne. Zwei Minuten später erschien Tob auf der Feuertreppe und sprang durchs Fenster in den Raum.

»Psst«, warnte Caroline, als der Hund sich hechelnd auf dem Teppich niederließ. »Wenn dich jemand hört, werden wir beide hinausgeworfen.«

Tob legte den Kopf auf die Pfoten, seufzte zufrieden und schloß die Augen.

Caroline packte ihr Kleid aus und zog es rasch an. Da sie die vielen kleinen Knöpfe am Rücken nicht schließen konnte, wartete sie ungeduldig auf Guthries Erscheinen.

Als er kam, brachte er einen Strauß Wildblumen mit. »Tut mir leid, Wildkatze«, sagte er, »aber das waren die einzigen, die ich so schnell bekommen konnte. Ich habe sie auf der Wiese hinter dem Hotel gepflückt.«

Der kleine Strauß entzückte Caroline ebensosehr wie die Vorstellung, daß Guthrie sie eigenhändig für sie gepflückt hatte. Den Strauß in den Händen, schaute sie mit tränenfeuchten Augen zu ihm auf. Fast hätte sie gesagt: *Ich liebe dich, Guthrie,* aber sie beherrschte sich und sagte nur: »Danke.«

»Was ist mit deinem Kleid?« fragte er stirnrunzelnd.

Caroline lachte. »Nichts. Es muß nur noch zugeknöpft werden.«

Guthrie erledigte das mit seiner üblichen Geschicklichkeit, und als sie sich wieder zu ihm umdrehte, waren ihre Tränen getrocknet. »Also, Wildkatze«, meinte er, »der Friedensrichter wartet darauf, einen anständigen Mann aus mir zu machen. Gehen wir?«

Carolines Herz schien in ihre Kehle gerutscht zu sein. Sie nickte nur stumm, weil sie nicht sprechen konnte.

Unten in der Halle wartete der Richter – ein großer Mann in einem gestreiften Anzug und mit ausladendem Bauch. Nach einem bewundernden Blick auf Caroline führte er das junge Paar ins Büro des Hotelmanagers, weil sie dort ungestörter waren.

Nachdem zwei Zimmermädchen als Trauzeuginnen herbeigerufen worden waren, standen Caroline und Guthrie vor dem Richter, und ein verstohlener Blick verriet ihr, daß ihr Bräutigam mindestens so nervös war wie sie selbst. Auch er schien sich zu fragen, ob seine Entscheidung richtig war . . .

Der Friedensrichter begann die Zeremonie, und als der Moment für den Austausch der Ringe kam, hatte Caroline keinen. Guthrie zog jedoch zu ihrer Überraschung einen goldenen Reif aus seiner Westentasche und streifte ihn ihr über den Finger.

»Hiermit erkläre ich Sie zu Mann und Frau«, schloß der Richter lächelnd.

Das Gefühl von Guthries Lippen auf ihrem Mund war Caroline vertraut, und doch war sie so erschüttert über den Kontakt wie bei seinem ersten Kuß. Sie schwankte leicht und mußte sich an den Rockaufschlägen ihres Mannes festhalten.

Wahrscheinlich denken die Leute, ich sei betrunken, dachte sie vergnügt.

Guthrie bezahlte den Friedensrichter und nahm die Heiratsurkunde in Empfang, und dann war es vorbei, so schnell und so einfach. Caroline wunderte sich, daß einige Politiker am vierten Juli zweistündige Reden halten konnten, während eine Trauung nur knappe zehn Minuten dauerte.

Sie streckte die Hand aus und dachte, während sie ihren Ehering bewunderte, wie froh Miss Phoebe und Miss Ethel sein würden, wenn sie erfuhren, daß sie einen Mann gefunden hatte. Und dann auch noch jemanden, den sie liebte. In diese Gedanken vertieft, war sie leicht überrascht, als Guthrie sie plötzlich auf die Arme hob.

»Und jetzt, Mrs. Hayes, habe ich das Recht, mit dir ins Bett zu gehen«, erklärte er. »Und genau das habe ich vor.«

Eine Menge Cowboys hielten sich im Foyer auf, als Guthrie Caroline die Treppe hinauftrug, und alle applaudierten begeistert. Auf dem ersten Treppenabsatz blieb Guthrie stehen, und Caroline warf den schon halb verwelkten Blumenstrauß hinunter.

Ein grauhaariger alter Mann mit großen traurigen Augen fing ihn auf, und seine Freunde lachten und klopften ihm auf den Rücken.

Auch Guthrie lachte, als er Caroline in ihr Zimmer trug. Tob lag noch immer auf dem Teppich und wedelte halbherzig mit dem Schwanz, als Guthrie Caroline hereintrug. Aber der Hund stand nicht auf, legte nur seine Schnauze auf die Pfoten zurück und schloß die Augen.

»Du wirst das Kleid morgen noch einmal anziehen müssen«, sagte Guthrie, als er seine Frau aus seinen Armen entließ. »Wir lassen Bilder machen – vorausgesetzt natürlich, daß der Fotograf bis dahin nüchtern ist.«

Caroline lachte. Ein Cowboy hatte ihren Brautstrauß aufgefangen, und der Fotograf war zu betrunken, um Aufnahmen zu machen. Aber trotz allem hätte sie nicht das geringste anders haben mögen.

Guthrie legte beide Hände um ihre schmale Taille. »Ich könnte den ganzen Tag hier stehen und dich ansehen«, sagte er rauh.

»Wieso – hast du etwa eine Vorliebe für magere kleine Lehrerinnen entwickelt?« entgegnete Caroline lächelnd.

Er küßte sie zärtlich, und in seinen Augen stand so etwas wie Verwunderung; als sähe er plötzlich etwas in ihr, was ihm noch nie vorher aufgefallen war. »Nur für eine ganz besondere«, antwortete er und entfernte dann in einer für ihn sehr untypischen, recht ungeschickten Geste die Nadeln aus Carolines Haar. Als sie ganz langsam seine Krawatte löste, schluckte Guthrie auffallend.

Er setzte sich auf die Bettkante und bückte sich, um Carolines Schuhe auszuziehen; dann stand er auf und streifte seine eigenen Stiefel ab.

Es wurde fast zu einem Ritual, dieses gegenseitige Entkleiden. Aber irgendwann waren beide nackt, und zum ersten Mal verspürte Caroline keine Scham, als sie Guthries Blicke auf sich fühlte.

Er strich ihr seidiges langes Haar zurück und zog sie an sich, um sie zu küssen. Caroline achtete dabei darauf, seine Verwundung nicht zu berühren, da sie zwar heilte, aber noch immer sehr empfindlich war.

Bisher waren ihre Umarmungen stets sehr dringlicher und eher ungeduldiger Natur gewesen, doch heute liebten sie sich entnervend langsam. Als Guthrie Caroline auf das schmale Bett legte und in sie eindrang, geschah es mit der gleichen Vorsicht und Verehrung wie damals, als er ihr die Unschuld genommen hatte.

Sie schwelgte in dem Gefühl, seinen harten Körper auf sich zu spüren, und stöhnte auf vor Wollust, als er sich in ihr zu bewegen begann.

Trotz ihres sehr langsamen, zärtlichen Liebesspiels kam der Höhepunkt ihrer Lust für beide überraschend, weil er so unglaublich intensiv war. Caroline warf den Kopf zurück und schrie auf vor Glück und Triumph, und als ihr letzter Schrei verklungen war, ging ein Erschauern durch Guthries Körper, er versteifte sich auf ihr, umklammerte das Bettgestell und überließ sich mit geschlossenen Augen seiner eigenen Ekstase.

Schließlich sank er ermattet neben Caroline auf das Bett und rang nach Atem. Er schob sein rechtes Bein über ihren Schenkel, legte eine Hand auf ihre Brust und ließ seinen Daumen liebkosend über ihre harte kleine Brustspitze gleiten.

Caroline drehte sich auf die Seite, rutschte höher und drückte ihre Brust verlangend an Guthries Mund. Sofort schloß er seine Lippen um ihre rosige Knospe, und Caroline wimmerte vor Vergnügen. In ihrem Körper, der eben noch so gründlich befriedigt worden war, erwachte neue Lust, und ein quälendes Gefühl der Leere, das nur Guthrie vertreiben konnte, breitete sich in ihr aus.

Er zog sie an sich und setzte seine aufreizenden Liebkosungen fort, bis Caroline es nicht mehr zu ertragen glaubte. »Oh ... Guthrie ...« flüsterte sie, und obwohl er ihre Bitte verstanden hatte, hörte er nicht auf, sie zu reizen und zu erregen.

Im allerletzten Augenblick drehte er Caroline um, so daß ihr Rücken an seiner Brust ruhte, tastete mit einer Hand nach ihrer empfindsamsten Stelle und drang mit einem mächtigen Stoß in sie ein. Während er sie liebte, streichelte er unablässig ihre Brüste, und es dauerte nicht lange, bis Caroline vor Lust und Wonne aufschrie.

Da sie Guthries Gesicht sehen wollte, wenn er den Höhepunkt der Lust erreichte, drehte sie sich in seinen Armen um und legte eine Hand an seine Wange. Seine Augen waren glasig, seine Haut heiß und feucht, er wirkte wie ein Mann im Fieberwahn.

Um ihm näher zu sein und ihre Vereinigung noch intensiver zu gestalten, schlang sie ein Bein um ihn, was Guthrie als so aufreizend empfand, daß er augenblicklich Erfüllung fand. Sie waren noch immer auf innigste Weise miteinander verbunden, als Caroline den Kopf senkte und mit ihrer Zungenspitze über seine Brustwarze strich.

Sie streichelte und knetete seinen Po, während sie seine Brustspitzen küßte, und zehn Minuten später war er wieder soweit, von neuem in sie einzudringen. Aber dieses Mal nahm Caroline sich vor, nicht an sich selbst zu denken und nur ihrem Mann soviel Lust wie möglich zu verschaffen.

Während sie sein Kinn mit heißen Küssen bedeckte, begann sie sich sehr langsam zu bewegen, aber Guthrie rollte sich mit einem unterdrückten Stöhnen auf den Rücken und zog sie mit sich, so daß sie nun auf ihm hockte und sich mit beiden Händen an seinen Schultern festhielt.

Nach diesem letzten Liebesspiel waren beide so erschöpft, daß sie augenblicklich einschliefen. Als Caroline erwachte, war es schon ziemlich düster im Zimmer, und Guthrie wusch sie sanft mit einem weichen, kühlen Lappen. Als er damit fertig war, zog er sie auf seinen Mund und rächte sich gründlich für die entnervend süße Qual, die sie ihm vorher zugefügt hatte. Diesmal war es Caroline, die das Bettgestell umklammerte und sich mit geschlossenen Augen der Ekstase überließ, die seine Lippen und seine Zunge in ihr erzeugten.

Es gelang ihr nicht, ihre lustvollen Schrei zu unterdrücken, und Guthrie machte keinen Versuch, sie zu ersticken. Im Gegenteil – je mehr Lärm sie machte, desto besser schien es ihm zu gefallen.

20

Der erste Tag in Carolines jungem Eheleben dämmerte sonnig und warm herauf, aber es dauerte nicht lange, bis die ersten Wolken den Ehehimmel trübten. Caroline saß mit Guthrie im Speisesaal und frühstückte, als er plötzlich sagte: »Ich breche heute auf.«

»Wie bitte?« Verblüfft legte Caroline die Gabel nieder.

»Ich werde Flynn viel schneller einholen, wenn ich mir nicht ständig Sorgen um dich zu machen brauche.«

Caroline war so verärgert, daß sie bewußt ganz leise sprach. »Du hättest mich auch einfach ins Gefängnis stecken können«, sagte sie kühl. »Dann wärst du mich auch losgewesen.«

Guthrie seufzte. »Caroline . . .«

»Hast du schon einmal die Bibel gelesen?« unterbrach sie ihn unwillig. »Es gibt da eine Stelle, die besagt: *Wohin du gehst, gehe ich auch.*«

Guthrie schüttelte den Kopf. »Ich sagte, du bleibst hier.«

Plötzlich sah Caroline ein Leben voller Feststellungen wie diese auf sich zukommen und begriff, daß sie das nicht ertragen würde.

Schweigend löste sie den Goldreif von ihrem Ringfinger und legte ihn vor Guthrie auf den Tisch.

Zuerst wirkte er verwirrt, dann runzelte er die Stirn. »Zieh den Ring an«, befahl er schroff.

Caroline schüttelte den Kopf. »Es wird Zeit, daß du ein für allemal begreifst, daß du mich nicht herumkommandieren kannst wie deinen Hund.«

Guthrie seufzte. »Du bist meine Frau.«

»Was mich in die gleiche Kategorie versetzt wie deinen Hund?«

»Natürlich nicht!«

»Dann wäre ich dir dankbar, wenn du mich mit deinen Befehlen verschonen würdest!«

Guthrie schleuderte die Serviette auf den Tisch, obwohl er sein Frühstück noch gar nicht beendet hatte. »Es gibt einfach Dinge, die ein Ehemann entscheiden *muß* . . .«

»Ja, Dinge, die ihn selbst betreffen«, fiel Caroline ihm schroff ins Wort. »Aber ob ich in Cheyenne bleibe oder dich begleite, ist ja wohl ausschließlich *meine* Angelegenheit!«

»Verdammt noch mal, Caroline, dieser Flynn ist gefährlich! Und bisher haben wir pures Glück gehabt, daß wir noch keinen Ärger mit den Indianern hatten.«

»Vor ein paar Tagen warst du noch überzeugt, daß Flynn in Cheyenne wäre und hier auf uns warten würde.« Caroline lehnte sich auf ihrem Stuhl zurück und spreizte beide Hände. »Angesichts dessen bin ich der Meinung, daß Cheyenne im Moment wohl so ziemlich der *schlechteste* Aufenthaltsort für mich ist.«

»Er ist nicht hier, Caroline«, sagte Guthrie.

»Woher willst du das wissen?«

»Weil ich die Leute gefragt habe, die seine Bekanntschaft gemacht hätten«, entgegnete Guthrie höflich, aber mit einer gewissen Schärfe. »Außerdem lasse ich dich nicht im Hotel zurück. Du bleibst bei einem Freund von mir ... einem Mr. Roy Loudon.«

»Roy ...?«

»Loudon. Er ist der Ranchbesitzer, für den ich früher gearbeitet habe – ein Witwer. Ich bin ihm kurz nach unserer Ankunft im *Diamond Lady* begegnet, und er sagte, er brauchte jemanden, der seinen Sohn unterrichtet.«

Caroline war sehr verblüfft. Guthrie hatte diesen Mann nie erwähnt. Und jetzt schien er zu erwarten, daß sie bereitwillig auf seinen Vorschlag einging, im Haus eines *Fremden* zu leben! »Es wäre nicht schicklich für mich, in einem reinen Männerhaushalt zu leben«, entgegnete sie flach.

»Keine Sorge, Caroline. Roy hat eine Haushälterin. Sie heißt Jardena Craig und wird schon auf deinen guten Ruf achten.«

Carolines Herz zog sich zusammen, bis es schmerzte. Guthrie schien tatsächlich vorzuhaben, sie zu verlassen, um Flynn zu jagen, nachdem sie nicht einmal einen ganzen Tag verheiratet waren. Aber Flynn war sehr gefährlich, und auf dem Weg lauerten tausend Gefahren auf Guthrie. Caroline schaute ihn nicht an, als sie sagte: »Angenommen, ich folgte dir?«

»Dann werden wir uns begegnen, Wildkatze«, erwiderte Guthrie drohend, »und das erste, was ich dann tue, ist, dich übers Knie zu legen. Danach bringe ich dich nach Laramie zurück und übergebe dich Marshal Stone. Zwar würde es mich wertvolle Zeit kosten, aber du kannst mir glauben, daß ich es tun würde.«

Caroline errötete, weil sie begriff, daß sie verloren hatte. So unauffällig wie möglich nahm sie den Ehering an sich, den sie vorher abgelegt hatte, und steckte ihn in die Tasche ihres Hosenrocks.

Guthrie legte seine Hand auf ihre und drückte sie tröstend. »Caroline, wenn wir uns eine Chance geben wollen, glücklich zu werden, müssen wir Flynn nach Laramie zurückbringen. Und du müßtest selbst wissen, daß ich es allein schneller schaffe.«

Sie nahm den Ring aus ihrer Tasche und umklammerte ihn wie einen Talisman. Ich werde ihn nicht eher wieder tragen, nahm sie sich vor, als bis ich wieder mit Guthrie zusammen bin und mit ihm leben kann wie jede normale Frau mit ihrem Mann! »Du wirst mir sehr fehlen«, gestand sie leise.

Obwohl Caroline sich von ganzem Herzen das Versprechen von Guthrie wünschte, ihr treu zu sein und sie zu lieben, mußte sie sich mit einem schiefen Lächeln von ihm zufriedengeben und den Worten: »Ich werde schon dafür sorgen, daß du mich nicht vergißt!«

Dann nahm er Caroline bei der Hand und führte sie in ihr Zimmer, wo er Wort hielt und sein Versprechen einlöste. Er liebte sie so ausdauernd und zärtlich, bis sie begriff, daß er ihrer Seele für immer seinen Stempel aufgedrückt hatte.

»Ach, Guthrie, wenn du nicht zurückkommst . . .« sagte sie bedrückt, als es vorbei war und sie ermattet in seinen Armen lag.

Mit einem sehr sanften Kuß brachte er sie zum Schweigen und sagte rauh: »Ich werde zurückkommen, Wildkatze, und dann fahren wir nach Bolton und erklären Miss Phoebe und Miss Ethel alles. Danach werden wir nach Chicago reisen und die Suche nach deinen Schwestern aufnehmen.«

In Carolines Augen schimmerten Tränen. »Guthrie, ich lie . . .« begann sie, aber er beugte sich über sie und erstickte mit einem Kuß die zärtliche Liebeserklärung, zu der sie sich endlich durchgerungen hatte.

Am frühen Nachmittag ritten sie zu Roy Loudons Ranch hinaus. Mit jeder Meile, die sie hinter sich ließen, glaubte Caroline, ein Stück von ihrem Herzen zu verlieren. Trotz Guthries Versicherungen war es möglich, daß er getötet wurde oder ganz einfach beschloß, sich lieber doch nicht mit einer Frau belasten zu wollen . . .

Die Loudonranch war groß; Guthrie erzählte Caroline, daß alles Land, das weit und breit zu sehen war, seinem Freund gehörte.

Das weiße Wohnhaus wirkte sehr freundlich mit den grünen Fensterläden, die in der Sonne glänzten. Im Vorgarten wuchs Gras, und an den Kaminen an beiden Seiten des Hauses rankten sich rote Teerosen hinauf.

Eine mollige Frau mit streng zurückgekämmtem dunklem Haar kam auf die Veranda und strich ihre Schürze glatt. Das mußte Jardena Craig sein, die Haushälterin, die Carolines guten Ruf gewährleisten sollte.

Als ob es nach Guthrie bei mir noch etwas zu bewahren gäbe, dachte Caroline bedrückt.

Mrs. Craig kam ihnen entgegen, ein zurückhaltendes, aber freundliches Lächeln auf den Lippen. Unter ihrem Blick wurde Caroline schmerzlich bewußt, wie sie aussehen mußte mit ihrem zerknitterten Reitrock und ihrem hastig geflochtenen Zopf.

Sie hielt sich in Guthries Nähe, nachdem er sie vom Pferd gehoben hatte.

»Sieh an, Guthrie Hayes!« sagte Mrs. Craig erfreut. »Ich dachte, der Teufel hätte Sie längst geholt.«

Guthrie warf Caroline einen kurzen, zärtlichen Blick zu. »Ich weiß nicht, ob es gerecht wäre, dem Teufel die Schuld zu geben«, antwortete er, und Mrs. Craig lachte und reichte Caroline ihre große, verarbeitete Hand.

»Jardena Craig«, sagte sie. »Es wird schön sein, meinen Namen einmal von einer Frau ausgesprochen zu hören.«

Bevor Caroline etwas sagen konnte, stellte Guthrie sie vor. »Miss Caroline Chalmers«, sagte er.

Sie schaute betroffen zu ihm auf, schluckte jedoch die Demütigung, nicht als seine Frau vorgestellt worden zu sein. Ganz offensichtlich wollte Guthrie Jardena nicht wissen lassen, daß er sie geheiratet hatte, obwohl es doch eigentlich stadtbekannt sein mußte.

»Sehr erfreut«, sagte sie schüchtern zu Jardena.

»Sehen Sie sich nur an«, erwiderte Jardena kopfschüttelnd, nahm Carolines Arm und zog sie mit sich ins Haus. »Wie dünn Sie sind! Hat Guthrie Ihnen nichts zu essen gegeben?«

Caroline war noch immer sehr verwirrt darüber, daß Guthrie sie nicht als seine Frau vorgestellt hatte. »Doch«, antwortete sie, »aber meistens war es nur Dörrfleisch.«

Darauf lachte Jardena und schüttelte den Kopf.

Minuten später saß Caroline in der großen Küche und trank

köstlich heißen Tee. Guthrie war ohne ein Wort des Abschieds hinausgegangen, um Roy Loudon zu suchen.

»Wie sind Sie an jemanden wie Guthrie Hayes gekommen?« wollte Jardena wissen, als sie einen Teller mit Plätzchen vor Caroline hinstellte.

Caroline biß in eins, um Zeit zu gewinnen, und Jardena schlug beide Hände auf ihre Schenkel. »Da stelle ich schon wieder Fragen, die mich nichts angehen! Achten Sie nicht darauf. Mr. Loudon ist sehr froh, eine Lehrerin für seinen Sohn gefunden zu haben.«

»Wann kann ich seinen Sohn sehen?« fragte Caroline.

Mrs. Craig begann einen Brotteig zu kneten. »Ferris wird bald kommen. Er ist mit seinem Pa auf den Feldern.«

Obwohl Caroline Kinder liebte, war sie nicht begeistert über die Aufgabe, die sie erwartete. Viel lieber wäre sie bei Guthrie geblieben, um sich persönlich davon zu überzeugen, daß ihm nichts passierte. »Ich hoffe, Mr. Loudon hat Schulbücher hier.«

Jardena seufzte. »Eine ganze Bibliothek voll. Möchten Sie noch etwas anderes außer den Plätzchen?«

Caroline schüttelte den Kopf und stand auf. »Wenn Sie mir nur sagen könnten, wo ich mein Zimmer finde.« Sie hob ihre Reisetasche auf. »Ich würde mich gern ein wenig frischmachen, bevor Mr. Loudon und Ferris kommen.«

Die Haushälterin zeigte auf eine Treppe. »Dritte Tür rechts.«

Caroline war angenehm überrascht, wie gemütlich und sauber ihr Zimmer war. Vom Fenster aus hatte sie einen herrlichen Ausblick auf die Felder, die sich bis zum Horizont zu erstrecken schienen.

In melancholischer Stimmung packte Caroline ihre Sachen aus und hängte sie an die Haken, die an einer Wand befestigt waren. Dann wusch sie sich Gesicht und Hände und bürstete ihr Haar, um es schließlich wieder zu einem Zopf zu flechten.

Als sie später wieder hinunterging, führte Jardena sie sogleich zu Mr. Loudons Arbeitszimmer.

Caroline war ziemlich aufgeregt, als sie anklopfte und jemand schroff »Herein!« rief.

Guthrie stand am Kamin, während ein Riese von Mann sich

von seinem Platz hinter dem Schreibtisch erhob. Er hatte sehr dunkles Haar und auffallend blaue Augen, die Caroline zu durchschauen und ihre intimsten Geheimnisse zu kennen schienen.

In respektvoller Haltung stand ein etwa neun- oder zehnjähriger Junge neben dem Schreibtisch. Auch er hatte blaue Augen, aber blondes Haar, und Caroline wußte augenblicklich, daß sie es mit einem der schwierigsten Wesen zu tun hatte, die es gab: einem mutterlosen Jungen.

Guthrie stellte sie vor, wobei er wieder verschwieg, daß Caroline seine Frau war, und sie fragte sich, ob er seine Heirat nicht vielleicht schon bereute. Jeder wußte schließlich, daß es im Westen kein Problem war, eine lästige Ehefrau loszuwerden...

Erst sehr viel später, als Guthrie sich zum Aufbruch vorbereitete, bekam Caroline Gelegenheit, allein mit ihm zu sprechen.

»Warum hast du ihnen nicht gesagt, daß ich deine Frau bin?« fragte sie. Ihre Stimme klang fast schrill aus lauter Angst, Guthrie für immer zu verlieren.

Er hob ihre linke Hand und küßte sie dort, wo sie vorher den Ring getragen hatte. »Du warst es, die mich dazu gezwungen hat, ein Geheimnis aus unserer Ehe zu machen, nicht ich.«

Carolines Wunsch, ihn zu begleiten, war so heftig, daß es fast nicht zu ertragen war. »Bitte, laß mich nicht hier, Guthrie! Ich kann mich jetzt nicht mit Verben, mathematischen Problemen und Lyrik befassen!«

Guthrie seufzte. »Du bist Lehrerin«, erinnerte er sie. »Also unterrichte auch. Ferris braucht dich.«

Als er sein Pferd besteigen wollte, ergriff sie seine Hand. »Wann sehe ich dich wieder, Guthrie?«

Er berührte flüchtig ihre Stirn mit seinen Lippen. »Bald werde ich dir schon wieder so auf die Nerven fallen, daß du wünschen wirst, mich los zu sein«, antwortete er heiser, schwang sich in den Sattel und tippte sich an die Hutkrempe. »Denk daran, was ich dir gesagt habe, Caroline!« warnte er sie noch einmal. »Ich habe noch nie eine Frau geschlagen, aber ich bin bereit, eine Ausnahme zu machen, falls du mir nachreitest, und ich schwöre dir, daß es dann Wochen dauern wird, bis du wieder sitzen kannst.«

Caroline haßte seine männlich-überhebliche Art, obwohl sie im Grunde ihres Herzens wußte, wie recht er hatte. Sie würde ihn auf der Suche nach Seaton nur behindern, und es war sehr unwahrscheinlich, daß Flynn sie auf der Loudonranch finden oder belästigen würde.

»Auf Wiedersehen«, sagte sie.

Guthrie nickte zerstreut und ritt davon – ohne ihr gesagt zu haben, daß er sie liebte. Und, was fast noch schlimmer war, ohne sich von ihr zu verabschieden.

Nachdem sie sich ein wenig beruhigt hatte, holte Caroline Papier und Stifte und suchte ihren neuen Schüler. Ihn zu finden, war nicht schwer; Ferris hockte auf den Verandastufen.

»Könnten wir nicht zum Teich gehen?« schlug er vor.

»Heute nicht«, entgegnete Caroline fest. »Wir bleiben hier, und du wirst mir zeigen, was du gelernt hast.« Sie reichte ihm Papier, Stift und ein Buch als Unterlage, und setzte sich in einen der beiden Schaukelstühle. »Ich möchte, daß du zwei Absätze schreibst, in denen du mir erklärst, ob du es für richtig hältst, daß Wyoming ein Staat wird oder nicht.«

Ferris erwiderte mißmutig ihren Blick. »Das ist mir völlig egal«, gab er ganz offen zu.

»Dann tu so, als sei es dir nicht egal«, forderte Caroline ihn auf, während sie bereits Rechenaufgaben notierte, die der junge Mr. Loudon später lösen sollte.

»Ich habe gesehen, wie Mr. Hayes Sie geküßt hat«, sagte er, aber es klang keine Bosheit in seiner Stimme mit, nur Aufrichtigkeit, und Caroline stellte fest, daß sie den Jungen mochte. »Wollen Sie ihn heiraten?«

»Meine Beziehung zu Mr. Hayes geht dich nichts an, junger Mann«, antwortete Caroline freundlich. »Und wenn du dich jetzt bitte auf deine Aufgabe konzentrieren würdest . . .«

Ferris senkte den Kopf und schrieb. Während Caroline ihn beobachtete, dachte sie betrübt an Lilly, deren helles Haar genauso in der Sonne geschimmert hatte wie Ferris' blonder Kopf.

Schließlich schaute der Junge auf. »Sie könnten Pa heiraten, wenn Sie wollen. Wir brauchen hier eine Frau.«

Caroline war gerührt. Der Junge schien eine Mutter zu vermissen. »Ihr habt doch Jardena«, sagte sie lächelnd.

»Sie hat schon einen Mann und will keinen anderen«, gab Ferris zurück. »Sie sagt, es sei nur Gottes Güte zu verdanken, daß sie ihren eigenen Mann noch nicht verlassen hat.«

Caroline verbarg ein Lächeln. »Ach so.«

Ferris beschäftigte sich wieder mit seiner Arbeit, aber als er mit dem zweiten Absatz fertig war, kam er auf das Thema zurück, das ihn am meisten zu interessieren schien. »Mein Pa würde bestimmt einen guten Mann abgeben«, sagte er ernst. »Er hat viel Geld auf der Bank und jede Menge Land und Rinder.«

Caroline hockte sich neben Ferris auf die Stufen, legte den Arm um ihn und nahm ihm das Blatt aus der Hand. »Dein Vater ist ein feiner Mensch«, erwiderte sie. »Er ist bestimmt imstande, sich selbst eine Frau zu suchen, ohne deine oder meine Hilfe.«

Die klaren blauen Augen des Jungen spiegelten Enttäuschung wider, als er zu Caroline aufschaute. »Ich vermisse meine Mama sehr«, gestand er leise.

Caroline hätte ihn gern auf die Stirn geküßt, aber es gab gewisse Grenzen, die sie nicht überschreiten wollte.. »Ich kann dich gut verstehen«, sagte sie nur und las die wenigen Zeilen, die Ferris geschrieben hatte.

Er könnte ein vielversprechender Schüler werden, dachte sie dabei, aber ich muß aufpassen, mich innerlich nicht zu sehr an ihn zu binden.

21

Einen ganzen Monat lang unterrichtete Caroline Mr. Loudons Sohn und wartete verzweifelt auf einen Brief von Guthrie – oder wenigstens eine Nachricht. Doch es kam nichts, und jeder Tag brachte neue Enttäuschungen.

Irgendwann war Caroline überzeugt, Guthrie nie wieder zu sehen. Ihre Monatsblutungen hatten aufgehört, und sie wurde immer rundlicher um die Taille, obwohl es einem Außenstehenden kaum auffallen würde.

Sie schrieb lange Briefe an Miss Ethel und Miss Phoebe, die sie dann nicht abzuschicken wagte. Auch an ihre Schwestern schrieb sie, obwohl sie nicht glaubte, daß ihre Briefe sie je erreichen würden, und erzählte ihnen von ihrem Leben, ihren Hoffnungen, ihren Träumen.

Als ein weiterer Monat verging, geriet Caroline in Panik. Ein Arzt in der Stadt hatte ihr bestätigt, daß sie schwanger war, und es konnte nicht lange dauern, bis ihr Zustand für alle sichtbar wurde. Was sollte sie tun, falls Guthrie bis dahin nicht zurückkam?

Eines heißen Sommernachmittags saß sie am Teich und dachte über diese Fragen nach, als hinter ihr ein paar Zweige knackten. In der Annahme, es sei Ferris, der sich oft auf Indianerart anschlich und sie erschreckte, drehte sie sich um und wollte schon eine Strafpredigt vom Stapel lassen.

Aber der Besucher war Tob, und dicht hinter ihm war Guthrie.

Caroline flog ihm entgegen, warf sich in seine Arme und schloß die Augen, als er sie an seine Brust drückte. Sein Kinn war mit Bartstoppeln übersät, seine Kleider und sein Hut waren schmutzig und alt wie eh und je.

Er hob Caroline auf die Arme, schwang sie im Kreis und küßte sie gründlich.

Ganz plötzlich verwandelte sich Carolines Erleichterung in Zorn. Sie löste sich von Guthrie und schlug ihm beide Fäuste an die Brust. »Verdammter Kerl!«, sagte sie ärgerlich, als er ihre Hände festhielt und Caroline lächelnd ansah. *»Wo hast du gesteckt?«*

Guthrie ließ ihre Hände los, umfaßte ihren Po und preßte sie hart an seinen Körper. Sein spürbares körperliches Verlangen trieb ihr das Blut in die Wangen. »Es würde zu lange dauern, dir das alles zu erzählen, Wildkatze«, meinte er seufzend. »Es reicht, wenn ich dir sage, daß ich diesem Hurensohn von Flynn bis an die mexikanische Grenze gefolgt bin und wieder zurück. Bisher ist er mir jedoch stets entkommen.«

Tränen schossen Caroline in die Augen, sie umklammerte Guthries Schultern und schüttelte ihn leicht. »Ich dachte, du hättest unsere Ehe inzwischen annullieren lassen«, sagte sie erstickt.

Guthrie schüttelte den Kopf. »Wenn eine Ehe einmal vollzogen ist, Caroline, läßt sie sich nicht mehr annullieren. Und alles, woran ich in diesen zwei Monaten gedacht habe, ist, sie von neuem zu *vollziehen*.«

Es war fast wie ein Garten Eden zwischen den hohen Birken

bei dem Teich, und Caroline sagte ohne jede Scham: »Hier, Guthrie. Genau hier.«

Er lachte und schüttelte den Kopf. »Ich bin seit zehn Tagen nicht vom Pferd gekommen, Caroline.«

Sie führte ihn zum Teich, ohne einen Gedanken daran zu verschwenden, daß sie sich auf einer von Menschen und Tieren bewohnten Ranch befanden. Es kam ihr vor, als wären sie und Guthrie ganz allein auf dieser Welt.

Guthries Lächeln verblaßte, seine Augen glühten, als er zusah, wie Caroline sich auf einen Baumstumpf hockte und ihre Schuhe auszog. Obwohl mindestens fünf Meter Abstand zwischen ihnen lagen, spürte sie sein Verlangen so deutlich, als hielte er sie in seinen Armen.

Ein wohliges Erschauern ging durch ihren Körper, als sie ihre Röcke hob und die weißen Strümpfe darunter hinunterrollte. Da sie sich angewöhnt hatte, ihre Beine zu rasieren, war ihre Haut so glatt wie Alabaster.

Guthries Adamsapfel hüpfte an seiner Kehle; er machte einen unsicheren Schritt auf sie zu. »Verdammt, Caroline«, sagte er krächzend. »Hör auf damit!«

Sie legte einen Strumpf neben sich und begann den anderen hinabzurollen.

Eine unsichtbare Hand schien Guthrie zu ihr hinzuziehen. »Caroline«, knurrte er und schaute sie aus schmalen Augen an.

Sie stand auf und knöpfte das Kleid auf, das sie sich – zusammen mit vielen anderen – an ihren einsamen Abenden selbst angefertigt hatte.

Guthrie schleuderte fluchend seinen Hut beiseite und hockte sich hin, um seine Stiefel auszuziehen.

Lachend zog Caroline ihre restlichen Sachen aus und lief zu dem warmen Teich, wo sie bis in die Mitte hinauswatete und zusah, wie Guthrie sich auszog und nackt zu ihr ins Wasser kam.

»Wenn die halbe Ranch zusieht, hast du es nur dir selbst zu verdanken!« knurrte er.

Caroline ging zu ihm und schlang ihm die Arme um den Hals. Das Wasser reichte ihr bis knapp über die Brust. »Küß mich«, forderte sie ihn lockend auf. Ihr Mann musterte sie stirnrunzelnd, um sie dann an seine Brust zu ziehen und heiß zu küssen. Als es vorbei war, taumelte sie vor Erschütterung und schob eine Hand ins Wasser, um ihn zu suchen und süße Rache an ihm zu üben.

Er stöhnte lustvoll, als sie ihn umfaßte und aufreizend streichelte.

»Caroline«, sagte er bittend, »wir sind hier nicht allein . Jeden Augenblick könnte jemand kommen.«

Sie lachte nur. »Sie sind alle weit weg«, entgegnete sie zuversichtlich und küßte seine Lippen, die noch geschwollen waren von dem eben ausgetauschten Kuß. »Es gibt niemanden außer dir, der mich nackt sehen wird.«

Guthries Körper versteifte sich. »Das ist gut«, meinte er schroff. »Dann brauche ich wenigstens keinen armen Kerl zu erschießen.«

Caroline lachte und hörte nicht auf, ihn mit aufreizenden Liebkosungen zu verwöhnen.

»O Gott!« stöhnte Guthrie, als ihre Bemühungen immer intensiver wurden. Er legte den Kopf zurück, und Caroline ließ ihre Lippen über seinen Nacken und sein Ohrläppchen gleiten. »Wenn du nicht aufhörst . . .«

»Das habe ich nicht vor«, versicherte Caroline ihm gelassen. »Ich möchte sehen, wie sehr du mich vermißt hast.«

Guthrie legte seine Hände um ihre Taille, seine Daumen glitten über die Stelle, wo sein Kind unter ihrem Herzen wuchs. »Ich habe dich sehr vermißt«, sagte er. »Aber ich möchte in dir sein, wenn ich es dir zeige.«

Hand in Hand zogen sie sich unter eine tief herabhängende Trauerweide zurück, wo sie sicher sein konnten, ungestört zu sein.

Sanft hob Guthrie sie auf, sie legte ihre Beine um seine Hüften und stöhnte auf, als sie seine Lippen auf ihren Brüsten fühlte. Gleichzeitig spürte sie sein hartes Glied und drängte sich ihm verlangend entgegen.

»Tut mir leid, Wildkatze«, murmelte er, die Lippen noch an ihrer Brust. »Ich kann nicht länger warten.«

Caroline barg ihr Gesicht an seiner Brust, als er sie sanft auf sich herabließ und entnervend langsam in sie eindrang. Eine Bewegung war gar nicht nötig; kaum spürte sie ihn in sich, wurde sie von einer alles verzehrenden Welle der Lust geschüttelt und schrie heiser seinen Namen.

Guthrie flüsterte ihr zärtliche Worte zu, als der Sturm in ihr abebbte, und begann sich vorsichtig zu bewegen, um nun seinerseits die Befriedigung zu suchen, die er ihr so großzügig geboten hatte. Als Caroline ihm mit kehliger Stimme sagte, wie sie ihn in jener Nacht zu verwöhnen gedachte, ging ein Erschauern durch seinen Körper, und er erreichte mit einem Aufstöhnen den Gipfel der Ekstase. Als Caroline spürte, wie sich seine Leidenschaft in ihr entlud, wurde sie von einem neuen Höhepunkt geschüttelt, der diesmal ganz unerwartet kam und ihre Glieder mit einer süßen Schwäche erfüllte.

Als beide wieder etwas ruhiger atmeten, streichelte Guthrie ihren schon etwas rundlichen Bauch. »Wir hatten also recht, nicht wahr? Du bekommst ein Kind?«

Caroline nickte glücklich. »Ja, ich bekomme ein Baby. Es wird im Winter zur Welt kommen.«

Sie hätte nicht sagen können, ob seine Augen von dem Wasser des Teichs so feucht waren oder aus einem anderen Grund, aber er lächelte, und das war ihr genug. Ohne ein Wort zu sagen, senkte er den Kopf und küßte sie zärtlich.

»Wenn ich heute abend mit dir ins Bett gehen soll, wirst du Roy sagen müssen, daß wir verheiratet sind«, meinte er dann. »Denn wenn er glaubte, ich belästigte eine Frau in seinem Haus, würde er mich erschießen.«

Caroline lächelte und zeigte Guthrie ihre Hand, an der sein goldener Ring glitzerte. »Er hat es sicher längst erraten«, sagte sie. »Ich trage den Ring schon seit fast zwei Monaten.«

Guthrie küßte ihre Stirn. »Ich kann es kaum erwarten, bis das alles vorbei ist und wir unser eigenes Heim besitzen. In den ersten sechs Wochen lasse ich dich nicht aus dem Bett.«

Sie lachte. »Auf diese Art wirst du nicht viel erreichen.«

Guthrie tauchte seine Hand ins Wasser und berührte sie auf intimste Weise. »Ach nein?« neckte er sie.

Caroline legte ihre Hände um seine Schultern und biß sich auf die Lippen, bevor sie seufzend flüsterte: »Hör auf, Guthrie – ich brauche ein paar Minuten . . .«

Er drang mit zwei Fingern in sie ein und begann sie auf unerträglich intensive Weise zu erregen, und sie stöhnte auf.

Als er gleichzeitig den Mund auf ihre Brüste senkte, spürte sie, wie ein wohliges Erschauern durch ihren Körper ging und ihre Erregung sich in einer Welle der Ekstase löste. Als sie verstummte und nur noch leise seufzte, war Guthrie wieder bereit für sie. Er drehte sie um, umschloß von hinten ihre Brüste und drang mit einer entschlossenen Bewegung in sie ein.

Bald, obwohl sie geschworen hätte, daß so etwas unmöglich war, erlebte Caroline einen neuen, vielleicht sogar noch intensiveren Höhepunkt der Lust und keuchte wie eine Ertrinkende, als Guthrie sie auf den Gipfel der Gefühle führte. Ein leiser Triumphschrei entrang sich ihrer Kehle, und Guthrie streichelte ihre Brüste und sprach beruhigend auf sie ein, während er mit ihren Sinnen spielte, bis sie am ganzen Körper bebte und seinen Namen in die Stille des Nachmittags hinausschrie.

Entferntes Gelächter und Hufgeklapper von Pferden ließen sie auseinanderfahren. Guthrie und Caroline hatten sich kaum angezogen, als Ferris mit einem durchdringenden Rebellengeschrei durch die Bäume geritten kam.

Anscheinend hatte er irgendein Rennen gewonnen, aber der triumphierende Blick in seinen Augen verblaßte, als er Guthrie und Caroline verlegen, naß und mit hastig übergestreiften Kleidern am Teichrand stehen sah.

»Sie sind also wieder da«, sagte er zu Guthrie, saß von seinem Pony ab und überließ es dem Tier, allein in den Stall zurückzutrotten.

Guthrie nickte und setzte seinen Hut auf. »Hallo, Ferris.«

Ferris streichelte Tob, der sich an seine Beine schmiegte und um Aufmerksamkeit bettelte. Aber der Blick des Jungen ruhte auf Caroline, und als sie seine unglückliche Miene sah, kamen ihr fast die Tränen.

In einer besitzergreifenden Geste legte Guthrie eine Hand auf ihren Rücken. »Wir lassen dich schwimmen«, sagte er zu Ferris, um Caroline dann durch die Bäume zum Haus zurückzuführen.

Ein halbes Dutzend Cowboys traf am Teich ein, als sie gerade gingen, und Caroline fragte sich, ob Ferris wirklich ein so schneller Reiter war, oder ob die Ranchangestellten ihn absichtlich hatten gewinnen lassen. Guthrie erwiderte den Gruß der Männer freundlich, aber er blieb nicht stehen.

Sein Wallach stand angebunden vor der Scheune.

»Wann brechen wir auf?« fragte sie und schlang zärtlich einen Arm um Guthries Taille.

»Darüber reden wir lieber später«, antwortete er seufzend.

Caroline blieb stehen. »Nein, das tun wir *jetzt*. Du hast wohl vor, dich wieder davonzumachen und mich hier zurückzulassen?«

Frustriert zog Guthrie den Hut ab und fuhr sich mit der Hand durchs Haar. »Ich muß Flynn einholen«, sagte er ungeduldig. »Seine Spur führt nach Cheyenne zurück.«

»Dann bist du also nur *deshalb* hier? Weil du sowieso hier vorbei mußtest?«

»Caroline . . .«

»Hör auf mit *Caroline*! Ich habe nicht vor, mein Leben damit zu verbringen, auf dein Erscheinen zu warten!«

»Wärst du lieber im Gefängnis, Caroline?« entgegnete er. »Möchtest du unser Kind in einer Zelle zur Welt bringen?«

»Ich gehe nicht ins Gefängnis. Das hast du selbst gesagt.«

»Na schön, das stimmt. Aber du willst doch sicher auch nicht den Rest deines Lebens auf der Flucht sein, oder?«

Caroline schluckte und schüttelte den Kopf. Falls sie gezwungen war, mit Guthrie nach Mexiko zu fliehen, würde sie ihre Adoptivmütter nie wiedersehen und auch bestimmt nie ihre Schwestern wiederfinden . . .

»Dann muß ich gehen, Caroline. Aber ich schwöre, daß ich zurückkommen werde. Wir werden dieses Kind gemeinsam aufziehen und noch ein halbes Dutzend andere machen.«

Carolines Augen füllten sich mit Tränen. »Es könnte dir etwas passieren. Vielleicht bringt Flynn dich um«, sagte sie bedrückt.

»Falls das geschieht«, erwiderte er, »möchte ich, daß du hierbleibst. Roy ist ein guter Mann. Er wird dich beschützen und dir ein schönes Heim bieten.«

»Das hört sich an, als wäre ich ein streunender Hund!« protestierte Caroline. »Ich *will* nicht immer hierbleiben, Guthrie. Außerdem könnte Roy mich vor dem Gesetz nicht schützen.«

»Er ist ein mächtiger Mann«, wandte Guthrie ein. »Er könnte viel mehr für dich tun, als du glaubst.«

»Ich will nur mit dir verheiratet sein«, beharrte Caroline, und endlich ließ Guthrie sie seufzend gehen.

Später, als Guthrie die Loudonsche Badewanne benutzte, wusch Caroline seine Sachen und hängte sie im Garten zum Trocknen auf. Als sie in die Küche kam, stand Ferris am Tisch, trank Limonade und aß Jardenas köstliche Zimtplätzchen. Sein blondes Haar war naß, sein Blick spiegelte Neugier und so etwas wie Trauer wider.

»Sie tragen Mr. Hayes' Ring«, sagte er anklagend.

Caroline war verblüfft. »Was dachtest du denn, wessen Ring das sei?«

»Papas vielleicht«, gab der Junge zu. »Ich hatte gehofft, Sie hätten ihn heimlich geheiratet oder so etwas.«

Das Herz tat ihr weh. Deshalb hatte Ferris also aufgehört, ständig von einer Heirat zu sprechen! »So etwas würde dein Vater dir doch sagen«, antwortete sie sanft und hätte den Jungen gern berührt, aber das wagte sie nicht.

»Er hat mir auch nicht gesagt, daß Mama sterben mußte. Er sagt mir nie etwas, außer daß ich die Pferde tränken soll oder meine Stiefel aufräumen oder aufpassen, wenn Sie mich unterrichten.«

»Wann ist deine Mutter gestorben?« fragte Caroline und setzte sich zu dem Jungen an den Tisch.

Ferris warf ihr einen mürrischen Blick zu, dann nahm er ihr gegenüber Platz. »Vor drei Jahren. Sie ist auf dem Hügel begraben, wo der Kirschbaum steht. Pa und ich haben ihn dort gepflanzt, weil sie Kirschbaumblüten liebte.«

Carolines Kehle wurde eng beim Gedanken an all die Qual auf dieser Welt. Sie streckte die Hand aus und drückte Ferris' kleine rauhe Hand, die er ihr zu ihrem Erstaunen nicht entzog.

»Ich glaube, du willst mich gar nicht zur Mutter haben, Ferris«, sagte sie lächelnd. »Ich würde dich ja doch immer Grammatik und Mathematik wiederholen lassen.«

Er grinste schief und schüttelte den Kopf. »Nein, Miss Chalmers. Wenn ich ein paar Jahre älter wäre und Sie nicht Guthries Frau wären, würde ich Sie wahrscheinlich selbst heiraten wollen.«

Caroline mußte ihm einfach einen Kuß auf die Stirn geben. »Eines Tages wirst du groß und erwachsen sein wie dein Vater. Dann wirst du ein hübsches Mädchen kennenlernen und deine strenge alte Lehrerin vergessen.«

Entschieden schüttelte Ferris den Kopf. »Nein, Miss Caroline. Ich werde Sie nie vergessen«, versicherte er ernst.

Da kam Guthrie herein, frisch gebadet und in neuen Kleidern, die er in der Stadt gekauft haben mußte. Ferris warf dem Freund seines Vaters einen vielsagenden Blick zu und verließ wortlos die Küche.

»Was hat der Junge?« fragte Guthrie verwundert.

»Nichts, was die Zeit nicht heilen könnte«, erwiderte Caroline seufzend und dachte wieder einmal, wie bemerkenswert gut ihr Mann doch aussah mit seinem frischgewaschenen, glänzenden Haar, rasiert und in neuen Kleidern. »Warum hast du mir nie geschrieben?« fragte sie ihn neugierig.

»Ich bin kein Briefeschreiber«, erwiderte er. »Aber ich habe dir etwas mitgebracht.«

Carolines Augen weiteten sich vor Freude. »Was?«

Er zog ein kleines Päckchen aus seiner Tasche und gab es ihr. Es enthielt eine schmale goldene Kette und ein ovales Medaillon. Caroline war so überwältigt, daß ihr die Worte fehlten.

Guthrie befestigte die Kette um ihren Hals. »Caroline«, begann er rauh, »ich . . .«

Doch bevor er den Satz beenden konnte, kam Jardena in die Küche, einen Korb voll trockener Wäsche unter dem Arm. Sie lachte Guthrie an und erkundigte sich gutmütig: »Was bringt Sie zu uns zurück, Sie herzloser Teufel?«

Guthrie lachte und küßte sie auf die Stirn, bevor er ihr den

Wäschekorb abnahm. »Ich hätte es nicht ertragen, noch länger ohne Sie zu sein, Jardena.«

»Lieber hätte ich eine Vogelscheuche als Sie, Mr. Hayes«, entgegnete die Haushälterin lachend. »Also kommen Sie mir nicht unter die Füße, klar?«

Guthrie lachte, stellte den Wäschekorb ab und setzte sich an den Tisch zurück. »Klar«, stimmte er zu.

Später an diesem Abend aßen Caroline und Guthrie mit Roy Loudon und seinem Sohn im großen Speisezimmer. Schon bald nach dem Essen entschuldigte Caroline sich jedoch, um Jardena beim Abwasch zu helfen, während Guthrie bei seinem Freund blieb, um Brandy mit ihm zu trinken und eine Zigarre zu rauchen.

Es war fast Mitternacht, als er ins Zimmer kam, sich mit dem Rücken zu Caroline aufs Bett setzte und seine Stiefel auszog.

Schüchtern berührte sie seinen Rücken. »Was hast du die ganze Zeit gemacht, Guthrie?« fragte sie leise. »Hast du mich Roy Loudon angeboten wie eine Ware?«

»Ich habe ihm die Situation erklärt.«

Caroline richtete sich betroffen auf. *»Du hast ihm gesagt, daß ich ins Gefängnis muß?«*

Guthrie stand auf, streifte die Hosenträger ab und begann sein Hemd aufzuknöpfen. »Ja. Und er hat mir versprochen, sich um dich und das Kind zu kümmern, falls ich nicht zurückkehre.«

»Ich will keinen anderen Mann als dich«, entgegnete Caroline eigensinnig und zog die Decke bis unters Kinn. »Und ich warne dich, Guthrie – falls du mich verlassen willst, werde ich dich suchen.«

Er beugte sich vor und küßte sie. »Das würde Roy nicht zulassen«, entgegnete er ruhig. »Er ist ein sehr entschiedener Mann, obwohl er vielleicht nicht so wirkt.«

Caroline verdrängte Roy Loudon entschieden aus ihren Gedanken. Sie war Guthries Frau, und so würde es immer sein.

Als er sich nackt neben ihr ausstreckte, ließ sie ihre Finger streichelnd über seine Brust gleiten und legte ihren Kopf an seine Schulter. Aber dann kam ihr ein anderer Gedanke, und sie richtete sich noch einmal auf, um Guthrie anzusehen.

»Während du fort warst, hast du da ... hast du bei einer anderen Frau Trost gesucht?«

Guthrie zog sie lachend an sich. »Nein«, gab er ganz ehrlich zu.

Doch Caroline war noch nicht zufrieden. »Als du Adabelle heiraten wolltest, warst du der Ansicht, ein Mann hätte ein Recht darauf, eine Hure aufzusuchen, sogar, wenn er schon verlobt war.«

Guthrie rollte sich auf Caroline und schaute ihr lächelnd in die Augen. »Das war, bevor du mich verzaubert hast, Wildkatze. Seit ich mit dir zusammen bin, habe ich keine andere Frau angerührt.« Er drehte eine ihrer langen Locken um seinen Zeigefinger. »Und wenn ein Mann so brav war, verdient er eine Belohnung ...«

»Das ist wahr«, antwortete Caroline und begann zärtliche Küsse auf seiner Brust und seinem Bauch zu verteilen.

Schon wenige Sekunden später wurde Guthrie ... belohnt.

22

Caroline war so entrüstet, daß sie vor Wut nicht sprechen konnte. Stumm schaute sie zu, wie Guthrie sich anzog.

»Ich habe dir versprochen, daß ich zurückkomme«, sagte er und hob zärtlich ihr Kinn zu sich empor. »Das habe ich ernst gemeint.«

Sie entzog sich ihm und richtete den Blick aufs Fenster. »Du warst nur einen Tag hier«, erwiderte sie anklagend.

»Caroline, wenn ich mich nicht sofort auf Flynns Spur begebe, verliere ich sie wieder. Verdammt, vielleicht ist er ja längst über alle Berge!«

Unter der Decke berührte Caroline traurig ihren Bauch. Ihr Kind verdiente ein Heim, eine Mutter *und* einen Vater. »Hoffentlich vergehen nicht noch einmal zweieinhalb Monate, bevor ich dich wiedersehe«, sagte sie warnend, aber natürlich war ihr klar, daß sie nichts tun konnte, um Guthrie umzustimmen. Er war fest entschlossen, Seaton Flynn einzufangen, und daran war nichts zu ändern.

Er beugte sich vor und küßte sie auf die Lippen. »Keine Angst, Wildkatze. Lange halte ich es ohne dich nicht aus.«

»Das ist dir vorher auch gelungen.«

»Caroline, ich bin Flynn ganz nahe. Das spüre ich.«

Seine Sicherheit beunruhigte sie, sie ergriff seine Hände und hielt sie ganz fest. »Versprich mir, daß du vorsichtig sein wirst, Guthrie. Wenn dir etwas zustößt . . .«

Er setzte sich zu ihr und schaute ihr liebevoll in die Augen. »Wenn mir etwas passiert, dann trauere eine kurze Zeit um mich und sieh zu, daß du dein Leben weiterführst«, antwortete er ruhig.

Caroline umklammerte seine Hand, obwohl das sonst eigentlich nicht ihre Art war. »Ich würde ewig um dich trauern und nie einen anderen Mann heiraten«, sagte sie. »Ich könnte es nicht ertragen, mich von einem anderen anfassen zu lassen.«

»Ich bin von der Vorstellung auch nicht begeistert«, gab Guthrie zu. »Aber wenn du mir nicht versprichst, dich wenigstens von meinem Freund beschützen zu lassen, gebe ich dir auch nicht das Versprechen, vorsichtig zu sein.«

»Du würdest schon aufpassen . . .«

Guthrie entzog sich ihr sanft und bückte sich, um seine Stiefel anzuziehen. »Ich bin es leid, Katz' und Maus mit diesem Kerl zu spielen«, sagte er, und an seinem Ton erkannte Caroline, daß er beabsichtigte, so schnell wie möglich eine Konfrontation mit Flynn herbeizuführen.

»Lieber Gott«, flüsterte sie entsetzt und schloß die Augen. »Hätte ich diesen Mann doch nie kennengelernt.«

Guthrie hauchte Küsse auf ihre Augen, wie ein Prinz in einem Märchen, schob seine Hand unter die Decke und berührte ihren warmen nackten Bauch. »Nein, das wünschst du dir nicht, Caroline. Denn dann hättest du mich nie in jenem Saloon aufgesucht, und dann würdest du heute nicht mein Kind unter dem Herzen tragen.«

»Bitte, Guthrie . . . bleib!«

Er schüttelte den Kopf. »Gib mir dein Wort, Caroline«, bat er, »und ich gebe dir meins.«

Es gehörte zu den schwersten Dingen, die sie je getan hatte, aber Caroline versprach ihm zu tun, was er verlangte.

Er berührte ihre Lippen. »Um die Weihnachtszeit«, sagte er ernst. »Falls ich bis Weihnachten nicht zurück bin . . .«

Caroline nickte unglücklich.

Guthrie seufzte wie jemand, der gerade einen harten Kampf gewonnen hatte. »Ich werde vorsichtig sein«, versprach er, und dann zog er die Decken zurück und küßte Carolines Bauch.

Ein Erschauern ging durch ihren Körper, und als er vor ihr niederkniete und das Gesicht in ihrem weichen Haar vergrub, verfluchte sie Guthrie insgeheim für die Macht, die er über sie hatte. Mit einem erstickten Aufschrei umklammerte sie das Bettgestell und bog ihm verlangend ihre Hüften entgegen.

Guthrie lachte leise, bevor er sie ernsthaft zu liebkosen und zu reizen begann.

An jenem Abend, als Caroline draußen auf der Veranda stand und wehmütig in die Ferne starrte, kam Roy Loudon zu ihr hinaus. Die Pfeife in der Hand, trat er neben sie ans Geländer, und wieder einmal war Caroline verblüfft über das ungewöhnlich gute Aussehen dieses Mannes. Aber es war nicht nur sein Aussehen, was ihr gefiel – Roy war ein strenger, aber gerechter Mensch, und Caroline wußte, daß sie ihn durchaus hätte lieben können, wenn sie Guthrie nicht zuerst begegnet wäre.

»Wir sind alte Freunde, Ihr Mann und ich«, begann Roy ruhig, während er mit geübten Händen seine Pfeife stopfte.

Weil sie Mr. Loudon sympathisch fand und sich einsam fühlte, gab Caroline sich Mühe, die Unterhaltung fortzusetzen. »Ich vermute, Sie haben beide unter General Lee gedient«, sagte sie.

Roy lachte. »Wohl kaum, Miss Caroline. Ich war Bursche bei General Grant und habe gelegentlich sogar Mr. Lincoln persönlich Botschaften überbracht.«

Caroline drehte sich überrascht zu ihm um. »Aber dann

haben Sie ja in der Unionsarmee gedient, und Guthrie war...«

»Ich weiß«, unterbrach Roy sie nachsichtig. »Hayes war ein Rebell, was er übrigens noch immer ist – im Grunde seines Herzens.«

»Wie konnten Sie dann Freunde werden?«

»Gegen Ende des Krieges ordnete Präsident Lincoln eine Inspektion unserer Gefangenenlager an, weil ihn die Gerüchte, daß dort Rebellensoldaten mißhandelt würden, sehr beunruhigten. Beiden Seiten mangelte es damals natürlich sehr an Vorräten und Medikamenten, aber Mr. Lincoln hatte von vorsätzlichen Brutalitäten gehört, die an den Gefangenen begangen wurden. General Grant beauftragte mich mit der Mission.«

Caroline nickte interessiert. »Und dabei lernten Sie Guthrie kennen?«

»Das könnte man sagen. Ich hatte gerade das zweite Lager inspiziert, irgendwo in Pennsylvania, und einiges herausgefunden, was unserem Präsidenten nicht gefallen würde. Ich saß in meinem Zelt und schrieb meinen Bericht, als draußen die Hölle losbrach. Schreie und Schüsse erklangen, und ich ergriff meine Pistole und rannte hinaus, um nachzusehen, was los war.

Auf einmal befand ich mitten in einem von Guthrie Hayes' berühmten Aufständen. Bevor ich allerdings begriff, was geschah, schlug mich jemand nieder, und zwei der Gefangenen gingen mit Mistgabeln auf mich los.

Guthrie sah, was sie vorhatten, und hielt sie davon ab. Ich werde nie vergessen, was er sagte: ›Mein Name ist Guthrie Hayes, Yankee, und ich glaube, jetzt sind Sie mir einen Gefallen schuldig. Eines Tages werde ich ihn von Ihnen fordern.‹«

Caroline lächelte, weil sie sich die Szene gut vorstellen konnte.

»Tatsächlich tauchte er Jahre später auf meiner Ranch auf«, fuhr Roy Loudon fort, »und bat mich um Arbeit. Natürlich gab ich ihm einen Job, und seitdem sind wir Freunde.«

»Bemerkenswert«, sagte Caroline beeindruckt.

Roy zuckte gleichmütig die Schultern, aber der Blick, mit dem er Caroline betrachtete, verriet tiefe Zuneigung. »Ich weiß alles, was Sie getan haben, Caroline – und ich weiß auch, daß Sie ein Prozeß erwartet.«

Caroline schluckte beschämt, erwartete schon halb, daß Roy nun sagen würde, sie sei nicht mehr tragbar als Lehrerin für seinen Sohn.

Statt dessen legte er ihr tröstend eine Hand auf die Schultern. »Ich verfüge über große Macht und besitze mehr Geld, als einem Mann rechtmäßig zusteht«, vertraute er ihr an. »Falls Guthrie etwas zustößt, werde ich für Sie sorgen und Ihr Kind aufziehen, als wäre es mein eigenes. Aber ich werde nichts von Ihnen verlangen im Ausgleich dafür.«

Seine Erklärung rührte Caroline; obwohl Mr. Loudon sich immer sehr galant verhalten hatte, hätte sie nie erraten, daß er ihr gegenüber zärtliche Gefühle hegen könnte. Aber nun hatte sie den Eindruck, daß es doch so war.

»Es wäre nicht fair, ein solches Opfer von Ihnen zu verlangen«, erwiderte sie leise. »Es muß doch genug Frauen geben, die bereit wären, Ihren Namen zu tragen und Ihnen eine gute Frau zu sein.«

Er lächelte ein bißchen wehmütig. »Ich weiß, daß Sie nur Guthrie lieben, Caroline. Aber wenn er nicht zurückkommt, brauchen Sie einen Mann. Und dieser Mann werde ich sein.«

Caroline war betroffen. Guthrie zu versprechen, den Schutz seines Freundes zu suchen, falls es sich als nötig erwies, war etwas ganz anderes, als Mr. Loudon sich selbst anbieten zu hören. Er hatte mehr verdient als eine Frau, die ihn nicht lieben konnte und bald das Kind eines anderen Mannes zur Welt bringen würde.

»Guthrie wird zurückkehren«, beharrte sie, denn wenn sie daran nicht glauben konnte, wollte sie nicht weiterleben.

Roy strich ihr zärtlich über die Wange. »Hoffentlich behalten Sie recht«, sagte er. »Obwohl ich mir in meinem Herzen – und möge Gott mich dafür strafen – vielleicht etwas anderes wünschen würde.«

Damit wandte er sich ab, kehrte ins Haus zurück und überließ es Caroline, sich von ihrer Erschütterung zu erholen.

Irgendwann ging sie in ihr Zimmer hinauf, warf sich auf das

Bett und schlug vor Angst und Verzweiflung mit beiden Fäusten auf ihr Kissen ein.

Am nächsten Tag brachte Ferris ihr das Päckchen, das alles veränderte, einschließlich ihres nur widerstrebend abgegebenen Versprechens, auf der Ranch zu bleiben.

Sie saß am Teich und schrieb einen ihrer endlosen Briefe an Lily und Emma, als Ferris lächelnd durch die Bäume kam.

»Jemand schickt Ihnen ein Geschenk«, sagte er. »Es lag auf der Post in der Stadt. Unser Vormann hat es mitgebracht.«

Stirnrunzelnd nahm Caroline das kleine Päckchen in die Hand. Die Adresse war in einer Handschrift verfaßt, die nicht Guthries war, ihr allerdings dennoch seltsam vertraut vorkam.

Als sie das braune Packpapier ablöste, hielt sie den Rahmen in der Hand, in dem sich ursprünglich Annies Bild befunden hatte. Jetzt hatte es jemand durch eine Fotografie von Guthrie und Caroline an ihrem Hochzeitstag in Cheyenne ersetzt.

Die Welt schien sich vor Carolines Augen zu drehen, als sie das Bild sinken ließ und haltsuchend einen nahen Ast umklammerte. »Was haben Sie?« fragte Ferris besorgt.

Caroline war nicht imstande, darauf zu antworten. Mit zitternden Fingern faltete sie den Bogen auseinander, der bei dem Rahmen lag.

»Ich habe ihn«, stand in der Handschrift, die sie jetzt als Seaton Flynns erkannte, auf dem gelben Papier. *»Wenn Du Hayes lebend wiedersehen willst, nimm am Freitagnachmittag die Zwei-Uhr-Kutsche nach Laramie. Und zu niemandem ein Wort! Gruß, S. F.«*

Bittere Galle stieg Caroline in die Kehle, und einen Moment lang befürchtete sie, sich übergeben zu müssen. Aber dann brachte sie Ferris zuliebe sogar ein Lächeln zustande. »Es ist unser Hochzeitsfoto«, sagte sie und hob mit zitternder Hand das Bild. »Siehst du?«

Ferris runzelte immer noch die Stirn. »Miss Caroline, Sie sehen gar nicht gut aus!«

Resolut stand sie auf. »Doch, doch, es geht mir blendend,

danke, Ferris«, antwortete sie abweisend, während sie fieberhaft nachdachte, welches Datum heute war. Die Erkenntnis, daß schon Freitag war, lähmte sie für einen Moment. Dann sagte sie: »Ich reite aus, Ferris. Würdest du mir ein Pferd satteln?«

»Klar, aber ... Ich glaube, ich begleite Sie lieber.«

Caroline schüttelte etwas zu schnell den Kopf und etwas zu heftig. »Nein, Ferris, ich möchte, daß du den Aufsatz schreibst, über den wir gestern sprachen.«

Der Junge verzog das Gesicht. »Jetzt? Wir haben den Unterricht heute doch schon beendet ...«

»Ferris«, sagte sie scharf, »du wirst tun, was ich sage!«

»Es wird Pa nicht gefallen, daß Sie allein ausreiten«, widersprach er, wandte sich jedoch bereits ab, um zur Ranch zurückzukehren.

Caroline folgte ihm wie in Trance. Die Zeit, etwas zu packen, konnte sie sich nicht mehr nehmen, und außerdem hätte Jardena vielleicht ihre Pläne erraten. Trotzdem brauchte sie Geld für die Postkutsche.

Sie ging ins Haus, nahm ihr Gehalt aus dem Nachttisch und stopfte das Geld in die Tasche ihres grünen Hosenrocks, ein weiteres Kleidungsstück, das sie selbst angefertigt hatte. Die Vorstellung, daß sich Guthrie in Seaton Flynns Gewalt befand, verursachte ihr solche Übelkeit, daß sie von neuem den bitteren Geschmack von Galle in ihrem Mund verspürte.

Aber Caroline wußte, daß sie jetzt stark sein mußte. Als hätte sich nichts Besonderes ereignet, trat sie aus dem Haus und ging zur Scheune. Ferris hielt ihr Pferd bereit, aber er wirkte noch immer sehr besorgt. »Wenn etwas nicht in Ordnung ist, Miss Caroline, können Sie es mir ruhig sagen«, bat er leise.

Sie bückte sich und küßte ihn auf die Wange, was seine Verwirrung nur zu vergrößern schien. Aber daran war nichts zu ändern. »Arbeite an deinem Aufsatz, Ferris«, sagte sie und bestieg ihr Pferd, bevor ihr Schüler Gelegenheit bekam, ihr zu helfen.

Viele Gefahren lauerten zwischen der Ranch und Cheyenne, besonders für eine Frau allein, aber Caroline dachte nicht drüber nach, als sie ihre Pintostute in einem halsbrecherischen Galopp über die Felder jagte. Ihre Gedanken waren nur bei Guthrie.

In Cheyenne ging sie sofort zum Büro der Wells Fargo und kaufte einen Fahrschein nach Laramie. Dann schaute sie voller Unbehagen zu, wie der Fahrer und der bewaffnete Begleiter Gepäck und Koffer in die Kutsche luden. Diese Männer befanden sich in größter Gefahr, genau wie ihre Passagiere, und doch wagte Caroline nicht, sie zu warnen.

Guthrie hätte sterben müssen, wenn sie es tat.

Dennoch wollte Caroline nicht den Tod unschuldiger Passagiere auf ihr Gewissen laden. Sie ging zum Kutscher, einem nicht mehr ganz jungen Mann mit ziemlich verwittertem Gesicht, und zupfte ihn am Ärmel.

»Entschuldigen Sie, Sir, aber ich wüßte gern, ob Sie gegen Überfälle gewappnet sind?«

Er grinste sie an und spuckte einen Strahl Kautabak aus. »Überfälle, Madam? Sie haben zu viele Romane gelesen.«

»So etwas passiert täglich«, entgegnete Caroline entrüstet.

»Nicht bei mir«, erwiderte der Kutscher arrogant.

Caroline maß ihn mit einem ärgerlichen Blick. Für einen Moment war sie versucht, ihm Seatons Brief zu zeigen, um ihm seinen Irrtum klarzumachen. Aber damit hätte sie Guthries Leben in Gefahr gebracht, und das ging nicht. So wandte sie sich nur wortlos ab und bestieg den Wagen.

Eine alte Dame und ein junger Mann mit sehr schlechter Haut stiegen nach ihr ein, und wieder wurde Caroline von einem quälenden Schuldbewußtsein erfaßt. Flynn hatte schon einmal getötet, und sie wußte, daß er nicht zögern würde, es noch einmal zu tun. Weder hohes Alter noch Jugend würden ihn davon abhalten.

»Darf ich Ihnen aus der Hand lesen?« fragte sie, von einer plötzlichen Eingebung erfaßt.

Die alte Dame reichte ihr lächelnd die Hand. »Ich hoffe, Sie entdecken einen hübschen jungen Mann in meiner Zukunft«, meinte sie scherzend.

»Hm«, murmelte Caroline. »Es sieht ganz so aus, als sollten

Sie diesen Monat keine Reisen machen«, fügte sie dann stirnrunzelnd hinzu. »Ich sehe Unglück auf Sie zukommen.«

Die Frau legte eine mollige Hand auf ihren ebenso molligen Busen.

»Unsinn«, bemerkte der junge Mann herablassend.

Caroline ergriff seine Hand und drehte sie um. »Sie werden von feindlichen Indianern ergriffen werden«, prophezeite sie ihm mit ernster Miene. »Sie werden Sie an einen Pfahl binden und in der Sonne schmoren lassen ...«

Der junge Mann war leichenblaß geworden.

»Aber das geschieht nur«, schloß Caroline triumphierend, »wenn Sie innerhalb der nächsten zehn Tage nach Laramie fahren.«

Zu ihrer Erleichterung und heimlichen Belustigung stieg er sofort aus und verlangte sein Fahrgeld und sein Gepäck zurück. Die alte Dame war nicht so leicht zu beeinflussen. »Sie sind keine Wahrsagerin«, beschuldigte sie Caroline augenzwinkernd.

Caroline lehnte sich zurück und seufzte. »Sie müssen die Kutsche verlassen«, sagte sie müde. »Ich kann Ihnen nicht verraten, warum, aber ich flehe Sie an, Ihre Reise für einen Tag zu verschieben.«

»Ach Gott«, murmelte die Dame. »Sie scheinen es wirklich ernst zu meinen!«

»Ich habe nie etwas ernster gemeint«, bestätigte Caroline. »Jeder Passagier dieser Kutsche ist in Gefahr.« Ich eingeschlossen, fügte sie stumm hinzu. Sie mußte sich etwas einfallen lassen, um sich vor Seaton Flynn zu schützen, aber bisher hatte sie noch keine Zeit gehabt, einen Plan zu fassen.

Carolines Begleiterin war schon an der Tür. »Kutscher!« rief sie. »Geben Sie mir mein Gepäck zurück.« Dann wandte sie sich noch einmal zu Caroline um. »Wenn irgend etwas geschieht, sollten Sie auch lieber die Kutsche verlassen.«

Caroline schüttelte nur den Kopf. Egal, was passierte, *sie* mußte sich der Gefahr stellen. Guthrie im Stich zu lassen, kam nicht in Frage. Aber ihr war ganz schwindlig vor Erleichterung, als die alte Dame ausstieg.

Kurz darauf steckte der Kutscher seinen Kopf durchs Fenster und maß Caroline mit einem empörten Blick. »Was haben Sie den Leuten erzählt?« erkundigte er sich ärgerlich.

Caroline lächelte. »Nichts«, log sie. »Sie haben nur plötzlich ihre Pläne geändert, das war alles.«

Er schaute sie ärgerlich an und verschwand wieder. Und wenige Minuten später setzte sich die Kutsche in Richtung Laramie in Bewegung. In den Bergen würden sie für die Nacht anhalten – vorausgesetzt, sie schafften es soweit.

Im Verlauf des Nachmittags, als nichts passierte, kam Caroline der Gedanke, Seatons Drohung könnte nur ein Bluff gewesen sein.

Aber dann, als die Abenddämmerung hereinfiel und die Kutsche stetig die Berge hinaufzog, erschienen die Reiter. Ihre Pferde galoppierten neben der Kutsche her, und ein Mann sprang mit einem einschüchternden Schrei auf den Bock.

Caroline beobachtete durch das Fenster, wie der Kutscher auf die Erde geschleudert und fast von den Rädern des Wagens überfahren wurde. Als Schüsse erklangen, schloß sie gequält die Augen und drückte sich in das Polster ihres Sitzes.

Nur kurze Zeit später hielt die Kutsche an, und ein Reiter in einem langen Trenchcoat streckte die Hand aus, um Carolines Tür zu öffnen.

Obwohl der Mann maskiert war, erkannte sie seine glänzenden dunklen Augen. Dann zog Seaton Flynn das Tuch vom Gesicht und lächelte.

»Ich wußte, daß du kommen würdest, Liebling«, sagte er förmlich, während er absaß und zu ihr aufschaute. »Du ahnst ja nicht, wie sehr du mir gefehlt hast.«

»Hör auf, bevor mir übel wird«, erwiderte Caroline verächtlich und verließ die Kutsche mit soviel Würde, wie sie in ihrer Lage aufbringen konnte.

Seaton lachte. »Du besitzt Temperament – das liebe ich an meinen Frauen.«

»Ich bin nicht deine Frau«, erwiderte Caroline, »und werde es auch nie sein.« Sie war zu Tode verängstigt, aber es war besser, Seaton keine Angst zu zeigen.

Während seine maskierten Kumpanen herumstanden und zusahen, umfaßte Seaton grob ihr Kinn. »Da irrst du dich, Caroline. Heute nacht wirst du das Bett mit mir teilen, und ich werde sehen, welche Tricks dir dein Liebhaber beigebracht hat.«

Die Männer lachten rauh, und einer von ihnen stieg auf das Dach der Kutsche und öffnete mit einem Pistolenschuß die Geldkassette.

Caroline fuhr zusammen bei dem Geräusch, obwohl sie geahnt hatte, was kommen würde. »Mir ist es egal, was du mit mir machst«, erwiderte sie verächtlich, »solange du nur Guthrie gehen läßt.«

Seaton bestieg sein Pferd und zog Caroline mit einer geschickten Bewegung vor sich auf den Sattel. »Ich brauche ihn nicht gehen zu lassen«, flüsterte er ihr ins Ohr. »Ich habe ihn nämlich nie gehabt.«

Caroline schnappte empört nach Luft. »Aber du hattest das Bild!«

Mit seiner behandschuhten Hand strich Seaton besitzergreifend über ihre Wange. »Ein Cowboy hat Hayes vor einigen Tagen vor einem Salon überfallen«, berichtete er in nachsichtigem Ton. »Während sie sich prügelten, durchwühlte mein Freund Guthries Satteltaschen und nahm die Fotografie an sich. Reizend übrigens.«

Caroline schloß entsetzt die Augen. »Wie konnte ich nur so dumm sein?« flüsterte sie.

Seatons Lippen streiften ihren Mund, was eine neue Welle von Übelkeit in ihr auslöste, und dann spürte sie seine Hand auf ihrer Brust. Sie stieß sie fort, aber Seaton war nicht abzuweisen. »Du solltest anfangen, dich an meine Zuwendungen zu gewöhnen«, warnte er sie, »denn du und ich bleiben zusammen, bis ich deiner überdrüssig werden. Und das wird lange dauern, wenn ich bedenke, wie hübsch mollig du geworden bist.«

Caroline wehrte sich verzweifelt, aber Seatons Griff war nicht zu lockern. Er spornte das Pferd an, und Caroline mußte sich am Sattelhorn festhalten, um nicht zu stürzen. Zweige und Äste peitschten ihr das Gesicht, als sie sich weiter und weiter vom Pfad entfernten, aber Caroline war zu stolz, um sich zu beklagen. Die anderen Banditen folgten ihnen nicht, und Caroline nahm an, daß sie einen anderen Weg eingeschlagen hatten, um etwaige Verfolger abzulenken.

Kurz vor der Abenddämmerung hielt Seaton sein Pferd vor einer einsamen Hütte an. Er hob Caroline aus dem Sattel, und im gleichen Augenblick hörte sie, wie sich seine Kumpane näherten, was sie mit solcher Verzweiflung erfüllte, daß sie fast daran erstickte.

Ihr Begleiter ergriff ihren Arm und stieß sie brutal in die Hütte. Während Caroline am Kamin stand und nach Luft schnappte, zündete Seaton eine Lampe an. Der schwache Schein erhellte einen aus Erde gestampften Fußboden, einen Herd, einen altersschwachen Stuhl und ein Bett mit einer fleckigen Matratze ohne Laken und ohne Decken.

Nach einem tiefen Atemzug richtete Caroline sich sehr gerade auf, aber schon packte ihr Entführer sie an den Schultern und schüttelte sie. »Warum hast du es getan?« fuhr er sie zornig an. »Warum hast du dich diesem Vagabunden hingegeben?«

Trotzig blickte Caroline ihm in die Augen. »Weil ich ihn liebe«, entgegnete sie tapfer. »Er ist mein Mann.«

»Wir werden sehen, ob er dich noch haben will, wenn ich mit dir fertig bin«, sagte Seaton, schleuderte Caroline auf die schmutzige Matratze und beugte sich über sie.

Entsetzt und von einer solchen Panik erfaßt, daß ihr der Atem stockte, schloß sie die Augen. Aber trotz allem dachte sie an ihr Baby und bemühte sich verzweifelt, es zu schützen. »In Gottes Namen, Seaton«, flüsterte sie, »laß mich gehen! Ich erwarte ein Kind.«

Seatons Augen wurden erst groß, dann schmal, und schließlich wandte er Caroline abrupt den Rücken zu. »Dieser Schuft hat seinen Samen in dich gelegt«, sagte er entrüstet. »Dafür bringe ich ihn um!«

Langsam richtete Caroline sich auf. Sie dachte an Pedlow, den Mann, der Annie getötet hatte. »Nein, Flynn. Er wird *dich* umbringen. Ich kenne Guthrie Hayes, und wenn du mich oder sein Kind verletzt, gibt es auf dieser Erde keinen Ort, an dem du dich verbergen könntest. Er wird dich finden und Rache an dir nehmen.«

Seaton wandte sich langsam und mit zerstreuter Miene zu ihr um. Falls er ihre Warnung überhaupt gehört hatte, war es ihm nicht anzumerken. »Ich kenne eine Frau, die weiß, wie du das Balg wieder loswerden kannst«, sagte er, während er Caroline mit glühenden Blicken maß.

Dann wandte er sich zur Tür, riß sie auf und ging hinaus. Caroline starrte ihm erschüttert nach, seine harten Worte wollten ihr nicht mehr aus dem Kopf: *Ich kenne eine Frau, die weiß, wie du das Balg wieder loswerden kannst . . .*

23

Caroline bemühte sich, das rauhe Gelächter und die anzüglichen Gespräche vor der Hütte zu ignorieren. Ihrem Kind und sich selbst zuliebe mußte sie sich zusammennehmen und versuchen, einen vernünftigen Plan zur Flucht zu fassen.

Aber überall um die Hütte herum standen Flynns Komplizen Wache.

Nach einem tiefen, beruhigenden Atemzug straffte Caroline die Schultern, strich ihr Haar zurück und glättete ihren zerknitterten Rock. Wie gewissenlos und gefährlich Seaton war, wußte sie, aber seine Männer mochten noch schlimmer sein. Und in seinem Eifer, die Frau zu finden, die Guthries Kind in ihr töten sollte, hatte er sie in der Obhut dieser wilden Gesellen zurückgelassen.

Eine eiskalte Hand strich über ihren Rücken. Irgendwie mußte sie zusehen, daß sie fortkam, bevor sie gezwungen wurde, ihr Kind zu opfern...

Guthrie, schrie sie in stummer Verzweiflung.

»Ich finde, wir sind Flynn nichts schuldig«, sagte einer der Banditen zu einem anderen, und Caroline trat ans Fenster, um zu lauschen. »Wir haben ein Recht, die Frau zu teilen, genau wie das Gold, das wir erbeutet haben.«

Caroline preßte eine Hand an ihr Herz und befahl sich, nicht in Panik zu geraten, während sie sich gleichzeitig nach einem Gegenstand umsah, den sie als Waffe gebrauchen konnte.

»Das ist nicht *irgendeine* Frau«, widersprach eine zweite Stimme. »Du hast gehört, was Flynn sagte – wer sie berührt, den bringt er um. Vielleicht blufft er ja nur, aber *ich* bringe ihn ganz gewiß nicht dazu, seine Karten aufzudecken.«

»Ich gehe jetzt rein«, entgegnete der erste Mann, und Caroline umklammerte den Stiel der alten Bratpfanne, die sie gefunden hatte.

Aber plötzlich erklang ein Schuß, und ein Mann schrie schmerzgepeinigt auf. »Verdammt, McDurvey, wie kannst *du* auf mich schießen?«

»Der Boß hat Anweisungen gegeben, und ich sorge dafür, daß sie ausgeführt werden«, erwiderte McDurvey trocken.

Caroline war ans Fenster getreten, aber sie konnte McDurveys Gesicht nicht sehen, nur seine hagere Gestalt und seinen alten, verbeulten Hut. Eine Bewegung verriet ihr, daß er die Waffe ins Halfter zurücksteckte.

Der verletzte Mann stöhnte vor Qual und Fassungslosigkeit. »Jemand muß mir helfen«, winselte er, aber Caroline sah, daß die anderen Männer ihn nicht beachteten und wieder ihren Wachposten einnahmen.

Sie bemühte sich, seine Qual zu ignorieren – immerhin hatte er vorgehabt, ihr Gewalt anzutun – aber dann ging es doch gegen ihre Natur. Schließlich hielt sie es nicht mehr aus und öffnete die Tür.

Der verletzte Mann lag vor den Eingangsstufen und preßte eine Hand auf die blutende Wunde an seiner Seite.

»Bringen Sie ihn herein«, befahl Caroline den anderen Männern, nachdem sie die Wunde kurz untersucht hatte.

McDurvey und die anderen starrten sie nur an und rührten

sich nicht, während der verwundete Mann versuchte, aufzustehen. Mit Carolines Hilfe gelang es ihm, sich am Türrahmen aufzurichten.

Er war klein und hager, nicht größer als Caroline selbst, hatte schmutziges blondes Haar, das ihm bis weit über den Rücken fiel, und einen seltsam unschuldigen Blick in seinen Augen. Was nicht das geringste zu bedeuten hatte, wie Caroline inzwischen wußte, aber trotzdem konnte sie ihn nicht draußen liegen und leiden lassen.

Keiner erhob Einwände oder versuchte, sie aufzuhalten, als sie den Mann mit ihrer Schulter stützte und zum Bett führte. Dort öffnete sie sein fleckiges Hemd und schob es beiseite.

»Wie heißen Sie?«, fragte sie, froh über die momentane Ablenkung von ihrer eigenen verzweifelten Lage.

»Willie Fly«, erwiderte er. Das einzige in seinem kindlichen Gesicht, was seinen wirklichen Charakter verriet, war ein etwas zynischer Zug um seinen Mund.

McDurveys Kugel hatte ein Stückchen von Willies Fleisch herausgerissen und eine halbe Rippe zersplittert. Willie befand sich vor den Pforten des Fegefeuers, ohne viel zu seiner Verteidigung vorbringen zu können.

Caroline schaute zum Ofen hinüber. Ohne heißes Wasser und saubere Tücher konnte sie für Willies Überleben nicht viel tun. Aber versuchen mußte sie es trotzdem. »Woher kommen Sie, Mr. Fly?«

»Aus Coffeyville, Kansas«, erwiderte er unbehaglich.

Caroline ging zur Tür und verlangte Wasser. »Haben Sie Familie?« fragte sie dann den jungen Mann auf dem Bett.

Flys Stirn war schweißbedeckt, seine Augen tief eingesunken. »Nur eine Schwester, Eudora. Aber sie wird mich nicht vermissen.«

Offensichtlich ahnte er, daß er sterben mußte. »Warum haben Sie sich jemandem wie Seaton Flynn angeschlossen?« fragte sie weiter, während sie eine Reisetasche öffnete, die in einer Ecke stand. Tatsächlich hatte Seaton eine ganze Menge sauberer Hemden mitgebracht.

»Das gleiche könnte ich Sie auch fragen«, entgegnete Fly aufsässig und verschlang Caroline sogar in seiner hilflosen Lage mit unverschämten Blicken.

Sie errötete, als sie ein Hemd in Streifen riß. »Mr. Flynn hatte den Eindruck bei mir erweckt, er sei ein anständiger Bürger. Aber *Sie* haben diese Entschuldigung nicht, Willie.«

Willie seufzte rauh und starrte an die Zimmerdecke. Obwohl er mit Sicherheit in der Hölle endete, schien er sich mit seinem Schicksal abgefunden zu haben. Aber dann sah Caroline ein, daß er vermutlich weder an Gott noch an den Teufel glaubte. »Ich spucke auf anständige Bürger«, sagte Willie verächtlich. »Es war ein *anständiger Bürger*, der meinem Vater nach dem Krieg die Farm abnahm.«

Einer der Männer brachte einen Eimer Wasser herein, sagte jedoch nichts. Caroline stellte den Eimer auf den Herd, schürte das Feuer und holte eine Flasche Whiskey von einem Regal am Bett.

»Trinken Sie das lieber«, forderte sie ihren mürrischen Patienten auf. »Und Sie sind nicht der erste Mensch, der betrogen wurde. Es gibt Ihnen nicht das Recht, so schlecht zu sein.«

Willie schraubte die Flasche auf und verzog das Gesicht, als die scharfe Flüssigkeit auf seiner Zunge brannte. »Wenn es Ihnen nichts ausmacht, Madam, dann ersparen Sie mir Ihre Predigten«, sagte er unwillig.

»Es würde Ihnen nichts schaden, sich Gedanken um Ihr Seelenheil zu machen«, entgegnete Caroline, während sie die Temperatur des Wassers prüfte. Es war noch nicht heiß, aber wenigstens nicht mehr so kalt, und so tauchte sie Seatons zerrissenes Hemd hinein und begann Willies Wunde auszuwaschen.

»Warum helfen Sie jemandem wie mir?« fragte er ganz unvermittelt. »Wenn McDurvey nicht geschossen hätte, lägen Sie jetzt mit dem Rücken auf diesem Bett, nicht ich«, fügte er ohne Reue hinzu.

Caroline gab sich keine Mühe, ihr Schaudern und ihren Abscheu zu verbergen. »Ein Mensch muß tun, was er für richtig hält, selbst wenn er sich lieber abwenden und so tun würde, als sähe er nichts.«

Willie zuckte zusammen, als Caroline die Wunde berührte.

Sie war sehr tief, und die inneren Verletzungen schlimmer, als Caroline angenommen hatte. Sie drehte den Banditen auf die Seite, um besser sehen zu können, und schon spürte sie eine Hand auf ihrem Oberschenkel.

Sie stieß sie fort und ging zum Herd zurück. »Ein glatter Durchschuß«, sagte sie. »Aber die Wunde sieht nicht gut aus.«

Endlich schien Willie zu begreifen, daß es um sein Leben ging, und er geriet in Panik. »Ich brauche einen Arzt! Schicken Sie eines dieser Wiesel draußen nach einem Doktor!«

Caroline beschloß, daß das Wasser heiß genug war, und trug den Eimer zu Willies Lager. Er blutete so heftig, daß die alte Matratze schon mit roten Flecken übersät war. »Das werden sie nicht tun, Willie, denn sonst würde der Arzt erfahren, wo ihr euren Unterschlupf habt.«

»Das ist mir egal!« schrie Willie und versuchte, sich aufzurichten. »Von mir aus können sie ihm eine Kugel in den Kopf jagen, sobald er mich verarztet hat.«

Caroline drückte ihn auf die Matratze nieder. Der scharfe Geruch von Willies Blut stieg ihr in die Nase, und ihr wurde übel. »Ich bin alles, was Sie jetzt kriegen können, Mr. Fly, und damit sollten Sie sich abfinden«, antwortete sie kühl.

Sie reinigte die Wunde, so gut sie konnte, und legte Kompressen auf, um die Blutung zu stillen, aber es war, als wollte man einen Fluß mit einem Spitzentaschentuch zum Stillstand bringen. Willie brauchte tatsächlich einen Arzt und keine Lehrerin, die bisher nur zwei alte Damen bei Grippeinfektionen und Anfällen von Rheumatismus gepflegt hatte.

»Ich werde sterben«, flüsterte Willie rauh. Sein Gesicht war leichenblaß geworden. »Verdammt, McDurvey hat mich umgebracht!«

Insgeheim stimmte Caroline ihm zu, aber es zu bestätigen, hätte nichts genutzt. »Versuchen Sie, stillzuliegen.«

Willie begann zu frösteln. »Mir ist kalt!« rief er zähneklappernd. »Mein Gott, mir ist so schrecklich kalt!«

Caroline fand eine Decke und hüllte ihn darin ein. »An Ihrer Stelle würde ich Gott um Gnade bitten«, riet sie Willie leise.

Seine Augen wurden feucht, und er begann zu schluchzen.

Dann erstarrte er plötzlich, verdrehte die Augen und starrte mit glasigem Blick an die Zimmerdecke.

Caroline wußte, daß er tot war, noch bevor sie seinen Puls gefühlt hatte. »Gott sei seiner armen Seele gnädig«, flüsterte sie, als sie Willies Augen schloß und die Decke über sein Gesicht zog.

Nachdem sie das Blut von ihren Händen abgewaschen hatte, ging Caroline hinaus. »Ihr Freund ist tot«, sagte sie zu den schattenhaften Gestalten vor der Hütte.

»Er war kein Freund von uns«, murmelte eine Stimme, und das waren die einzigen Worte, die die Banditen dem mißgeleiteten Jungen aus Kansas mit auf den letzten Weg gaben.

Caroline schloß die Tür und schaute auf die schmale Gestalt unter der Decke. Hoffentlich konnte er mit Gott noch Frieden schließen, bevor er starb, dachte sie mitleidig.

Guthrie erstickte fast an seinem Zorn. Seit zwei Tagen folgten er und Tob Seaton Flynn und warteten den richtigen Moment zum Angriff ab. Als der Bandit die Postkutsche stoppte, war Guthrie nicht überrascht gewesen. Aber als er Caroline aussteigen sah, hatte es ihm die Sprache verschlagen. Untätig hatte er zusehen müssen, wie Flynn Caroline auf sein Pferd hob und mit ihr davonritt. Aber wenn er eingegriffen hätte, wären Caroline und ihr ungeborenes Kind vermutlich als erste zu Schaden gekommen ...

Guthrie war Flynn und seiner Bande zu ihrem Unterschlupf gefolgt. Inzwischen war es dunkel, und Guthrie wußte, daß Caroline mit dem Mann in der Hütte war, der geschworen hatte, sich für ihren angeblichen Treuebruch zu rächen.

Kalter Schweiß stand auf Guthries Stirn, als er zum hundertsten Mal überprüfte, ob sein Gewehr geladen war, und sich darauf vorbereitete, alles niederzuschießen, was sich ihm in den Weg stellte.

Aber dann, als er im Begriff war, alles aufs Spiel zu setzen, weil er keine andere Chance zu haben glaubte, kam Flynn aus der Hütte gestürzt. Mit angehaltenem Atem beobachtete Guthrie, wie der Anführer erregt auf seine Männer einzusprechen begann.

Als Flynn darauf sein Pferd bestieg, wartete Guthrie eine ganze Weile, bevor er ihm folgte. Tob blieb zurück, ein leises Winseln in der Kehle, während er sehnsüchtig zu der Hütte hinübersah, in der seine Herrin festgehalten wurde.

Es war kurz vor Morgengrauen, und Flynn kauerte an einem Bach und trank aus der hohlen Hand, als Guthrie sich von hinten an ihn anschlich. Lautlos näherte er sich ihm und preßte ihm den Lauf seines Colts in den Nacken.

Flynn ließ langsam die Hände sinken, und Guthrie zog mit der freien Hand Flynns Pistole aus dem Halfter und warf sie in hohem Bogen in das Wasser.

»Hayes?« fragte Flynn. Es klang resigniert und fast ein wenig belustigt.

»Wenn ich es nicht für Verschwendung halten würde, gäbe ich Ihnen jetzt eine Zigarre«, antwortete Guthrie. »Aber so, wie es ist, legen Sie sich jetzt besser auf den Bauch und die Hände auf Ihren Rücken.«

»Wir könnten uns einigen«, schlug Flynn vor, ohne sich von der Stelle zu bewegen. »Sie wollen doch eigentlich nur die Frau, oder? Die können Sie gerne haben.«

Guthrie stellte seinen Stiefel zwischen Flynns Schulterblätter und versetzte ihm einen Tritt. Mit einem Fluch landete Flynn im eiskalten Bach.

Während Guthrie ihn an den Füßen herauszog, wiederholte er seine Aufforderung von zuvor, wenn auch weniger höflich. »Legen Sie die Hände auf den Rücken.«

Noch immer fluchend nahm Flynn die Hände zurück, und Guthrie fesselte sie mit einem Lederband aus seiner Rocktasche. Dann packte er den Banditen am Haar und zerrte ihn auf die Füße.

»Ich will die Frau«, stellte Guthrie klar, als hätte es keine Unterbrechung in ihrer Unterhaltung gegeben. »Aber da ist noch etwas anderes, was ich mir wünsche, Flynn – ich will Sie hängen sehen.«

»Sechs Männer bewachen Caroline, Hayes. Wie wollen Sie an denen vorbeikommen?«

Guthrie holte eine Zigarre aus einer Rocktasche und steckte sie an. »Wenn ich glaubte, daß auch nur einer von ihnen so etwas wie Loyalität kennt, würde ich Sie benutzen, um an ihnen vorbeizukommen. Aber da diese Kerle für eine Flasche Bier und fünf Minuten mit einer Hure wahrscheinlich ihre eigene Mutter vergiften würden, werde ich mir etwas anderes einfallen lassen müssen.«

Flynn rappelte sich mühsam auf. Guthrie wartete, bis es ihm gelungen war und beförderte ihn mit einem Tritt ins kalte Wasser zurück.

Guthrie grinste, als Flynn mit einem lasterhaften Fluch auf den Lippen wieder auftauchte. »Ich glaube, ich habe Sie nicht richtig verstanden gerade«, sagte er nachsichtig. »Aber es hörte sich fast so an, als hätten sie meine Mutter beleidigt.«

»Sie haben recht gehört«, zischte Flynn.

Nach einem tiefen Zug aus seiner Zigarre seufzte Guthrie. »Das ist wirklich schade«, sagte er bedauernd, steckte den Colt ins Halfter, löste seinen Gürtel und ließ ihn fallen. Danach holte er ein Messer aus seinem Stiefelschaft und schnitt Flynns Fesseln durch.

Während der Bandit sich noch immer von seinem Schock über dieses Vorgehen erholte, versetzte Guthrie ihm einen rechten Haken ans Kinn und beförderte ihn zum dritten Mal ins Wasser.

Flynn tauchte wütend wieder auf und begann zu kämpfen wie ein Löwe. Sein Zorn vermittelte ihm die Kraft eines Irren und die Rücksichtslosigkeit eines Schakals.

Der Kampf wurde ernst, als Flynn einen harten Schlag in Guthries Magen landete, und setzte sich erst auf der einen Seite des Baches fort, dann auf der anderen, und einen Zeitlang sogar mittendrin. Doch irgendwann blieb Flynn im kalten Wasser liegen und stand nicht mehr auf.

Guthrie zog ihn an seinem Hemd aufs Trockene und ließ ihn am Ufer liegen, wo er sich übergab und Wasser spuckte. Als er sich beruhigt hatte, fesselte Guthrie wieder seine Hände und zog ihn an den Haaren auf die Beine.

Flynn musterte ihn wütend. »Warum haben Sie mich nicht

einfach umgebracht?« zischte er, und Guthrie fragte sich, ob sein Gesicht wohl so zerschlagen war wie Flynns. »Das wollten Sie doch, oder?«

Guthrie grinste und versetzte ihm einen Klaps. »Richtig, mein Freund«, bestätigte er, »aber das Gesetz hat mehr Rechte auf Sie als ich, und deshalb werde ich mich damit begnügen müssen zuzusehen, wie sie am Ende eines Stricks baumeln.«

»Ich habe Geld«, sagte Flynn, und nun klang seine Stimme fast verzweifelt. Dank seiner zahlreichen Taufen im Bach war er noch nasser als Guthrie, und das wollte etwas heißen. »Ich kann Ihnen die Frau zurückgeben und genug Gold, um den Rest Ihres Lebens damit auszukommen.«

Guthrie tat, als bedächte er das Angebot. »Wo ist das Gold?«

Flynn taumelte, als Guthrie ihn auf sein Pferd zustieß und ihm in den Sattel half. »Sie glauben doch nicht, daß ich Ihnen das sage, bevor wir zu einer Einigung gekommen sind?«

Guthrie legte gelassen seinen Waffengürtel um. »Sie könnten mir nie genug Geld bieten, um Sie freizulassen«, sagte er. »Ich habe schon einen Logenplatz für Ihre Beerdigung bestellt.«

»Sie sind ein Schwein, Haynes.«

Guthrie tippte sich an den Hut. »Aus Ihrem Munde ist das fast ein Kompliment.«

Als sie sich der Hütte näherten, hielt Guthrie an, zerrte Flynn von seinem Pferd und fesselte ihn an einen Birkenstamm. Dann knebelte er ihn mit einem schmutzigen Socken aus seiner Satteltasche.

»Sie bleiben hier und amüsieren sich allein, Flynn«, meinte Guthrie grinsend, als Tob herüberkam und dem Gefangenen das Gesicht leckte. »Ich komme bald zurück.«

Rauch kräuselte sich aus dem Schornstein der Hütte, und Guthrie zählte sechs Pferde. Zwei Männer bewachten den Eingang, zwei andere hielten sich hinter der Hütte auf.

Guthrie wurde übel. Das konnte nur bedeuten, daß zwei andere Männer bei Caroline in der Hütte waren. Das Herz blieb ihm fast stehen, als sich die Tür öffnete und ein großer, schlanker Mann mit einem in eine Decke gewickelten Leichnam über der Schulter aus der Hütte kam.

Aber dann sah Guthrie das blonde Haar zwischen den blutigen Decken und atmete erleichtert auf. Als habe sie seine Gegenwart gespürt, erschien jetzt auch Caroline in der Tür der Hütte.

Ihre Kleider waren blutbefleckt, aber an ihrer Haltung sah Guthrie, daß sie wohlauf war. Sie schaute sich prüfend um und schien die Berge abzusuchen, als erwartete sie jemanden. Einen Moment später begegneten sich ihre Blicke.

Guthrie war ganz sicher, daß sie ihn gesehen hatte, weil sie sich schnell abwandte. Er lächelte in sich hinein. Verrate mich nicht, Wildkatze, dachte er. Es ist noch nicht vorbei!

Guthrie hatte sie gefunden.

Carolines Herz schlug bei der Erkenntnis schneller, aber sie war auch beunruhigt. Guthrie war verrückt genug, um es mit fünf Banditen aufzunehmen, und wenn er es tat, war er verloren. Deshalb näherte sie sich McDurvey, der begonnen hatte, ein Grab für Willie Fly auszuheben.

»Sollten Sie nicht lieber auf die Suche nach Mr. Flynn gehen?« fragte sie, erstaunt, wie heiter ihre Stimme klang, obwohl ihre Kehle sich wie zugeschnürt anfühlte. »Er ist schon so lange fort . . .«

McDurvey, ein korpulenter Mann mit einem traurigen Gesicht, betrachtete sie sinnend und ließ die Schaufel sinken. »Vermissen Sie Flynn?«

Caroline schluckte, ihr Herz klopfte so heftig, daß sie es in ihren Wangenknochen zu spüren glaubte. »Nun ja«, entgegnete sie gedehnt, »wir waren immerhin einmal verlobt . . .«

»Ich glaube nicht, daß der Boss an Heirat denkt«, bemerkte McDurvey und nahm seine Schaufel wieder auf. Willie Flys lebloser Körper lag ganz in der Nähe, noch unter der Decke.

Es bedurfte Carolines ganzer Willenskraft, sich nicht nach Guthrie umzuschauen. »Vielleicht ist er böse auf Sie, weil Sie den armen Willie erschossen haben«, sagte sie streng.

McDurvey wandte den Kopf und spuckte ins Gras. »Flynn hätte es selbst getan, wenn er hier gewesen wäre.« Er grub unaufhaltsam weiter. »Ich verstehe nicht, warum Willie Ihnen leid tut. Schließlich war ganz klar, was er mit Ihnen vorhatte.« Scharfe graue Augen musterten Carolines Gesicht. »Aber vielleicht gehören Sie ja zu den Frauen, die eine solche Behandlung lieben.«

Caroline errötete vor Empörung und trat einen Schritt zurück. »Was geschieht, wenn Mr. Flynn nicht zurückkommt?«

Jetzt lächelte McDurvey zum ersten Mal, aber es war ein kaltes, beängstigendes Lächeln. »Dann werden sich die Jungs und ich wohl bei Ihnen abwechseln. Es ist schon eine Weile her, seit ich eine Frau hatte.«

Ein bitteres Gefühl stieg in Carolines Kehle auf, aber bevor sie etwas erwidern konnte, brach ein Streit zwischen den beiden Männer auf der anderen Seite der Hütte aus. McDurvey ließ die Schaufel fallen und wandte sich in diese Richtung. Aber dann schien er es sich anders zu überlegen.

»Hey, ihr zwei, geht hin und seht nach, was los ist«, rief er den beiden Wachtposten vor dem Haus zu.

Sie gehorchten, und als McDurvey sich umwandte, um seine Arbeit wieder aufzunehmen, traf ihn der kalte Stahl der Schaufel im Gesicht. Caroline empfand fast so etwas wie Bedauern, als er die Augen verdrehte, zurücktaumelte, und Blut aus seinen Nasenlöchern schoß. Im nächsten Augenblick brach er zusammen, ohne das kleinste Geräusch von sich zu geben.

Rasch bückte sich Caroline und nahm ihm die Waffe ab. Als sie aufschaute, sah sie Guthrie den Hügel hinabreiten, so schnell, als befände er sich auf ebenen Gelände. Er stand in den Steigbügeln und hielt mit beiden Händen sein Gewehr. Ein schriller Rebellenschrei zerriß die Luft, bevor das Schnellfeuergewehr anfing, Kugeln auszuspucken.

Caroline duckte sich hinter eine Birke und schloß die Augen, überzeugt, daß Guthrie und sein Wallach jeden Augenblick stürzen würden.

Noch mehr Schüsse erklangen, dann folgte ein unheimliches Schweigen.

Caroline rezitierte jeden Bibelvers, den sie kannte, und öffnete dann erst die Augen. Guthries Pferd stand nur wenige

Meter entfernt, ohne seinen Reiter, und Tob leckte ihre Hand. McDurvey hatte das Bewußtsein zurückerlangt und richtete sich langsam auf.

Caroline hielt seinen Revolver in beiden Händen und zielte auf ihn. »Guthrie!«

Zu ihrer Erleichterung kam er sofort zu ihr und richtete sein Gewehr auf McDurvey.

»Ganz ruhig, Freundchen«, sagte er, und McDurvey erstarrte.

Jetzt, wo das Schlimmste vorüber war, erfaßte Caroline ein Schock. »Sind die anderen . . .?«

»Sie sind alle tot«, antwortete Guthrie, während er McDurveys Hände hinter seinen Rücken zerrte und sie fesselte.

»Und . . . Flynn?« fragte Caroline erstickt.

»Er ist oben auf dem Berg, an einen Baum gebunden. Mit ein bißchen Glück fressen ihn die Eichhörnchen, und die Regierung braucht kein Geld mehr für einen Strick für ihn verschwenden.«

Am liebsten hätte Caroline sich in Guthries Arme geworfen, aber sie war auch wütend über das Risiko, das er eingegangen war. Statt Flynns Männern hätte jetzt er tot auf der Erde liegen können. »Wie konntest du nur etwas so Verrücktes tun?« fragte sie.

Guthrie nahm ihr vorsichtig den Revolver ab. »In gewisser Weise hast du mich dazu gezwungen, als du diesen netten Mann hier niederschlugst«, erwiderte er schmunzelnd.

Als Caroline zu Bewußtsein kam, daß sie, Guthrie und ihr Kind in Sicherheit waren, schluchzte sie vor Freude und warf ihrem Mann die Arme um den Hals. »Ich hatte solche Angst – Flynn wollte dafür sorgen, daß ich das Baby verlor . . .«

Guthrie hielt sie mit einem Arm fest, und sie fühlte sich wie im siebten Himmel. »Ist dir auch wirklich nichts passiert, Wildkatze?« fragte er rauh.

»Nein«, versicherte sie und schmiegte sich eng an ihn.

Er küßte ihren Nacken und versetzte ihr einen Klaps auf den Po, den sie unter anderen Umständen als unverschämt empfunden hätte. »Beruhige dich«, sagte er schmunzelnd. »Es ist vorbei.«

Systematisch räumte Guthrie mit den Leichen auf, legte eine jede über einen Pferderücken und band dann die Tiere mit einer langen Leine zusammen. McDurvey blieb gefesselt, als Guthrie in die Berge zurückkehrte und mit einem sehr zornigen Seaton Flynn zurückkehrte.

Bald schon leitete Guthrie diese seltsame, makabre Prozession zurück ins Tal. Caroline ritt vor ihm, froh, daß seine starken Arme ihre Taille umklammerten und sie daran hinderten, vom Pferd zu stürzen.

Wenige Stunden später erreichten sie eine Postkutschenstation zwischen Cheyenne und Laramie. Die toten Banditen wurden in einem Schuppen abgelegt, während Flynn und McDurvey im Weinkeller eingeschlossen wurden. Caroline wünschte sich nichts anderes mehr als ein heißes Bad, acht Stunden ungestörten Schlaf und Guthrie – in dieser Reihenfolge.

Er allerdings schien andere Vorstellungen zu haben und gesellte sich zu ihr in die Wanne, die an allen vier Seiten von großen Zeltwänden umgeben war. Der Mond schien jedoch zu ihnen herein und ergoß sein geisterhaftes Licht über ihre nackten Körper.

Guthrie küßte Caroline stürmisch, und sie kniete sich vor ihn in das rasch abkühlende Wasser. Mit ihrem Stück Seife wusch er zärtlich jeden Zentimeter ihres Körpers. Dann, ohne ein Wort zu sagen, reichte er ihr die Seife.

Sie wusch ihn auf die gleiche Weise, und als er sauber war, küßte sie seine nasse Brust und seinen flachen Bauch. Aber da hob er ihr Gesicht zu einem weiteren leidenschaftlichen Kuß zu sich empor. Seine Augen glühten vor Verlangen, als er sich von ihr löste.

Mit einem beinahe verzweifelten Aufstöhnen umfaßte er ihre Taille und hob Caroline auf. Als er sie wieder sinken ließ, spürte sie, wie er langsam in sie eindrang.

Seine entnervend langsamen, unglaublich erregenden Bewegungen veranlaßten sie, den Kopf in den Nacken zu werfen, und Guthrie nutzte die Bewegung, um seine Lippen um eine ihrer Brustspitzen zu schließen. Er küßte sie, reizte sie und machte sie so wild, daß sie ganz unbewußt spitze kleine Schreie ausstieß und versuchte, Guthries Bewegungen zu beschleunigen.

Aber das gestattete er nicht; er hielt sich an den trägen Rhythmus, bei dem sie vor Lust zu vergehen glaubte und um ihre Seele fürchtete. Als sie ihn schließlich anflehte und bettelte, drang er so heftig in sie ein, daß das Wasser über beide Seiten der Wanne spritzte.

Caroline stammelte Guthries Namen, als ein wohliges Erschauern durch ihren Körper ging und ein fast unerträgliches Lustgefühl sie in einen Strudel der Gefühle riß. Guthrie preßte seinen Mund auf ihre Lippen und erstickte ihre heiseren Schreie mit einem Kuß.

Als auch er den Höhepunkt der Lust erreichte, strich Caroline mit ihren Brustspitzen über seine Lippen. Wie ein hungriges Tier schnappte er nach ihnen, und ihre Haut erstickte seinen Schrei, als auch er sich ohne Widerstand seiner Ekstase überließ.

24

Die Bewohner von Laramie starrten die merkwürdige Prozession an, die Caroline und Guthrie anführte. Hinter ihnen ritten Flynn und McDurvey mit gefesselten Händen, und ihnen wiederum folgten fünf Pferde, auf deren Sätteln fünf tote Männer lagen.

Marshal Stone kam aus seinem Büro, um festzustellen, was soviel Aufruhr verursachte. Als er die grimmige Karawane erblickte, kam er aufgeregt auf Guthrie zu.

»Sie haben es also geschafft!« sagte er beeindruckt. »Für einen Mann wie Sie hätte ich Verwendung – falls Sie sich vorstellen könnten, als Hilfssheriff zu arbeiten.«

Guthrie lächelte und schüttelte den Kopf. »Danke, aber ich habe schon andere Pläne«, erwiderte er. Dann saß er ab, hob Caroline vom Pferd und half dem Marshal, die beiden lebenden Gefangenen in die Zelle zu befördern.

Wenige Minuten später kam Guthrie zu ihr zurück. »Komm, Wildkatze«, forderte er sie auf und nahm sanft ihren Arm. »Du brauchst jetzt etwas Gutes zu essen und ein bißchen Ruhe.« Über die Straße führte er sie zu einem der Hotels.

»Jetzt können wir nach Bolton zurückkehren«, sagte sie zerstreut. Bis vor wenigen Minuten hatte sie ihre Müdigkeit noch beherrschen können, aber jetzt war sie zu Tode erschöpft.

»Richtig«, stimmte Guthrie zu. »Ich glaube, wir können unser Haus noch früher bauen, als ich dachte, Mrs. Hayes. Es waren beachtliche Belohnungen für die Ergreifung von Flynn, McDurvey und zwei der anderen ausgesetzt.«

Carolines Herz machte einen kleinen Sprung, aber um sich wirklich zu freuen, dazu war sie zu müde. Sie ließ Guthrie alles arrangieren und sich in ihrem Zimmer zu Bett bringen wie ein kleines Kind. Das letzte, woran sie sich vor dem Einschlafen erinnerte, war das Gefühl seiner warmen Lippen auf ihrer Stirn.

Als sie Stunden später erwachte, saß Guthrie mit einem Tablett auf den Knien auf ihrem Bett. Mit einem Lächeln schob er das Tablett auf ihren Schoß und küßte sie zärtlich.

»Warst du die ganze Zeit beim Marshal?« fragte sie gähnend.

»Die meiste Zeit«, antwortete Guthrie und trat ans Fenster. »Ich habe Roy Loudon telegrafiert, daß es dir gut geht und eine ähnliche Botschaft an die Maitlandschwestern in Bolton geschickt.«

Caroline spürte etwas Seltsames in seiner Stimme und seiner Art und legte das frische Brötchen fort, das sie mit Butter bestrichen hatte. »Guthrie?«

Er stützte die Hände auf die Fensterbank und ließ den Kopf hängen. Seine Stimme klang seltsam rauh, als er sagte: »Es ist etwas passiert.« Dann drehte er sich um und schaute Caroline mit leeren Augen an. »Ich wollte es dir nicht sagen, bis wir wieder in Bolton waren – Miss Phoebe ist vor einer Woche gestorben, und Miss Ethel hat vor lauter Schmerz einen Schlaganfall erlitten.«

Caroline hatten das Gefühl, daß die Welt stehenblieb; ein merkwürdiges Summen erfüllte ihr Gehirn. »Wie . . .wie ist das möglich . . . Das kann ich nicht glauben!«

Guthrie kam zu ihr und zog sie in seine Arme. »Der Postmeister aus Bolton schickte mir die Nachricht, nachdem ich telegrafiert hatte, du würdest nach Hause kommen.«

Caroline begann zu weinen. »Nein . . .nein!« schluchzte sie herzzerreißend. »O Guthrie, das ist nur meine Schuld – weil ich ihnen solche Sorgen bereitet habe . . .«

Er hielt sie fest in seinen Armen, streichelte beruhigend ihren Rücken und küßte ihre Schläfen, bis ihre Tränen versiegten. Dann drückte er sie in die Kissen zurück und reichte ihr die Schale mit der heißen Gemüsesuppe.

Caroline schüttelte den Kopf, aber er führte trotzdem einen Löffel voll an ihre Lippen. »Wenn du schon nicht an dich denkst, denk wenigstens an unser Kind«, mahnte er.

Caroline aß die Suppe, aber nur, weil sie es so eilig hatte, nach Bolton zurückzukehren. Sie bemühte sich, gelassen zu erscheinen, weil sie wußte, daß Guthrie erst mit ihr aufbrechen würde, wenn er überzeugt war, daß sie die Reise unbeschadet überstehen würde. In jener Nacht verzichtete er darauf, Caroline zu lieben und hielt sie nur zärtlich im Arm. Sie schlief sehr unruhig und wachte mehrmals aus schrecklichen Träumen auf, an die sie sich später nicht erinnern konnte.

Am Morgen brachte Guthrie einen Arzt mit. Caroline wurde untersucht und hatte das Gefühl, daß der Blick des Doktors nichts Gutes verhieß.

»Was ist los mit mir?« fragte sie, als Guthrie mit einem Stapel Romane aus dem Laden zurückkam.

Er legte ihr die dünnen Ausgaben auf den Schoß. »Nichts«, antwortete er. »Du bist nur zu Tode erschöpft.«

Panik erfaßte Caroline. Sie hatte soviel Blut gesehen, soviel Tod und Drama, seit sie Guthrie gebeten hatte, sie bei Flynns Befreiung zu unterstützen. Unwillkürlich preßte sie beide Hände schützend auf ihren Bauch. »Ich werde mein Baby nicht verlieren«, sagte sie beschwörend. »Auf keinen Fall!«

Guthrie zog sich einen Stuhl heran und nahm ihre Hand. »Ich weiß, Wildkatze. Aber der Arzt hält es für besser, daß du eine Woche oder zehn Tage im Bett verbringst, nach allem, was du durchgemacht hast, und ich muß ihm rechtgeben.«

Eine Fehlgeburt wollte Caroline nicht riskieren, aber andererseits hatte sie es eilig, nach Bolton zurückzukehren. »Es wäre doch sicher nicht zu anstrengend, wenn ich die Postkutsche nähme ...«

Guthrie schüttelte den Kopf. »Du bist nicht kräftig genug, dich zwei, drei Tage durchrütteln zu lassen«, sagte er entschieden, und Caroline wußte, daß die Diskussion damit beendet war.

In den folgenden Tagen, während die Junisonne durch die Fenster schien, spielte Caroline mit Guthrie Schach, las, schlief und aß. Wenn Guthrie nicht im Zimmer war und sie unterhielt oder zum Essen animierte, war er draußen und ging seinen Geschäften nach.

Ende des Monats erklärte der Arzt Caroline endlich für reisefähig, und schon am selben Nachmittag brachen sie nach Bolton auf. Caroline reiste mit der Postkutsche, mit Tob als Gesellschaft, während Guthrie mit seinem Wallach nebenherritt. Ein einziges Mal erblickte sie Indianer in der Nähe, aber sie hielten Distanz und griffen die Postkutsche nicht an.

Drei Tage lang reiste Caroline in verschiedenen Kutschen. Die Nächte verbrachte sie mit Guthrie in den Stationen, aber obwohl sie ein Bett miteinander teilten und sie sich sehr nach Guthries Zärtlichkeiten sehnte, rührte er sie nicht an, außer, um ihr einen Gutenachtkuß zu geben.

Als sie Bolton erreichten, war Caroline überzeugt, daß Guthrie die Heirat mit ihr bereute. Immerhin hatte sie ihm eine Menge Probleme bereitet, und durch ihre Schuld war eine unschuldige alte Frau gestorben, und eine andere war dem Tode nahe. Und durch die Belohnungen, die sie erhalten hatten – eine beträchtliche Summe, selbst geteilt durch zwei – besaß Guthrie nun die Möglichkeit, zu gehen, wohin er wollte und zu tun, was ihm gefiel.

Als die Kutsche vor dem Warenhaus in Bolton hielt, stand Guthrie schon bereit, um Caroline hinauszuhelfen. Das Blut schoß ihr in die Wangen, als sie die neugierigen Blicke der Umstehenden sah, von denen einige sogar mit dem Finger auf sie zeigten.

Sie konnte sich lebhaft vorstellen, was seit ihrem Verschwinden in den Köpfen dieser Menschen vorgegangen war.

Aber sie hielt stolz den Kopf erhoben, und als Guthrie ihr seinen Arm reichte, ergriff sie ihn dankbar. Ohne nach links und rechts zu schauen, führte Caroline ihn über die ihr vertrauten Straßen zu dem Haus, das ihr immer ein Heim gewesen war, seit sie mit acht Jahren nach Wyoming gekommen war.

Ein schwarzes Satinband war an der Haustür befestigt, und die Läden waren alle dicht geschlossen. Der Vorgarten und der Blumengarten, Miss Ethels größter Stolz, waren mit Unkraut überwuchert und schon sehr lange nicht mehr gegossen worden.

Guthrie öffnete das Gartentor, und Caroline trat ein. Als sie wieder seinen Arm nahm, umklammerte sie ihn fast schmerzhaft. Sie blieb nicht lange an der Haustür stehen, sondern ging sofort hinein. Drinnen war alles sauber – was wohl der Hilfe der Nachbarinnen zu verdanken war – aber das Haus war dunkel und hätte dringend gelüftet werden müssen.

»Soll ich mit dir nach oben gehen?« fragte Guthrie leise, während er seinen Hut abnahm und ihn an einen Haken hängte.

Caroline schüttelte den Kopf. Sie war der Anlaß all der Trauer und des Verfalls in diesem Haus und mußte sich dieser Verantwortung stellen – allein.

Gerade als sie die Treppe hinaufgehen wollte, erblickte sie Mrs. Penn, die Frau des Pfarrers.

»Caroline!« sagte die alte Dame, und ihr Ton verriet, daß sie wohl kaum erstaunter gewesen wäre, wenn Mary Todd Lincoln persönlich vor ihr gestanden hätte.

Caroline neigte leicht den Kopf. »Wie geht es Miss Ethel?« fragte sie und begann die Stufen hinaufzugehen.

Einen Moment lang sah es so aus, als wollte Mrs. Penn sie aufhalten. Ihr hageres Gesicht drückte tiefe Mißbilligung aus. »Es ist gut, zu wissen, daß Sie sich Sorgen machen«, bemerkte sie spitz.

Caroline brachte weder die Geduld noch die Bereitschaft auf, Mrs. Penn ihre lange Abwesenheit zu erklären. Sie ging an der Frau vorbei und betrat Miss Ethels Zimmer.

Die alte Dame lag mit glanzlosen, leeren Augen auf dem Rücken. Eine Hälfte ihres Gesichts schien tief unter der anderen zu liegen, und in einem Mundwinkel sammelte sich Speichel.

Caroline holte eins von Miss Ethels kostbaren Spitzentaschentüchern und tupfte der alten Dame sanft den Mund ab. Dann küßte sie sie auf die Stirn und setzte sich auf einen zierlichen Sessel neben ihrem Bett.

»Ich bin es, Ethel«, flüsterte sie und nahm die schmale leblose Hand. »Caroline. Ich bin wieder zu Hause, mir ist nichts geschehen. Und es tut mir so furchtbar leid, daß ich soviel Leid verursacht habe.«

Miss Ethel sagte nichts, aber ihre Finger bewegten sich leicht gegen Carolines Handfläche.

Ein Schluchzen entrang sich ihrer Kehle. Sie drückte Miss Ethels Hand an ihre Stirn und weinte um alles, was nie wieder sein konnte. Irgendwann verstummte sie, obwohl sie tief in ihrem Innersten noch immer Höllenqualen litt. Sie stand auf und bürstete Miss Ethels ergrautes Haar, wechselte ihr Bettjäckchen und las ihr aus einem Gedichtband vor, der neben ihrem Bett gelegen hatte.

Das Buch war stark abgegriffen, denn Miss Ethel liebte Poesie und mußte es oft gelesen haben. Als Caroline das Buch zuklappte und aufstand, um hinauszugehen, entdeckte sie eine Träne auf Miss Ethels Wange.

Ihre Lippen formten einen Ton. »Car . . . Car . . .«, wisperte sie.

»Ich bin hier«, sagte Caroline unter Tränen.

»Li . . .li«, brachte Miss Ethel mühsam hervor. »Li-li . . .«

Caroline stockte der Atem. Es klang fast, als spräche Miss Ethel von Lily, ihrer Schwester! »Lily?« flüsterte Caroline verwirrt.

Aber die Anstrengung war zuviel gewesen für Miss Ethel; sie ließ den Kopf sinken und schloß die Augen.

Caroline deckte sie behutsam zu und verließ das Zimmer, um zu Guthrie hinunterzugehen. Er war in der Küche und trank Kaffee aus einer zierlichen Porzellantasse, die lächerlich klein wirkte in seiner Hand.

»Wie geht es ihr?« fragte er, stellte die Tasse beiseite und legte beide Hände um Carolines rundliche Taille.

»Ich glaube, sie wird bald sterben«, antwortete Caroline betrübt.

Guthrie zog sie an sich. »Das tut mir leid«, sagte er rauh.

»Ich möchte Miss Phoebes Grab aufsuchen, bevor es dunkel wird«, sagte Caroline und entzog sich ihm. »Miss Ethel hat übrigens von Lily gesprochen.«

Seine traurige Miene hellte sich etwas auf. »Von deiner Schwester?«

»Ich glaube ja«, murmelte Caroline. »Zumindest hoffe ich es.« Sie ließ Guthrie stehen, nahm einen Schal und legte ihn um ihre Schultern. »Ich bin bald zurück.«

»Möchtest du nicht, daß ich dich begleite?«

Trotz ihrer Liebe zu Guthrie wollte Caroline ihren Schmerz und ihre Schuld ganz alleine mit sich abmachen. »Nein«, erwiderte sie leise und ging hinaus.

Miss Phoebe war auf dem Presbyterianischen Friedhof begraben. Ein kleiner Kastanienbaum war gepflanzt worden, um ihrer letzten Ruhestätte Schatten zu vermitteln.

Caroline las die Inschrift auf dem Grabstein mit trockenen, geschwollenen Augen.

Phoebe Elliott Maitland
Meine geliebte Schwester
Geboren am 5. April 1800
Gestorben am 30. Juni 1878

»Es tut mir so leid«, flüsterte Caroline.

In diesem Augenblick kam Pastor Penn aus dem nahen Pfarrhaus.

»Hallo, Caroline«, sagte er freundlich und trat zu ihr ans Grab.

Caroline schluckte. »Was ist mit ihr geschehen?«

Pastor Penn seufzte. »Es war ihr Herz. Es blieb eines Tages einfach stehen.«

»Wegen mir. Sie hat sich aufgeregt über mein Verschwinden!«

»Natürlich hat es sie aufgeregt«, gab der Priester zu. »Aber Miss Phoebe hatte schon seit Jahren Herzprobleme. Das muß Ihnen doch bekannt gewesen sein.«

Caroline hatte es gewußt, aber immer vorgezogen, nicht daran zu denken. »Haben sie meine Briefe nicht erhalten?«

»Ein Telegramm, glaube ich, aber Miss Ethel und Miss Phoebe glaubten, Sie seien gezwungen worden, es aufzugeben, oder jemand anderes hätte es für Sie geschickt.«

Caroline zog den Schal fester um die Schultern und fröstelte trotz des warmen Sommerabends. »Miss Ethel erwähnte meine Schwester Lily. Wissen Sie etwas darüber?«

Der Pastor schien sehr verblüfft. »Miss Ethel hat mit Ihnen gesprochen?«

»Sie hat es versucht.«

Penn schüttelte erstaunt den Kopf. »Miss Ethel sagte mir, eine junge Frau, eine Mrs. Halliday sei eines Tages dagewesen und hätte nach Ihnen gefragt. Aber schon bald danach erlag Miss Phoebe ihrer Krankheit, und Miss Ethels Schlaganfall erfolgte kurz darauf.«

Also war Lily in Bolton gewesen! Caroline war ganz sicher, daß es sich bei jener Mrs. Halliday um ihre Schwester handeln mußte, und fragte sich nur, als was für ein Mensch *Mr.* Halliday sich herausstellen würde.

Sie blieb noch eine Weile auf dem Friedhof und ging dann zum Haus zurück.

Guthrie war in der Küche und rührte in einem Topf mit Hühnerfleisch und Gemüse. Caroline füllte einen Teller mit der Suppe, trug ihn hinauf und fütterte Miss Ethel. Als sie wieder hinunterkam, war Guthrie fort.

Sie selbst aß nur wenig von dem köstlichen Gericht, bevor sie in ihr altes Zimmer ging.

Irgendwie kam es ihr jetzt kleiner vor. Sie öffnete den Schrank und die Kommode, berührte wehmütig die Kleider, die sie zurückgelassen hatte, und verbrachte gute fünf Minuten damit, das Bild von Emma und Lily zu betrachten, das auf ihrem Nachttisch stand.

»Lily Halliday!« sagte sie lächelnd. »Und was ist mit dir,

Emma? Wen hast du geheiratet? Suchst du mich vielleicht auch?«

Irgendwann holte sie ein Nachthemd und einen Morgenmantel aus dem Schrank und ging hinunter, um ein Bad in der berühmten Maitlandschen Badewanne zu nehmen. Miss Ethel und Miss Phoebe waren nämlich die ersten in Bolton gewesen, die sich eine solche Annehmlichkeit gestattet hatten.

Caroline stand in der Küche und wärmte Milch, als Guthrie durch die Gartentür hereinkam. Auch er hatte gebadet und sich umgezogen und schien sogar beim Barbier gewesen zu sein.

Auf seltsame Weise überrascht, ihn zu sehen, starrte Caroline ihn an. »Was machst du denn hier?«

Sein Blick wanderte über ihr dünnes Nachthemd. »Ich suche meine Frau«, antwortete er. »Hast du sie irgendwo gesehen?« Nun mußte Caroline doch lachen und tief in ihrem Herzen erwachte eine wilde Freude darüber, daß er doch nicht fortgegangen war und sie verlassen hatte. »Sie steht vor dir.«

Guthrie nahm sie in die Arme und hielt sie fest umfangen. »Ich habe Angst, dich anzufassen, Caroline«, gestand er rauh.

Sie zupfte seinen Hemdkragen zurecht, obwohl das gar nicht nötig war. »Warum?«

»Wegen des Kindes. Du hast soviel durchgemacht in den letzten Monaten . . .«

»Dann willst du mich ja doch noch!« sagte sie erfreut. »Du wirst mich nicht verlassen?«

Guthrie runzelte die Stirn. »Verlassen? Ohne dich gehe ich nirgendwo mehr hin, Wildkatze. Du bist meine Frau.«

Carolines Herz schlug ihr vor Freude bis zum Hals. »Niemand könnte es dir verübeln, wenn du nach allem, was geschehen ist, nichts mehr mit mir zu tun haben wolltest.«

Er legte lächelnd einen Zeigefinger auf ihre Lippen, nahm den Topf Milch vom Feuer und stellte ihn für Tob auf den Boden. Dann hob er Caroline auf die Arme und begann sie die Treppe hinaufzutragen.

»Wo ist dein Zimmer?« fragte er auf dem Korridor.

Aufgeregt wie eine junge Braut in ihrer Hochzeitsnacht deutete Caroline auf die Tür. Ihre Kehle war wie zugeschnürt, und eine heiße, alles verzehrende Leidenschaft begann sich in ihr zu regen.

Mit Guthrie wirkte das Zimmer noch kleiner als sonst; seine starke Persönlichkeit schien Wände und Decken zu sprengen. Er legte Caroline sehr sanft auf das Bett und setzte sich, um seine Stiefel auszuziehen.

»Wir bleiben hier, bis unser Haus fertig ist«, sagte er.

Caroline berührte seinen muskulösen Rücken, um sich zu überzeugen, daß er auch wirklich bei ihr war. »Ich würde Miss Ethel jetzt nicht gern verlassen«, sagte sie.

»Ich werde dafür sorgen, daß sie in unserem neuen Haus ein Zimmer bekommt«, versprach Guthrie, obwohl beide wußten, daß Miss Ethel nicht mehr so lange leben würde, bis das neue Haus erbaut war.

»Du bist ein ganz besonderer Mensch, Guthrie Hayes«, sagte Caroline mit Tränen in den Augen.

Guthrie lächelte, als er sein Hemd auszog und es über einen Bettpfosten hing. »Schön, daß du so denkst, Wildkatze«, antwortete er und stand auf, um seine Hosen abzustreifen.

Caroline konnte nicht umhin, seinen schönen Körper zu bewundern; wie sehr hatte sie seine Umarmungen vermißt! »Vielleicht kann ich mich im Frühjahr auf die Suche nach meinen Schwestern machen«, sagte sie.

Der warme Lampenschein glühte auf Guthries nacktem Körper, als er sich über Caroline beugte und beide Hände um ihre Taille legte. »Bis dahin wird das Kind groß genug sein, um eine Reise zu ertragen«, stimmte er zu und küßte sie.

Ein heißes Sehnen erfüllte sie, als sein Kuß intensiver wurde, und ihr ganzer Körper sehnte sich danach, Guthries Gewicht zu spüren. Aber obwohl sie den Rücken krümmte und ihm ihre Hüften entgegenbog, ließ er sich nicht drängen.

Ohne seine Lippen von Carolines Mund zu lösen, zog er ihr Nachthemd herauf, bis es sich um ihre Hüften bauschte.

»Ist es das, was du willst?« flüsterte er an ihren Lippen.

»Ja«, stöhnte Caroline hemmungslos. »Ja, Guthrie ... ich möchte dich in mir spüren ... ganz tief ...«

Er lachte leise und glitt an ihr hinunter, um ihren Nacken zu liebkosen. »Immer noch meine kleine Wildkatze. Weißt du, was *ich* will?«

Statt einer Antwort zog Caroline ihr Nachthemd herauf und entblößte ihre Brüste. Mit einem zufriedenen Seufzen schloß Guthrie seine Lippen um eine ihrer Brustspitzen.

Mit einem lustvollen Stöhnen bog Caroline den Kopf zurück, umklammerte Guthries Schultern und schlang verlangend ihre Schenkel um seine Hüften.

Nur um sie zu quälen – oder noch heftiger zu erregen – gab er einen Zentimeter nach, fuhr jedoch fort, sie unerbittlich weiterzureizen.

Schließlich hielt Caroline es nicht mehr aus, ihr Verlangen nach ihm war von fast unerträglicher Intensität, trotz und wegen all der Dinge, die sich in den vergangenen Wochen zugetragen hatten. Und hinzu kam, daß Guthrie sie seit jener Nacht in der Postkutschenstation, als sie gemeinsam gebadet hatten, nicht mehr berührt hatte.

Sie legte ihre Hände um Guthries Po und spürte, wie seine Muskeln sich zusammenzogen.

»Ich will nicht länger warten, Guthrie«, sagte sie heiser und führte ihn mit der Hand an die Stelle, an der die süße Qual am größten war.

Er stöhnte hilflos auf, als sie ihn tiefer und tiefer in sich aufnahm, ihn umschloß wie Seide und mit ihrem Körper streichelte.

Bald war es auch mit seiner Beherrschung vorbei; seine Stöße wurden immer kraftvoller und trieben Caroline unbarmherzig auf den Moment zu, in dem die Welt vor ihren Augen explodierte. Als Guthrie spürte, wie sich ihre Muskeln um ihn zusammenzogen, gab auch er mit einem heiseren Aufschrei seinem Verlangen nach und überließ sich seiner Ekstase.

Dann sank er ermattet neben Caroline, und mit einem zufriedenen Lächeln schloß sie die Augen und schlief augenblicklich ein.

Als sie am nächsten Morgen erwachte, war Guthrie nicht mehr im Bett. Rasch wusch sie sich und zog sich an, um nach Miss Ethel zu sehen. Mrs. Penn war schon da und fütterte die alte Dame mit einem Milchbrei, aber kein Lächeln erhellte das Gesicht der Pfarrersfrau, als sie Caroline erblickte.

»Guten Morgen«, sagte Caroline dennoch freundlich.

Mrs. Penn nickte knapp und gab Miss Ethel einen weiteren Löffel Milchbrei.

Entschlossen, sich nicht verdrängen zu lassen, trat Caroline auf die andere Seite des Betts. »Gestern hat Miss Ethel mit mir gesprochen«, sagte sie.

Mrs. Penn schien unbeeindruckt. »Worüber?« fragte sie.

»Ich glaube, sie versuchte, den Namen meiner Schwester zu sagen – Lily.«

Die Pfarrersfrau nickte. »Ja, vor ein paar Wochen war eine junge Dame hier, die so hieß«, gab sie zu.

Es fiel Caroline sehr schwer, ihren Eifer zu verbergen. »Haben Sie sie gesehen? Oder vielleicht sogar mit ihr gesprochen?« fragte sie erregt.

»Nein. Ich weiß nur, was Ethel mir erzählt hat – daß sie sehr charmant war und nach Ihnen fragte.« Sie machte eine Pause und räusperte sich umständlich. »Was den jungen Mann betrifft, mit dem Sie unterwegs waren . . .«

»Er ist mein Mann«, fiel Caroline ihr ins Wort. »Er besitzt eine Kupfermine außerhalb von Bolton und wird bald hier ein Haus für uns errichten.«

Mrs. Penn besaß den Anstand, ein beschämtes Gesicht zu machen. »Nun ja, wenn Sie mit ihm verheiratet sind, ist eigentlich nichts dagegen einzuwenden, daß er so häufig hier ist.«

»Schön, daß Sie so denken«, entgegnete Caroline spöttisch. Dann schickte sie Mrs. Penn fort und verbrachte den Morgen damit, sich selbst um Miss Ethel zu kümmern. Sie las ihr gerade ein Gedicht vor, als plötzlich ein Strahlen über Miss Ethels Züge ging und sie versuchte, sich in den Kissen aufzurichten.

»Schwester . . .« sagte sie mit klarer Stimme, um dann abrupt zurückzusinken.

Bevor Caroline Miss Ethels Handgelenk berührte, wußte sie schon, daß sie keinen Puls mehr finden würde, aber sie versuchte es trotzdem. Mit Tränen in den Augen drückte sie der alten Dame sanft die Augen zu und stürzte weinend aus dem Zimmer.

Sie ging die Treppe hinunter und aus dem Haus, wo sie fast über Tob gestolpert wäre, der sich auf der Eingangsstufe ausgestreckt hatte.

Er sprang auf und steckte Caroline zur Begrüßung seine feuchte Nase in die Hand. Sie streichelte ihn und ging dann weiter durch den Garten zum Tor.

Verschiedene Leute grüßten sie, als sie das Stadtzentrum durchquerte, aber sie achtete kaum darauf. Nur eins war ihr jetzt wichtig – sie mußte Guthrie finden.

Er war bei seiner Mine, wo sie ihn vermutet hatte, aber er war nicht allein. Einige andere Männer bauten irgendein Gerät auf. Anscheinend beabsichtigte Guthrie, die Mine jetzt ernsthaft auszubeuten.

Guthrie entdeckte Caroline sofort, ließ liegen, was er gerade tat, und umfaßte ihre Schultern. »Miss Ethel?« fragte er leise.

Caroline schluckte und nickte. »Sie ist tot, Guthrie.« Sie hätte so gern geweint, aber sie brachte nicht einmal ein Schluchzen heraus, als Guthrie sie in die Arme nahm und tröstend an sich zog.

»Schon gut, Caroline«, flüsterte er. »Ich kümmere mich um alles.«

Und das tat er. Nach einem kurzen Gespräch mit den anderen Männern hob er Caroline auf seinen Wagen und kehrte mit ihr in die Stadt zurück. Einmal hielt er an, um mit dem Totengräber zu sprechen und Pastor Penn abzuholen. Dann führte er Caroline ins Haus und setzte sie an den Küchentisch.

Während der Pfarrer oben war, brühte Guthrie für seine Frau Tee auf und stellte eine Tasse vor sie hin.

»Ich habe das Bauholz für das Haus bestellt«, sagte er, und seine Worte waren in diesem von der Düsterkeit des Todes erfüllten Haus wie ein rettendes Licht für Caroline. »Unsere Kinder werden dort aufwachsen, Caroline, ich werde dich in unserem Schlafzimmer lieben, und du wirst uns in der Küche Hühnchen braten.«

Sie wußte, daß er ihr damit sagen wollte, daß das Leben weiterging, und war ihm dankbar dafür. »Sie waren so gut zu mir«, flüsterte sie traurig.

Guthrie zog sich einen Stuhl heran, setzte sich dicht neben Caroline und zog ihre Hand an seine Lippen. »Ich weiß«, erwiderte er.

»Es hätte soviel für sie bedeutet, zu wissen, daß wir verheiratet sind . . ..«

»Vielleicht wissen sie es«, wandte Guthrie tröstend ein, bevor er Caroline auf seinen Schoß zog. Und nun konnte sie endlich weinen; sein Hemd wurde feucht von ihren Tränen, als sie den Kopf an seine Schulter legte.

Guthrie trug sie in ihr Zimmer und zog ihr ein dünnes Satinnachthemd an, als der Pfarrer ging und der Bestattungsunternehmer Miss Ethel eingesargt und fortgebracht hatte.

»Bleib bei mir«, flehte Caroline, zog ihre Knie an und umklammerte Guthries Nacken. Die Hitze, die bei dem nahen Kontakt mit ihm in ihr erwachte, beschämte sie angesichts der Tatsache, daß zwei der liebsten Menschen in ihrem Leben gerade verstorben waren, aber sie ließ sich nicht verleugnen. Und irgendwie war dieses heftige Verlangen, das sie erfaßte, so etwas wie eine Reaktion auf den Tod, eine Bejahung an das Leben.

Indem sie sich rittlings auf Guthries Schoß setzte und ihn mit beinahe verzweifelter Intensität zu küssen begann, knöpfte sie seine Hose auf.

Er schien zu verstehen, was sie bewegte. Sehr sanft zog er ihr das dünne Hemdchen aus und streifte seine Hosen ab.

Er ließ größte Vorsicht walten, als er in sie eindrang, aber das wollte Caroline jetzt nicht. Sie begann ihre eigenen Bewegungen zu beschleunigen, bis ihre Haut feucht von der Anstrengung war und ihr Haar ihr aufgelöst ins Gesicht fiel. Dann erreichte sie mit einem leisen Aufschrei den Höhepunkt der Lust und warf mit einem verzückten Gesichtsausdruck den Kopf zurück.

Guthrie flüsterte heiser ihren Namen, und sie konnte spüren, wie seine Leidenschaft sich in ihr entlud.

»Ich liebe dich«, murmelte er rauh.

Caroline hörte die Worte und freute sich darüber, aber ihr Verlangen nach Guthrie war noch nicht gestillt. Da sie noch immer auf innigste Weise vereinigt waren, nahm sie ihre aufreizenden Bewegungen wieder auf und preßte ihre vollen Brüste an Guthries Mund.

Während er sie küßte und liebkoste, flüsterte Caroline ihm zärtliche Worte zu, die zu kostbar waren, um laut ausgesprochen zu werden.

Irgendwann war Carolines Erregung so übermächtig, daß sie Guthrie auf die Matratze zurückdrängte und an ihm auf und niederglitt, bis eine Welle der Lust über ihr zusammenschlug und das Zimmer vor ihren Augen verschwamm.

Nachdem auch Guthrie seinen Höhepunkt erreicht hatte, waren beide viel zu erschöpft, um sich zu bewegen. Erst sehr viel später, als sie sich ein wenig erholt hatten, legte Caroline sich neben ihren Mann und deckte ihn behutsam zu. Zärtlich strich sie mit dem Zeigefinger über seine Lippen und bot ihm von neuem ihre Brust, um die er mit einem wohligen Aufstöhnen seine Lippen schloß.

Am Morgen liebten sie sich erneut, und dann stand Caroline auf, wusch sich und zog ein schwarzes Kleid an.

An jenem Nachmittag wurde Miss Ethel auf dem Friedhof neben Miss Phoebe beigesetzt, und es schien nur recht, daß die beiden Schwestern wieder zusammen waren, in einer schöneren, besseren Welt.

Traurig, aber von einem tiefen Frieden erfüllt, verließ Caroline den Friedhof. Eines Tages würde sie ihre rettenden Engel wiedersehen, und dann würde sie ihnen sehr viel zu erzählen haben.

25

Der Winterschnee trieb an den Fenstern vorbei, und Caroline war schon hochschwanger, als sie Ende Januar die Briefe in Miss Ethels Schmuckkasten fand.

Mit zitternden Händen nahm Caroline sie an sich und setzte sich damit auf Miss Ethels Bett. Einer der Briefe war von Kathleen Harrington, Carolines Mutter, und es lag ein Scheck über siebenhundertfünfzig Dollar darin.

Von den unterschiedlichsten Emotionen beherrscht – Hoffnung, Fassungslosigkeit und Zorn – las Caroline den Brief zweimal, bevor sie die Botschaft ihrer Mutter verstand. Kathleen hatte jahrelang nach ihr gesucht, genau wie nach ihren anderen beiden Töchtern. Ihre Kinder aufgegeben zu haben, bereite ihr die größte Schuld, schrieb sie, und sie hoffte nun auf eine Wiedervereinigung in Chikago.

Um Carolines Mund zuckte es, als sie den Scheck anstarrte. Sie brauchte das Geld nicht; Guthries Mine warf gute Erträge ab, das neue Haus stand stolz und prächtig am Stadtrand von Bolton, und die Schwestern Maitland hatten ihr auch etwas vermacht.

Sie zerknüllte den Scheck in der Hand und ließ ihn achtlos auf den Boden fallen, wo er mitten auf dem Teppich liegenblieb.

Der andere Brief kam aus Fox Chapel, Pennsylvania, und war schon vor Monaten aufgegeben worden – Ende Juli. Carolines Hals war eng vor Hoffnung und der Angst vor einer Enttäuschung, als sie den Umschlag öffnete, mehrere gefaltete Briefbögen herausnahm und zu lesen begann.

Meine liebe Caroline, *28. Juli 1878*

meine größte Hoffnung ist, daß Du, wenn Dich dieser Brief erreicht, von Deinem Abenteuer sicher und unbeschadet nach Hause zurückgekehrt bist...

Ein rascher Blick auf das Ende des Briefes verriet Caroline, daß er von Lily war, und ihre Augen füllten sich mit Freudentränen. Lily war glücklich, schrieb sie – ausgenommen der Tatsache natürlich, daß sie ihre Schwestern noch nicht gefunden hatte – und war mit einem Mann namens Caleb Halliday verheiratet, der früher Major in der Armee der Vereinigten Staaten gewesen war. Im Winter erwartete sie ein Kind und hoffte, eines Tages zu der Farm zurückzukehren, die sie im Staate Washington erworben hatte.

Caroline las schon zum dritten Mal die kostbaren Worte mit Tränen in den Augen, als die Tür leise ächzte und Guthrie auf der Schwelle erschien.

»Lily«, sagte sie und hielt das Blatt hoch.

Guthrie nahm den Brief, und während er ihn las, wurde sein vergnügtes Schmunzeln immer ausgeprägter. »So, sie hat also einen Yankee geheiratet, was?« scherzte er, als er Caroline die Bogen zurückgab und sich bückte, um sie auf die Stirn zu küssen. »Na ja. Sie ist deine Schwester, und da ist anzunehmen, daß sie mir sympathisch ist.«

Mit Guthries Hilfe gelang es Caroline, sich aufzurichten. Sie schlang ihre Arme um seine Hüften und legte ihren Kopf an seine Schulter. »Miss Ethel hatte die Briefe für mich aufbewahrt«, sagte sie leise. »Stell dir vor, sie waren die ganze Zeit hier! Ich hätte nur nachzusehen brauchen.«

Guthrie hob sanft ihr Gesicht zu sich empor. »Du hast all diese Monate sehr getrauert«, erinnerte er sie. »Außerdem glaube ich, daß sich die Dinge immer im rechten Augenblick ereignen.«

Caroline verzog das Gesicht, als ihr Kind ihr einen Tritt versetzte. Darauf folgte ein scharfer Schmerz. »Vielleicht hast du recht«, erwiderte sie und stöhnte leise auf. »Guthrie, ich glaube, unser Kind hat beschlossen, auf die Welt zu kommen.«

Er starrte sie aus großen Augen an und wurde für einen Moment leichenblaß. »Was?« stieß er hervor. »Du meinst ...«

»Ich glaube, unser Baby kommt. Jetzt sofort. Heute noch.«

Guthrie betrachtete sie entsetzt und begann sie zum Bett zurückzudrängen.

Doch Caroline versteifte sich. »Nein, nicht hier. Ich möchte, daß es zu Hause geboren wird, Mr. Hayes. In unserem Bett.«

Er wirkte so bestürzt, als hätte sie ihn gebeten, sie nach Denver oder San Francisco zu bringen. »Und wenn du ... wenn das Kind im Wagen zur Welt kommt?«

Caroline lachte, zuckte jedoch zusammen, als ein weiterer schmerzhafter Stich durch ihren Körper fuhr. »Er – oder sie – wird nicht im Wagen geboren werden, Guthrie«, entgegnete sie geduldig und ging vorsichtig zur Tür. »Aber ich glaube, es wäre gut, wenn wir auf dem Heimweg bei Doc Allen haltmachten und ihm eine Nachricht hinterließen.«

Fassungslos half Guthrie seiner Frau die Treppe hinunter, legte ihr den Umhang um die Schultern und führte sie vorsichtig über die Veranda zum Tor. Doch als sie den Wagen erreichten, war sein Humor schon wieder zurückgekehrt, und er stöhnte übertrieben auf, als er seine inzwischen gar nicht mehr magere Frau auf den Bock hob.

Erst als sie schon auf dem Weg waren, fiel Caroline auf, daß sie noch immer Lilys Brief umklammert hielt. Kathleens Brief lag oben in Miss Ethels Zimmer, zusammen mit dem unerwünschten Scheck.

Guthrie trieb das Pferd so heftig an, wie er es bei den schneebedeckten Straßen wagen konnte, und als sie das Haus des Arztes erreichten, sprang er vom Bock, noch bevor der Wagen richtig zum Halten gekommen war. Wie erwartet war er nicht da, und Caroline lächelte über den Eifer, mit dem Guthrie eine Nachricht kritzelte. Als sie ihr eigenes Haus erreichten, ein dreistöckiges weißes Gebäude mit einer Veranda im Stil des alten Südens, schneite es so heftig, daß Carolines Umhang völlig durchnäßt war. Mary O'Haley, die irische Haushälterin, die Guthrie eingestellt hatte, erwartete sie auf der Veranda.

»Ich wußte es!« rief die rothaarige Frau, als Guthrie Caroline vom Wagen hob und ihr über den schneebedeckten Weg half. »Ich habe es gestern nacht geträumt.«

Oben, im großen Schlafzimmer, das fast die gesamte Breite des Oberstocks einnahm und die halbe Länge, zündete Mary ein Feuer an, während Guthrie Caroline entkleidete und ihr ein frisches Nachthemd anzog. Ihre Wehen waren noch lange nicht so weit fortgeschritten, daß sie es nicht allein geschafft hätte, aber ihr besorgter Mann ließ ihr gar keine Zeit dazu.

»Es wird ein Junge«, erklärte Mary entschieden, als Guthrie Caroline ins Bett brachte. »Denken Sie an meine Worte, Mrs. Hayes. Meine Träume lügen nicht.«

Ein weiterer heftiger Schmerz erfaßte Caroline, diesmal viel stärker als die anderen. Sie ergriff Guthries Hand und gestand ihm etwas, was bestimmt nicht dabei half, ihn zu beruhigen. »Ich habe Angst.«

Er setzte sich auf ihre Bettkante und küßte sie zärtlich auf den Mund. »Ich auch, Mrs. Hayes«, erwiderte er heiser.

Die Wehen kamen in immer kürzeren Abständen, und was Caroline am beeindruckendsten dabei empfand, war die Tatsache, daß sie die gleichen spitzen Schreie ausstieß wie auf dem Höhepunkt ihrer Leidenschaft. Das Paradoxe war, daß sie, obwohl sie in ihrem ganzen Leben noch nie größere Schmerzen ertragen hatte, das Erlebnis um nichts in der Welt hätte missen mögen.

Guthrie verließ sie nur, um das Feuer im Kamin zu schüren. Ansonsten saß er neben ihr, drückte ihre Hände und flüsterte ihr aufmunternde Worte zu. Zwischen den Wehen, wenn sie still dalag und nach Atem rang, brachte er sie zum Lachen. Als sie den Rücken krümmte und einen schrillen Schrei ausstieß, zog er ihren Kopf an seine Brust und massierte sanft ihren Bauch.

Es war schon dunkel draußen, als der Arzt kam, aber Caroline konnte die Schneeflocken vor dem Fenster sehen. Dahinter glitzerten die Lichter der Stadt wie vom Himmel gefallene Sterne.

Der Arzt war schon älter und wirkte auf beruhigende Weise sicher in allem, was er tat. »Vielleicht wären Sie so freundlich, mir heißes Wasser zu besorgen, Mr. Hayes«, wandte er sich an Guthrie. »Wir werden es bald brauchen.«

Froh, etwas tun zu können, nickte Guthrie, küßte Caroline auf die Stirn und verließ das Zimmer.

Die Wehen waren so stark, daß Caroline der Schweiß ausbrach, aber trotzdem schenkte sie dem Arzt ein Lächeln. »Sie wollten ihn nur loswerden«, beschuldigte sie ihn gutmütig.

Dr. Allen lachte und zog seinen Rock aus. Dann rollte er seine Hemdsärmel auf. »Ehemänner sind im allgemeinen bei diesen Dingen keine große Hilfe«, gab er zu. »Außerdem sah der arme Kerl so aus, als würde er jeden Augenblick in Ohnmacht fallen.« Als der Arzt seine Hände gewaschen hatte, kam er zu Caroline und schlug die Decke zurück.

Bei der Untersuchung wurde Caroline von einer neuen Wehe erfaßt, und als der Schmerz nachließ, sah sie, daß der Arzt lächelte. »Es wird nicht mehr lange dauern, Caroline«, meinte er. »Dieses Baby hat es eilig, auf die Welt zu kommen.«

Mary kam leise herein und füllte frisches Wasser in die Schüssel, damit Dr. Allen sich noch einmal die Hände waschen konnte.

Caroline krümmte sich stöhnend auf dem Bett, und als sie einen gellenden Schrei ausstieß, stürmte Guthrie herein, einen Eimer mit kochendem Wasser in jeder Hand.

»Können Sie ihr die Schmerzen nicht erleichtern?« fragte er ungeduldig, als sei Carolines Qual die Schuld des Arztes.

Der Mediziner schüttelte nachsichtig den Kopf. »Man kann jetzt nur noch abwarten«, sagte er. »Aber es wäre gut, wenn Caroline aufstehen und sich ein bißchen bewegen würde.«

Bevor Caroline entgegnen konnte, daß sie nicht die Absicht dazu hatte, zog Guthrie sie schon vom Bett und führte sie auf den Korridor, wo er geduldig mit ihr auf und ab ging. Nach einer weiteren Stunde war Carolines Agonie so groß, daß sie schluchzend erklärte, keinen Schritt mehr gehen zu wollen.

Guthrie trug sie ins Bett zurück, von dem Mary inzwischen die seidenen Laken entfernt und es mit sauberen, aber alten Bettüchern bezogen hatte.

Als Caroline sich niederlegte, hatte sie das Gefühl, in einem warmen, sicheren Nest zu versinken.

»Ich glaube, jetzt fängt es an«, meinte Dr. Allen nach einer weiteren Untersuchung. Und dann machte er den Vorschlag, daß Guthrie den Raum verlassen sollte.

Mr. Hayes weigerte sich entschieden und setzte sich neben Caroline auf das Bett. Als sie ihre Knie anzog und preßte, um ihr Kind zur Welt zu bringen, hielt er sie umfangen und stützte ihren Rücken.

Es wurde eine lange, schmerzhafte Geburt, und als Caroline schon sicher war, dabei zu sterben, fühlte sie, wie das Kind ihren Körper verließ.

Lachend und so entzückt, als sei es die erste derartige Erfahrung für ihn, ergriff Dr. Allen das kleine Wesen und reinigte ihm geschickt den Mund.

»Mr. und Mrs. Hayes«, sagte er förmlich, bevor er Caroline das Kind in den Arm legte, »Sie haben einen gesunden Sohn.«

Verwirrt starrte Caroline auf den winzigen kleinen Jungen und dann auf ihren noch immer sehr geschwollenen Bauch.

»Ja, es sieht ganz so aus, als käme der junge Mann nicht allein«, erklärte der Doktor, der ihren Blick gesehen hatte, und trennte die Nabelschnur durch, die Caroline noch mit ihrem Kind verband.

Mary nahm es Caroline ab, um es zu baden und zu wickeln, und bald war die junge Mutter wieder damit beschäftigt, einem weiteren kleinen Hayes zum Leben zu verhelfen. Wieder zerrissen scharfe Wehen sie innerlich, wieder schrie sie gellend auf, und wieder gebar sie ihrem Mann einen Sohn. Als die Nabelschnur durchtrennt war und das erste Kind zu ihr zurückgebracht wurde, schaute sie mit tränenfeuchten Augen zu ihrem Mann auf.

»Ich liebe dich«, sagte sie.

Er kniete vor ihrem Bett nieder und küßte sie behutsam. »Und ich liebe dich«, antwortete er rauh. Dann berührte er zaghaft den weichen Flaum auf dem Köpfchen seines Erstgeborenen.

Caroline befand sich trotz ihrer Erschöpfung in einem ganz ungewohnt euphorischen Zustand. Ihre Gefühle waren so überwältigend schön, daß sie sie fast nicht zu ertragen glaubte.

Mary reichte ihr das zweite Kind, dann gingen sie und der Arzt hinaus, um die Familie Hayes allein zu lassen.

Mit ehrerbietiger Miene nahm Guthrie ein winziges Händchen und küßte es. Auch seine Augen schimmerten feucht. »Wie kann ich dir nur danken für ein solches Geschenk?« flüsterte er bewegt und machte ein Gesicht, als hätte er nie etwas Schöneres gesehen.

»Indem du mir noch ein Dutzend mehr schenkst«, erwiderte Caroline. »Ach, Guthrie, ich habe mich dir noch nie so verbunden gefühlt. Es ist fast, als hätten sich unsere Seelen vereinigt, wie es sonst unsere Körper tun.«

»Ich habe es auch so empfunden«, flüsterte er, bevor er die Kinder nahm und sie behutsam in die schöne Wiege legte, die er selbst gezimmert und mit Schnitzarbeiten versehen hatte. Dann streckte er sich neben Caroline aus, legte zärtlich seinen Arm um sie und streichelte ihre Brust.

Caroline erbebte und stieß einen tiefen Seufzer aus, als ihre Seele Guthrie entgegenflog.

Später am nächsten Tag konnte Caroline ihre Kinder nähren, und Guthrie schaute fasziniert zu, wie sie zuerst einen Sohn, dann den anderen an ihre Brust legte.

»Wie sollen wir sie nennen?« fragte er nachdenklich. Caroline streichelte lächelnd das Köpfchen ihres Zweitgeborenen, aber ihr Blick ruhte auf dem anderen Baby, das gesättigt in seiner Wiege lag. »Das ist Guthrie Hayes der Zweite«, verkündete sie. »Und das hier . . .« sie machte eine Pause, um ihren Zweitgeborenen zu küssen, »das ist Robert – Robert Edward Lee, nach dem General, für den sein Vater so tapfer gekämpft hat.«

Wieder schimmerten Tränen in Guthries Augen, und um sie zu verbergen, ging er zum Kamin und schürte das Feuer.

Der Februar war verschneit und kalt, aber die Babies gediehen prächtig, und als der März kam, ließ Caroline sie in Marys Obhut zurück, zog ihren wärmsten Umhang an und fuhr zu Guthries Mine. Da er allein in seinem kleinen Büro saß, ging sie zu ihm und nahm seine Hand.

Sie legte ihre Lippen an sein Ohr und flüsterte ihm zu: »Ich brauche meinen Mann.« Ohne ihm Zeit zu einer Erwiderung zu geben, führte sie ihn zur Tür und reichte ihm wortlos Mantel und Hut.

Er wirkte nervös wie ein kleiner Junge, aber auch sehr eifrig. Immerhin waren viele Wochen verstrichen, seit er und Caroline sich zum letzten Mal geliebt hatten, und sein Körper verlangte mindestens so sehr nach ihr wie sie nach ihm.

In ihrem Haus stiegen sie gemeinsam die Treppe hinauf, ohne Mary zu beachten, die ihnen heiter zurief, es sei ein Brief für Mrs. Hayes gekommen.

Hinter der geschlossenen Tür ihres Zimmers zog Caroline Guthrie Hut und Mantel aus, warf beides achtlos beiseite, und streifte ihm Hemd und Hose ab. Als sie ihre Fingerspitzen über seine muskulöse Brust gleiten ließ, hörte sie mit einem Gefühl des Triumphes, wie er lustvoll aufstöhnte.

Ein neues Band hatte sich seit der Geburt ihrer Kinder zwischen ihnen geformt, und Caroline wurde von einer überwältigenden Zärtlichkeit erfaßt, als sie vor ihrem Mann niederkniete und ihre Lippen auf seine Haut drückte. Er umklammerte aufstöhnend ihren Kopf und murmelte heiser Koseworte, als ihre warmen Lippen ihn umschlossen.

»Laß mich zu dir kommen«, bat er rauh, als sie merkte, daß er ihre Liebkosungen nicht mehr lange ertragen würde.

Aber Carolines Liebe zu ihm hatte eine neue Dimension erreicht, sie konnte jetzt nicht von ihm ablassen. Sie schloß ihre Hände um seinen Po und knetete seine Muskeln, bis er ihr schenkte, was er zu vergeben hatte.

Dann zog er Caroline mit sich auf den Teppich, und sie wußte, daß er nun süße Rache üben würde. Ihre Kleider schienen sich in Luft aufzulösen, so schnell zog Guthrie sie aus, und dann liebkoste er die vollen Brüste, die seine Kinder nährten.

»Wie schön du bist«, murmelte er anbetend, aber Caroline war beschämt, weil ein Tröpfchen Milch aus ihrer Brust kam.

Guthrie leckte es lächelnd ab und zog ihre Brustspitze zwischen seine Lippen, während er gleichzeitig seine Hand zwischen ihre Schenkel schob und in Carolines intimste Stelle eindrang.

Caroline wimmerte, als er die verborgene Knospe reizte und nicht aufhörte, ihre Brustspitzen zu küssen.

»Guthrie«, flehte sie und bog ihm auf der Suche nach einem noch intimeren Kontakt die Hüften entgegen, »ich brauche dich so sehr ... ich halte es nicht mehr aus ...«

Er glitt an ihr hinunter und hinterließ eine heiße Spur von Küssen auf ihrem Bauch. Dann kniete er sich zwischen ihre Schenkel, zog ihre Beine über seine Schultern und schaute ihr lächelnd in die Augen. »Du wirst mich gleich noch viel mehr brauchen«, sagte er schmunzelnd, bevor er sein Gesicht in ihrem weichen Haar vergrub.

Caroline stieß einen leisen Schrei aus und warf die Arme zurück, und Guthries Hände glitten an ihrer Hüfte hinauf über ihre Rippen, um sich besitzergreifend um ihre Brüste zu schließen. Als sie seine warme Zunge an ihrer intimsten Stelle spürte, preßte sie aufstöhnend ihre Fersen in seine Schultern und krümmte den Rücken, als er sie zu liebkosen begann.

Ihr Kopf flog von einer Seite auf die andere auf dem weichen Teppich, ihre Haut glänzte vor Schweiß, als die Lust, die Guthrie in ihr anfachte, fast unerträglich wurde. »Die ganze Stadt ... wird uns hören ...« keuchte Caroline, als ihr Körper sich unter der süßen Ekstase wand, die Guthries Liebkosungen in ihr erzeugten. Ihre Beine umklammerten seinen Hals, als die erste Welle der Erleichterung sie mit sich riß. »Ich sterbe ... o Guthrie, ich ... sterbe ...«

Doch er gab nicht eher auf, bis auch die letzte Welle der Lust verklungen war, der letzte süße Seufzer, ihr letztes heiseres Stöhnen. Erst dann drückte er sie sanft auf den Teppich zurück. Caroline hatte erwartet, daß er sie nun in Ruhe ließ, aber er begann gleich wieder, sie von neuem zu erregen, und das so geschickte, daß es nicht lange dauerte, bis sie wieder lustvoll stöhnte.

»Es wird schön sein, wieder in dir zu sein, Mrs. Hayes«, flüsterte er Caroline mit rauher Stimme zu, worauf ein erwartungsvolles Erschauern durch ihren Körper ging.

»Es wird schön sein, dich in mir zu spüren, Mr. Hayes«, erwiderte sie und ließ ihre Hand seinen Bauch hinuntergleiten, bis sie sein Glied umfassen konnte. Aber dann rollte er sich auf sie, ließ sein Gewicht auf Ellbogen und Armen ruhen und senkte seinen Mund auf ihre Lippen.

Sein Kuß in sich war schon ein Inbesitznehmen, so bittersüß und mächtig, daß Caroline sich von seiner Kraft davongetragen fühlte wie ein Blatt vom Wind. Als Guthrie mit einem ungestümen Stoß in sie eindrang, bog sie ihm mit einem erleichterten Seufzen ihre Hüften entgegen.

Er unterbrach den Kuß, richtete sich halb auf und verließ sie wieder, um gleich darauf wieder kraftvoll in sie einzudringen. Seine grünen Augen, die unablässig auf Caroline gerichtet waren, sprühten vor Leidenschaft, als er sich immer wieder aus ihr zurückzog und mit entnervender Langsamkeit von neuem in sie eindrang.

Die unfaßbare Beherrschung, die er zeigte, trieb Caroline an den Rand des Wahnsinns. Ihr Körper bog sich ihm entgegen, ihre Muskeln verkrampften sich, und plötzlich sah Caroline helle Blitze vor ihren Augen explodieren. Sie schlang ihre Beine um Guthrie und stieß einen gellenden Schrei aus, der tief aus ihrer Kehle kam. Die Welt um sie herum hörte auf zu existieren; nur Guthrie war noch Wirklichkeit für sie. Als sie endlich stilllag und weinte, weil sie das Gefühl hatte, daß ihre Seele ihr entflohen und zurückgekommen war, kam sie in den Genuß, Guthrie auf dem Höhepunkt seiner Empfindungen zu beobachten.

Ein heiserer Ton, der fast wie ein Schluchzen klang, entrang sich seinen Lippen, als er noch einmal ganz tief in sie eindrang, und Caroline umklammerte seinen Po. Seine Augen wurden glasig, er keuchte heftig, und noch immer bewegte sich sein Körper und gab und gab ...

»Caroline«, murmelte er flehend. »O Gott ... Caroline ...«

Dann brach er über ihr zusammen und legte seinen Kopf auf ihre Brust. Sie streichelte sein Haar und seinen Rücken, bis er wieder zu Atem gekommen war, und dann schloß er wieder seine Lippen um eine ihrer Brustspitzen, und das ganze Ritual begann von neuem.

Der Brief lag auf Carolines Teller, als sie zwei Stunden später mit geröteten Wangen und strahlenden Augen zum Abendessen hinunterkam.

Als sie den Poststempel sah, runzelte sie die Stirn. Der Brief war erst vor wenigen Tagen abgeschickt worden. Obwohl ihr die Handschrift nicht vertraut war, kannte sie den Absender: Der steife weiße Umschlag kam aus Fox Chapel, Pennsylvania.

Carolines Lächeln verblaßte, als sie ihn mit zitternden Fingern aufriß. War Lily etwas zugestoßen? Hatte sie endlich einen Anhaltspunkt für den Aufenthaltsort ihrer Schwester bekommen, nur um sie wieder zu verlieren?

»Sie ist nach Chicago gefahren!« rief Caroline erregt, als sie die wenigen Zeilen gelesen hatte. »Der Brief ist von einer Mrs. Joss Halliday, und sie schreibt, daß Lily nach Chicago gefahren ist, um uns zu suchen – Emma und mich!«

Guthrie lächelte und griff nach dem Teller mit dem Brot. »Tja, dann sollten wir uns besser auf den Weg nach Osten machen, Mrs. Hayes. Wenn du einen Brief und einen Scheck von deiner Mutter erhalten hast, wird es bei deinen Schwestern nicht anders sein. Ich glaube, wir beginnen unsere Suche mit einem Besuch bei der mysteriösen Kathleen.«

»Ich weiß doch gar nicht, wo sie lebt!« rief Caroline verzweifelt. »Ich habe ihren Brief fortgeworfen ...«

»Und ich bin hingegangen und habe ihn aufgehoben, als du meine Söhne zur Welt brachtest. Er liegt in der oberen rechten Schublade meines Schreibtischs.«

Das Abendessen war vergessen. Caroline sprang auf und küßte ihren Mann stürmisch. »Du bist ein Engel, Guthrie Hayes!« rief sie glücklich.

Er lachte amüsiert. »Das hast du vor einer Stunde nicht gesagt, als ich dich über die Bettkante . . .«

»Guthrie!« unterbrach Caroline ihn errötend. Aber seine Worte weckten schon wieder das Verlangen in ihr, von neuem seine Aufmerksamkeiten zu genießen. Dennoch gab sie sich entrüstet, als er ihr beim Aufstehen einen Klaps auf den Po versetzte.

Sie fand den Brief am angegebenen Platz und las ihn, bis sie jedes Wort auswendig wiederholen konnte, vom Datum bis zum Gruß am Schluß des Briefes.

Am nächsten Morgen übertrug Guthrie seinem Vorarbeiter die Aufsicht über die Mine, und die Familie Hayes bestieg einen Zug nach Osten. Mary begleitete sie, um sich um die Kinder zu kümmern. Caroline war voller Hoffnung, obwohl sie sich bemühte, sie zu bändigen, um keine Enttäuschungen zu erleiden.

Tagelang reisten sie und verbrachten ihre Nächte in einem Schlafwagenabteil, das nicht größer war als ein geräumiger Schrank. Caroline hielt die Spannung kaum noch aus.

Als sie in Chicago ankamen, wollte sie nicht einmal warten, bis sie ein Hotelzimmer gefunden hatten. Sie bestand darauf, sofort eine Kutsche zu besteigen, und Guthrie schaute schmunzelnd zu, wie sie ihre Söhne nährte, während die Kutsche auf die Adresse zuratterte, die Kathleen in ihrem Brief angegeben hatte.

Caroline beugte sich weit aus dem Fenster, als sie ihr Ziel erreichten, und entdeckte eine weitere Kutsche, die vor dem Haus parkte.

Ihre eigene war kaum zu einem Halt gekommen, als sie schon hinaussprang und über den Bürgersteig zum Tor lief.

Guthrie folgte ihr nicht, aber Caroline wußte, daß er da war, um ihr Kraft und Unterstützung zu vermitteln, was immer auch geschehen mochte.

Sie hatte das Haus noch nicht erreicht, als sie die Pianoklänge und die zwei Stimmen hörte, die in vollkommenem Einklang miteinander sangen. Tränen schossen ihr in die Augen, ein heiseres Schluchzen entrang sich ihrer Kehle, als sie die vertrauten Worte aus ihrer Kindheit hörte:

Three flowers bloomed in the meadow,
Heads bent in sweet repose,
The daisy, the lily and the rose . . .

Nachdem sie ihre Tränen abgewischt hatte, drückte Caroline die Haustür auf, ohne anzuklopfen, und folgte den Klängen der melodischen Stimmen durch einen Bogengang in einen Raum.

Dort erblickte sie Lily, schlank, blond, unfaßbar schön und mit Tränen in den Augen. Am Piano saß Emma mit ihrem herrlichen kupferfarbenen Haar und ihren wunderschönen blauen Augen.

Als ihre beiden Schwestern den Reim wiederholten, stimmte Caroline mit ein, und Emma und Lily wandten sich um und starrten sie verblüfft an.

»Caroline!« riefen beide Schwestern dann wie aus einem Munde und schauten sie an, als könnten sie nicht fassen, daß sie wirklich da war. Und dann, zum ersten Mal seit vierzehn Jahren, umarmten sich die Schwestern, und alle drei schluchzten und weinten vor lauter Freude und Glück.

»Wo hast *du* bloß gesteckt?« wollte Lily wissen, als sie sich alle ein wenig beruhigt hatten.

»Oh, das ist eine lange Geschichte«, erwiderte Caroline strahlend, küßte Emma und Lily auf die Wange und wunderte sich, daß eine derart freudige Überraschung überhaupt erträglich war. Beide Arme um ihre Schwestern gelegt, führte sie sie zu einem nahen Sofa. Alle drei setzten sich, und die restliche Welt war für den Moment vergessen.

»Ich hörte, daß du von einem schrecklichen Mann entführt

worden bist, der einen Hund besitzt, der Alkoholiker ist!« bemerkte Lily mit großen, erstaunten Augen.

Caroline lachte. »Ich habe den Mann geheiratet und den Hund geheilt«, erwiderte sie und erzählte ihren Schwestern, was in all den Jahren, in denen sie sich nicht gesehen hatten, geschehen war. Sie schloß ihre Erzählung mit dem Bericht von der Geburt ihrer beiden Söhne.

Lily saß zwischen Emma und Caroline und hielt ihre Hände. »Und du, Emma?« fragte sie. »Wo hast du all diese Jahre gesteckt?«

Emma lächelte und trocknete ihre Tränen mit einem feinen Spitzentaschentuch. »Ich verliebte mich in einen Rebellen«, sagte sie. »Wir haben jetzt ein schönes Heim in New Orleans und ein kleines Mädchen, das ich nach euch beiden benannt habe.«

Lily lachte entzückt, und Caroline erinnerte sich, daß ihre Schwester sich schon immer über die einfachsten Dinge freuen konnte. Sie zog das Medaillon unter ihrer Bluse hervor und zeigte ihren Schwestern das kleine Foto ihrer beiden Söhne.

Caroline war gar nicht bewußt, wie schnell die Zeit verging. Irgendwann kam Guthrie herein und brachte Mary und die Kinder mit, aber er bemühte sich, im Hintergrund zu bleiben. Die beiden anderen Ehemänner, Lilys beeindruckend großer Caleb Halliday und Emmas auf sanftere Weise gutaussehender Steven Fairfax, erschienen ebenfalls nach einiger Zeit.

»So«, sagte Lily seufzend, als die drei Schwestern allein in dem prächtigen Schlafzimmer standen, das einmal ihrer Mutter gehört hatte, »hier hat Mama also die ganze Zeit gelebt. Ich kann mir richtig vorstellen, wie träge sie ihre Tage verbrachte und trank, um ihr schlechtes Gewissen zu betäuben.«

Emma legte Lily sanft die Hände auf die Schultern. »Ich finde, wir sollten ihr verzeihen«, sagte sie leise. »Wir haben uns endlich wiedergefunden, und wir haben alle Ehemänner und Kinder, die wir lieben. Die Vergangenheit hat uns genug Leid gebracht. Ich jedenfalls habe nicht vor, einen weiteren Gedanken daran zu verschwenden.«

Caroline stand vor der Kommode und hielt eine kleine Fotografie in ihrer Hand. Sie konnte sich nicht entsinnen, einmal dafür posiert oder sie vor jenem berüchtigten Tag, an dem sie und ihre Schwestern den Zug bestiegen hatten, gesehen zu haben, aber unter dem Glas schauten sie drei kleine vertraute Gesichter an. Ihr eigenes, Emmas und Lilys.

»Sie hat uns geliebt«, sagte Caroline. »Sie wollte uns für alles entschädigen. Das ist genug.«

Lily und Emma nickten zustimmend.

Am nächsten Tag versammelten sich die drei Familien in dem Haus, das Lily und ihr Mann gemietet hatten, und Caroline war sehr zufrieden mit der Wahl ihrer Schwester: Caleb Halliday war ein feiner Mann, gutaussehend und charakterstark genug, um anständig für ihre Schwester zu sorgen. Emmas Steven war nicht ganz so groß wie Caleb, aber mindestens so attraktiv mit seinem braunen Haar und seinen wachen, klugen Augen, und er bewegte sich mit einer katzenhaften Anmut, die Caroline sehr bewunderte.

Nach dem Essen standen die drei Männer – zwei Rebellen und ein Yankee, dachte Caroline lächelnd – am Kamin zusammen, tranken Brandy und rauchten Zigarren. Emma, Lily und Caroline, die sich noch immer viel zu erzählen hatten, saßen in drei Sesseln in einem engen Kreis. Die Babies schliefen in der Nähe in ihren Wiegen oder Körben, von aufmerksamen Kinderschwestern überwacht.

Es wurde spät, aber die Schwestern hörten nicht auf, zu reden, brachen nur dann und wann ab, um ein bißchen zu weinen – weil es einfach so gut tat, wieder beisammen zu sein. Caleb, Steven und Guthrie zogen sich schließlich in ihre Zimmer zurück, und die Kleinkinder erwachten und wollten gefüttert werden.

Auch als sie ihre Kinder an die Brust nahmen, hörten Caroline, Lily und Emma nicht auf zu erzählen.

Der Morgen graute schon, als Lily traurig sagte: »Ich kann den Gedanken, mich von euch zu trennen, nicht ertragen. Ich wünschte, wir könnten alle in der gleichen Stadt leben, aber Caleb und ich müssen rechtzeitig zur Saat auf unsere Farm zurück.«

Emma nickte zustimmend. »Und Steven und ich nach New Orleans.«

Caroline dachte an Guthries Mine und ihr schönes Heim in Bolton und wußte, daß sie in Frieden dorthin zurückkehren konnte, weil sie die fehlenden Teile von sich selbst gefunden hatte – ihre Schwestern. »Wir könnten uns alle ein- oder zweimal im Jahr treffen – vielleicht in San Francisco oder Denver.«

Emma und Lily nickten begeistert und sahen schon etwas glücklicher aus.

»Und wir können uns natürlich schreiben. Das Wichtigste ist, daß wir uns nicht mehr aus den Augen verlieren. Wenn ich jetzt in Zukunft an euch denke, kann ich mir sagen: ›Lily ist da‹, und ›Emma ist dort‹.« Wieder kamen ihr die Tränen, aber diesmal waren es Freudentränen. »Ich liebe euch so sehr«, schloß sie leise.

Lily und Emma schluchzten und lachten zugleich, legten jede einen Arm um Carolines Taille und blieben lange in inniger Umarmung stehen. Irgendwo in dieser Stadt, in der ihr Abenteuer vor so langer Zeit begonnen hatte, pfiff schrill ein Zug . . .

ENDE

Band 18 506

Jessica Sutton

Die vier Arten der Liebe

Deutsche Erstveröffentlichung

Hat Oberarzt Brian Hecht von der Privatklink Bel Air wirklich seine Geliebte umgebracht, oder hat sein intriganter Stellvertreter nachgeholfen, um ans Ziel seiner Wünsche zu kommen? Vor diesem Skandal spielt sich ein medizinisches Drama ab – der Bühnenstar Hank Archer leidet an Nierenversagen – für ihn wie ein Todesurteil, denn vor vielen Jahren hat er seiner kleinen Tochter eine Niere gespendet. Jetzt kann ihn nur eine Transplantation retten.

BASTEI LÜBBE

Sie erhalten diesen Band im Buchhandel, bei Ihrem Zeitschriftenhändler sowie im Bahnhofsbuchhandel.